Isabelle Duquesnoy

L'Embaumeur

ou

L'odieuse confession de Victor Renard

Éditions de La Martinière

L'auteur remercie Françoise Samson
d'avoir contribué à la publication de cet ouvrage

ISBN 978-2-7324-8354-2

« Ma mort était ma gloire, et le destin m'en prive… »

Pierre Corneille, *Pompée*.

À Laurent
Nous seuls savons pourquoi

Audition du sieur Victor Renard

Jour I, partie I

Je garde à l'esprit le nom de quelques décapités dont les crimes furent moins graves que le mien, pourtant je n'envisage pas la guillotine. Je ne peux admettre aujourd'hui que mon délit me conduise à avoir la gorge tranchée, car je ne serai jamais un danger pour autrui ; la veuve et l'orphelin n'auraient rien à craindre de moi. Je respecte la vie, je n'envie ni ne jalouse personne, et j'ai acquis suffisamment de richesses pour n'en jamais convoiter de plus éblouissantes.

Je sais que ma condamnation est décidée, le récit des circonstances de mon forfait n'est, à vos oreilles, qu'un divertissement puisque vous en connaissez la fin ; vos gens m'ont surpris en flagrant délit. L'histoire de ma vie, ce sentier qui m'a conduit à commettre ma faute, ne servira qu'à persuader les foules de ma monstruosité.

De quoi vous combler, vous divertir, car les affaires comme la mienne se raréfient.

Oui, messieurs, je suis bien le fils de feu Johann Renard.

Mon père mourut trop tôt, l'année de mes quinze ans ; il périt un jour de labours, atrocement, comme un martyr dont il était l'opposé. De bons paroissiens, vivant selon les usages fixés par les Vénérables Écritures, venaient d'acquérir une immense terre après de nombreux sacrifices pécuniaires. Derrière bien des hésitations, ils s'étaient enfin décidés à semer une espèce de pastenade venue d'Italie ; une sorte de racine rouge et grosse, pourvue de feuilles assez bonnes à manger et rendant en cuisant un jus semblable à du sirop de sucre, très beau à voir par sa couleur vermeille. Les bénéfices de la culture de cette « betterave » étaient nécessaires, après la rigueur de l'hiver passé qui avait entraîné la famine et transformé la Seine en un glaçon géant, sur laquelle les garnements – dont j'étais – risquaient leur vie en glissades et cabrioles. Pour s'assurer une bonne récolte, les laboureurs avaient enrichi leur champ de fumier, dont les relents avaient empesté la paroisse deux jours durant.

Mon père était payé comme joueur de serpent[1] dans plusieurs églises. Peu d'artistes savent employer cet instrument tordu. Les prêtres le réclamaient chaque fois que l'orgue manquait, pour accompagner les chœurs dont il renforce les notes graves ou pour remplacer les barytons auxquels on peut en comparer le son. À l'Église du Législateur[2], on s'était même entendu pour qu'il remplaçât l'organiste exagérément porté sur la boisson.

1. Instrument à vent en forme de S à embouchure, percé de six trous, considéré comme faisant partie de la famille des cuivres bien qu'il soit en bois et recouvert de cuir.

2. À la fin du XVIIIe siècle, on a de nombreux termes pour désigner Jésus-Christ ou Dieu : le Législateur, la Providence, le Principe,

Entre deux messes, mon père donnait quelques leçons de musique à de jeunes gens boudeurs, bien souvent contraints par leurs parents.

Les paysans, que des rumeurs affolaient, racontaient que des brigands viendraient piller leur récolte ou braconner sur leurs champs. Ils convoquèrent un prêtre pour bénir les bœufs à la Saint-Roch et que la terre, ouverte sur les flancs, se nourrisse de cette bénédiction et que le gibier y fourmille sans grignoter les betteraves. Le curé s'était fait accompagner de mon père et de son fidèle serpent, afin que sa musique donnât plus de solennité à la brève cérémonie, et que les intermèdes musicaux en prolongeassent la durée pour en augmenter le prix. Luisant de sueur, la robe des bœufs frissonnait sous les taquineries des mouches. Les bêtes attelées à leur charrue piétinaient d'ardeur, promenant le soc de métal tranchant qui mordait le sol. Le nouveau fermier avait bien entraîné son attelage et, bientôt, les bestiaux robustes tracèrent leurs sillons sans attendre leur guide. Occupé à psalmodier ses prières, le curé trottinait devant, éclaboussant la glèbe de son goupillon, suivi de mon père qui jouait en marchant à reculons.

– Tûûût ! Tululu pouêêt !

Alourdie par le fumier collé à nos semelles, la procession molle progressa dans les traces de Papa, dont la musique assommante rythmait notre allure trop lente. Brusquement porté par je ne sais quelle vigueur, le prêtre renforça ses lancés d'eau bénite, chanta plus fort et accéléra le pas.

---

le Puissant Rémunérateur, le Ciel, l'Intelligence, l'Éternité, la Bonté, la Cause, l'Architecte de l'Univers, l'Arbitre ou encore le Sacré-Cœur.

Il prit une avance considérable, sa silhouette gaillarde s'évanouissant dans la brume de chaleur du fumier.

Soudain, Papa trébucha sur une motte et s'effondra en lâchant son serpent. Un peu sonné, il cligna des yeux en souriant, ce qui inquiéta son entourage. Un paysan beugla pour interpeller le prêtre ; il n'entendit rien. Un autre s'empara du serpent et souffla démesurément dans son bec. Le curé s'immobilisa, comme pétrifié par l'atrocité de la note qui lui avait fissuré les oreilles. Les bœufs, qu'on avait oublié d'arrêter, passèrent mon père entre leurs pattes trapues sans lui causer le moindre mal. On manifesta alors un soulagement général par de pieux « merci Seigneur ! », négligeant le tranchant du soc qui, d'un élan silencieux, éventra Papa jusqu'au menton. Dans un dernier souffle de vie, il gonfla ses joues, sortit sa langue comme pour humecter l'embout de son instrument et gémit une note semblable au pet d'un cheval.

Un attroupement sidéré se forma autour des boyaux du musicien, déroulés bêtement dans la glaise stérile.

– Misère de misère ! a sangloté une paysanne. Faudra le recoudre et lui tartiner de la poix[1].

Pouvez-vous imaginer mon désespoir au-dessus du cadavre de mon père qu'on prétendait maintenant raccommoder ? Je puis vous assurer qu'à cet instant rien ne me parut plus atroce. Un homme tenta de rassembler les entrailles de Papa, mais les viscères dégoulinaient de ses mains ; on résolut donc de le transporter dépouillé de ses intestins qui furent enterrés sur place, dans un trou que nous creusâmes

1. Goudron. Utilisé pour étanchéifier les coques des bateaux, pour cicatriser les plaies et, à l'occasion, comme accessoire de torture.

à mains nues dans le compost fumant. On avait ôté la charrue des bœufs, la façonnant en une civière de fortune que les bêtes traînaient derrière elles, un peu embrouillées d'être écartées de leur parcours habituel.

Les braves gens, auparavant agités par leurs futures semailles, réglèrent leur pas sur la litière où gisait le corps de mon père assailli par une colonne d'insectes furieux. Sa dépouille rebondissait à cause des cailloux du chemin ; elle sursautait à chaque bosse, comme secouée par le hoquet. Je crois avoir ri une ou deux fois. Je dis « je crois », car je me souviens parfaitement avoir éprouvé l'envie de glousser, mais j'ignore si le bruit de cette jubilation déplacée est sorti de ma gorge. Toutefois, je dus manifester quelque sentiment malvenu, car le curé me donna en chemin une calotte, qui renversa mon tricorne dans le champ.

Vous doutez de mes sentiments envers mon père ? Pourtant je vous assure que je l'aimais. Autant que je le craignais. Oui, je l'aimais ! Pour être précis, j'étais poussé par ma mère à considérer la portion de nourriture déposée dans mon écuelle comme un renoncement héroïque de Papa ; un sacrifice auquel il consentait, m'offrant sa part, salaire de sa journée de labeur. Plus tard, mon amour se métamorphosa en une vénération qu'il trouva fort à son goût, ne détestant pas que j'embrasse en public ses doigts qui m'estourbissaient de chiquenaudes et de claques.

Je pleurais longuement ce soir-là, seul dans mon lit, en proie aux plus vives inquiétudes d'être abandonné ou vendu.

Puis-je m'asseoir ?

Oui, ma mère est bien la veuve dénommée Pâqueline

Renard. Je suppose qu'elle est née à Pâques, bien que je n'aie jamais osé le lui demander ; d'ailleurs je ne suis pas certain qu'elle m'eût répondu sans mentir, par coquetterie ou par ignorance.

On lui remit la dépouille de son époux étripé et débraillé ; elle se métamorphosa instantanément en madone. Ses doigts s'affolèrent autour du corps meurtri, cherchant à réajuster sa chemise déchirée, sa veste aux coudes lustrés retournée en linceul improvisé ; elle lui murmura les mots doux que, toute sa vie durant, il lui avait interdits, les trouvant puérils et saugrenus. Puis, se ressaisissant, elle arracha la chevalière qu'il portait au petit doigt, et la fit coulisser sur un cordon de satin qu'elle noua autour de son cou. Dans un dernier geste affectueux, elle remit en place sa perruque mitée qui avait glissé à l'arrière de son crâne comme un vieux paillasson. Des hommes déposèrent le corps de Johann Renard sur le lit conjugal, tandis que leurs femmes fouillaient nos buffets, à la recherche de bougies ainsi que d'étoffes noires pour masquer les miroirs de notre logement.

– Faudrait aussi arrêter l'horloge, chuchota l'une d'elles.

Une main crevassée immobilisa le balancier et l'appartement de mes parents sombra dans un silence recueilli, faiblement éclairé par les bouts de chandelles glanés çà et là par les voisines. Des chaises furent disposées autour du lit, et l'on invita la veuve à s'asseoir.

– Je ne préfère pas, objecta-t-elle.

Nous murmurions nos prières pour convoyer l'âme de Papa à la droite du Seigneur lorsque, soudain, une fillette cachée dans le tablier de sa mère éclata en sanglots.

– Comme c'est touchant, bredouilla ma mère en se tamponnant les cils.

– Le mort a fait caca, avisa l'enfant.

Nos yeux se dirigèrent vers l'auréole châtaigne que buvait le drap de lin glissé sous mon père. Maman évalua aussitôt le coût d'un matelas gâché et la honte d'une veillée mortuaire dont on ricanerait longtemps dans la paroisse. Baissant les paupières comme on claque une porte, elle me chargea d'une mission malaisée.

– File chez les sœurs hospitalières et demande-leur d'accueillir ton père.

D'une franche bourrade dans le dos, ma mère me poussa vers la porte. Rangées derrière elle comme des canetons, les voisines la suivirent et délogèrent de leur manche moult mouchoirs et fioles de sels d'ammoniaque.

Le dos courbé et la poitrine battue de sanglots, je marchai d'un bon pas le long de notre voie puis empruntai le ponceau qui enjambe le ruisseau Pissotte. Toutes sortes d'interrogations me brûlaient les tempes. Qu'étais-je chargé de demander, en réalité ? Une place au cimetière ? Le déplacement d'une délégation de religieuses afin de célébrer une messe privée ? Trente minutes plus tard, je me présentai au cul du prieuré des sœurs hospitalières de Saint-Chatry. Je secouai leur clocheton comme un forcené jusqu'à ce qu'une âme vînt écouter mes doléances.

– On n'a plus de place au cimetière, répondit la sœur que j'avais dérangée pendant son repas, vu l'ourlet violacé que le vin avait dessiné autour de ses lèvres. Les seules qui restent sont réservées à nos bienfaiteurs.

– Mais mon père visitait vos malades…

– Ha ! Uniquement ceux de la noblesse, riposta-t-elle.

– Il jouait aussi du serpent à la messe…

– En tout cas pas chez nous, rétorqua-t-elle. Pourquoi ta mère veut-elle s'en débarrasser ?

– Ça fuit.

– Je vois, dit-elle songeuse. Tu devrais courir avenue de Vincennes jusqu'à la barrière du Trône et là, on t'indiquera l'office d'un embaumeur.

La cloche du couvent sonna le rassemblement.

– C'est l'heure des laudes, dit-elle en refermant doucement la grille.

Je glissai mon index pour arrêter la cloison.

– Attendez ! m'exclamai-je. Les laudes, c'est au lever du jour ; il est presque onze heures…

– Et alors ? s'offusqua-t-elle. Je passe mes nuits à rincer les bassinets de vingt-sept mourants et infirmes, pendant qu'ailleurs ça danse la chaconne. Et toi, t'arrives là pour me donner l'heure ?!

Le portillon de fer claqua et obtura la grille de communication.

Je vous l'ai dit, je m'appelle Victor Renard.

Je suis né le 9 juillet, mais j'ignore en quelle année car ma mère a toujours menti sur son âge et le mien. Je suis fils unique de Johann et Pâqueline Renard.

On me surnomme parfois Victordu, à cause de ma tête penchée sur le côté. Un torticolis congénital m'inflige cette posture que vous pourriez prendre pour une pitrerie. Je ne ressemble pas à ma mère, autrefois admirée tant pour sa beauté que pour sa tournure naturelle bien qu'elle fût de fort petite taille. Je suis laid, ramassé, et toujours atteint d'une acné dont j'ai passé l'âge.

Je suis venu au monde à Charentin, dans le chasublier de la sacristie. Ma mère, prise de douleur pendant la messe, n'osa point interrompre l'office ; on la coucha en hâte et j'ai poussé mon premier cri au moment où l'orgue, dégorgeant ses basses, causa le tremblement des agenouilloirs et des bancs.

Le jour de ma naissance, mon père ne jouait pas, mais il chantait dans le chœur que l'orgue avait accompagné en hurlant. Quelques heures avant, on l'avait employé dans l'église de Vinces et j'aurais pu tout aussi bien naître à cette adresse, plus riche et mieux décorée. On m'emmaillota dans un linge mouillé d'eau bénite qui promettait de me porter bonheur.

J'ai grandi caché dans les corbeilles à linge, rudoyé tantôt par les bonnes auxquelles on confiait ma garde, tantôt par ma mère qui ne pouvait supporter ma présence plus de quelques minutes. Subitement, alors que j'étais à démanteler mon pantin de bois, elle s'abattait sur moi et me serrait contre son cœur ; elle pouvait tout aussi bien me chasser de son paysage quelques secondes après, sans plus de motifs.

J'aimais les mardis et les vendredis. Les premiers parce que l'on cuisinait les petits gâteaux de la semaine, et les seconds pour les visites qui égayaient notre demeure.

Les jours de pluie, de vieux paroissiens acariâtres et sans famille meublaient le salon de mes parents, aménagé dans une ancienne remise pourvue d'une vaste cheminée de pierre blanche. On priait les visiteurs d'apporter leur sucre et quelques potins dont mon père raffolait, qu'il notait dans un calepin, entre deux musiques ; mon unique distraction consistait à promener le plateau de biscuits – rances de la semaine passée – en feignant de ne jamais écouter les conversations.

– Je déteste les enfants bien élevés dans les salons, bougonnait une vieille bique toujours vêtue de noir.

– Vous les préférez insupportables ? s'étonnait mon père.

– Oui, parce qu'on les envoie jouer dehors !

Lorsqu'il pleuvait à verse, Papa me chargeait d'une mission : placer des bassines au grenier pour recueillir l'eau potable qui traversait notre toiture fissurée.

Nous recevions les visiteurs dans la remise d'une solide gentilhommière dont le premier étage – plus confortable et joliment décoré – était loué à un couple de condition aisée. Nos locataires étaient discrets ; le mari tenait un commerce de frotteurs de parquets, faisant travailler à bas prix des Auvergnats et des pauvres honnêtes.

Cette location nous procurait un supplément de revenu sans lequel nous n'aurions peut-être jamais goûté le gras dans la soupe du dimanche. Notre logement était assez vilain pour que nous n'y introduisions jamais quiconque, hormis un chat errant. Dans une partie du grenier, nous avions converti les combles en chambres à coucher ; le dessous d'escalier servait de paillasse à nos cochons que l'on faisait monter chaque soir à coups de badine. Ma mère avait honte des craquelures de cette maison coûteuse à entretenir. La charpente de la toiture réclamait une réparation et se cambrait dans l'attente d'un rafistolage ; par endroits, elle gauchissait sous le poids des poutres mouillées d'averses.

Mon père donnait ses leçons de musique dans la remise. Outre que ses instruments s'y trouvaient entreposés, cette pièce était la mieux ornementée et la plus chauffée. En un mot, la seule qui fût supportable à la vue comme au nez.

Cependant, notre famille jouissait d'un avantage que nous enviaient tous les habitants de Saint-Chatry : nous possédions un authentique cabinet d'aisance. Haut perché, en surplomb de notre jardin, ce cabinet nous permettait de nous soulager en produisant notre propre compost. Ainsi, le fruit de notre digestion retournait-il au fumier, emporté dans une sorte de boyau lisse en métal que mon père avait agencé par un trou du plancher. On était prié de pisser d'abord, afin de mouiller la pente et permettre une glissade rapide du colombin vers le purin, que les poules fouillaient nerveusement. Il était interdit d'y verser les cuvettes d'eau de pluie destinée à la toilette ; quiconque n'avait pas envie de pisser ne pouvait aller chier, au risque d'être dénoncé par son crottin resté collé au bord du tuyau sec.

Lorsque ma corvée au grenier était accomplie et que j'avais agencé les nouvelles bassines ou vidé le trop-plein de pluie des précédentes (que nous gardions à boire pour éviter l'eau du puits, corrompue à sa surface par une glu de moucherons et de vers aquatiques), je m'adossais dans un renfoncement où languissaient des malles scrupuleusement fermées. La foudre les éclairait par moments, certaines d'entre elles contenaient les souvenirs de jeunesse de Papa, auxquels personne n'avait accès.

Les funérailles de mon père furent organisées deux jours après son trépas. Ayant vu les sœurs du prieuré de Saint-Chatry me claquer la porte au nez, j'avais couru à l'adresse indiquée de Paris, où m'avait écouté, puis raccompagné en attelage, un homme âgé et maigre dont les doigts griffus m'avaient apeuré. Il avait emporté mon père dans sa carriole, promettant de le rendre « tout-frais-tout-coquet » pour ses obsèques, promesse que ma mère avait approuvée malgré son coût, cachant son embarras derrière un éventail.

Selon les exigences de la Maison du Législateur, une veuve ne peut rester seule à l'heure de la mort du mari, ni à celle de l'enterrement et pendant les sept semaines qui suivent le décès. En apercevant par la fenêtre les femmes s'approcher chaque jour de notre logis, ma mère rageait.

– Encore ces vieilles corneilles qui viennent me barrer la vue !

Comme convenu, Papa nous fut rendu très présentable et parfumé, les pommettes rosies comme un vieux coq à Versailles.

Le prêtre attendait notre cortège à l'entrée de l'église de Charentin, trop paresseux pour le conduire lui-même sur les trois quarts de lieue[1] séparant la maison de ses parvis. Titubante, ma mère incarna le martyre à la perfection. Agrippée à la carriole, véritable naufragée voyant s'éloigner une barrique de victuailles dans le ressac d'un océan de terre, elle pilonnait de ses pleurs le balancement du chariot qui dérapait dans les pelotes de boue que les garde-crottes bombardaient sur nous. Puis, enveloppé dans un suaire de lin, le corps de mon père bascula dans la fosse commune, où il rejoignit un directeur de la Compagnie des Indes enfariné de chaux vive.

Aussitôt après la cérémonie, l'interminable défilé des voisines reprit, ne laissant ma mère qu'à la tombée du jour, qu'elle guettait comme une délivrance.

– Je ne suis pas naïve, maugréait-elle. Je sais très bien qu'elles viennent me tenir la main pour siroter mon café et me chaparder du sucre.

Après deux octaves[2] de lamentations, les joues cramoisies de baisers et les doigts rôtis par le pincement des mains compatissantes, ma mère décida de trier les affaires de mon père. Elle inventa mille détails à régler afin que les vieilles pleureuses montant la garde aux heures critiques de son deuil fichassent le camp. Puis elle congédia le chat endormi en rond près du serpent de Papa ; ce chat qu'on missionnait parfois à l'assainissement du grenier, gâté de teigne et de croûtes, était jadis autorisé à dormir au chaud à condition de rapporter la preuve de son utilité. Depuis

1. Plus de trois kilomètres.

2. Durée de huit jours.

la mort de mon père, il n'avait nullement su justifier sa place. Ouste !

Enfin débarrassée de ses lanternes larmoyantes, elle évalua son héritage et le déposa sur les coussins de la gloriette du jardin (nos locataires avaient fait construire un abri à la turque sur leur parcelle de terre).

– C'était un saint homme, déclara-t-elle en comptant ses partitions liturgiques, n'empêche qu'il est mort en jouant pour des cons.

Deux jours avant l'accident, les « cons » escortés par mon père étaient pourtant, d'après ma mère, des individus convenables, travailleurs et humbles.

– Ce que je gagne suffirait pour mon entretien, me dit-elle. Mais, avec toi sur le râble… c'est une autre paire de manches.

– Mère, répondis-je en posant ma main sur son poignet, je vous aiderai de toutes mes forces.

Elle avait l'habitude, à chaque fois que je m'adressais directement à elle, de jeter par-dessus son épaule une pincée de fèves noires.

– Brave Victordu, souffla-t-elle en ôtant brusquement son bras de ma caresse, comme saisie de dégoût. Bon à rien, mais prêt à tout… (Après quoi, elle plongea sa main dans la poche de son tablier et jeta quelques fèves). Encore heureux que tu ne sois pas une fille, sinon j'aurais dû te dégoter un mari bossu pour économiser ta dot.

Elle était si habile à paraître honnête et gentille dans le monde, tandis qu'avec moi, si vous saviez quelle poissarde… Il n'était pas un repas où elle ne parlait la bouche pleine en jetant ses postillons écœurants dans mon plat. Toujours un mot méchant sur chacun ; elle parlait. Elle parlait, sans contrôler jamais ses coliques de mots, cette diarrhée de malfaisances assaisonnée de manières qu'elle croyait charmantes. Ses connaissances l'avaient baptisée d'un sobriquet dont elle ignore encore le sens : « la baronne ». De basse naissance, populacière et devenue grasse, elle se frottait en effet à plus fortunés, s'en croyant l'égale, malgré notre indigence éducative et pécuniaire.

Nous recensâmes toute la garde-robe : onze mouchoirs à raies, à pois et à carreaux, ainsi qu'un livret sur *L'Art de nouer sa cravate en seize leçons*, huit gilets festonnés de galons et de broderies – un sergé de soie blanche au passé, un satin prune quadrillé de fils bleus, un de lainage jaune imprimé de motifs rouges… –, une robe de chambre en soie verte brodée d'or et de dessins antiques, des pantalons couleur de ciel et des culottes plus ordinaires dans lesquelles nous avions l'habitude de le voir journellement. Nous comptâmes aussi huit chemises très fines de batiste à cols souples dont les poignets formaient des manchettes à petits plis, et suffisamment de souliers pour chausser une scolopendre, sans compter les bottes et les boucles d'ornements rangées dans une sacoche brune.

Tout cela semblait un peu coquet pour l'usage d'un homme que la mode n'avait jamais ouvertement tracassé.

– Crois-tu que ces bottillons t'iraient ? Le talon est neuf.

Elle me tendait une paire de chausses montantes terminées par un revers dans l'esprit mousquetaire.

– Oh, oui ! Je les adore.

Mais elle se dressa, indignée, fouilla sa poche et jeta des fèves.

– Il est écrit : « Seul le Législateur tu adoreras. » Puisque tu adores des godasses, tu te contenteras des vieilles. Je vendrai les neuves.

Je regrettai aussitôt ma sincérité enthousiaste.

On compta treize cahiers de partitions de chœurs, cent trente-trois images pieuses, un reliquaire ainsi qu'un épais carnet de confessions, où figuraient les noms de ses élèves, leurs erreurs commises et les exercices que, dans sa très grande fermeté, mon père leur ordonnait. À certaines pages du carnet, un peu à la manière d'une frise clôturant la semaine de l'écolier, figuraient des phrases philosophiques. Tenez, jugez vous-mêmes…

29 avril

Je suis le tenancier d'un commerce qui forge le goût du calvaire. Mariages, baptêmes, enterrements. Pour le reste, vous êtes priés de ne plus me faire chier aux heures des repas. Je rêve d'un clocher où l'on n'obligera pas les enfants à m'embrasser avec leurs petites bouches poisseuses pour dire bonjour, je rêve de rues où les fidèles me croiseront sans m'agripper le bras pour couiner sur leur voisin plus riche ou pingre. Je suis mal récompensé : un chapelet de graines pendu au cou de mon serpent au lieu des pompons de vos carrosses luxueux. Je rêve d'un public acclamant mes concerts. Chacun sa merde.

Nous soupâmes très tôt, ce soir-là, ma mère et moi, d'un plat de boulettes au foie et d'un fromage frais bien arrosé. Elle m'observait souvent entre deux goulées de bistouille qu'elle avalait à même la cruche, tandis que je buvais de l'eau trouble de la rigole Pissotte dans un gobelet de métal aux bords recourbés, pour retenir la boue dans le fond.

– V'là le tonnerre, dit-elle. Tu sais ce qu'il te reste à faire ?

L'orage gronda, l'heure de vider les cuvettes au grenier corna. J'ouvris la trappe de l'échelle et m'engageai dans le trou carré du plafond. L'encre de la nuit devint douce et apaisante, le ruissellement de la toiture berça ma consternation.

Qu'espérais-je ? Je l'ignore. Simplement j'étais là, accroupi dans un coin, et m'y plaisais. Une première bassine déborda bientôt ; je la mis de côté pour ma toilette personnelle. Comme l'exigeait mon père, nous ne lavions jamais les parties du corps couvertes par les habits. Nous les cachions sous les linges blancs et fuyions les dommages provoqués par l'eau. Fidèle aux anciens, et peut-être semblable à certains d'entre vous, mon père était persuadé que les bains instillaient les maladies en ramollissant notre peau.

À la clarté d'un atelier se trouvant juste au-dessous du grenier, ma mère s'activait à d'interminables besognes de couture ; à travers les voliges du plancher, je pouvais la regarder travailler sans être vu. De jour comme de nuit, son atelier restait fermé à clef, mieux gardé qu'un sanctuaire.

Elle assemblait et cousait des jouets de mode, des poupées de cire et de cuir remplies de paille, de crin ou de fibres cotonneuses qui la faisaient éternuer. Dans un haut bahut dont elle pouvait gagner le contenu en tendant le bras, on distinguait des troncs décapités, ventrus ou minces, parfois cintrés d'une timide poitrine et généralement finis par un germe de nombril mal formé.

Elle examinait avec soin les bustes sans têtes, vérifiait le bombé des postérieurs (étaient refondus chez le faiseur les troncs à fessiers écrasés), puis elle en contrôlait la raie de l'index : les finitions laissaient parfois de petites arêtes qu'elle devait rogner en ponçant pour la sûreté des enfants riches. Le temps qu'elle perdait à limer les culs de poupées la faisait inlassablement rouspéter. Lorsque j'y songe, j'ai du mal à comprendre son acharnement…

Ensuite, elle essayait sur elles plusieurs modèles de pantalons, faciles à enfiler du fait que le tronc n'avait pas encore de jambes, puis elle tentait d'assortir les corsages aux cotillons – raffinement qu'elle montrait moins sur sa personne, comme en témoignaient ses propres habits pendus sur la corde à linge. Lorsque le tronc se trouvait équipé de membres, il était généralement posé sur le dos, les bras tendus vers le ciel et les jambes en l'air. Ma mère s'attelait alors aux accoutrements de la poupée dont elle choisissait les étoffes avec une extrême vigilance ; les robes devant être taillées en biais pour former des godets à l'ourlet du bas, c'est par la qualité qu'elle compensait le coût modeste du tissu ; une toilette parée de volants et de choux était taillée dans une étoffe de méchante facture, tandis qu'une simple blouse bénéficiait de batiste très fine, rebrodée de fleurettes et bordée de guipures.

Quatre heures de façon étaient nécessaires aux oripeaux d'une poupée. Quatre heures durant lesquelles un bruit empoisonnait sa vie et la mienne. Tacatac ! Tacatac ! Tacatac ! Ma mère, hélas bien vivante encore aujourd'hui, est atteinte d'un mal sonore qu'on appelle « danse de Saint-Guy ». Lorsqu'elle se trouve assise, ses jambes sautent à vive allure et ses talons cognent le plancher. Cela est étrange n'est-ce pas ? Debout, elle n'a jamais éprouvé cette gêne, mais aussitôt qu'elle se pose sur un siège, le tacatac reprend, son claquement rendant parfois nos causeries confuses. Mon père disait souvent que si nous avions vécu au Moyen Âge, elle eût été brûlée sur un bûcher, ou accusée de sorcellerie. Comme il subissait ces pétarades continues, il avait exigé qu'un tapis de laine ou une peau de mouton se trouvât toujours sous les pieds de ma mère lorsque nous mangions, ainsi qu'aux heures de prière. Quelque temps après, il lui avait interdit toutes sortes d'occupations assises, telles que le dîner et le souper à table, ainsi que les heures de broderie devant l'âtre. Parfois, elle fut par lui dispensée de messe ; il n'était pas imaginable qu'elle restât debout durant toute sa célébration, il devint donc plus aisé de l'en chasser. Pâqueline Renard s'était enfermée alors, des heures durant, dans cette pièce claire de notre logis pour coudre de petits personnages sur des morceaux d'étoffes et, bientôt, l'idée saugrenue de vêtir les poupées de nos jeunes paroissiennes était née dans son esprit assombri. Le père de l'une des fillettes, faisant commerce des jouets de mode avait commandé à ma mère des modèles de sa création qu'il revendait aux Anglais toqués du bon goût français. À la tombée du jour, Maman circulait devant l'éventaire de la boutique, inspectant clandestinement la disposition de ses poupées ainsi que leur nombre, pour s'assurer que le commerçant ne lui contât des fables sur la rémunération qu'il lui devait. Enfournant hâtivement ses gains dans une minaudière de coton, elle tournait les talons, se dirigeait vers la porte de sortie, non sans rajuster le jupon de ses figurines exposées aux passants dans une position (genoux et pieds écartés) qu'elle jugeait indigne. Elle prenait cependant toujours garde à ne pas blâmer son client, car le revenu de ce commerce, grâce à son talent d'habilleuse, doublait le salaire de mon père.

Son tacatac me permettait souvent de fouiller le grenier, sans craindre d'être repéré car, étrangement, c'est bien du bruit que provenait ma tranquillité. Ses fanfreluches solidement cousues, ma mère ouvrait la seconde porte de son armoire et discutait longuement avec une rangée de têtes sans yeux. Vous pensez probablement qu'il fallait être à demi folle pour causer avec des têtes de jouets, pourtant elle a souvent prétendu qu'elle lisait plus de sentiments dans leur regard évidé que dans le mien. Quelle figure convenait-il d'emboîter dans le cou pour finir la poupée ?

On distinguait des chevelues blondes (mes favorites d'alors) coiffées de boucles savamment tournées et des brunes un peu sinistres avec la raie au milieu, affublées de grosses tresses. Invariablement, elle tirait un cartonnier dont le contenu m'indisposait : des yeux de verre par douzaines, verts et noisette y étaient classés en d'étroits compartiments. Ma mère comparait l'effet d'un œil marron sur une blouse mauve et s'emballait pour une paire de verts. Les yeux se plantaient par l'intérieur de la tête, repoussés à l'aide d'un outil courbé qui déformait la face comme dans un piège sans cri.

– Mère, pourquoi vos poupées n'ont-elles jamais d'yeux bleus ? lui demandai-je un matin.

Elle jeta une poignée de fèves noires qui résonnèrent en cliquetis sur les lames du plancher.

– Le vendeur de verroterie n'en fabrique pas, répondit-elle. Il soutient que le bleu donne une expression godiche.

– Ah ? m'étonnai-je tristement.

– Cherche un miroir, tu comprendras.

Une soirée profitable lui permettait de produire une poupée, parfois deux, les nuits d'été, lorsque la gaieté des voisins saouls contrariait son sommeil. Dans ce cas, ma mère ajoutait à son prix le coût des chandelles d'éclairage.

Audition du sieur Victor Renard

Jour I, partie II

Pardonnez-moi.

Je vous ai déclaré ce matin que j'étais le fils unique de Johann et Pâqueline Renard. Je souhaite me rétracter car c'est inexact.

Mon père rêvait d'avoir un fils ; la Pâqueline lui en donna une paire. J'avais donc un frère jumeau, Isidore. Il périt lors de notre naissance, étranglé par mon propre cordon ombilical démesurément long, enroulé autour de son cou ainsi que du mien, qui en resta tordu ; nous nous bousculions pour naître et, dans la moiteur de cette querelle, le boyau s'embobina et emporta le plus frêle de nous deux.

Nous n'étions pas prévus en double, pas plus qu'attendus dans l'allégresse. Aucuns langes ni petits habits sans coutures irritantes, que les femmes grosses aiment à coudre avant leur accouchement, ne furent confectionnés par ma mère. C'est pourquoi, sitôt la naissance, nous fûmes étendus dans le tiroir d'un chasublier, assez profond et large pour nous loger, puis recouverts d'une aube que des mains habiles avaient ficelée d'une cordelette, lien habituellement réservé à l'usage des ceintures d'enfants de chœurs.

Isidore mort n'en fut pas moins langé et déposé contre moi.

– Pour le faire baptiser demain, avait assuré ma mère aux paroissiennes. Sinon, il se transformera en fantôme.

Malgré son emploi, mon père ne parvint jamais à faire déplacer le prêtre pour Isidore.

– Trop tard, lui opposa-t-on. Il faut l'enterrer comme ça. Je viendrai pour l'autre, s'il respire toujours.

Mon frère fut donc enseveli sans aucun sacrement ; mes parents déposèrent toute sorte d'objets dans la fosse tels qu'un pilon et son mortier, ainsi qu'un collier de perles d'ambre, afin d'écarter le mauvais œil de ce tombeau improvisé.

Nul ne porta le deuil mais, en souvenir de notre ressemblance prodigieuse, la Pâqueline me faisait prendre la pose devant un artiste, une fois l'an, vêtu d'un gilet qu'elle confectionnait en deux exemplaires : un blanc pour mon frère défunt, un gris ardoise pour moi. La confection bâclée du gilet gris ne lui procura jamais le moindre embarras, tandis que, me voyant glisser mes bras maigres dans le beau satin blanc destiné à représenter mon frère, elle s'effondrait, pétrie de convulsions et d'attendrissement. D'un geste rapide, elle inversait le plumet de mes cheveux et me commandait de sourire (mais pas trop) devant ce peintre qui, chaque automne, me complimentait sur l'élégance de ce double ouvrage d'aiguilles et la chance que j'avais d'être ainsi choyé par une bonne mère. Il commençait toujours par le portrait en gilet blanc et toupet à gauche censé représenter Isidore. Après quoi je changeais de place, offrant mon autre profil, revêtu de mon gilet gris, sans oublier de rejeter ma frange au côté droit de mon front scintillant de sueur.

Devant le portrait à peine achevé dont le vernis collait aux doigts, la Pâqueline mendigotait l'avis du maître :

– Ils sont beaux, n'est-ce pas ?

– Oh, oui ! affectait l'artiste éreinté. Ils sont ravissants, vous cousez admirablement.

Elle le méprisait de ne pas comprendre qu'elle s'extasiait sur la « grâce » de ses deux fils, et non sur les vêtements qu'ils portaient. Cela l'exaspérait, mais il n'y avait pas d'autre portraitiste alentour suffisamment affamé pour accepter ce travail absurde et ennuyeux.

Comment suis-je arrivé au collège ? Est-il important pour vous de l'apprendre ?

Oui, je frissonne en évoquant ma naïveté d'alors. Mais ne vous y trompez pas : je ne suis pas guéri de cette émotivité.

Un jour de janvier 1784, j'avais environ huit ans, ma mère fit atteler une voiture, prétextant une promenade « entre nous ». J'étais sot, persuadé que nous vivions un moment de connivence sincère. Je garde le souvenir d'un parcours assez gai, malgré les rues désertes, à la suite d'un hiver particulièrement rigoureux, dont vous devez vous souvenir mieux que moi : les églises et les lieux publics avaient fermé leur porte des semaines durant, mais le dégel rouvrit les battants des institutions où se précipita d'un seul coup la population soulagée. Les nobles et les bourgeois s'empressèrent de remplacer les meubles qu'ils avaient dû brûler pour se chauffer, tandis que les pauvres enterraient leurs enfants figés par le froid. Notre famille, épargnée par la mort bien qu'elle ne fût pas riche, avait dû son salut aux réserves de bois que mon père avait amassées dans sa remise, pour protéger ses instruments de musique par quelques bonnes flambées. Nous avions également été épargnés par l'impôt exceptionnel que le roi avait infligé aux bourgeois et aux nobles, afin de distribuer du pain gratuit aux plus démunis. Nous étions pauvres, mais pas assez pour mendier ; nous étions riches, mais pas assez pour payer l'impôt de cet hiver-là.

Notre attelage passa près du pont Neuf, sur lequel je vis une immense statue de neige, représentant le roi. Ma mère, étonnamment douce et caressante, m'expliqua que c'était un message adressé par le peuple à Louis XVI, le remerciant d'avoir, exceptionnellement, manifesté sa compassion pour ses humbles sujets. La statue de neige était si haute qu'elle dépassait le deuxième étage des maisons ! Mlle Bertin, modiste de la reine, avait fait déposer une couronne de fleurs, tandis que d'autres âmes reconnaissantes avaient gravé « Notre amour pour lui nous réchauffe » sur son socle givré.

La Pâqueline ordonna au cocher de nous attendre, tandis que nous ferions quelques pas au milieu des promeneurs. Escortées de messieurs distingués, les dames élégantes foulaient le mélange de neige et de crottin des chevaux, souillaient leurs petits souliers à boucles en s'esclaffant comme des enfants sur un étang gelé. Pour une fois, les gueux côtoyaient la noblesse sur cette place ; on s'extasiait devant le majestueux bronze du roi Henri IV à cheval, faisant face au fragile Louis le seizième dégoulinant.

Lorsque nous approchâmes de l'immense statue de glace, la tête du roi s'inclina lentement.

– Ah, ben pareil que toi ! s'exclama-t-elle. Le cou tordu et la tête penchée !

Puis, nous éclaboussant de milliers de gouttelettes de neige fondue, la tête du roi s'effondra sur le sol.

– Mauvais présage ! déclara ma mère en me poussant dans la voiture.

Je n'ai jamais oublié ce jour de dégel ni cet écroulement prémonitoire, c'était un 21 janvier. Chacun possède en son âme des indices qui lui servent de repères. Pour ma part, je n'ai jamais effacé cette date, malgré la confusion que le calendrier républicain distilla en chacun de nous.

Non, je ne critique nullement ce calendrier. Je me contente de dire à votre respectable Assemblée de justes que, avec mes compagnons d'alors, nous avions bien du mal à retenir les jours de la semaine rebaptisés par des noms d'outils et de légumes. Malgré la confusion que ce calendrier a entretenue[1], je n'ai pu effacer de ma mémoire la vraie décapitation du roi. Neuf ans plus tard, un 21 janvier.

Pourquoi souriez-vous ?

Ah oui, le collège…

Peu après, le nez rouge et les lèvres gercées, ma mère et moi pénétrâmes dans une sorte de résidence qui m'était inconnue, précédée d'un jardin entretenu avec soin et particulièrement coquet malgré la glace fondante. Une lourde porte se referma derrière nous ; un quidam en habit sombre me guida, une main ferme posée sur mon

1. Utilisé entre 1792 et 1806, le calendrier révolutionnaire découpait l'année en douze mois de trente jours chacun (soit 360 jours), auxquels on ajoutait cinq à six jours complémentaires en fin d'année. Les jours (découpés de minuit à minuit) portaient des noms de légumes, d'objets ou d'animaux.

épaule, jusqu'à la garde-robe où l'on me décoiffa sans ménagement pour vérifier si je n'avais point de poux dans la tête. Entre-temps, la Pâqueline s'était éloignée sans bruit ni le moindre geste d'amitié. J'appris alors que je devenais pensionnaire de cette institution, dont il m'était interdit de sortir jusqu'à nouvel ordre. Je pleurai toute la nuit, en silence, dans l'attente du retour de ma mère.

Nous avions tous, au premier jour, été éblouis puis dupés : en avançant pour la première fois lors de l'inscription des élèves, les parents tombaient sous le charme de cet endroit, convaincus du plaisir que leur enfant éprouverait à s'y promener, car ils ignoraient que ce beau jardin fut interdit aux élèves. Finalement, le parc n'était emprunté que pour entrer et sortir rejoindre les familles.

Nous étions vingt-huit dans un dortoir prévu pour douze lits. Pour grimper dans ma paillasse, je devais escalader celle de mes camarades quitte à leur marcher dessus, au risque de récolter un coup de poing. Nous dormions si serrés que nous croyions parfois tous partager la même couche. Réveillé le matin dès cinq heures pour une brève toilette et une heure de prière, je craignais souvent de m'endormir pendant nos leçons, qui débutaient à sept heures trente, jusqu'à la messe de dix heures.

Le règlement de l'établissement prévoyait, conformément aux consignes des médecins, que la température des pièces habitées par les élèves ne dépassât pas 15 degrés ; on allumait le poêle de la classe uniquement les jours de visites officielles ou lorsqu'un parent devait entrer dans la classe. Le reste du temps, les murs suintaient et moisissaient. Pourquoi dorloter des enfants, ces êtres imbéciles et bruyants que l'on n'est point tenu de respecter ?

Ma scolarité s'étendait du 3 novembre au 14 septembre, excepté les jours vaqués pour les fêtes : quatre jours à Noël, deux pour Mardi gras, six à Pâques et trois à la Pentecôte.

J'apprenais une récitation différente chaque jour, une version en latin le lundi, un thème le vendredi et passais les examens récapitulatifs le samedi matin. À partir du 15 août, je devais me préparer pour les remises de prix annuelles. Les lauriers les plus convoités étaient ceux de catéchisme, grammaire, rédaction et histoire. Les autres matières étant considérées dans mon collège comme accessoires. On nous offrait des livres dorés sur tranche et les grands élèves ânonnaient des pièces de théâtre. Moi, je n'ai jamais joué de théâtre, et je le regrette, mais je craignais les moqueries de ma mère sur mes exploits d'acteur. Ou son invincible courroux, si j'avais montré une disposition, un talent que le public ne lui avait jamais reconnu, malgré tout le mal qu'elle s'était donné pour acquérir la gloire. J'y reviendrai plus tard.

Nos trousseaux étaient obligatoirement composés des mêmes pièces, pour lesquelles ma famille s'était endettée : deux pantalons, une cape, six chemises, des coiffes de nuit, douze mouchoirs, autant de serviettes, des chaussons et quatre morceaux de savon. Le correcteur tenait son fouet dans la main, toujours prêt à frapper lorsque mes petites affaires n'étaient point lavées ni étendues avant l'heure du coucher.

Je craignais les maladies, les remèdes me dégoûtaient plus que l'idée de la mort. Malheureusement, je fus souffrant tout l'automne de mes huit ans ; on me fit boire une purge de limaces rouges broyées et l'on appliqua sur mes boutons une poudre de grenouille en récitant les prières d'usage. Cette fragilité de la poitrine ne m'a plus quitté ; je crains toujours les vents coulis et l'humidité des vieux murs.

Pour les visites trimestrielles, un parloir fort bien aménagé donnait aux visiteurs l'illusion que nous étions choyés comme des évêques : quelques friandises ainsi qu'un carafon de mauvais vin trônaient au milieu d'une table juponnée. On nous avait avertis qu'il était interdit d'y goûter, que ces douceurs onéreuses étaient réservées aux parents. Je compris plus tard que notre abstinence faisait croire aux familles que nous étions grassement nourris, au point d'être écœurés par la vue d'un nougat.

Je m'étais coulé dès l'aube dans ma toilette glacée qu'on avait pendue toute la nuit dehors pour en ôter l'odeur du moisi des chambres humides, et j'avais englouti un déjeuner amélioré puis accroché mes dessins et divers travaux aux murs. Le directeur les commentait devant les parents : petites critiques faussement tendres, compliments patelins et caresses dans nos cheveux.

Pour lors, je me gardais bien de dire à ma mère la vérité sur l'établissement par crainte qu'elle ne me crût menteur ou pleurnichard, et qu'elle s'en plaignît au directeur qui n'eût pas manqué de me rosser. Mais, aujourd'hui, vous racontant ma vie, je suis bien certain que la Pâqueline eût payé un supplément au directeur, pour qu'il me fît la vie plus dure encore. Je m'étais cependant permis de la questionner sur le sujet.

– Pourquoi faites-vous la dépense de mon instruction, si vous me croyez incapable d'en profiter ?

– Question d'investissement, m'avait-elle répondu.

Ma figure interdite lui avait alors révélé ma consternation.

– Bah oui, avait-elle ajouté, si tu es instruit, tu auras un bon poste. Tu gagneras donc bien ta vie. Et la nôtre, quand l'heure sera venue !

L'année supposée de mes seize ans, un garçon nouvellement arrivé faisait sensation dans la cour de l'établissement. Ses cheveux longs et sales collés sur ses joues à la manière des Muscadins, il était terrifiant d'excentricité vestimentaire et surtout en raison de l'énorme gourdin qu'il faisait tournoyer entre ses mains comme une menace. Sa taille, sa force athlétique et sa massue lui conféraient un pouvoir certain auprès des jeunes benêts que nous étions. Il s'était approché de mon petit groupe et, pointant son gourdin contre mon torse, m'avait désigné au hasard.

– D'où qu'tu viens ?

– De l'autre côté de la Pissotte, avais-je révélé sans plus de précision.

– Et qu'est-ce qu'il fait, ton père ? m'avait-il demandé en enfonçant ses ongles dans les broderies de mon gilet.

– Il était compositeur, avais-je un peu menti.

– Fichtre ! Tu serais le fils à Mozart par hasard ?

J'avais entendu parler de cet homme, et j'étais certain qu'il n'était pas mon père.

– Le mien était traître, répondit-il.
– Traître ?
– T'es sourd ou quoi ! J'ai dit prê-tre. Prêtre, pas traître.

Comme le nouveau me trouva bientôt un air pédantesque qui l'impressionnait, et que nos défunts pères avaient peut-être officié ensemble (le mien au serpent, le sien aux agenouillements), nous composâmes l'association la plus ébouriffante, doublement sotte et doublement oiseuse. Grâce à l'arrogance de Franz, mon nouvel ami, je passai en quelques minutes de la condition de crétin à celle de sous-chef de bande.

Cette position honorifique m'octroyait le pouvoir de désigner, parmi les garçons robustes, ceux dont les épaules nous servaient d'échelle. L'autre côté de la muraille qui ceinturait notre institution abritait en effet un petit pensionnat de jeunes filles, rigoureusement détenues par les sœurs de Saint-Thomas. Leur récréation du matin ayant lieu en même temps que la nôtre nous permettait de les contempler de loin. Je demeurais ébloui par leurs voix aiguës que le vent poussait vers nous, tandis que Franz commentait leurs physionomies, afin d'en faire profiter nos camarades restés au pied du mur.

– C'est dommage, elles portent toutes des robes grises identiques, mais elles ont des ceintures de couleurs différentes.

– Raconte !

– J'en vois des roses, sur les plus jeunes. Mais les filles aux grands pieds portent des ceintures bleues…

– On voit leurs nichons ?

– Pfff ! Les robes sont fermées jusqu'au menton.

La cloche tintait toujours trop tôt, contrariant nos observations incomplètes.

Ma mère, qui pourtant n'était jamais venue me visiter à l'institution, me réserva la surprise de sa présence lors de ma sortie, à la fin d'un trimestre. Cette ponctualité m'inquiéta fortement : Comment allais-je me maintenir chef de bande avec l'escorte déshonorante d'une maman tenant un petit goûter à la main ? Au regard d'autrui, elle était une bonne mère puisqu'elle chérissait son grand dadais. Qui pouvait deviner les moisissures du pain qu'elle me faisait avaler ?

Mes camarades riaient probablement de moi. Depuis la veille, nous étions agités par les arrangements d'une troupe de saltimbanques et l'installation d'une ménagerie foraine. On entendait les cris des cantonniers montés au sommet des marronniers pour accrocher des guirlandes, les coups de marteaux donnés sur les planches d'une tribune réservée aux musiciens. La fête était prévue pour le soir même et toute la jeunesse s'était promis rendez-vous autour de cette estrade dès les premières notes de musique. Franz souhaitait naturellement ma présence… Allais-je décevoir mon nouvel ami et passer pour un mollasson ?

Cependant, ma mère, ignorant mon dilemme, jacassa sans répit jusqu'au perron de notre maison en me bourrant de son pain chancis.

– C'est bon, hein ? demanda-t-elle sans envisager un instant un avis contraire. Les cochons se réveillent même la nuit pour s'en goinfrer. Je pensais, ça fait un bail maintenant que Papa nous a laissés…

– Je ne sais pas, répondis-je distraitement, tout à ma préoccupation de la soirée.

– Comment ça ? s'indigna-t-elle en fourgonnant sa poche. Tu ne sais plus depuis combien de temps ton père est mort ? Mais quel genre de fils es-tu ?

Elle égrena les mois passés selon ses propres repères : la location d'un cercueil garni d'une cuvette de plomb, le remplacement coûteux d'un matelas de laine – qu'elle avait dû payer en plusieurs fois –, les chandelles pour flécher la maison durant les semaines de deuil, le sucre et les boissons servies aux lanternes…

– La prochaine fois que j'aurai un deuil, se promit-elle, je servirai des tisanes au pissenlit à cette bande de choucas.

Elle poursuivit le récit de son calendrier : vingt-quatre poupées habillées dans les mouchoirs et la robe de chambre en soie de Papa, huit livres de farine restant à payer au meunier.

– Et mes deux jambons fumés à récupérer chez le saleur, dit-elle. Ce qui me rappelle que je dois encore deux pièces au croque-mort.

– Onze.

– Quoi, onze ?

– Onze mois que Papa est parti.

– Sans oublier, grinça-t-elle, que les paysans ne m'ont jamais réglé les trois notes qu'il a jouées dans leur champ pourri. Rentre, nous allons trier ses perruques et ses défroques ; je vais les vendre à la foire. Si ton père pouvait parler, il me gronderait de ne pas y avoir pensé plus tôt.

Ainsi donc, ce brusque élan maternel n'était dû qu'à sa crainte de monter seule aux mansardes, où les crottes de souris et le vertige lui causaient des haut-le-cœur…

*

Le buste dépassant à peine du plancher par la trappe du grenier et les jambes chancelantes, ma mère me tendit un trousseau de clefs liées par un fin cordon de cuir. Elle m'ordonna d'ouvrir une des malles.

– Non, pas celle-ci. L'autre. Ah, quel incapable… La petite, je te dis !

La caisse était gorgée d'un grand fouillis. J'ôtai des papiers, puis encore des chiffons et je présentai avec une irréprochable solennité à la veuve Renard, un à un, les oripeaux paternels. Elle tendit les mains pour recevoir ses perruques blanches et mitées puis elle huma – en pliant les genoux pour former une petite révérence – le parfum de sa poudre blanche restée fixée dans les cheveux. Autrefois, mon père se flattait d'acheter sa poudre à perruques et son fard aux bons faiseurs ; il ignorait qu'ils y fondaient des balayures de bois vermoulu. Plus tard, comme ce fard lui racornissait la peau et n'était plus guère utilisé que par les vieux coquets royalistes ou par quelques fous suicidaires, il l'avait abandonné et avait remisé ses postiches dans une boîte où grouillaient la vermine et les poux.

– Je ne vais pas risquer de me faire crever les yeux en passant pour un aristo ! avait-il déclaré en rangeant ces accessoires.

– Ah, bon ? avait répliqué ma mère. Mais sans perruque poudrée, on te prendra pour un révolutionnaire !

Mon père était prompt à l'agacement, surtout lorsque sa femme le contredisait.

– Pauv' fille ! Tu n'as rien compris : il vaut toujours

mieux se ranger aux côtés du plus fort, et jusqu'à preuve du contraire, les révolutionnaires ont le vent dans le dos. Mais je n'ai rien à craindre puisque je marche à pied et non en chaise à porteurs. Je suis musicien, ma veste est lustrée aux coudes, fermée par dix boutons dont un manquant, et je rase les murs lorsque je croise une bande de jeunes pourvus de cannes ou de gourdins. Je n'expose nulle part mes croyances politiques et je n'ai qu'un maître : Dieu.

– Johann, je ne te reconnais plus ! s'était-elle écriée sur un ton de désespoir. Le peuple a démoli les clôtures des grandes maisons pour s'en faire des armes et on jette les carrosses au feu ! Tes ouailles seront bientôt tellement ruinées qu'elles s'habilleront en peaux de souris. Tu es donc heureux de voir les riches à terre ?

– N'exagérons rien… Disons que je m'en divertis. Ça bâfrait sur des tables en marqueterie mais ça pignochait le prix de mes musiques. Je suis amusé, vois-tu, qu'ils crèvent dans leurs salons après avoir dépensé des millions de livres pour se gaver sous nos yeux !

– Moins fort… Tu vas nous attirer des ennuis !

– Les embrouilles arrivent quand on a de l'audace, pas quand on vit comme un doryphore dans une patate ! Lis-moi ça ! s'était-il exclamé en brandissant son carnet de notes.

Ange Pitou, un nom de crotte de nez. Pas étonnant qu'il se vautre aux pieds de l'Autrichienne et qu'il dégomme son roi le lendemain. Penser à mettre en musique ses pamphlets. Si ça peut rapporter…

La Pâqueline était restée coite devant la prose de son mari.

– Je ne comprends pas… Tu donnerais tes musiques à ce Pitou, ce journaliste contre-révolutionnaire, ce royaliste chanteur des rues, mais tu es ravi que les aristos s'enfuient à toutes jambes ?

– Ouais ! Et si je dois hurler « À mort le roi ! » pour sauver ma peau, je le ferai. Et si, la semaine suivante, je dois chanter avec Pitou « Vive le roi ! » pour manger, je le ferai aussi. Maintenant arrête tes chicanes et va tourner dans ta soupe, pendant que je range mes coiffures.

Mon père n'eut jamais l'occasion d'éprouver son courage. Personne ne lui manda de hurler avec les loups contre le roi, ni en sa faveur. Papa se fondait assez dans la couleur des murs pour que chacun l'oubliât, et mourut comme il vécut : indécis et petitement.

Malgré l'imbécillité et le peu de mémoire que l'on prête aux jeunes gens, je garde un souvenir très clair de mon père comme de ses effets personnels qu'il gardait sous clef, de même qu'il redoutait les petits imprévus. Il frissonnait à la vue d'un oiseau, rotait bruyamment lorsqu'une mauvaise odeur chatouillait ses narines, s'agitait à l'approche d'une libellule comme d'une guêpe, tremblait à l'idée que je ne devinsse « rien ». L'obsession que les églises fussent désertées ou que la bourse de ses ouailles fût vide le terrifiait, que ses perruques poudrées et ses gilets brodés le fissent passer pour un seigneur, ou que ses cheveux naturels et gras lui octroyassent l'allure d'un révolté l'angoissait. Il osait peu sortir, réservant ses déplacements aux bonnes femmes de la paroisse qui faisaient preuve de générosité, aux malades dont il devait couvrir les râles lors de leur agonie dans le dortoir des religieuses, aux commanditaires de musiques bien payées. Il ne traversait notre jardin que pour rejoindre la remise dans laquelle il dispensait ses cours de musique, recevait des veuves en mal de confesseur et, pendant qu'elles reniflaient sur leur destinée foireuse, mon père prenait des notes sur son calepin et comptait les sucres qu'elles regardaient fondre dans leur tasse ébréchée. Dès que ces chouineuses quittaient le salon, il se ruait sur les croisées dont il ouvrait les deux battants, brassait l'air à grands moulinets de partitions et aérait les coussins mités du sofa.

– Ces vieilles cocottes puent le ranci ! lâchait-il en toussotant.

L'ensemble des objets récapitulant la vie de Papa, joueur de serpent aux ambitions froissées était là, devant mes yeux, au fond de ces coffres dans lesquels il m'était interdit de fourgonner. Ma mère m'ordonna d'empaqueter les postiches et de veiller à ne point déplacer ses autres effets alignés dans la malle.

– À présent, tu la fermes et tu me rends la clef.

Ce que je fis.

Elle redescendit à reculons, grimaçant de frousse, les mains tendues vers un garde-corps invisible. Je demeurai seul dans ces combles peuplés des souvenirs de mon père, espérant un orage pour distraire mon ennui et gagner le droit de remonter fréquemment changer les cuvettes.

– En redescendant, tu ramasseras les fèves ; je n'en ai plus une seule en poche.

– Et si c'était l'occasion de rompre avec cette manie ? proposai-je ingénument.

– Toi, ferme-la.

Bientôt retentirent dans la campagne les premiers cris du spectacle sur la Grand-Place. Le cœur fendu de désespoir, j'imaginais mes camarades boire de la bière et du mauvais vin ; je devinais la contemplation des femmes de chambre devant les animaux de la ménagerie qu'on avait dérangés durant leur sommeil pour distraire les badauds, et l'ennui muet des rares laquais encore employés par quelques familles influentes, postés devant les voitures.

J'attendis le tacatac et m'assurai que ma mère s'engageait bien dans la fabrication d'un jouet entier. Jamais elle n'abandonnait un ouvrage commencé. Quatre heures ! Quatre heures de confection me garantissaient la paix de ma soirée. Je voulais me divertir, comprenez-vous ? Afin de bien masquer ma fugue, je modelai l'avoine de ma paillasse en forme de corps alangui, façonnant une silhouette couchée sur le côté, jambes pliées et tête enfouie sous l'édredon.

Il n'était pas aisé de descendre secrètement notre escalier en colimaçon : les réserves de nourriture s'y amoncelaient au côté large des marches, car nous manquions de buffets. Je brisai des croquettes dans une boîte de fer rouillé sans couvercle, puis je me broyai deux orteils en cognant le bord de la cheminée où l'on posait la pelle, le tisonnier et un chaudron empli de soupe marron. Je me frappai fortement la tête aussi, aux outils pendus à la solive. Dans le noir, je ne retrouvais point mes repères ; je crus que ma mère avait déplacé les meubles pour me piéger. Prudent, j'écoutai ses talons taper, puis je patientai jusqu'à l'assemblage des bras de poupée pour décamper. Je me trouvai bientôt au premier étage occupé par nos locataires. La joie de leur porte fermée et le silence qui l'entourait me projetèrent au rez-de-chaussée, reconnaissable à son odeur viciée : nos jeunes cochons y dormaient paisiblement. Puis, enfin dehors, délivré et peureux à la fois, comme aux funérailles de mon père, onze mois plus tôt, je ne sais plus si la joie est sortie de ma gorge ou si j'ai su vaincre mes lèvres.

Permettriez-vous que je m'interrompe un moment pour boire ?

L'évocation de cette période m'est plus pénible que je ne l'aurais cru ; je vous prie d'excuser mon trouble. Des images blessantes me reviennent au fil de mon récit et, parfois, trop fortement marquées. Je me croyais invincible, capable de vous narrer mon histoire sans faillir, mais vous le constatez à présent : mes jambes ne me portent plus, mes mains tremblent et ma bouche s'assèche au point d'en perdre l'usage de la parole.

Si vous n'y voyez point d'objection, je souhaiterais poursuivre cet épisode une autre fois. Une autre fois, car nous n'en aurons pas terminé de sitôt, n'est-ce pas… ?

Audition du sieur Victor Renard
Jour II, partie I

J'avais un oncle dont la pâtisserie jouissait d'une réputation enviable. Les paroissiens de l'Église du Législateur profitaient de leur assemblée pour lui acheter pâtés, tourtes et viandes, car le temple était adossé à la fabrique de mon oncle Élie, tout près du pont aux foires où s'égosillaient les bonimenteurs, les marchands de canards et les vendeurs d'huile et de mèches à lampes.

Élie Haussman était marié avec la sœur aînée de Papa. Ils sont très âgés à présent – ou peut-être morts mais, jadis, ils tenaient ensemble ce joli commerce de chairs. Pour se moquer d'eux, les voisins ainsi que leurs rares amis avaient transformé leur nom de Haussman en « Ossement » puis en « Nonosse ».

Chaque semaine, une tête de veau parée de petites roses en peau de légumes égayait l'éventaire : tante Philiberte façonnait toute sorte de sujets en pelures, et l'oncle Élie ne dissimulait pas sa fierté d'avoir épousé une artiste. Il l'admirait en silence, la trouvait troublante, vêtue de ses corsets démodés outrageusement serrés par des cordons effilochés, tandis qu'elle augurait des ventes comme une prophétesse.

– Mes côtelettes vont nous rester sur les bras, râlait-elle.

– Tu n'as qu'à les faire rôtir, on les vendra cuites.

– Les catholiques font carême et les brebis du Législateur sont punies au « jeûne et prière ». Avec leur bigoterie, la comédie peut durer des lunes.

– Je m'en fous ! ricanait l'oncle Élie en hachant ses viandes invendues et malodorantes. Je vais acheter des épices.

– Peuh ! s'égosillait tante Philiberte. À qui les vendras-tu ?

– Aux sceptiques. Ils viendront m'acheter du pâté en croûte à la nuit tombée. Et les gloutons, je les connais aussi : la gueule en coin de rue, ils ont toujours un rejeton famélique auquel on ne peut soi-disant imposer le jeûne. Balivernes ! Ils boufferont tes côtelettes rôties sur le retour. Les sceptiques et les gloutons, tous des Judas pour un pâté de chat !

Mon père n'aimait pas l'oncle Élie. Les jours de livraison du vin de messe, la dégustation lui soufflait un avis qu'il répétait au curé, assez fort pour que je l'entendisse. On faisait mon éducation entre deux rots.

– J'aurais préféré que ma sœur trouve un mari dans la chiourme plutôt que chez ces bouilleurs de carcasses. Hips ! Cela m'aurait épargné d'être le « beau-frère à Nonosse ».

Après la mort de Papa, l'oncle *indigne* fut le seul à prendre en pitié notre condition, à Maman et moi ; il m'engagea trois matins par semaine au dépeçage des pièces de viande, puis à la fabrication des pâtés. L'oncle

Élie raclait son billot de bonne heure ; c'était un lève-tôt. Notre planche à découpe n'était pas banale : l'oncle Élie avait acheté au marchand de curiosités une dalle funéraire de granit, levée d'une tombe profanée où l'on pouvait encore lire :

Hic jacet
Castor de la Ribaude
1732-1790

Cette plaque mortuaire, épaisse et froide, que des sauvages avaient arrachée pour martyriser le cadavre d'un aristocrate à titre d'exemple, convenait à mon oncle par sa dimension, et surtout par ses vertus refroidissantes.

J'ai dit « sauvages » ?

Ah, je vous prie de m'excuser.

Non, non ! Je ne condamne pas la violation des sépultures de 1793. Mais… je ne saisis pas cette hargne à détruire la dernière demeure d'inconnus pris au hasard, cette folie des fausses moustaches confectionnées en poils pubiens de cadavres, cette furie dirigée contre la dépouille de nobles dont les gueux n'avaient pas toujours eu à se plaindre.

Bien sûr, pour l'avoir pratiquée moi-même, la destruction de cercueils ne m'a jamais rebuté. Mais je n'ai nulle honte à soutenir que, même si j'ai bâti ma fortune sur la malchance d'autrui, je n'ai jamais manqué réciter une petite prière pour le repos de celui à qui j'arrachais les dents. Le cadavre est une sorte de marchandise dont nous pouvons disposer librement : ses chairs sont utiles à bien des métiers, ses vêtements aussi.

Auprès de l'oncle Élie, j'appris donc les gestes du bon pâtissier sachant accommoder les déchets invendus de la semaine en pâtés outrageusement épicés. Rien en cela ne me déplaisait, hormis peut-être les traces de sang séché que je devais gratter après mon travail sur le Castor, cette dalle funéraire granuleuse. Le sang collé dans les creux de la pierre sur le nom du mort se montrait particulièrement résistant dans le R et sur la date.

Tante Philiberte remédiait à tout ; elle nous préparait un chocolat battu et sucré, agrémenté de commérages choquants dont l'origine remontait parfois à ma mère. Son allégresse comploteuse trouvait en moi un témoin attentif, bien que je n'eusse jamais ralenti ma tâche durant ses moqueries. Ma besogne ne me dégoûtait pas : la fermeté élastique du cœur, le bruit mouillé des poumons, un petit foie et sa fragile poche de fiel brun étalés sur le froid graniteux me captivaient ; j'éprouvais une sorte de bonheur honteux dans cet univers sans criailleries, sous les carcasses suspendues aux broches. Lorsque la clientèle nous laissait un moment de répit, tante Philiberte m'autorisait la lecture des libelles amassés près du Castor, par lesquels elle étudiait toutes les horreurs concernant son voisinage. Naturellement, l'oncle Élie désapprouvait ces lectures, mais il n'y faisait jamais allusion, se contentant d'être dans ma vie un genre de deuxième père sobre et poli.

Les derniers clients étaient toujours de condition modeste. Ils arrivaient avant la fermeture, pour discuter le prix d'un talon de jambon ou d'une longueur de saucisses fétides. Il était aisé de mesurer leur rang social : les femmes, ordinaires et voûtées, vêtues de façon sinistre, ne portaient jamais d'autre bijou que leur alliance de métal ; elles traînaient derrière elles une farandole d'enfants fagotés de vilains pantalons et de souliers trop grands, la mine pâle et les yeux cernés.

C'étaient les mêmes qui entraient timidement dans l'église, pourtant nous les connaissions presque tous. Mon père interrompait parfois sa musique, afin de souligner le dérangement causé par l'intrusion de ces inconnus. L'assemblée se retournait alors, et les nouveaux venus se sentaient déjà redevables d'une parole d'excuse. Notre curé, redoutable de vivacité, mêlait à ses sermons ces novices penauds, combinant avec habileté ses prêches à de petites phrases où chacun pouvait se reconnaître. « Toi qui cherches la vérité, toi qui frappes à la porte pour demander à boire (et là, comme il pointait son index vers les inconnus, nous nous retournions tous une deuxième fois), viens boire les paroles du Législateur, continuait-il, viens boire à la source de La Cause. » Une main ferme tirait ces gens vers la timbale fraternelle qui leur était déjà tendue. Puis, nous nous dépêchions de les embrasser d'une façon si enfantine qu'ils s'effondraient en larmes, fragilisés par cette affection inconvenante. Les jours de foire, nous pouvions compter deux nouvelles recrues par semaine ; cela grossissait à la fois le rang des fidèles et la procession d'acheteurs au commerce de Nonosse.

Après le départ des derniers clients, je nettoyais les éventaires à la liqueur alcoolique, je plaçais les restes dans un garde-manger de fin grillage, puis je remerciais l'oncle Élie du paquet qu'il déposait dans mes bras : des pigeons à la crapaudine. On les nomme ainsi parce que, une fois fendus par le milieu, ils s'étalent en largeur et prennent la forme d'un gros crapaud aplati. Ma mère n'en mangeait jamais ; elle refusait tout présent des mains de sa belle-sœur, cette « vaurienne », depuis qu'elles s'étaient chicanées à propos d'une coudée de saucisses aux herbes que Maman prétendait avoir payée sans jamais la trouver dans son panier.

Un matin, tante Philiberte et l'oncle Élie qui achevaient le remplissage de boyaux de farce m'occasionnèrent la fierté de tenir le commerce un court instant.

– J'ai à faire dehors avec ta tante. Tu gardes la boutique, c'est toi le maître.

J'étais crâneur et pourtant tellement craintif de mal faire. Je venais d'épandre des sciures de bois sur le carrelage afin que les clients ne se cassent pas le cou, lorsqu'une jeune fille incroyablement saisissante entra dans l'échoppe ; elle marchait pieds nus, courbée en avant par la faute de sa coiffure trop élevée qui frôlait les papiers de glu pendus au plafond pour capturer les mouches. Elle tenait en main deux charmants souliers d'étoffe ornés de boucles. La divine apparition mâchant une tigelle de fleur, sa langue dépassait parfois de ses lèvres brillantes. On entendit distinctement alors ma respiration hachée.

Il est des êtres qui nous magnétisent parce qu'ils sont très gracieux ou incroyablement laids, par une intelligence pénétrante ou parce qu'ils ont le courage de vivre avec une verrue plantée sur le nez. La fille entrée ce dimanche matin était non point bossue ni défigurée par un abcès poilu, mais rose et prenante comme le feu. Ses cheveux étaient tissés en une colline haute où s'entremêlaient rubans et plumes de couleurs vives. Je n'avais jamais observé de près un tel chef-d'œuvre capillaire. Et j'étais encore à mille lieues d'imaginer que sa propriétaire allait bouleverser ma vie.

Ce jour-là, celle qui n'était encore qu'une inconnue pour moi avait la grâce d'une princesse, de grands cils recourbés et une peau très blanche parcourue de petites veines bleues. Un ange ! Un ange, doté d'un atout de plus qui la rendait irrésistible : sa gêne rougissante.

– Et pour cette demoiselle, qu'est-ce que cela sera ?

Depuis quelque temps Élie m'avait appris à servir sa clientèle sans cafouiller.

– Il n'est pas là, Monsieur Nonosse ?

– Non, dis-je un peu fâché par ce manque de respect envers mon tuteur. M. Haussman est…

La jeune fille tendit ses souliers par-dessus le billot, la main légèrement tremblante.

– Voilà… j'ai brisé mon talon de soulier, je marche bancale. Pourriez-vous me tailler l'autre talon en tranches avec votre couperet, pour me le rapetisser ?

Je bredouillai n'importe quoi.

– Si, vous dis-je ! insista-t-elle en baissant son front vers ses pieds, il faut couper, et j'aurai des talons pareils des deux côtés !

Hélas, l'oncle Élie me rejoignit, s'essuyant les mains sur une charpie grise.

– Tiens, c'est la fille Martineau. Bonjour petite.

– Je m'appelle Angélique, monsieur.

– Je sais fort bien que tu t'appelles Angélique ! dit mon oncle en riant. Tu as fait la connaissance de mon neveu ? Il me donne un coup de main trois fois par semaine.

– Ah, c'est bien, lâcha-t-elle visiblement indifférente.

– Je n'ai rien pour toi aujourd'hui. Tu diras à ta mère que je lui garderai des tibias de veau pour lundi.

– Je ne viens pas chercher les os, monsieur Ossement.

– Ah ? Que viens-tu fouiner, alors ?

Elle montra son petit soulier.

– J'ai fracassé un talon de mes escarpins. Ma mère va me rosser parce que je n'ai pas le droit de les porter pour aller à l'église.

– Elle aurait raison, répondit l'oncle Élie. On n'a pas idée de mettre des échasses pour aller prier. Mais on devrait commencer par t'apprendre à te rebrailler. Ta mère est d'accord, pour que tu t'habilles ainsi ?

Nullement impressionnée, Angélique s'inclina gracieusement et observa son décolleté ; il bâilla et nous vîmes ses deux petites mamelles blanches éclaboussées de taches orange, prêtes à bondir du corsage.

– Bah, monsieur, dit-elle doucement, il faut nous comprendre aussi : notre époque est bien affligeante pour les demoiselles. Autrefois, nous suivions l'exemple de la reine, robes à paniers, fichus blancs croisés sur la gorge, éventail et perruques roses. Mais aujourd'hui, qui voudrait ressembler à l'Autrichienne ?

À ce qu'elle prit alors le temps de nous préciser, pour mon grand plaisir, les souliers se portaient plats, sans talons, attachés par des rubans noués autour de la cheville. Les modistes vantaient leurs corsets, mais les médecins clamaient le danger de cette torture. On ricanait sur les jupons de grosse toile « à la Marie-Antoinette », mais on insultait les coquettes en mousseline légère, on crachait sur les dames vêtues de redingotes viriles !

– À qui nous fier, pour ne pas être ridicules ? Alors, vous voulez bien me rapetisser mon talon, que j'aie au moins des souliers neufs et à la mode ?

L'oncle Élie, qui n'avait pas bien écouté la leçon, requit le ciel à témoin, puis se saisit d'un couteau plat au milieu des découpes de viande.

– Tu es en veine, dit-il, la journée est finie et mon neveu va nettoyer les outils. Donne voir ton soulier.

La lame émorfilée débita le talon en petites rondelles. Élie les recueillit sur une feuille de gazette. Durant l'affaire, je contemplais l'engageante singularité d'Angélique et sa peau marbrée. Jamais rien ne m'avait produit un tel trouble, pas même le dépiautage d'un lapin ou le vidage d'un poulet. Soudain, mon épinette se redressa, réduisant mes sentiments à une vulgaire manifestation organique, alors qu'en vérité tout mon être frissonnait.

Mon oncle lui rendit son soulier à boucle ; elle s'appuya d'une main sur le Castor et glissa son pied dans la pantoufle. Nous appréciâmes sa silhouette découpée dans le contre-jour du portillon puis, lorsqu'elle releva la jambe pour contrôler l'effet de ses nouveaux souliers, nous fûmes encore gâtés par les *Hasards heureux*, offrant le spectacle de son genou sous ses fins jupons de batiste. Il y eut un silence gêné. Elle remercia Élie, lui soufflant un gentil baiser puis, me considérant encore, haussa les épaules avec un rire excessif. Puis, Angélique Martineau nous quitta dans un nuage de parfum délicieux. Tante Philiberte ferma la porte aussitôt, en claquant les serrures.

– Cul de jument ! dit-elle rageusement. Ferme la bouche, Victor, on dirait le crétin de Bercy.

Élie m'expliqua que, tout comme ma mère, Mme Martineau travaillait pour gagner son pain, car elle était sans mari. Chaque semaine, elle dépêchait sa fille Angélique dans les pâtisseries afin de recueillir les os de veau et les cornes de bœuf que les employés lui gardaient complaisamment. La moisson de tibias et de fémurs jetée dans l'eau bouillante durant sept heures était débarrassée de ses résidus de viande et de moelle, à la suite de quoi la mère les séchait près des braises du feu succombant. Lorsqu'ils étaient refroidis et bien fermes, Mme Martineau exerçait dans les meilleures pièces bien blanches son art de patenostrière : la sculpture de crucifix. Les débris qu'elle sciait en forme de perles rondes ou ovales lui servaient au façonnage de chapelets qu'elle vendait dans son commerce de cierges, icônes, médailles et vins de messe. On y trouvait aussi des livres de prière, des statuettes de bois peint, des hosties agglutinées en boîtes de cent. À ce que mon père affirmait, le milieu de ce négoce était assommant de sainteté.

– Et sa petite putain qui racole au milieu, ajouta tante Philiberte.

– D'où tiens-tu ça ? s'étonna mon oncle.

– La mère Martineau a assez pleuré sur sa fille qu'on rencontre rue Maubuée, fagotée d'une manière qui ne trompe personne.

– Là, tu exagères ! s'emporta Élie.

– Ta belle-sœur l'a dit partout ! Pâqueline connaît toutes les veuves qui venaient se moucher dans la cravate de son mari. La Martineau a perdu le sien. Et sa gamine est une fille perdue.

Élie n'aimait pas les commérages.

– Pâqueline a jalousé tout ce qui approchait son sonneur de clairon.

Se souvenant brusquement de ma présence, Élie aussitôt baissa la voix.

– Excuse-nous mon garçon, mais il faut reconnaître que ton pauvre père était accablé par les reproches de ta mère. On peut comprendre qu'il ait eu envie d'aller parfois se distraire.

– Tu veux dire s'encanailler ! ajouta-t-elle dans un petit rire nerveux.

– Je te rappelle que Johann jouait du serpent pour les ouailles désireuses de payer une messe à la mémoire d'un défunt…

– Et les riches soucieux de leur prestige !

– C'est exact. Mais n'oublions pas les célébrations dans les édifices où il n'y avait point d'orgue.

– Ni les sœurs hospitalières ! ajouta tante Philiberte d'un air facétieux.

– Pour prier ? m'étonnai-je.

– Pas formellement, mon garçon. Tu sais… les couvents sont *aussi* des pensions, où vivent de grandes dames qui louent des appartements privés. Et, bien qu'elles résident chez les religieuses, elles jouent aux cartes, soupent dans leur salon privé et reçoivent de nombreux visiteurs. Autrefois, ton père y jouait du serpent pour accompagner quelques veuves au clavecin, mais on l'engageait aussi lorsque le râle des mourants couvrait le chant des messes du couvent ; je me souviens d'une épidémie de typhus qui l'avait bien enrichi, lorsque tu étais petit. La mère Martineau y vendait déjà ses corbeilles à quête.

– Aujourd'hui, Angélique s'y fait raccommoder le panier.

– Philiberte ! ? ! ? !

Comme ma tâche s'achevait avec le jour, je saluai mon oncle ; il désigna du menton le paquet de viandes réservé pour ma mère. Je l'embrassai affectueusement malgré mon ineffable embarras. Nous nous quittâmes sans bruit ; l'oncle Élie, pénétré de mon trouble dont il croyait être la cause par la révélation des activités de mon père, et moi, confus et déconcerté. Je marchai vers la maison sans pouvoir ôter de mon esprit l'image de cette fille riant trop fort dans la paix du jour déclinant.

Me voyant arriver de loin, ma mère s'arracha à son escarpolette en grognant. Le paquet jeté sur la pierre du potager[1] et son papier brun déchiré, la Pâqueline découvrit au lieu des pigeons à la crapaudine, dix belles langues fraîches et… une aune de saucisse aux herbes.

– C'est pas trop tôt, rouspéta-t-elle, la rancune tenace.

1. Ancêtre de la cuisinière d'aujourd'hui, composée d'une pierre trouée donnant sur les braises de la cheminée, qui permettait d'y poser des marmites où mijotaient les potages, seule source de liquide potable (avec l'alcool) à l'époque.

Audition du sieur Victor Renard

Jour II, partie II

Il faut bien que je vous en explique tous les détails, sinon, sans connaître mon histoire, comment pourriez-vous me juger moins sévèrement ?

Je dépensais encore mon temps au grenier. Mère, à qui la peur des échelles défendait de monter me chapitrer ou m'épier, s'activait toujours à sa couture, enfonçait la paille dans les bras de cuir de ses poupées, battait sa danse de Saint-Guy et conversait avec le portrait cloué au mur d'Isidore, mon jumeau défunt. C'est par la grâce d'un ourlet qu'elle n'en finissait pas de faufiler – et par le vacarme de ses coups de talon endiablés – que me fut offerte l'occasion de tracter l'une des caisses où dormaient les affaires de Papa ; la poignée m'étant soudain restée dans la main, je demeurai perdu devant la serrure endommagée. Toutefois, je découvris bien vite les charnières du couvercle rongées par la rouille ; les vis se décramponnèrent à la première chiquenaude et le couvercle bombé par l'usure s'ouvrit brutalement.

Une nichée de souris avait festoyé dans le coffre : les chemises de nuit – ces longs vêtements de toile blanche qui avaient apeuré mon enfance en procurant à mon père une silhouette de fantôme –, ses manchettes, ses almanachs et ses livres de musique étaient couverts de moisissures grises et de crottes. Son parfum de Cologne persistant dans le taffetas, on eût dit que l'odeur s'était concentrée des années durant pour jaillir au nez du premier pèlerin, à croire que Papa était là, tapi dans un coin sombre, prêt à me houspiller…

Je fourgonnai dans le fond de la malle, ce culot du monde, trou de l'univers, jusqu'à y retrouver, par hasard je vous le jure bien, le carnet de mon père ; il y confinait les messes et les musiques commandées en pénitences par les paroissiens. C'était le livret que ma mère m'avait ôté des mains le soir des funérailles. Pourquoi me dissimulait-elle ces lignes écrites par mon père, me sachant à la recherche de tout ce qui pût m'instruire sur sa personne puisque, de son vivant, il demeurait à mes yeux une énigme à résoudre ? Les tempes en feu, la poitrine molestée par les martèlements de mon cœur, je tournai nerveusement les premières pages, ornées de gargouilles crayonnées. J'ignorais ces aptitudes de Papa. Ces créatures effrayantes, de facture honnête, tracées avec aisance de sa main visiblement exercée, témoignaient d'une chose : mon père rêvait peut-être d'être un artiste reconnu. Pauvre petit Père, à présent mort et retiré dans son trou glacé, il ne pouvait plus guigner cette gloire sabotée par le sort. Attristé et curieux d'en savoir davantage sur lui, je dus prendre rapidement la meilleure décision : me conduire en bon fils, soumis et craintif, en replaçant le carnet dans sa cachette, ou braver les ordres maternels, en le fourrant discrètement dans mon gilet.

Ce que je fis.

Malgré ma prudence, ma mère et moi nous nous rencontrâmes dans le sombre corridor et, sans échanger le moindre mot, nous entrâmes dans nos alcôves respectives. Elle ne trouvait jamais le sommeil autrement qu'en s'ensuquant dans la lecture de l'Ancien Testament, qu'elle accommodait à sa sauce selon les nécessités des « fautes » qu'elle m'imputait. Ma simple respiration constituait à ses yeux une profanation, ma survie une perpétuelle attaque, un outrage qu'elle ne pouvait endurer. Je le sais parce qu'elle me l'avait craché à la face : son éblouissante carrière d'actrice avait été brusquement interrompue par l'augure de ma naissance.

– La grossesse, m'avait-elle révélé, le plus gros bide de ma carrière ! Une malédiction ! Une excroissance de chair qui pendouille ! Mon talent foudroyé en plein vol !

La Pâqueline Renard m'expliqua ce jour-là avoir repoussé des avances prodigieuses pour son génie de la comédie : à ce qu'elle conte encore malgré son grand âge et son peu de commerce avec la vérité, Fragonard avait intrigué pour l'avoir comme sujet académique dans un projet de multiples tableaux libertins sur l'Amour, et Beaumarchais, qui en aurait été toqué, lui aurait offert un grand rôle à Londres, pour lequel elle devait côtoyer et confondre un certain chevalier d'Éon, afin de lui subtiliser des correspondances entretenues avec le roi. J'ignore à quelle occasion ma mère enjolivait la réalité ou débloquait sur le passé lors de ses narrations.

Ainsi, elle se plut à me raconter que, jeune fille, elle cousait ses robes d'après les modèles aperçus sur les scènes de théâtre, dans une guipure noire doublée de satin chair.

– Les gens croyaient que j'étais nue dessous. C'était très effronté. Tout le monde s'intéressait à moi. Et, paf! On m'annonce l'atrocité. Rideau!

L'écoutant, je soupçonnais ses pratiques de comédienne réduites à quelques essais, au milieu d'examinateurs consternés. Lors des Crèches vivantes que notre paroisse organisait à Noël, ses pantomimes sur scène jamais ne convainquaient personne, que ce fût dans le rôle d'un Roi mage, malgré la fausse barbe, ou dans celui de l'âne, coiffée d'un bonnet à grandes oreilles. Mais elle chantait juste et ses mensurations faisaient autrefois bisquer les commères de la paroisse. Aussi, ces vieilles toupies décidèrent-elles un jour d'allonger le prénom de Pâqueline par un « la », comme on baptise une tête de bétail à cornes ou une célébrité de comédie.

Les moments de confidence entre ma mère et moi ont été rares. Ce même soir, cependant, j'approchai la vérité :

– Pourquoi l'oncle Élie et tante Philiberte n'ont-ils pas eu d'enfant ? demandai-je, mû de hardiesse.

Un jet de haricots traversa la pièce.

– T'avais qu'à venir le jour du témoignage de ta tante à l'Assemblée. Elle a révélé qu'on l'a flanquée trop tôt sur le vase de nuit. Ça lui a croupi le cerveau. Sa mère racontait partout qu'elle n'avait jamais sali un lange et elle était assez cloche pour en être fière. Philiberte s'est tellement retenue à un âge où on ne le doit pas, que maintenant elle est stérile et constipée. Tout ce qui doit passer par là – les bébés comme les crottes – reste coincé.

Nous demeurâmes pensifs un moment, puis elle se servit un nouveau punch.

– La vie est mal foutue, soupira ma mère. Elle voulait des enfants, moi pas.

– Alors pourquoi regrettez-vous autant Isidore ?

– Je te défends d'en parler ! S'il avait survécu, au moins je n'aurais pas eu à m'embêter avec toi ! Des jumeaux, c'est formidable : tu les assois dans un enclos toute la journée, l'un en face de l'autre, ils se font miroir et s'occupent… Au lieu de cela, j'ai dû arrêter mon art pour te regarder baver dans ta purée, c'était d'un ennui que tu ne peux pas imaginer. J'allais devenir la nouvelle Clairon et tu m'as coupé la chique !

Son regard s'égarait ; une impénétrable grimace déformait sa figure.

– La Clairon ?

– C'était ma rivale, mon idole ! Une gamine de treize ans, couturière, comme moi. Sauf que, en 1743, je l'ai vue jouer Phèdre comme personne. De là est né mon désir d'en faire autant. Alors, j'ai appris par cœur les mille six cent vingt-quatre vers de Racine.

– C'est beaucoup ! dis-je étourdiment.

– Oui, d'ailleurs ça m'a pris dix-sept ans.

– C'est long ! ajoutai-je imprudemment.

– Tu peux causer, toi qui n'as jamais retenu le *Pater Noster !* Je me suis entraînée dans le reflet d'une vitre de lucarne, pendant qu'elle se dandinait en Allemagne, chez son jeune amant. Quand elle est rentrée en France, trop tard ! Plus personne ne l'attendait, elle était devenue pauvre et moche, un goitre de dindon remplissait son corsage. Moi, j'étais encore jeune, fraîchement mariée à ton père qui, malgré l'excommunication des comédiens, m'autorisait à rêver de gloire. Je me farcissais ses couplets de serpent, il pouvait bien supporter mes déclamations.

– Il te donnait la réplique, parfois ?

Une calotte me frappa la nuque.

– Je t'ai déjà dit de me voussoyer, on n'est pas des marchands de savon. Johann ne m'a donné la réplique qu'une seule fois, en se moquant de moi, et je lui en ai toujours gardé rancune. J'incarnais avec ferveur Phèdre, femme de Thésée, fille de Minos et de Pasiphaé, et ton père me raillait en m'appelant « Piètre, femme de Thésée-vous, fille de Minus et de Passifort ». Mais loin de me décourager, je tablais sur le déclin de la Clairon pour ensorceler les foules qui allaient me découvrir enfin.

– Et alors ?

– Ne fais pas l'âne, Victorgnole. Tout le monde sait parfaitement que j'ai proposé mes talents chez un boutiquier, qui organisait des parades publiques sur les foires. L'homme m'a aussitôt lancé le défi de jouer une saynète ; il haranguait les flâneurs, ravis d'un divertissement gratuit. Relevant mes jupons, j'ai bondi sur l'estrade par-devant le public. J'étais transfigurée par la fièvre de remplacer la Clairon, mes lèvres récitaient les vers de Racine « Quand ma bouche implorait le nom de la déesse, – J'adorais Hippolyte ; et, le voyant sans cesse », et c'est alors que… et j'ai…

– Quoi donc, Mère ?

– J'ai dégueulé !!! hurla-t-elle, la voix brisée de sanglots. J'ai vomi tripes et boyaux à la face de mon partenaire et c'est ainsi que j'ai découvert que j'étais enceinte ! La foule s'est étouffée de rires et de *hou ! hou !* Les marchandes ont lâché leurs paniers pour me jeter des mottes de terre et des crottes de chien. J'aurais pu découvrir que j'étais grosse un autre jour, je ne sais pas moi… le lendemain. Ou huit jours plus tard, pourquoi pas ? Au lieu de cela, « J'adorais Hippolyte ; et, le voyant sans cesse, – Même au pied des autels que je faisais… » Brouêêrk !!! Du fond de mon être, je t'ai vomi. Tiens, j'en ferais même des rimes : « Je t'ai haï avant même que tu naisses, – Car la simple glaire de ta chair en genèse, – A dévasté mes espoirs de jeunesse. » Assez parlé, conclut-elle en finissant la bonbonne de punch. Va te coucher.

Se balançant sur sa chaise, la Pâqueline sanglotait d'une voix d'enfant triste : « Mes yeux le retrouvaient dans les traits de son père. – Contre moi-même enfin j'osai me révolter : – J'excitai mon courage à le persécuter. Oui, c'est cela : le persécuter, encore et toujours. »

J'ignore à quel sociétaire elle donnait la réplique le poing levé, mais je compris que, dans sa rêverie, un théâtre empli de spectateurs à faire craquer les murs l'applaudissait tandis qu'elle se jurait de me martyriser.

L'évocation de ces instants m'a donné grand soif. Je voudrais à boire, afin de continuer mon récit. Vous pouvez ordonner que l'on me serve l'eau de la Seine : je l'ai tant bue qu'aujourd'hui je ne crains plus ses souillures.

Une fois en sûreté dans la solitude de mon alcôve, je tirai de mon gilet le carnet de mon père et me plongeai avec avidité dans sa lecture.

Son écriture était celle d'un homme érudit, ne doutant jamais, penchée vers la droite avec une sorte de majesté anglaise.

La mère Guichard se pavane dans son habit brodé de fils d'or. Et ça discute le prix de mon Ave Maria *? Je devrais la rosser dimanche en lui rappelant que sa robe de crétasse coûte seize ans de mon salaire de musicien. Je jouerai faux pour sa messe, ça lui apprendra !*

Une espèce de frise ondoyante dessinée finement sur la première lettre ornait certaines pages de son carnet. Un bon esprit dirait qu'il s'agissait d'enluminures ou que mon père – dans le souci d'imiter les religieux de jadis – avait rubriqué ces lettrines de son propre sang. Pensez-vous, messieurs ! Ces frises n'avaient pas de valeur sacrificatoire : je constatai que ces petits croquis nerveux marquaient certains jours précis, dont il notait scrupuleusement les événements, et qui se signalaient par ses impatiences.

À cette page numéro vingt-deux, il rapportait qu'un climat suffocant régnait à la maison car les commandes de musique du dimanche ne rapportaient pas assez d'argent ; mes parents peinaient à rembourser les dépenses occasionnées par ma faute : un jour de foire, tandis que la Pâqueline négociait âprement une pièce de lainage, j'avais fait une mauvaise chute sur les pavés lustrés d'une flaque de pisse. Naturellement, ni mon père (marchant à dix pas devant nous) ni ma mère, écœurée par mon habit maculé d'urine, ne m'avaient aidé à me relever. L'humiliation ajoutée au dégoût, je m'étais appuyé sur mon poignet cassé afin de ramasser mon tricorne. Ce faisant, mon crâne avait violemment heurté une enseigne d'auberge en fer, clouée sur le flanc d'une porte basse.

– On dirait que tu t'es fait la raie au milieu avec un poignard, avait commenté ma mère, examinant mon cuir chevelu ensanglanté.

Revenant sur ses pas, mon père avait manifesté sa confusion face à ma plaie.

– Comment as-tu visé en plein centre avec ton cou tordu ?

– Foutez-moi le camp ! avait vociféré ma mère vers un attroupement de curieux, en m'enfonçant mon tricorne jusqu'aux oreilles. On va trouver un chirurgien.

Nous avions longé le Grand Chemin de Paris à Vincennes, voie bordée d'arbres et fermée aux extrémités par des barrières que des portiers malappris gardaient férocement. Toujours en travaux, cette avenue m'effrayait par les fossés que les ouvriers y avaient creusés, profonds de dix mètres, dans lesquels il n'était pas rare de voir des passants tomber. Souvent estropiés, parfois morts, les corps qui remontaient, ligotés sous les bras par un solide cordage, causaient un rassemblement silencieux de badauds. Les détrousseurs et petits voleurs à la sauvette profitaient de la confusion pour fouiller les poches des témoins rassemblés.

Cette marche m'avait paru interminable.

Alors que je fus recousu par un barbier élu par mes parents dans l'espoir d'économiser la dépense d'un chirurgien, le sang goutta longtemps sur mes oreilles. Mais, se déclarant incapable de replacer les os de mon poignet, le barbier nous orienta vers un médecin de renom.

Devenue violette et bouffie, ma fracture nécessitait une opération ardue. Mon père craignit que je ne devinsse fou, le chirurgien m'ayant fait avaler un pichet d'eau-de-vie pour m'estourbir.

Je ne garde aucun souvenir de cette opération, sinon que, une fois remis sur mes jambes, je fus étonné que mes parents ne m'eussent pas attendu pour me soutenir. Je rentrai donc seul jusqu'à notre logis, perplexe devant la longueur de ma plaie qu'on avait recousue d'un crin de cheval noir.

Les inquiétudes pécuniaires de Papa étaient légitimes : les poupées de ma mère ne se vendaient que par intermittence ; il était impossible de connaître à l'avance les revenus qu'elle empocherait chaque mois. Par ailleurs, comme tout joueur de serpent, mon père vivait des offrandes de ses paroissiens ; il redoutait l'installation d'un nouveau groupe de prière concurrent, qui aurait brutalement vidé les bancs de l'Assemblée et son carnet de commandes.

– N'importe quel crétin peut fonder sa propre Église sur le trottoir d'en face, affirmait-il. Suffit de rassembler quelques chaises branlantes sous un toit, et d'inventer un nom. Je t'en trouve un demain, moi ! Tiens : TRUC, Temple Réel de l'Union Chrétienne. Et paf ! J'ai mon Église ! Reste plus qu'à offrir quelques godets de vinasse bénite, et paf ! J'ai des adeptes. Si cette idée fleurit demain dans l'esprit d'un petit drôle, je suis mort.

En effet, les fidèles du Législateur étaient contraints de verser au pasteur dix pour cent de leurs revenus – je crois que cela fonctionne encore ainsi aujourd'hui –, une « dîme » qui assurait notre pâtée. Ce ramassage obligatoire – cette quête indécente – entretenait l'inspiration de mon père et la fainéantise du pasteur ; motivant leurs deux esprits pour combiner musiques larmoyantes et témoignages pathétiques, ils choisissaient les paroissiens à qui demander de raconter leurs « miracles » et combien leur générosité, lors de la quête, avait été récompensée par le Ciel. Naturellement, on ignorait le bougre dont l'état avait empiré malgré ses offrandes ruineuses ; le malade – généreux mais toujours malade – était prié de souffrir en la bouclant. Tandis qu'une guérison obtenue malhonnêtement, comme payée par un bouton de culotte jeté dans la sébile, gratifiait son bénéficiaire du privilège supplémentaire de raconter publiquement son petit miracle. Chaque pasteur du Législateur était donc ventru ou famélique selon le nombre de ses adeptes. Et les joueurs de serpent invariablement maigres et râleurs.

Mon père soufflait suffisamment de célébrations pour nous assurer le pain quotidien, mais point assez pour réparer notre toiture, ni s'offrir la lunette astronomique de ses rêves. De toute façon, la lunette coûtait si cher qu'il eût été obligé de la camoufler dans une grange afin de ne pas narguer ses clients habituels, ni révéler l'usage qu'il faisait de l'argent récolté à la quête. Notre Église était très engageante : on y recrutait des faibles d'esprit, des personnes isolées ou engourdies, des femmes abandonnées de leurs époux, des vieux miasmatiques, des précepteurs débauchés, des catholiques déçus, des pédérastes incontinents, des coiffeurs sans goût, des joueurs voyageant en patache[1], des bohémiens (à condition qu'ils raccommodassent les fauteuils), des Portugais à bijoux en or et des familles en charge de crétins congénitaux. Tout ce monde finissait rapidement à genoux, transfiguré par le talent musical de mon père dans les airs mélancoliques ; les paroissiens se croyaient visités par le Saint-Esprit, brûlés au front par la langue de feu qui certifie sa présence.

Bien sûr, vous connaissez cette légende des langues de feu au-dessus de la tête des bons convertis… Non ? On prétend que les fidèles les plus méritants et très assidus peuvent voir leurs prières récompensées par le Saint-Esprit : des flammes alors vacillent au-dessus de leur crâne et, instantanément, ils se mettent à parler une langue étrangère inconnue. Toutefois, avant d'atteindre l'illusion de la bénédiction suprême, la route est longue : des mois, parfois même des années, ces pratiquants méditent à genoux sur des prie-Dieu défoncés, égrènent des suppliques ennuyeuses *(Seigneur, guéris ma variole)*, scandent leurs requêtes *(Seigneur, fais crever ma bru)*, négocient un

1. Voiture de transport inconfortable et coûtant peu. Voyager en patache montre sa gêne.

miracle *(Seigneur, transforme mon pain noir en brioche)*. Épisodiquement, les fidèles jeûnent des jours entiers, s'allongent sur le pavé froid, les bras en croix, le nez dans la poussière, puis ils se relèvent, les joues bigarrées de larmes sales, la goutte au nez, et se dirigent vers notre crucifix géant qui menace de tomber sur l'autel vermoulu. Et, subitement, un « élu » du Saint-Esprit se met à parler une langue qu'il n'a jamais apprise !

Ce langage farfelu, qui suppose une extase proche du dérèglement, beaucoup font semblant d'y croire, mais en réalité, ils bisquent en silence, attendant leur propre tour.

C'est ainsi que Papa, autrefois simple musicien de son Église (autrement dit chargé de paraître, de catéchiser les passants ou de plomber les conversations avec ses menaces apocalyptiques et ses harmonieux zézaiements de serpent), devint du jour au lendemain très respecté pour avoir été « élu » par le Saint-Esprit. Au lieu de jouer son air, il s'était subitement avancé pour jargonner un dialecte inconnu, nébuleux et grotesque.

– Cette langue, m'avait expliqué mon père en éructant, nous vient d'une tribu disparue il y a plus de trois mille ans !

Un tel baragouin, prétendument issu de la septième génération descendant d'Adam et Ève, me parut phénoménal ; j'avais dix ans seulement alors et toute confiance en mon père. De plus, comment eussé-je pu envisager qu'il usât de subterfuges ou de trompe-couillons, puisqu'il craignait l'enfer, le diable et le Jugement dernier ?

Naturellement, aucun autre fidèle touché par le Saint-Esprit, puis saoulé d'un langage sacré n'était admis à dialoguer avec mon père durant l'extase, cette parole surnaturelle était destinée à l'adoration et interdite à l'échange : si les adeptes s'étaient mis à bredouiller les mêmes onomatopées, ils se seraient réciproquement soupçonnés de bouffonnerie.

J'avais constaté que, au fil des réunions, chaque « élu » de l'Esprit saint manigançait sa propre minute de gloire, s'y exerçant secrètement. Le souffle court et le regard affolé, chacun guettait le bon moment : l'attention de l'auditoire. Une prière un peu bruyante pouvait en donner les premiers signes, si elle n'était interrompue par un autre quidam, décidé, lui aussi, à prouver sa subite « sainteté ». La scène préludait par quelques soubresauts, cuisses et genoux tremblotants, puis le fidèle, subitement béni, levait les bras au ciel, comme un avertisseur muet *(vos gueules, c'est mon tour)*, que l'Assemblée traduisait aussitôt comme un miracle à contempler. Le pasteur se frottait les mains. Ouverture du rideau sur un spectacle prometteur :

« Ramitou pigrognon furache ! » s'exclamait l'élu du jour.

Et cette éloquence plongeait notre assemblée dans une sorte de transport ahuri.

– Le Saint-Esprit l'a touché ! glapissait le pasteur. Voyez ! Il parle une langue étrangère ! D'où vient ce dialecte ?

– Primero dépoca…

– Premier siècle, traduisait le pasteur qui, scrutant l'auditoire, redoutait de lire la suspicion sur nos traits.

Cette bizarrerie parlante n'éveillait cependant aucun soupçon chez les fidèles. Pour s'en assurer, le pasteur blâmait les malotrus qui osaient converser avec leurs voisins de banc.

– Il est défendu de s'en servir autrement qu'avec l'Être Suprême ! rugissait-il. Les conversations en langue sacrée sont interdites entre vous !

Tout comme je compris, incidemment, en préparant les partitions du serpent tout près de l'autel, qu'il était fort grossier d'avoir deux culs bénis la même semaine : Agnès Brigand, une femme sans formes ni charmes, aussi laide que son nom, brune au teint pâle de mort, gros yeux bleus de myope, qui trimballait son étroite silhouette entre les rangées de chaises, prospectant dans le regard des chrétiens la considération qu'elle ne méritait pas, s'était malencontreusement dressée un soir d'automne, le fichu dénoué et bras tendus, braillant que le Saint-Esprit l'avait touchée et lui cuisait le front de sa langue de feu.

– Allons bon ! avais-je entendu murmurer le pasteur à l'oreille de mon père. C'est la femme du fondeur, celui qui a fabriqué le battant de notre cloche. Personne ne sait ce qui a desséché son cœur au point qu'elle occupe ses tristes journées par des potins médisants. Je confesse ses calomnies autant par curiosité que par accablement, en me demandant de quelle vilenie elle m'éclaboussera demain.

– Morbleu ! Que faire ? avait questionné mon père.

– Je n'en sais rien. Cette vipère saoulée du Saint-Esprit ? Tu parles d'une tuile.

Agnès Brigand s'apprêtait à franchir les marches de l'autel, pour, à son tour, témoigner de son élection suprême.

– Elle va parler en langue, s'inquiéta mon père.

– Langue de pute, oui… Joue donc quelque chose, pendant que je la raccompagne à son tabouret.

Maintenue fermement par le coude, la femme fut reconduite vers sa rangée. Nul n'entendit ses contestations assourdies par les notes aiguës du serpent. Une légère agitation de la foule inquiéta cependant le pasteur. Il se racla la gorge, puis avertit :

– Le Seigneur ! Le Seigneur dessine des plans pour chacun de nous. Femme ! Tu n'as pas été choisie pour parler en langue, mais pour une autre charge !

Méfiante et chiffonnée, Agnès Brigand leva le menton.

– Oui, toi ! Femme ! renchérit le pasteur, dès que l'Être Législateur m'en donnera la permission, je te ferai connaître ta mission !

C'est ainsi qu'elle devint responsable des chants de l'Église. Un chef de chœur est une personnalité : de sa fantaisie dépendent la qualité des rengaines et le montant des suppléments boursiers. Lorsque le serpent et les voix résonnaient fort dans l'église, Agnès se soulageait d'un sourire qui me plongeait dans une sorte d'inquiétude animale ; je redoutais le moment où nous devions tous embrasser notre voisin en lui tenant la main, guidés par l'égarement collectif. Comme son saint siège était souvent proche du mien, il me fallut plus d'une fois surmonter ma crainte pour embrasser sa face. Quelle saloperie dirait-elle à mon sujet prochainement, lorsqu'elle sortirait ?

Avez-vous l'intention de l'interroger pour mon affaire ? Ah, je croyais qu'il m'était permis de connaître le nom des témoins.

Oui, je poursuis. Pardonnez-moi.

Un matin, alors que la pâtisserie de l'oncle Élie était exceptionnellement fermée, on m'autorisa une distraction : la cérémonie de prise d'habit d'une religieuse. Je fus à cette occasion le plus troublé des fidèles.

Non, je ne m'égare nullement.

Cette anecdote vous aidera, je l'espère, à comprendre les difficultés que j'ai éprouvées face aux jeunes filles de mon âge, et comment cette frousse me guida vers de mauvais choix, à commencer par celui d'une épouse.

Je reprends donc le cours de mon aventure car, pour l'heure, nous n'en sommes pas encore à ma vie d'homme marié.

J'avais environ dix-sept ans, mon père avait trépassé. Non, je ne saurais dire précisément depuis combien de temps. Mes repères ne se sont véritablement fondés qu'à partir de l'emploi qui m'a conduit ici, devant vous.

Je poursuis.

Sans s'émouvoir ni lui rendre hommage, le pasteur avait promptement remplacé mon père décédé par un sieur Fabre, joueur de flageolet. Cette espèce de flûtiau à six trous, au son gai et strident, souvent utilisé dans les bals, imite parfaitement les chants d'oiseaux. Régulièrement escorté de ses trois filles, Fabre était à plaindre ; comme vous le savez, avoir une fille ne sert qu'à enrichir le mari qui empoche sa dot en l'épousant. Que dire alors de trois filles à marier ? Le bonhomme les traînait sur ses pas dans l'espoir que leur beauté rachetât leur maigre dot, égale à des peaux de saucisson.

Ce jour était dévolu aux futures nonnes, et l'une d'entre elles était une fille Fabre. Le pasteur crachotait un sermon sur les abus de coquetterie des femelles. Les religieuses l'écoutaient, la tête basse, les mains rentrées dans leurs manches, le buste voûté comme des petites vieilles. Certaines se balançaient d'avant en arrière, bercées par ces paroles inutilement colériques. Mais l'homme d'Église s'acharnait. Il ne supportait pas qu'une femme entrât dans son église la poitrine dehors, décorée d'une image de la Vierge Marie pendue au col entre deux seins ronds. Pour ma part, le spectacle de ces décolletés voilés d'une mousseline transparente faussement modeste, sous laquelle des guipures bordaient l'arrondi de corsages d'où saillissaient des bulbes de peau tremblotante, m'intriguait au plus haut point.

– Voilà des minauderies bonnes pour les catins dont les mamelles devraient s'orner non pas de croix mais de corbeaux, puisqu'ils préfèrent les immondices à la sainteté !

« Tio Tio Tio ! » sifflait le flageolet de Fabre entre deux annonces.

– On ne pénètre pas la maison du Puissant Rémunérateur dépoitraillée ! On ne se présente pas devant l'Arbitre enfarinée jusqu'aux cheveux !

« Tiooo ! »

L'index tendu vers le ciel, le pasteur transpirait et bavait un peu. La novice pour laquelle on avait organisé la sainte cérémonie apparut enfin, vêtue d'une robe blanche ornée d'un col montant et raide, nimbée d'un long voile qui cachait ses cheveux, puisque nous sommes convaincus que, pétris de jalousie, les anges jettent de mauvais sorts aux femmes qui portent d'admirables chevelures.

La cérémonie fut ennuyeuse, finalement. Sans chaleur ni faste qui pût encourager une autre jeune fille à rejoindre cette communauté. Au moment du baiser fraternel – c'est-à-dire avant la fin de la… fête ? –, je me rendis compte que deux des filles Fabre étaient assises derrière moi ; un garçon à la chevelure exagérément poudrée avait pris place au milieu d'elles. Comme ils étaient au dernier rang et que je n'osais pas trop me retourner, j'ai entendu, puis interprété, les bruissements d'étoffes et leur haleine qui soufflait sur ma nuque. L'une des filles chuchotait discrètement, parlant d'une voix étouffée par son châle qu'elle tenait serré devant sa bouche. L'autre sœur était agenouillée sur le prie-Dieu, comme avalée par ses prières, la tête cachée dans ses mains. Et finalement il me faut bien l'avouer : je me retournais sans cesse.

J'en avais honte.

Vous avez raison : j'étais simplement jaloux.

De retour chez ma mère, comme elle m'avait souvent harcelé pour que je trouvasse une épouse, « il serait temps qu'une autre sache de quoi je me contente et que je lui lègue officiellement ma louche de métal argenté », j'entamai avec légèreté une conversation sur le sujet.

– J'étais chez les sœurs hospitalières, dis-je en ôtant ma redingote. La cloche sonnait au moment où je passais devant leur portail.

La Pâqueline me considéra d'un œil torve en jetant sa pincée de haricots par-dessus son épaule.

– Et alors ?

– Je… hum… j'ai rencontré une jeune fille qui vous plairait, assurément.

– Je ne suis pas difficile, dit ma mère. Il faut simplement qu'elle sache tenir une maison, celle que tu lui paieras, et qu'elle soit capable de couper en dés le lard de ta soupe. Pour le reste, vous vous débrouillerez. C'est qui ?

– Une des filles Fabre, répondis-je.

– Ah, j'espère au moins qu'il ne s'agit pas de celle qui s'est fait remarquer ce matin…

Les commérages allaient donc plus vite qu'un cheval au galop ! Qui pouvait avoir averti si tôt ma mère ?

– Non, non ! m'exclamai-je pour la tranquilliser. Je ne voudrais jamais d'une paillasse.

Elle se redressa et parut offusquée.

– N'exagère pas, non plus. Se faire engrosser par un puissant, quand on est une fille de rien, ce n'est pas un choix, mais une rente !

– On peut donc se retrouver grosse, simplement en restant assise près d'un homme sur un banc d'église ?

– Assise, allongée ou à quatre pattes, bougonna ma mère. Peu importe. Comme toutes les autres, elle chiera discrètement son morveux au couvent. S'il survit, l'enfant grandira au milieu des vingt-sept frangines, et sa pension sera payée par le vieux cochon. Pourquoi crois-tu qu'elle a pris le voile ce matin ?

Indéniablement, nous ne parlions pas de la même fille Fabre.

– Je croyais que les novices devaient attendre au moins six mois pour formuler leurs vœux.

– Théoriquement, oui ! ricana ma mère. Mais souvent, vocation rime avec réputation. Tout s'achète de nos jours : la vertu d'une pucelle sans le sou vaut moins qu'une carcasse de hérisson.

Je réfléchis un court moment. Il n'était pas fréquent que Maman fût disposée à dialoguer avec moi, je voulais prolonger cet instant de grâce.

– J'aime bien sa sœur, annonçai-je.

– Laquelle ?

– Eh bien… l'autre.

La Pâqueline leva les yeux au ciel.

– Dieu, que ce garçon est con ! Il y a trois filles Fabre : une religieuse engrossée par le saint chibre et les deux autres. Alors, laquelle ?

– J'ignorais que les deux filles étaient liées à la jeune converse ! La plus grande, dis-je en cherchant dans ma mémoire. Celle avec de belles dents blanches.

– Toinette la simplette !? Une imbécile notoire. Tiens, prends ça ! dit-elle en m'envoyant une gifle magistrale, qui me projeta dans les bûches de chêne empilées contre le manteau de la cheminée. Heureusement que ton père ne peut entendre…

– Non, non ! contestai-je aussitôt en me frottant la joue. L'autre, avec les cheveux frisés.

– Louison ? Encore pire ! hurla-t-elle en brandissant le tisonnier. L'autre qui n'y voit goutte et se prend à tous les coups les pieds dans le tapis. Si je comprends bien, tu quitterais ta pauvre mère pour une tarée ou une aveugle ? Mais qu'as-tu donc dans la tête, Victordu !

À bien y songer, je pouvais comprendre la colère de la Pâqueline. Quelle mère peut envisager d'avoir pour bru une aveugle qui ne saurait la seconder dans les tâches, ou une demeurée réclamant une constante surveillance ?

Audition du sieur Victor Renard
Jour III

Êtes-vous vraiment obligés de m'entraver avec des poucettes ? Je n'ai nullement l'intention de m'enfuir. Et d'ailleurs, comment le pourrais-je ? Vos portes sont gardées par des brigadiers.

Comme j'ai le penchant à éparpiller mes souvenirs au fil de ma déposition, je vous prie de recentrer mes pensées lorsque vous le jugerez nécessaire. J'en conviens, je m'étais arrêté à l'ouverture de la malle de mon père, car de ce couvercle béant resurgit mon passé, comme l'éclair un soir d'orage, et par honnêteté je m'attache à ne rien vous en cacher.

Revenons donc là où je m'étais interrompu afin de vous conter mes raisonnements. Naturellement, la malle du grenier ne m'avait pas encore livré tous les secrets de mon père ; j'y remontai, éclairé d'un bout de chandelle. Au moins deux heures de lumière ! Une large boîte en carton gris béait, déchirée par les auréoles d'urine de souris : je coupai la ficelle et dépaquetai sans bruit ma trouvaille ; une poire ronde et lisse de gomme élastique (on appelle cela un « caoutchouc » n'est-ce pas ?) me laissa croire qu'il s'agissait d'une pièce d'instrument scientifique, destiné à l'observation des étoiles. Ou peut-être un clairon. Je cherchai les pièces manquantes, de quoi compléter la machine, pour la fourrer dans un trou de la toiture et découvrir l'infini des astres. Précisément je désirais m'y perdre. Disparaître dans ce néant d'encre, basculer dans le vide et sombrer. Me couler jusqu'aux lisières de la mort. Qu'on s'affole alors pour moi. Surtout ma mère que rien n'affectait jamais.

Je résolus de lire l'avertissement de l'instrument consigné sur un billet plié en éventail :

Avec nos compliments.
Vous venez de faire l'acquisition
d'un vagin de voyage.

Qu'était-ce donc que cela ? Usait-on d'un « vagin de voyage » pour approcher la lune ?

Atteindre l'encyclopédie sur l'étagère du cabinet de travail de Papa me fut grandement favorisé par le vacarme de ma mère. Je tournai les pages en tremblant un peu.

Vade : terme du jeu de brelan.

Vademanque : terme utilisé en milieu bancaire.

Vagabond : chifflet.

Vagin : canal qui conduit à la matrice. Terme d'anatomie.

Je n'étais guère plus avancé, ignorant ce qu'était une matrice !

Dans la précipitation, page 722.

Matrice : organe creux qui, chez la femme et les femelles, contient le produit de la conception jusqu'à la naissance.

Mon père cachait donc un organe factice… un vagin de voyage, comme d'autres une gravure ou un pastel libertin ?

Ce… cette chose dégageait une odeur animale infecte et tenace. Elle était manifestement fabriquée dans une peau de bête, ou un boyau séché, retourné de façon à lui donner une forme de fourreau, discrètement fendu et bordé de poils noirs et très doux. Peut-être de lapin.

Quel était l'usage de la poire de caoutchouc ? Le petit mémorandum devinait l'embarras de l'ignare :

Il suffit d'actionner la pompe
pour remplir d'air l'appareil et ravoir ainsi
la sensation merveilleuse d'étroitesse virginale.
Pour contrefaire l'anatomie relâchée
de la vieille femme de quarante ans,
on remplira à demi le boyau.

Le… l'engin avait probablement été employé, car les poils emmêlés étaient usés et salis. Cette découverte dérangea mon esprit d'une façon que j'aurais bien peine à vous décrire. C'était un peu comme si l'on m'avait enfermé, au motif d'un grand péril au-dehors, et que, par l'entrebâillement d'une porte, je découvrais un soleil radieux dont les autres profitent en jouant.

– Qu'est-ce que tu fourgonnes là-haut ? hurla ma mère. Il n'y a rien à faire là-dedans. Descends !

Je dévalai les marches de l'escabeau, encore tout secoué par ma découverte. Quelle agitation ! Mais il me fallait feindre l'abattement, pour que ma mère n'envisageât pas une seconde mon trouble. Comme deux poupées avaient assuré le revenu de sa journée, une bouffée de bonne humeur était à craindre.

Lorsque la Pâqueline Renard était enjouée, elle faisait le ménage et frottait tout ce qu'elle coudoyait ; elle astiquait ses meubles, passait la chiffe derrière son fourneau, traquait les minous de poussière sous les paillasses et les toiles d'araignée entre les poutres. En quelques heures les flacons reluisaient, les crucifix transpiraient la cire et les souris décampaient des reliquaires. Elle savonnait tout, même les aquarelles de mon père, rieuses et inspirées comme des ex-voto. Ma mère était hantée par la propreté : toute la netteté absente de son cerveau devait habiter dans ses placards. Invariablement, lorsque son plumeau caressait le cadre des portraits de famille, elle postillonnait avec émotion :

– J'aime ce tableau autant que je le déteste. As-tu vu comme j'étais délicate naguère ? Et la tante Philiberte, comme elle faisait fripouille, le jour de mes noces, dans sa robe qui la boudinait… La vie est injuste : elle aurait dû être veuve avant moi ! Va dormir maintenant et cesse de me regarder ainsi. Je déciderai demain si je te fais reconduire au pensionnat, ou non.

Rien ne m'était plus doux que de retourner au collège malgré sa dureté ! Montrer ma joie risquait de m'en faire priver ; je jouai le fils discipliné.

– Mon éducation coûte cher, dis-je faussement péteux. Et puisque nous sommes nécessiteux, je pensais que vous approuviez Rousseau : « Le pauvre n'a pas besoin d'éducation. »

Elle haussa les épaules. Les fèves coulèrent entre ses doigts.

– Rousseau conseillait aussi le sein maternel à tous les nouveau-nés, dit-elle avec froideur. Je n'ai pas suivi ses recommandations parce que l'idée que tu me suçotes me dégoûtait. J'ai préféré te garrotter dans un tiroir et tu n'es pas mort pour autant.

– Alors c'est un miracle.

– Un mystère, plutôt. Tu perçais l'air de cris stridents, abreuvé par tes larmes et nourri d'un jus de pommes à cidre ; j'étais convaincue que tu ne passerais pas la nuit.

Elle me tournait le dos, absorbée par la poussière sur ses meubles de famille.

– Au matin, je me suis levée pour jeter mon pot de chambre par la fenêtre. Ton père m'a disputée et ses vociférations t'ont effrayé. À tes hurlements, j'ai compris que tu survivrais. En te découvrant dans le tiroir, ton père a décidé que Victor serait définitivement ton nom. Moi je voulais t'envoyer chez une nourrice, mais la place dans la diligence coûtait trop cher. J'aurais pu te mettre sur l'impériale, c'était moins ruineux.

– Mais, Mère, on ne…

– Mémère, dis-tu ? Tu la vois celle-là ? proposa-t-elle, la paume ouverte en direction de ma face.

– Cependant, Mère, continuai-je en levant le coude pour me protéger, un nourrisson sur l'impériale, ficelé à deux mètres cinquante du sol entre les autres passagers assis de profil aux six chevaux, c'était périlleux !

– Justement, Johann m'a chicanée parce qu'il craignait que les autres voyageurs ne nous insultent en te voyant tomber. Je revois ce lundi comme si c'était hier.

– Comment vous souvenez-vous que c'était un lundi ?

– J'ai toujours vidé mon pot de chambre le lundi. Les autres jours je verse du vinaigre dessus, tu sais bien.

Elle ne s'est retournée que pour m'avertir :

– On ne peut rien espérer d'un chiard visqueux qui a étranglé son frère.

– J'étais nourrisson, je suis innocent !

– Ferme-la ! Le coupable est celui à qui le crime profite. Demain, tu retournes à l'institution.

Pardonnez-moi, je me sens défaillir.

La fièvre, sans doute… J'ai des vertiges et mon front est brûlant.

Non, je ne prétends pas être frappé du Saint-Esprit !

Je m'engage à me présenter vaillamment devant vous demain, si vous m'accordez quelques moments de repos.

Merci, messieurs.

Merci infiniment.

Audition du sieur Victor Renard
JOUR IV

Je n'ai pu me rendre devant vous hier, malgré mon engagement, car j'étais souffrant… J'ai dû garder la chambre. Enfin, le cachot, car on ne saurait nommer chambre le réduit sombre et croupi où vous m'avez fait jeter.

Je vous prie d'excuser mon indisposition.

Les gardes ne sont pas ceux de l'autre fois ? Les ai-je contaminés ? Non, je ne simule aucune bonté. Je serais sincèrement fâché de les avoir importunés.

Bien sûr, comme beaucoup de citoyens, le 21 janvier 1793 j'ai assisté à la deuxième décapitation du roi. La vraie.

Pardon, du « condamné Capet ».

J'avais alors dix-neuf ans ; j'étais coutumier des longs trajets à pieds : Saint-Chatry est à deux heures de marche de la place de la Révolution[1]. Pour cette occasion, ma mère se vêtit chaudement et avec soin, et emporta un panier de paille rempli d'un morceau de pain ainsi que de fromage.

1. Actuelle place de la Concorde.

– M'est avis que le comédien sera en retard sur la scène, laissa-t-elle tomber sans plus de sentiments.

Il me suffit de fermer les yeux. Comme ceci. Et je revois les canons installés sur toutes les places publiques, les centaines de gardes à cheval qui escortent la voiture du r... du condamné Capet. La foule se déplace en courant, comme les vagues furieuses d'une tempête de mer. Il est à peine huit heures et nous nous laissons emporter par cette houle jusqu'au boulevard Bonne-Nouvelle.

J'ai froid, la température est à peine au-dessus de zéro.

Soudain, les chevaux se cabrent, des baïonnettes sont brandies : un jeune homme bondit à travers la barrière de gardes, il braque son épée et son pistolet en hurlant « Mes amis, sauvons le roi ! », suivi de quelques jeunes gens, aussi déterminés. Je m'écarte, j'ai peur et je perds de vue ma mère. Des coups de sabre pleuvent, le sang jaillit, les pleurs et les cris couvrent le bruit des sabots des chevaux. Étouffé en quelques minutes, le groupe de jeunes révoltés est anéanti. La foule reprend sa course folle et bruyante vers la place de la Révolution, que je traverse pour la première fois dépouillée, heu... je veux dire débarrassée de la statue de Louis XV.

Arrivé devant les préparatifs, je cherche la Pâqueline dans cette marée humaine. Nous sommes surpris par la foule amassée qui patiente depuis l'aube dans l'attente de Samson, le bourreau, et ses deux frères. Dans le flot de spectateurs, on murmure que, la veille, il a fêté ses noces d'argent en compagnie de quelques flacons de vinasse ; il risque d'avoir le geste imprécis, le couperet maladroit.

– Tant mieux, a ricané ma mère que j'ai retrouvée collée au gibet. Le spectacle dure plus longtemps quand il y a un deuxième acte...

La guillotine, installée depuis la nuit précédente, est cernée de gardes nationaux vêtus d'uniformes bleus à revers blancs. La bouche des canons braqués vers l'échafaud effraie les petits enfants, que les parents portent sur leurs épaules afin qu'ils profitent du spectacle. Des femmes allaitent leur nourrisson, des garnements pissent sur le piédestal de la statue détruite, mon voisin se décrotte le nez ; chacun attend sans bouger, de crainte de perdre sa place. Le souffle des badauds forme un nuage brumeux qui attiédit l'air.

À huit heures, Samson arrive escorté de ses deux frères, mâchoires crispées, figures pâles comme la mort. Je sympathise à voix basse avec mon voisinage ; on se félicite de la guillotine qui ne présente pas l'inconvénient de la hache, parfois incertaine lorsque tremble le bras du bourreau. Non ! Je ne blâme nullement l'exécution ! Je remarque simplement qu'un couperet mal assuré est une torture inutile.

Malgré les roulements de tambour, nous comprenons, à ses mouvements de tête, que Louis Capet, la figure passant du livide au rouge écarlate, refuse d'avoir les mains liées dans le dos et de retirer sa veste… Nous pensons alors que c'est une façon de gagner du temps, de reculer l'instant fatidique. Puisqu'il est l'ennemi de la Nation, il doit mourir, dit-on. Le prêtre qui l'accompagne parvient cependant à raisonner le condamné. Puis, d'un mouvement de tête autoritaire, Louis Capet ordonne le silence aux tambours, qui obéissent sans attendre l'injonction de leur supérieur. Le condamné parle aussitôt, craignant sans doute les sifflets de la foule : « Français, vous me voyez mourir pour vous. Puisse mon sang consolider votre bonheur. Je meurs innocent de tout ce dont on m'accuse ! »

Les tambours reprennent leur vacarme ; le condamné est ligoté sur la planche du couperet. Voilà… Sa tête est tranchée, puis exposée à la foule ; ses paupières sont closes, l'expression saisissante et blême du trophée sanguinolent de notre libération se confond avec un air de sainteté que je ne peux déchiffrer. Ma mère fouille dans son corsage et consulte la montre de notre voisin : il est dix heures dix.

Petit à petit, nous nous dispersons en silence. Je me faufile entre les gardes bousculés par le mouvement de foule pour approcher l'échafaud ; des filets de sang ruissellent entre les planches. L'odeur me rappelle la pâtisserie de mon oncle, les jours de façonnage du boudin. Cela ne m'écœure pas, mais je me sens abattu. Des femmes et des hommes tendent de petites gourdes pour les remplir de sang ; ils referment le bouchon et baisent leur fiole devenue sitôt relique sacrée. Sans raisonner, je les imite en trempant mon mouchoir dans une flaque rouge qui commence à sécher.

Dès midi, les rues retrouvent leur apparence ordinaire, les quartiers semblent inchangés, à l'exception des maisons de jeu fermées. Les promeneurs du Palais Royal sont plus nombreux, les restaurants et les cafés sont pris d'assaut par les flâneurs sans-culottes coiffés de bonnets. Des femmes accostent des élégants ; emmitouflés dans la soie et le brocart, ils agitent leur canne biscornue et recoiffent leurs mèches tombantes comme des oreilles de chien. Des couples de bourgeois traînent devant les échoppes et vaquent à quelques achats inutiles.

J'observe des visages connus, tel Ange Pitou, celui que mon père affublait du sobriquet de « crotte de nez », se flattant d'avoir pu rencontrer le bourreau avant son office, afin de lui soutirer quelques renseignements utiles, qui pussent fournir à sa plume le croustillant qu'on lui connaît.

Devant les portes d'un théâtre… excusez-moi je ne sais plus lequel, des voix chantent la louange du jeune Louis XVII, qu'on se jure de libérer un jour. Je distingue Franz, au loin, qui écoute ces chants en tenant fermement une jeune fille près de lui ; le peu de relief dépassant de son chapeau laisse pointer son vilain nez et ses lèvres épaisses. Mais pour l'heure, la ville offre ses réjouissances habituelles aux insouciants qui peuvent dépenser leur monnaie. Je ne fais pas partie de ce monde, je suis fils de musicien sans le sou, pressé de trouver quelque argent pour aider ma mère.

Puis-je avoir un verre d'eau, s'il vous plaît ?

Je reconnais le goût de la Seine, pour en avoir souvent mâché les détritus sableux restés collés sur ma langue.

Après le décès de mon père, je fréquentais moins le collège, préférant la pâtisserie de l'oncle Élie, où je me sentais protégé et correctement nourri.

Hélas, accablé par la vie parisienne, il ouvrait de moins en moins sa boutique et faisait rarement appel à moi. Les quelques crapaudines qu'il m'offrait devinrent insuffisantes ; les réserves de nourriture commencèrent à manquer au foyer mère et fils Renard.

La Pâqueline me tenait pour responsable de toutes les misères qui l'accablaient. Je passais de longues heures à flâner sur les quais à la recherche d'un travail supplémentaire. Les blanchisseuses frappaient le linge dans l'eau, étendaient d'interminables cordages sur les rives pour le faire sécher, des enfants jouaient à cache-cache entre les rangées de draps et de chemises, pourchassés par ces femmes armées de battoirs savonneux. Une jeunesse dorée dépensait son argent dans les cafés et les auberges, que de lourdes barques ravitaillaient en clients, les faisant passer sur l'autre quai.

Je trouvai enfin un petit emploi, au débarquement de

troncs d'arbres affreusement lourds, qu'il fallut ensuite découper en rondins de bois de chauffage. Les membres endoloris et le dos brisé, je rentrai chez ma mère, lui tendis victorieusement six sous, montant de mon effort prodigieux. Son rire atroce déchira mon âme et ses moqueries, « même pas de quoi payer une douzaine d'œufs », me découragèrent.

Je retournai le jour suivant sur les quais, et me présentai au Bureau de la ville pour solliciter un emploi. On me reçut comme un malpropre, un bon à rien. Je quittai cet endroit où le mépris m'avait offusqué, jusqu'à ce que mes oreilles et mes yeux fussent témoins d'une négociation étonnante : un homme, âgé d'environ cinquante ans, mal vêtu comme je l'étais, petit et maigre, recevait des mains du Commissaire la coquette somme de douze livres [1], pour avoir sauvé un inconnu de la noyade. On m'enseigna que toute personne qui repêchait un corps, vivant ou non, recevait une gratification. L'affaire semblait prometteuse, car la Seine était un charnier flottant.

Aussitôt, je me lançai dans cette pêche au corps, longeant à contresens les remous bourbeux du fleuve, muni d'un long bâton que terminait un solide crochet. Quelques heures plus tard, alors que mon estomac grinçait furieusement, j'aperçus un cadavre bloqué contre le pilier d'un pont. Comme je ne sais pas nager, il m'était impossible de rejoindre le corps, ni même de l'agripper au bout de ma perche.

– Holà ! criai-je au premier passeur de barque qui

1. Environ dix jours du salaire d'un ouvrier.

somnolait, le menton appuyé sur une rame. Conduis-moi jusqu'au pilier du pont, veux-tu ? Et je te paierai sitôt ma récompense versée par le commissaire.

– Va foutre ! me répondit le passeur.

Je tentai ma chance auprès d'un autre qui paraissait mieux réveillé.

– Si tu me conduis jusqu'au cadavre enroulé au pilier du pont, je te donne la moitié de ma récompense.

– Moi, je te mets mon pied au cul.

– Bon, d'accord, répondis-je sans perdre mon calme, mais tu es dur en affaires : je te donne les trois quarts de ma récompense.

– Et ma main sur ta gueule ? proposa l'autre.

Je me laissai tomber sur une montagne de linge sale, désespéré.

– Dégage de mon tas, m'ordonna une blanchisseuse armée de sa planchette.

Le passeur me considéra en riant.

– Mais enfin, lui demandai-je, pourquoi personne ne me fait-il confiance ?

Debout dans sa barque, l'homme agrippa l'anneau de métal scellé dans le quai.

– Tu ne crois pas que, au lieu de te conduire au cadavre, je ferais mieux d'aller le repêcher moi-même, pour empocher la récompense ?

– Si… Que ne le faites-vous ?

– Gros couillon ! Les sauveteurs sont accusés d'avoir eux-mêmes tué celui qu'ils rapportent au Commissaire, et les inculpations pleuvent autant que les récompenses !

Je jetai mon bâton sur le pavé.

– Pourtant, j'ai bien vu quelqu'un empocher les douze

livres, et pas plus tard qu'aujourd'hui ! Dix jours de salaire d'un ouvrier pour crocheter un noyé !

– Tu veux parler du Crassepouille avec la queue-de-cheval et son bicorne aplati ?

– Exactement.

L'homme jeta un coup d'œil à droite puis à gauche, vérifiant qu'on ne l'espionnait pas. Il se pencha dangereusement par-dessus son embarcation.

– Tu n'es pas d'ici, hein ? Le Crassepouille, c'est un informateur du Commissaire. Une balance, si tu préfères. Cette partie de la Seine, c'est son territoire de repêche.

Je repartis d'un pas accablé vers la maison.

Durant les deux heures trente de marche, je croisai un bras flottant puis un pied pris dans l'écume grise, probablement jetés par des étudiants en médecine une fois leurs expériences terminées.

Ainsi s'acheva ma première et unique tentative de sauvetage.

Audition du sieur Victor Renard

Jour V, partie I

Je vous ai parlé le jour d'avant-hier d'un bal qui se préparait, où je brûlais d'aller… Nous y voici donc.

Épuisé de rôder en tous sens pour trouver un travail et de moins en moins porté sur les études, je commençais à laisser poindre de mauvaises idées dans mon esprit désœuvré.

Ce bal, pourtant de réputation malfamée, m'obnubilait à un point que je ne saurais décrire ; j'étais jeune, désœuvré, bon à peu mais prêt à tout, pourvu qu'une opportunité m'apportât du divertissement.

Ainsi, dès que la Pâqueline fut accoudée à son ouvrage de couture, rythmé par le tacatac de ses talons, je réussis à me sauver sans bruit et sans dommage ; je courus tel un possédé vers la placette des marronniers ; je courus à m'asphyxier, sans m'arrêter ni me retourner, guidé dans l'ombre par le son des musiciens. Que c'était beau ! On avait accroché autant de fanions rouges et blancs que de feuilles aux arbres. Des lampions éclairés par de petites bougies tremblotantes illuminaient les branches tordues de reflets saignants. Les instruments de musique hurlaient leur merveilleux vacarme et je comptai environ trente couples – peut-être trente-deux – qui dansaient, gentiment serrés, mais pas trop, sous la gloriette de toile. Tous les visages étaient heureux, heureux d'un bonheur simple qui vous emporte le cœur et donne envie d'embrasser les flâneurs.

Je visitai la foule du regard dans l'espoir de débusquer mon ami Franz.

Un parfum de crapette flattait les narines ; ma tante en avait cuisiné un jour ordinaire en m'indiquant la recette : du lait, des œufs, de la farine et une bonne mesure de bière ; on met à frire en forme de grandes crêtes de coq, et c'est en se brûlant la langue qu'on les apprécie le plus...

Un camarade de pensionnat m'accosta.

– Alors, finalement ta mère t'a laissé sortir ?

– Je cherche Franz, répondis-je en fouillant les lieux du regard. Il m'a donné rendez-vous ici, mais je ne le vois nulle part.

Soudain je le distinguai, gesticulant, une cruche à la main.

– Enfin te voilà ! Vise-moi ça, se glorifia-t-il, un litron d'esprit-de-vin rien que pour nous ! Du vin, de la bière et derrière toi, les plus belles garces du coin qui s'enquiquinent. Mais... buvons d'abord !

Nous lapâmes la carafe entière sans traîner, excepté un petit verre offert au camarade qui nous ravitaillait en tabac gris d'Espagne que nous aimions priser à nous en rendre fous. Il était aisé de tromper la vigilance des paysans rangés dans le petit estaminet : notre camarade chapardait leurs tabatières, les vidait habilement dans son gilet puis, d'un geste discret et assuré, les replaçait, près de leurs propriétaires, tassés de fourbure. Ceux-ci, accoudés aux voliges clouées, s'écroulaient graduellement, oubliant de surveiller leurs filles maquillées comme des femmes sans religion.

– Arrête de regarder derrière toi, s'amusa Franz, on dirait que tu es poursuivi par le diable. J'ai à te parler.

Il nous resservit un canon de liqueur, et je le considérai avec fascination, attiré autant qu'effrayé par son arrogance.

– Je te propose de devenir mon associé dans une affaire juteuse. Avant de partir au pénitencier, mon père m'a enseigné la ramastique. Si tu es d'accord, je t'apprends la manière et on s'associe.

– Je ne connais pas ce commerce, avouai-je au risque de passer pour un benêt.

Franz vérifia que nul ne pouvait entendre ses explications.

– La ramastique, ça marche à tous les coups : on abandonne sur le sol un bijou en ferraille, dans un écrin, si possible avec un certificat de valeur. Dès qu'une personne se baisse pour le ramasser, je lui saute dessus en affirmant que je l'ai vu le premier. On se dispute un peu et là, tu arrives.

– Moi ?

– Oui, toi. Tu proposes de nous mettre d'accord : je renonce au bijou, à condition que l'autre personne me donne un peu d'argent. La somme que je réclame étant inférieure à la valeur supposée de l'objet, je fais semblant de bouder. Et toi, tu fais semblant de me raisonner.

– Et ça marche vraiment ?

– Du tonnerre ! À chaque fois, le couillon est tellement sûr de tenir un bijou de grande valeur qu'il me donne de quoi déguerpir.

J'étais un peu embarrassé devant cette proposition qui me paraissait aussi alléchante que malsaine.

– Tu peux me faire confiance, j'ai pratiqué bien des fois la combine avec mon père, ajouta-t-il pour finir de me rassurer.

– Mais Franz, tu m'avais dit que ton père était prêtre. Or, j'ai appris que rien n'était plus faux : il a fini au bagne. Je n'ai pas envie d'aller croupir dans un cachot, moi.

– Rien à voir, balaya-t-il en haussant les épaules. Mon père avait des barboteuses, des filles qui travaillaient pour lui dans la rue Maubuée. Il les tabassait trop dur, alors elles sont allées se plaindre au commissaire.

– Ah d'accord ! répondis-je faussement soulagé. Ben, il faut que je réfléchisse quand même, comprends-tu ?

Franz admit ma réserve, du moins en apparence. Il m'imposa un délai de réflexion ; je devais lui rendre ma réponse jeudi avant le cours de latin.

– Et comment on ferait, pour avoir des bagues ?

– J'en ai repéré une, assura-t-il, l'œil en direction d'un groupe de filles déjà pompettes. Mais avec celle que ta mère porte autour de son cou, ça nous en ferait deux pour démarrer…

Nous cessâmes notre conciliabule pour regarder danser les couples. Les filles de Saint-Chatry étaient toutes là ou presque, adorables et riant très fort malgré le mauvais genre que cela leur causait.

Je reconnus Carmeline (la fille boiteuse des paysans cultivant le champ de betteraves où mon père décéda), perdue dans la toilette trop large de sa grosse mère : une affreuse robe aux rayures horizontales qui assassinent la silhouette. Comment pouvait-elle porter cette chose marron à stries jaunes qui lui donnait l'allure d'un frelon ? Même moi, je n'étais pas si mal attifé par la Pâqueline. Cette nuit-là, les servantes dansaient entre elles, toutes hérissées d'entrain, leurs blouses tachées d'auréoles de sueur tiède et leurs chignons écroulés.

Les filles désobéissantes s'étaient enfuies de leurs mansardes en vilaine tenue : les cheveux serrés dans un bonnet de soubrette, une robe de gros-grain marron, des bas de lainage et de méchants souliers usés. Les demoiselles pauvres qui ne savent pas coudre doivent économiser cinq ans de leurs gages pour s'acquérir une robe soignée, dont elles auront l'usage six fois dans leur vie : au bal, afin de trouver un mari, le jour des noces avec la trouvaille, puis c'en est fini des bals car les naissances se chargent d'évincer tout projet de divertissement. Restent encore les baptêmes des enfants pour la sortie et, pour la sixième, la robe sera si démodée qu'il vaudra mieux retailler des jupes aux fillettes dans son étoffe, en fuyant les coins d'usure, à moins qu'on ne l'enfile à la vieille pour ses funérailles : un vrai gâchis.

Notre jubilation d'avoir trompé la vigilance d'une mère ou d'un frère aîné était sans limite ; cette merveilleuse excitation nous rassemblait.

Je n'avais jamais côtoyé autant de femmes et de filles réjouies.

J'aimais noter la facture discrètement obscène dans chacun de leurs gestes : un talon de soulier se prend dans l'ourlet de leur jupon ? Pour le garçon qui savait poser les yeux au bon endroit, il était aisé de palper sa récompense par le spectacle de l'émouvante cambrure d'un pied coulé dans son escarpin démodé, les veines enflées de trépignements sous la peau jaspée d'une cheville, le galbe délicat d'un mollet naissant. Quelle joyeuse pagaille !

J'étais trop habitué, parce qu'elle avait vieilli, à voir les poteaux de ma mère, enflés de varices et azurés de vilains coups. Le spectacle de ces beautés sans le sou consolait mes yeux du triste théâtre de mon ordinaire.

Il n'était pas courant d'être heureux dans l'univers du Législateur peuplé de créatures effrayantes, de sermons piaculaires et d'index menaçants. Durant ma petite enfance, mon père me racontait une histoire, le soir – pour m'endormir prétendait-il ; une différente chaque fois. Grâce à cette courtoisie paternelle, j'avais connu très tôt les dernières volontés des condamnés à mort célèbres, la méthode des bourreaux et l'agonie du petit chaperon rouge au centre d'une mare de sang dans la forêt dédaigneuse. Supposez-vous qu'un enfant, mentalement chétif comme je l'étais, pût trouver dans ces récits les bienfaits d'un sommeil paisible ?

Mes nuits étaient courtes et blanches. La terreur me tenait éveillé et la crainte de mécontenter mes parents me conduisait au grenier, où dépérissaient les êtres inutiles tels que moi, et les rats éloignés à coups de grains empoisonnés.

On entendit une sorte de murmure à l'arrivée des deux sœurs Fabre ; enrubannées comme des mules au jour des Rameaux, elles s'avancèrent vers une table et, sans perdre une miette de l'effet qu'elles produisaient sur les garçons captivés et les filles ombrageuses, lissèrent avec une fausse application les plis de leurs robes un peu vieillottes.

– Tu connais leurs petits noms ? demanda Franz. La frisée avec sa jupe à panier défoncé, qui s'agrippe au châle de sa sœur, c'est Louison. Elle est aveugle.

– Je le sais. Je l'ai déjà vue à l'Église du Législateur, à genoux sur un prie-Dieu.

– La plus mince, reprit Franz, avec un ruban autour du cou, c'est Toinette : un peu salope, à ce que l'on raconte.

– Je le savais aussi. Je l'ai vue le même jour à l'église avec Louison.

– L'aînée est entrée au couvent, c'était la plus friponne. Trois jolies tourterelles, dommage que le pigeonnier soit attaqué par la rouille.

– Que veux-tu dire ?

Il vida son verre d'un trait et fit claquer sa langue.

– La mère Fabre est accoucheuse mais, quand l'enfant est mort-né, les femmes refusent de la payer. Le père joue ses gains au trictrac dans les cabarets, le toit du manoir prend l'eau.

– Celui de ma mère aussi, dis-je, un peu estourbi.

Nous pouffâmes sottement.

Ivres de danse, les jeunes servantes n'avaient pas observé les consignes de l'Église : absence de parures et, surtout, pudeur. Le seul conseil qu'elles avaient respecté était celui de la « distinction entre les hommes et les femmes ».

Soudain, je réalisai que Franz avait disparu. Je crus tout d'abord qu'il brocantait une seconde fiole d'esprit-de-vin et, de ce fait, je ne m'inquiétai pas. J'étais cependant intrigué par sa générosité, en calculant que, avec cette deuxième bouteille alcoolisée, nous allions boire le salaire entier d'une journée de travail agricole.

Mais Franz revint, la démarche chaloupée et le sourire vainqueur.

– Assieds-toi là, ordonna-t-il à la fille qui l'avait suivi. Et remplis donc nos canons de vin.

Je me souviens qu'elle baissa les yeux, remplit nos verres sans renâcler et reposa la bouteille. Ses mains étaient longues et fines, ses ongles propres, râpés en arrondi. La forme de son vilain nez m'évoqua les visages tristes que j'avais remarqués parmi la foule chantant les louanges de l'enfant Capet. Oui, c'est cela : la figure de cette inconnue semblait porter tout le chagrin du monde ; mais, au lieu de l'enlaidir, ce pif en deuil rendait sa figure amusante.

Un silence gêné s'invita à notre table, ce dont Franz sembla se réjouir ouvertement.

– Voilà ! dit-il en écartant les mains. Je te présente Judith, ma frangine. Sois gentil avec elle.

Franz se leva, rangea sa chaise sous la table et disparut dans la foule avinée. À travers la musique, on entendit les cailloux qu'un groupe de garçons agités lançait sur leurs bouteilles vides.

Judith se tordait le cou pour observer les danseurs. De petits cheveux ondulaient sur sa nuque, des algues ballottées par le courant d'un ruisseau. Son profil rappelait celui de son frère : un menton volontaire, ce nez trop fort, de longs cils recourbés, mais je la trouvai charmante. Fragile, malgré la peau crevassée de ses mains.

Elle bâilla deux ou trois fois, marquant ainsi sa fatigue, son ennui ou notre embarras mutuel…

– Je vais quérir Franz, dis-je, qu'il vous reconduise chez vous.

– Chez les sœurs hospitalières, corrigea-t-elle. J'y suis fille servante et je commence mon service dès l'aube.

L'enjambée hésitante et la fièvre entre les tempes, j'inspectai les coulisses à la recherche de mon ami. Il n'était pas accoudé au petit comptoir de la buvette, ni perdu au milieu des danseurs qui trébuchaient sur des souliers abandonnés là. Enfin, je découvris sa nuque dépassant de la palissade où l'on remisait la réserve de perdrix rôties et de légumes crus. Il semblait fort occupé. Par les remous inhabituels de ses épaules, je compris qu'il s'était fait enrôler à l'épluchage des choux.

– Judith est lasse, lui dis-je par-dessus la palissade. Je crois qu'il faudrait que tu la raccompagnes.

– Fais-le pour moi, s'exclama Franz entre deux respirations bruyantes. Tu vois bien que je suis occupé.

– Tu aurais dû m'avertir, lui reprochai-je gentiment, je serais venu t'aider. À deux, c'est toujours mieux !

– Judith peut bien attendre cinq minutes ! lança-t-il tout essoufflé en rugissant sur la musique. Viens donc !

Je me pressai de contourner la murette où l'on avait adossé les bouteilles vides, puis je sautai lourdement par-dessus les corps du garde-feu et du cantonnier abrutis d'eau-de-vie. J'étais en joie ! Notre zèle à l'épluchage serait certainement récompensé ; j'imaginais déjà l'exquise carafe qu'on nous offrirait en échange de notre service…

Soudain, une main brutale m'agrippa l'épaule. Ma poitrine se fissura en deux.

– Je peux savoir ce que tu fous là ?

C'était ma mère ! Ma mère aux yeux petits et méchants. Ma mère aux lèvres blanches d'écume pâteuse. Ma mère au menton tremblotant de colère. Ma mère dont j'ai si peur, aujourd'hui encore.

– Je… je vais aider Franz à couper des légumes.

– Ah oui ?! hurla-t-elle. Tu m'prends pour un jambon ?

Elle me bouscula en avant d'un geste sec de la main, comme on pousse une bourrique vers sa paillasse. Nous fûmes elle et moi précipités devant le spectacle de Franz, culottes baissées aux genoux, un pan de sa chemise entre ses dents, boutant brutalement une jeune fille vêtue d'une robe grise à ceinture bleue. Elle gémissait, la bouche ouverte et les yeux révulsés, ivre morte.

Oui, vraiment : je croyais que Franz pelait des choux pommés et je m'apprêtais à le secourir dans sa tâche. Ma mère hurla, la musique ensevelit ses cris mais ses mouvements désordonnés attirèrent l'attention de la société. Mon regard se dirigea vers les jeunes filles dont je craignais le jugement ou la moquerie. Leurs figures affichaient la stupeur, l'effroi que vous pouvez imaginer. Elles se penchaient à l'oreille de leur voisine, probablement pour chuchoter les détails de la scène, tels que leurs esprits simplets les interprétaient.

Malgré sa petite taille, mue par sa colère, ma mère me souleva par une oreille et nous traversâmes l'estrade où dansaient encore entre elles quelques jeunes filles grisées. Le menuet fut chambardé par notre passage, j'écrasai quelques jolis pieds en bredouillant « pardonnez-moi », ce qui eut pour effet de me faire remarquer là où je souhaitais simplement être invisible. Judith me dévisagea et je compris que jamais, plus jamais, je ne pourrais me remettre de cette humiliation ni la pardonner à ma mère.

Sous les platanes feuillus de fanions et de lanternes, Maman venait de relâcher mon oreille, lorsque nous nous trouvâmes face à Mme Martineau, la patenostrière, chaperonnant sa fille Angélique. Vous souvenez-vous d'elle ? Elle m'avait laissé une impression ineffaçable... Ah, comment puis-je vous décrire mon émoi ? Mes tempes battirent aussitôt la mesure de mon cœur affolé et, comme par magie, la douleur de mon oreille martyrisée disparut dès son apparition. Rappelez-vous : mon oncle avait raccourci le talon de son soulier. Maman détestait la mère Martineau, qui s'était souvent entretenue avec mon père au prétexte de lui faire goûter sa cuvée de vin de messe et de solliciter son avis sur ses dernières sculptures de crucifix, taillés dans les os que lui gardait l'oncle Élie. Le front de cette femme sans âge, recouvert d'une épaisse frange qu'un bandeau noir maintenait, lui conférait un air de chaperon espagnol. Son regard fixe, qui semblait étudier nos moindres mouvements, demeurait posé sur nous comme une loupe d'observation. Mais son teint have, que soulignaient les frisottis noirs de son col remonté, éclatait de blancheur dans la nuit. Je la trouvais belle, malgré son âge.

Non.

Peut-être pas belle, ceci me paraît trop indéfini.

Je dirais majestueuse. Voilà qui est plus juste : la mère était majestueuse, et sa fille, ensorcelante.

Autrefois, lorsque dame Martineau visitait le joueur de serpent, la consigne de Papa était nette : « Même si la Vierge se pointe dans le jardin, on est priés de ne pas me déranger ». Il n'en fallait pas davantage – on le comprend – pour que ma mère jalousât férocement la visiteuse.

– Bien le bonsoir, lui susurra-t-elle, avec un sourire forcé, replaçant mes cheveux sur mon oreille enflammée. Quel dommage : nous partons et vous arrivez !

À la modulation de sa voix, je compris que, peut-être, je dis bien peut-être, la Pâqueline tenait de réelles dispositions d'actrice. Haïssant la patenostrière, elle devait avoir un sacré don de comédienne pour déguiser ainsi son impérieuse soif de lui crever les yeux.

– Oh, nous ne danserons pas, répondit Mme Martineau. Le temps d'assister au tirage de la tombola et nous rentrons.

Angélique au visage de madone rajustait le foulard bleu pâle noué dans ses cheveux. Ses boucles soyeuses habillaient sa gorge blanche. À mon tour, je me sentis jaloux. Jaloux des petites mèches folles qui, agitées par une légère brise, frôlaient son front et faisaient battre ses paupières. Jaloux de sa main pâle qui les rejetait en arrière. Jaloux du bras de sa mère, qu'elle agrippait nerveusement, froissant l'étoffe de sa manche.

Et soudain, je me souvins que j'étais laid. Laid et, de surcroît, tordu.

Victor Renard, vilain cafard, ému devant une libellule : tel est le souvenir que je garde de cet instant où, incapable de lui adresser le moindre compliment d'usage, je me contentai de baiser la main que sa mère me tendait.

– Je croyais que les députés révolutionnaires avaient interdit les loteries ? lâcha la Pâqueline, pressée de filer.

– Vous avez raison, acquiesça l'autre. Mais, ce soir, il ne s'agit pas d'argent. On distribue un numéro gratuit à chacun et, à minuit, une main innocente en tirera dix dans un sac.

– Quels sont les lots ? interrogea ma mère, subitement intéressée.

– Une barrique de chou, des pâtés de perdrix, des volailles ainsi que des jarrets, et même des flacons de vin ! Joignez-vous à nous, j'ai un vieux fichu pour nous asseoir dans l'herbe !

Ma mère réfléchit un court instant, l'occasion d'avaler un godet l'ayant toujours appâtée.

– Nous pourrions aussi prendre une boisson à la table de la buvette ? suggéra-t-elle mielleusement.

– Oh, je ne crois pas ! rétorqua la femme Martineau en désignant sa protégée. Ce n'est pas la place d'une jeune fille…

C'est ainsi que, détournée de ses appétits punitifs, ma mère se retrouva posée sur le châle de cette dame, qui avait été son cauchemar d'autrefois, et que je fus délivré d'une raclée bien sentie. Les deux femmes causèrent, assises côte à côte, chacune gardant scrupuleusement un œil sur sa descendance.

De temps à autre, Mme Martineau reculait son buste pour chasser les papillons de nuit qui l'importunaient, attirés par la lueur des flambeaux contre lesquels ils venaient griller. J'apercevais alors le dos de sa fille, parcouru de croisillons fins qui raidissaient le corps de sa robe. La courbe de sa nuque, où perlaient quelques gouttes de transpiration, me parut le plus émouvant spectacle jamais admiré.

Transporté une paire de fois dans la même soirée par la vision de nuques chevelues, et giflé entre deux, je ne savais plus si cela faisait de moi un monstre ou… un homme.

Judith, probablement lassée d'attendre son frère et définitivement convaincue que je ne pouvais la raccompagner, avait rejoint la table des filles Fabre. Je supposai qu'elle leur livrait quelques nouvelles de leur sœur entrée au couvent pour cacher sa grossesse, et qui, depuis sa prise de voile à laquelle j'avais assisté, ne sortait plus de son cloître.

L'installation de la loterie fut rapide ; à la cantonade, on héla la personne désignée pour tirer les numéros gagnants :

– La main innocente de Mlle Martineau ! hurla-t-on à l'autre bout.

Mme Martineau se leva et escorta sa fille jusqu'au pot rempli de billets de loterie.

– Tu parles d'une main innocente ! cracha ma mère. La vieille a beau faire sa mijaurée, tout le monde sait que son vin de messe rime avec main aux fesses.

– Papa disait pourtant que son commerce prouve sa modestie et sa grande foi.

– T'en veux une autre, là, devant tout le monde ? Bah, je le revois, ton père, avec ses petits yeux chafouins : « La mère Martineau est venue porter son nouveau cormé de messe. Il a bon goût mais il teinte la langue en violet et noircit les dents. Jésus eût-il trinqué avec ses apôtres pour un godet de cette vinasse ? » Dis donc, je n'ai pas mon lorgnon, mais je vois bien trois filles attablées, là-bas, qui nous toisent sans arrêt. Qui qu'elles sont ?

– Les deux de Fabre, répondis-je, et une servante.

– Eh ben, elles sont bien grandies, les pintades ! Ces galopines n'ont pas froid aux yeux. La vie est mal foutue ; un père qui joue faux, sauf aux cartes, une mère accoucheuse, et deux paniers percés à caser.

Un chanceux venait de remporter le tonneau de choux. Il peinait à le faire rouler, sous les quolibets de l'assemblée hilare.

– Quel numéro as-tu ? me demanda ma mère.

– Le 136.

– Ça ne m'étonne pas. Quand on additionne tous les nombres de 1 à 36, on obtient… on obtient quoi ?

– Je ne sais pas, avouai-je distraitement.

Elle se leva d'un bond. Sa bouche se tordit en une grimace hideuse qui m'effraya.

– On obtient 666. Le chiffre de la Bête, le chiffre du diable, celui qui se nourrit du sang de ses victimes, le chiffre du…

– Numéro 136 !! hurla l'aboyeur à travers la foule.

D'un discret mais rude coup de pied, ma mère m'encouragea.

– Va donc chercher ton dû, Victorieux trou du cul.

Rougissante, Angélique Martineau me remit une

bouteille de vin des Canaries. Je traversai la foule la tête basse, jetant un regard furtif vers Franz et un inconnu, qui s'étaient attablés sans manières auprès des trois filles.

– Eh, dit-il en m'agrippant la manche. T'inquiète pas, personne n'a rien vu tout à l'heure. Et puis… tout le monde connaît ta mère ! Tu penses à notre affaire, hein ?

– J'y réfléchis sans relâche, répondis-je discrètement. Mais là, ce n'est guère le moment d'en parler. Pardonne-moi, je file…

À peine mon flacon de vin reçu, ma mère décida que nous devions rentrer. Longeant la ruelle qui menait à notre maison, elle but la bouteille. « Mauvais pinard », répéta-t-elle après chaque goulée, « un vrai dégorgeoir ».

Nous contournâmes des corps avinés, bras et jambes écartés, étendus au milieu des ordures et des rats déconcertés. Une femme, agrippée aux haillons d'un époux ramolli, tenta de hisser le débraillé à l'intérieur de sa maison. Elle manda de l'aide, ce que ma mère repoussa :

– Laisse-le donc cuver, ton mari. Le caniveau est moins puant que tes cuisses.

L'élocution de la Pâqueline était devenue plus véloce, mais son aplomb incertain. Elle commença à tituber. Je l'aidai à monter les marches de notre perron.

Soudain, se ressaisissant et comprenant que je l'avais touchée, elle me vomit à la face. Je m'essuyai le menton et la bouche sur le revers de ma manche. Aussitôt, elle s'empara de la badine des cochons pour me frapper ; sa colère était si vive que ses yeux semblaient jaillir de leur ovale. Dès que je fus adossé au mur du vestibule, où je m'étais précipité en croyant naïvement trouver refuge, elle me fouetta, fouetta de tous ses nerfs les parties de mon corps qui la dégoûtaient tant. La chevalière de Papa pendue à son cou sauta en tous sens, secouée par la tempête de bras qui s'abattait sur moi. Peut-être après tout étais-je un pestiféré ? Peut-être ma mine était-elle haïssable plus que je ne le pensais moi-même…

Ne trouvant plus en ses bras la force de me frapper encore et encore, elle se saisit d'un bouquet de chardons cardères que je lui avais cueillis le matin de sa fête. Les aiguilles de ces chardons séchés sont plus meurtrières que le dard d'un scorpion et, lorsqu'ils poussent miraculeusement par groupes de trois, on les appelle « chasse-diable » car ils forment une croix. Elle me fouetta le dos et les bras qui protégeaient ma tête avec une violence que je ne saurais vous décrire sans pleurer encore aujourd'hui.

– Sors de là, Satan ! hurlait-elle à mi-voix pour ne pas alerter nos locataires. Sors de là, ou crève avec lui !

Entre deux attaques, je miaulais faiblement :

– Pitié… Pardon ! Pitié…

Puis, elle me quitta pour mort, traversé de milliers de petits trous d'épines cuisantes, gisant sur le pavage froid du rez-de-chaussée. Elle grimpa malaisément l'escalier, sans craindre le regard de notre locataire frotteur de parquets, qui venait de passer la tête entre les barreaux du garde-corps.

– Et voilà ! Il a tombé, dit-elle impassiblement. Vous avez trop ciré les escaliers, ils sont trompeurs comme Judas.

Elle disparut dans le tournant de la montée, puis s'enferma dans sa pièce. Les convulsions de sa danse de Saint-Guy firent trembler le sol et je m'accompagnai de son couplet de talons pour marmonner, troubadour cabossé.

Il souffre Totor,
Des tortures de tout son corps,
Que sa mère nomme gros porc.
Y sent la douleur, Victor,
Car l'alcool ne s'évapore.
Il souffre, Totor,
C'est la preuve qu'il n'est pas mort.
Il aura un sommeil d'or, le trésor.

Un vent frais battit brusquement les lucarnes et ma mère rouvrit son repaire.

– Dégrouille-toi de rentrer mon linge, Victorchon !

Je me remuai comme je le pus, c'est-à-dire en titubant, pour sauver de la brise ses longues chemises décolletées ornées de feston crème, ses corsages de lin aux couleurs fanées par les lessivages peu scrupuleux. La dentelle mousseuse de ses pantalons fendus me rappelait la bave blanchâtre aux lèvres de Papa, lorsqu'il s'emportait dans ses notes et jouait en larmes, après avoir bouleversé l'assemblée. Il rejoignait alors ma mère, dans les garde-robes aménagées en presbytère ; invariablement, il s'asseyait, en sueur, la bouche empâtée de salive filandreuse.

– Alors, comment m'as-tu trouvé ?

La Pâqueline lui épongeait le front.

– N'y serais-tu pas allé un peu fort ? À trop souffler, tu vas te péter les veines du cou.

– Mais non ! répondait-il fâché. Regarde-les tous, ils sont farcis de sainteté. Comment j'ai joué, sinon ?

– C'était fort. En tout cas moi j'ai reçu. Demande à ton fils. Hein, Totor, que tout le monde a ramassé ?

J'opinais du chef, sentant qu'il n'était pas question

d'avoir un avis contraire. Maman déboutonnait le gilet de son virtuose, ventilait ses narines en agitant des partitions pliées en éventail, retouchait çà et là quelques épis de ses perruques à marteaux. Mon père se sentait comme un athlète de l'Éternité [1], un funambule du serpent. Chaque dimanche, il rêvait de figer son auditoire par ses improvisations foudroyantes. Hélas, invariablement, les nouveaux clients ne commandaient que des musiques célèbres et plissaient le nez à l'écoute de ses créations personnelles.

– J'y retourne ! Il y a une coriace dans le fond qui me hérisse le poil, c'est la mère Cassagnol. C'est la chiasse du genre humain, celle-là. Je veux qu'elle flanche. Ma parole, elle ne rentrera pas chez elle sans me commander une musique !

Il se levait, prenait une longue respiration, jetait un dernier coup d'œil vers ma mère pour chercher son approbation (par un battement discret de paupière elle agréait l'allure de son héros, ou replaçait la dentelle de sa cravate) puis il fonçait, tête baissée, dans le rideau de velours.

Pas plus qu'ils n'avaient remarqué son départ, les fidèles ne s'apercevaient de son retour. Étendus sur le carreau ou recroquevillés sur leurs chaises, ils récitaient des prières en des baragouins que personne ne connaît. « Razzala chalamara gnouf ! » hurlaient certains, persuadés de simuler parfaitement leur bénédiction du Saint-Esprit. Vous vous rappelez ? Cette histoire de langues étrangères miraculeuses réservées aux élus ? Eh bien, certaines imitations étaient presque parfaites. Mon père jouait des notes

1. On appelle figurément les martyrs « athlètes de la Foi », « athlètes de Dieu ».

basses entre chaque « bonne nouvelle » annoncée par le pasteur :

– Je vois… Je vois tout ! Il y a une femme possédée dans l'assemblée. L'esprit du mal est dans son ventre… Approche-toi femme… Le Législateur va faire un miracle et laver ton esprit !

Le serpent résonnait alors de ses plus graves tûûût…

En quelques instants on ne comptait plus les hommes tombés à genoux ni les vieilles baignées de larmes. Des enfants d'ordinaire un peu vifs se trouvaient subitement secoués de convulsions et de remords sous les yeux de leurs parents qui larmichaient de joie. Quel festival !

Le plus déconcertant dans ces réunions était la silhouette de ma mère. Singulière ! Effarante ! On ne remarquait qu'elle, dressée et fière de son emploi à la surveillance des têtes qui fléchissent, des nuques penaudes et des larmes des repentis. Repentis de quoi ? Nul ne savait, mais la repentance n'allait point sans l'achat d'une musique. Elle achevait son examen par moi et, d'un simple regard, m'intimait l'ordre de baisser les yeux. Je crois qu'elle priait rarement ; la Pâqueline disposait d'un moyen élémentaire pour évaluer les bénéfices à empocher lors de la quête : compter les chaises vides. Il lui suffisait alors de chiffrer l'argent versé dans la sébile, puis de le diviser par le nombre de personnes présentes, pour obtenir une moyenne des oboles.

– Regarde-moi ces faces de pets ! maugréait-elle fréquemment. Ils sont censés verser dix pour cent de leurs revenus, mais à voir ça, on croirait qu'ils n'ont rien pour vivre.

Elle finissait son recensement par le décryptage de petits

mots gribouillés en hâte sur un papier, que des pratiquants indomptés et anonymes jetaient parfois dans la corbeille. « Chiffon à latrines », avait-elle lu un jour, sans comprendre à qui cette insulte s'adressait. Puis, « Charmeur de serpent vaut mieux que sa vipère » avait fini de l'instruire sur le sentiment d'un inconnu tapi dans la petite foule. La lèvre inférieure tremblotant comme celle d'un enfant grondé, ma mère avait scruté longuement chaque visage, à la recherche d'une marque de honte ou de repentir.

– Je finirai bien par trouver qui l'a marqué, jura-t-elle. Et d'abord, ça s'écrit *vipaire*.

Un jour, peu avant la fin de la cérémonie, un homme s'est approché du pasteur et de mon père en s'appuyant sur une canne. Avec une dignité saisissante, il témoigna de sa grave maladie : ses os se réduisaient en poudre.

Après que mon père lui eut fissuré les oreilles d'une farandole de notes, le curé lui avait posé les mains sur le front en l'avertissant de refuser désormais tout remède de médecine ; il lui prédisait une guérison totale par la volonté du Principe circulant dans le fluide de ses mains. L'homme jeta sa canne pour s'éloigner, bien dressé sur ses deux jambes. Quelques semaines plus tard, nous fûmes pétrifiés d'apprendre que l'imprudent avait expérimenté un nouveau contrepoison de médecine et qu'il avait été puni par la mort.

Comme l'assemblée s'agitait à cette nouvelle, mon père étrangla tous les questionnements avec une improvisation ordonnée par un signe de tête du pasteur. De concert, celui-ci déclamait, son index tremblant de fureur pointé vers le ciel :

– Il n'a pas écouté notre Seigneur, il s'est envasé dans le doute pour quérir d'autres remèdes. Les sœurs hospitalières reçoivent les pauvres, les malades, les passants, elles les logent, les nourrissent et les traitent par charité. Cette âme perdue n'aurait jamais dû mendier une autre miséricorde que celle de notre Arbitre de l'Univers.

– Tûûût !

– Voyez comme le châtiment suprême a saisi celui qui persistait dans l'incrédulité et la bassesse !

– Pouêêêt !

Puis, baissant son doigt vengeur, le pasteur organisa une hâtive diversion en désignant une vieille femme de trente-cinq ans « qu'il fallait marier de toute urgence avec un barbier célibataire ». Le mariage ainsi décrété réjouit la foule, et jamais nos sébiles ne reçurent autant d'aumônes. On délaissa bien vite les questionnements sur la mort de l'homme aux os en poussière et les incrédulités furent balayées par l'exaltation de la noce à venir.

Mon père rejoignit notre logis en état d'hypnose ; il confia à ma mère son excitation d'avoir joué une composition de son cru, sans partition.

– Ça m'est venu d'un coup ! s'extasia-t-il. Le pasteur m'a fait un signe et hop ! De Johann Renard, je suis devenu Mozart : touché par la grâce et l'inspiration. Lors de la quête, les oboles ont débordé de la corbeille !

Ma mère goûtait l'extase de son mari comme une pommade sur ses propres démangeaisons théâtrales blessées par le destin.

– Je crois bien, assura-t-il tout attisé, que cette fois

nous allons rapiécer la toiture et même nous offrir un belvédère[1]. De là-haut, toutes les bicoques entendront ma musique à deux lieues à la ronde. Mais il ne faudra pas qu'on nous y voie, nous prétendrons qu'il n'a pas d'accès et que c'est une lubie du compagnon couvreur pour glorifier Dieu. Les paroissiens n'ont pas besoin de savoir comment sont dépensées leurs offrandes. Rappelle-moi le nom de ceux qu'on baptisera le mois prochain. C'est bon ça, les baptêmes, ça fidélise la clientèle.

– Et quand marieras-tu ton fils ?

– J'attends qu'il ait quinze ans, répondit-il. Mais on le séparera de sa femme après la cérémonie.

La Providence voulut que mon père mourût avant d'avoir pu organiser ce mariage.

La restauration des ardoises du toit et l'érection du belvédère commencèrent trois semaines après la quête miraculeuse ; mon père avait investi l'argent qu'il lui restait dans l'achat de la lunette astronomique de ses rêves, accompagnée d'une notice d'assemblage écrite en langue anglaise. Mes parents, tourmentés une journée par le montage de l'engin, finirent par maudire l'explication d'assemblage dont ils ne comprenaient pas un seul mot ; ils attendirent mon retour du collège. Il n'y avait pas d'apprentissage compliqué cette semaine-là et j'avais obtenu de bonnes notes aux devoirs écrits, qui me permirent de rentrer de bonne heure. Je remarquai le quadrille des oiseaux affolés par les travaux de la toiture

1. Plateforme construite au haut d'un logis, d'où l'on découvre une grande étendue de paysage.

dont les rebords servaient d'abri aux nombreux nids. Leurs cris assourdissants me fendaient le cœur.

– Oh, pauvres oiseaux !

– Quand tu auras fini de t'apitoyer sur ces saloperies, tu nous décoderas ce qui est écrit dessus-là.

– Mais… Père, ne sont-ce pas des créatures du Seigneur ? tentai-je d'opposer habilement.

Papa plissa les paupières, cherchant à percer l'audace de mon commentaire.

– Dans ce nid, répondit-il d'un ton emporté, il y a des œufs. L'un d'eux est moucheté. Dans cet œuf, il y a un petit différent des autres. Il va naître en premier et foutre en l'air ses frères, pour s'assurer l'exclusivité des parents. Ça ne te rappelle rien ?

– Ben, non…

– Le coucou et toi, vous êtes de la même race. Et j'ai pas l'intention de déplacer mon belvédère pour épargner la nichée d'un fratricide. Maintenant, décode-moi ce qui est écrit là-dessus, que tes études nous servent à quelque chose…

Aucun mot de ce texte ne ressemblait aux histoires anglaises dont j'étudiais les chapitres à l'institution. Je dus alors admettre mon incompétence, après avoir cherché à reconnaître quelque orthographe familière. Fort déçue, ma mère se convainquit de mon imbécillité. Cet examen raté me valut une calotte sur l'oreille. Le déshonneur fut entier lorsque, avec une commodité écœurante, la tante Philiberte et l'oncle Élie s'unirent au montage de la lunette et l'achevèrent en moins d'une heure. On m'envoya réciter mes pénitences au grenier, duquel je ne devais sortir sous aucune excuse.

Pardonnez-moi. Je me suis égaré dans mon récit…

Le soir du bal, terrassé par les coups de ma mère qui ne m'a jamais aimé, je décrochai ses chemises et pantalons fendus étendus sur le fil, claquant au vent, pareils à des drapeaux blancs de vaincus. Une tempête s'annonçait. Au loin, les danseurs devaient remballer leurs souliers et les bouteilles renversées par les premières bourrasques.

Soudain, des cliquetis de sabots attirèrent mon attention ; les bras chargés de culottes et de jupons, j'attendis le passage de cette charrette. Je reconnus Angélique, la fille Martineau, à son bonnet blanc de laitière que la lune marquait dans l'obscurité, posée dans une charrette à foin qu'un petit cheval accablé tirait lentement sous les cris d'un garçon. Celui-ci semblait plus âgé que moi, élégant aussi, car je me souviens de l'éclat de sa chaîne de montre dans le reflet des premiers éclairs de l'orage approchant. Le petit convoi trottait à faible allure ; Angélique levait les bras pour redresser son bonnet enflé par le vent. Profitant grossièrement de ce hasard, la main gauche du garçon se coula entre ses genoux. Elle rit avec exagération.

– Arrête ton ch'val ! ordonna-t-elle à son fiacre en m'apercevant.

Le bidet s'immobilisa.

– La gargouille est couchée ?

– Oui, dis-je. Ma mère était un peu lasse.

– Foutaise ! Tout le monde sait qu'elle tète sa bouteille.

Comment cette jeune fille réservée pouvait-elle d'un coup parler si crûment ?

– Tu ne serais pas le neveu à Nonosse ?

– Si… mademoiselle.

Le cocher pouffa de rire.

– Il est poli, lui, au moins ! lança-t-elle.

Angélique Martineau sauta de la charrette et vint à ma rencontre. Elle soulevait le bas de ses jupes, marchant d'un pas mesuré entre les terriers de lièvres et les mottes de taupes. Je demeurai pétrifié, les culottes de ma mère serrées contre ma poitrine. Elle les désigna du menton.

– Dis donc, tu fais ça souvent ?

– Une fois l'octave, répondis-je, intimidé.

Elle haussa un sourcil et s'approcha de mon oreille.

– Et t'as pas honte ?

– Ben, non.

Elle retroussa ses cotillons et dégagea son mollet fin.

– À cause de toi, dit-elle, je me suis tordu la cheville. Tu me dois un dédommagement.

– Co… comment ça ?

– Si tu ne veux pas devenir mon chevalier servant, je dirai partout que tu te pignoles dans les culottes chapardées sur les cordes à linge.

– Mais c'est faux !

– Ce sera ma parole contre la tienne. Et ce gars me servira de témoin, affirma-t-elle en désignant son cocher.

Je fus suffoqué par son toupet et par les menteries qu'elle se disait prête à colporter sur mon compte.

– Et... en quoi consiste le rôle d'un chevalier servant? murmurai-je.

– Tu remplaceras l'autre crétin qui promène son tonneau de chou dans sa charrette, tu me sortiras dans les cabarets, tu m'offriras de jolis cadeaux. Et tu marcheras derrière moi, en portant mon petit chien.

– Vous avez un chien ?

– Non, mais c'est la mode : il m'en faudrait un.

– Ah, je comprends, dis-je en mentant.

Elle m'observa.

– Tu as un chat ? demanda-t-elle en pointant les griffures de chardons sur mes bras.

– C'est les ronces.

Je levai les yeux et plissai les paupières pour tenter de la distinguer dans le demi-jour lunaire. Elle pointa son index pour me prévenir :

– Tu deviendras complètement aveugle si tu continues à te frotter la colonne. Ce serait triste, non ? Alors, que décides-tu ? Tu seras mon chevalier servant ?

– Oui, dis-je dans un souffle, mi-accablé mi-fou de joie. Mais... mais...

– Quoi ?

– Tout à... tout à l'heure, balbutiai-je. Avec madame votre maman, vous étiez la main innocente... Je ne vous reconnais plus !

Elle agita son éventail.

– Et toi, avec ta face de Carême… Ta mère croirait bien que tu te fais reluire dans ses chiffons, non ?

La charrette éloignée, je gravis les marches vers la mansarde où l'on m'a si souvent entreposé comme un vieux bahut vermoulu.

Le vent sifflait entre les tuiles. À peine oyait-on la musique du bal ; ce vent, toujours complice des mauvais tours, portait les notes vers notre maison. Cela vous étonne ? Simplement, de là-haut, j'écoutais la joie de mes camarades soûls, dansant une dernière fois sous les arbres, juste avant que n'éclate l'orage, et leurs cris d'allégresse mêlés au son rauque des instruments augmentèrent mon bonheur.

Moi ? Chevalier servant d'Angélique Martineau !

Mon exaltation fut cependant de courte durée : si j'avais bien compris ses demandes, il me faudrait gagner rapidement quelque argent… Je résolus de supplier l'oncle Nonosse (malgré le choix qu'il avait fait de réduire son activité), afin qu'il m'employât plus souvent dans sa pâtisserie, même aux tâches les plus ingrates.

Audition du sieur Victor Renard
Jour V, partie II

Ah, je n'avais pas remarqué que ma narration est entièrement écrite par votre… secrétaire. Voulez-vous que je discoure moins vite ?

Bien…

L'oncle Élie écouta ma supplique avec son habituelle bonté. Naturellement, je me gardai bien de lui mentionner la cause de cet absolu besoin d'argent.

Sa réponse me poignarda.

– Avec Philiberte, nous avons décidé de cesser notre affaire pour nous rapprocher de mon frère. Faudra que tu trouves un autre gagne-pain, mon petit. Je suis âgé, éreinté même, et l'atmosphère de cette grande ville me cause bien des souffrances. C'est un malheur, une calamité, que d'être pâtissier et goutteux. Je m'en vais vers la chaleur que m'a recommandée ce charlatan de chirurgien auquel Philiberte obéit comme à Dieu.

Il me tapota la joue, ému par ma tristesse.

– Mon petit Victor, je regretterai amèrement ta compagnie, le parfum des épices que nous versions dans les pâtés pour masquer l'odeur des viandes avariées et nos mines obligées à la clientèle les jours de foire. Ces souvenirs égayeront ma vieillesse !

– Je n'oublierai jamais tout ce que j'ai appris auprès de vous, mon oncle...

– Je passerai chez ta mère pour lui faire mes adieux.

– Moi itou, ajouta Philiberte. C'est ma dernière chance de la voir sourire.

Malgré cet abattement profond, je les quittai pour rejoindre la Pâqueline, car je m'étais engagé à rentrer pour laper quelques cuillères d'un bouillon qu'elle avait laissé sur le feu. Naturellement, ma mère se souciait comme d'une guigne de ma santé : j'étais uniquement prié d'ajouter du bois sous la marmite.

En chemin, tandis que les roues des fiacres éclaboussaient ma veste déjà grise de poussière et que mon découragement redoublait, j'éprouvai l'urgent désir de saluer Franz ; je le retrouvai dans l'appentis qui lui faisait office de logement.

– Ah ! s'exclama-t-il. Que viens-tu m'annoncer ?

– Je marche pour la ramastique, annonçai-je du ton le plus enjoué possible malgré mes craintes.

– Alors, on commencera ce soir, déclara-t-il. Rendez-vous sur le pont de la Pissotte, ensuite on file dans les quartiers alentour : les Bergeries et peut-être la Tournelle.

– Dans ce cas, affirmai-je, je ne pourrai pas te suivre. C'est trop près de chez moi, tout le monde m'y connaît. Pourquoi ne pas tenter notre chance à Paris ? Il y passe beaucoup plus de flâneurs.

– Tu as raison, convint Franz. Alors viens me rejoindre

une heure plus tôt, car nous aurons de la marche à faire avant d'atteindre Picpus.

J'écoutai ma mère se plaindre de sa mauvaise nuit, du prix exagéré des navets, de sa vue déclinante, des postiches de mon père invendables par la faute des mites qui y avaient creusé de larges vides.

– Qui m'achèterait cette perruque pelée pour avoir une tête de cul ?

Ses palabres m'usaient en détails inutiles et mesquins. Je suivais du regard le ballet de ses mains rougies et potelées, cherchant comment lui subtiliser son alliance. La dernière cuillère avalée, elle s'enferma pour coudre et branler ses talons ; je montai fouiller dans les malles de mon père, à la recherche d'une babiole, d'un colifichet qui pût faire illusion sur un passant naïf. À l'exception de boucles de soulier trop solidement fixées et de la dentelle des manchettes de Papa facile à découper, je ne trouvai rien qui pût nous tirer d'affaire, Franz et moi.

Cependant, le soir venu, je le rejoignis. Il m'entraîna dans une rue terminée par une sorte de boyau étroit qu'une échoppe masquait.

– Je t'attendais plus tôt, dit-il sur un ton de reproche. Bon... C'est moi qui commence. Dès que je me chicane avec le passant, tu ramènes ta science.

Il déposa au sol un petit écrin de carton rouge, entouré d'un liséré jaune. Une bague de métal torsadé trônait au centre de la boîte. Appuyés contre un mur, pareils à deux compères en conversation, nous n'attendîmes pas longtemps ; un rémouleur posa sa cloche sur le pavé et s'inclina pour ramasser l'écrin.

– Holà ! s'interposa Franz. Je l'ai vu le premier !

– Menteur ! s'exclama le rémouleur. Et d'abord, c'est moi qui l'ai ramassé…

– C'est à moi ! riposta Franz en poussant l'homme.

– Appelez la police ! hurla l'autre en s'adressant aux passants qui ne l'écoutaient pas.

Franz me jetait des œillades fiévreuses ; je compris qu'il était temps pour moi d'entrer en scène. Je m'avançai, les pouces dans les poches de mon gilet pouilleux.

– Du calme, du calme, messieurs ! dis-je en forçant ma voix dans les notes les plus graves. Que se passe-t-il ?

– Il se passe, répondit Franz, que j'ai trouvé ce bijou et que môssieur prétend l'avoir remarqué le premier…

– Permettez ? proposai-je en tendant la main vers l'inconnu. Hum… en effet, c'est un bijou de valeur, ajoutai-je en mordant le métal.

Franz parut excédé. Peut-être en faisais-je trop ?

– Bien, vous ne pouvez couper cette bague en deux. L'un de vous doit dédommager l'autre ! Combien seriez-vous prêt à donner ? demandai-je à Franz.

Il me regarda, éberlué.

– Ben… rien du tout ! s'exclama-t-il. C'est à lui de me donner de l'argent !

– Tope là, dit le rémouleur. Je vous en donne six sous…

– Dix ! rétorqua Franz.

– Va pour dix… acquiesça l'homme en payant aussitôt, convaincu de réaliser une excellente affaire.

Il reprit sa cloche et son attirail ; nous décampâmes à toutes jambes par le boyau étroit de la ruelle.

– Abruti ! s'exclama Franz en me donnant une violente bourrade. T'as bien failli tout faire capoter en mordant la bague !

– Ben, pourquoi ? Je trouve que cela faisait plus sérieux…

– Et si l'autre en avait fait autant ? Il aurait découvert l'arnaque ! Donne-moi la bague de ta mère, c'est ton tour…

– Je ne l'ai pas, avouai-je. Ses doigts sont tellement bouffis qu'elle ne peut plus retirer son alliance. Mais j'ai ceci…

Franz observa les deux ou trois aulnes[1] de dentelle que je lui présentai.

– Range-moi ça, dit-il d'un ton cassant. Ça ne vaut rien.

Il avait mis de côté une seconde babiole, un genre de chaînette de cou à laquelle pendait une petite pierre transparente, taillée en facettes scintillantes.

– À toi, dit-il en me poussant vers la rue pavée.

Je déposai la chaînette sans écrin, directement sur le pavé ; elle semblait fraîchement perdue par une élégante étourdie. Cette fois encore, nous attendîmes peu de temps. Un *incroyable*, à peine plus âgé que moi, vêtu à la pointe extrême de cette mode à laquelle il semblait tenir, marchait lentement, façon de s'assurer l'admiration des passants, un bâton noueux à la main. Ses cheveux hirsutes et savamment décoiffés qu'il portait sur les épaules lui donnaient une allure de scientifique, n'était cette paire d'anneaux énormes aux oreilles qui signaient son appartenance au mouvement

1. Une aulne (ou aune) : 3 pieds 6 pouces, soit environ 1 m 20.

que j'ai (un temps) trouvé moi-même grotesque avant de m'y enchaîner. Parvenu devant notre colifichet de pacotille, le jeune piqué chaussa son lorgnon et s'inclina pour le ramasser. Franz m'aiguillonna d'un « en scène » et me projeta sur le bonhomme.

– Holà, monsieur ! m'exclamai-je. Ceci m'appartient, je l'ai vu le premier !

– Va chier ! répondit le coquet en serrant la chaînette dans sa main gantée.

Ses yeux pénétrants me fixaient sous l'ombre de son chapeau. Je crois que, à cet instant, il perçut ma crainte.

– Que se passe-t-il, mes amis ? demanda Franz en faisant mine de découvrir notre différend.

– Ce petit boutonneux essayait de me voler ! déclara l'homme.

– Est-ce exact ? questionna Franz en m'examinant.

– Euh… non.

– Très bien, déclara Franz devant mon peu de conviction. J'appelle la police !

Alors, sans que rien ne l'annonçât, l'homme me jeta un violent coup de bâton dans l'œil et disparut, rapide comme l'éclair. Je me relevai, honteux et borgne, sous les rires des commerçants qui avaient assisté à la scène sans bouger.

Franz me soutint pour marcher jusqu'au boyau étroit, où il m'examina.

– Juste un beau coquard, constata-t-il, mais à cause de toi, on n'a plus rien pour la ramastique, et je suis grillé dans le quartier.

J'étais penaud.

– Tiens, voilà ta part, dit-il en me tendant quatre piécettes.

– C'est tout ?

– T'es trop minable, je trouverai quelqu'un d'autre. Maintenant, tire-toi.

Je rentrai chez ma mère, marchant sur la pointe des pieds, souffrant atrocement de l'œil et infiniment penaud.

Quelques jours plus tard et après bien des hésitations, je rejoignis Angélique au lieu convenu. Elle avait prétendu que rien n'était plus efficace pour se cacher que de se mêler à la foule. Nous nous étions donc donné rendez-vous à la ménagerie du Jardin des Plantes.

Pétrifié devant la cage des animaux féroces, je n'osais la dévisager. Je me bornais à échanger avec elle de menus propos. Encore s'adressèrent-ils d'abord aux félins qui, peu habitués à leur refuge étriqué, mordaient les barreaux de sécurité. Plus loin, des lamas, ces étranges créatures laineuses, sortaient de leur maisonnette à colombages. Ours bruns et perroquets voisinaient dans le même enclos, au centre duquel trônait un arbre mort et nu, dont les branches, couvertes de déjections laiteuses d'oiseaux, semblaient enneigées. Nous vîmes un lama approcher ses lèvres charnues de la clôture pour cracher un jet de salive sur les observateurs intrigués. Angélique et moi, nous pouffâmes comme des enfants devant les figures consternées des coquettes maculées de bave.

J'admirais Angélique, sa lenteur souple et gracieuse sur

les allées de cailloux, et la hauteur de son bonnet incommodant, qui lui assurait un profil semblable à celui de la r… veuve Capet. Le bleu vif de sa robe domino n'était pas sans rappeler le plumage des perroquets, et son énorme collerette composée de quatre rangées de dentelles qui lui montaient jusqu'au menton indiquait une pudeur que son langage contestait.

– Allons voir les singes, proposa-t-elle gaiement. Ils sont si drôles !

J'étais réticent car on m'avait averti qu'il était imprudent de s'y attarder.

– Que crains-tu ? demanda-t-elle en haussant les épaules. Nous serons protégés par le fossé rempli d'eau que les singes ne traversent jamais.

Je savais que ce côté de la ménagerie, éloigné des riches familles résidant dans l'ouest de Paris, était un repaire de rôdeurs et de malfaisants qui s'y donnaient rendez-vous. L'excitation que procurait le spectacle des singes valait une aubaine pour les détrousseurs et les faux estropiés, habiles à détacher le fermoir d'un bracelet, sans toucher sa propriétaire.

– C'est trop risqué, dis-je.

– Je n'ai pas de bijoux, riposta-t-elle, mais j'espère en porter un jour…

– Votre éclat n'a nul besoin de ces artifices, clamai-je, en imitant une petite révérence.

– Paroles d'avare. Un compliment coûte moins cher qu'un colifichet.

En guise de riposte, et pour me laver de ces soupçons d'avarice, je sortis de ma poche le ruban que Franz m'avait refusé.

– Oh, de la dentelle ! dit-elle en tenant d'un air dégoûté les deux mètres de guipure en fils de soie, découpés en hâte sur les manches de mon père. Comme je suis gâtée !

Je dansais d'un pied sur l'autre, comme un enfant pressé de faire pipi. Heureusement, l'attention d'Angélique se détourna.

– J'ai envie de m'asseoir près des ânes et des dindons, décida-t-elle en me prenant le bras.

Nous nous installâmes autour d'une petite table qu'une buvette proposait aux promeneurs, face à l'enclos des animaux de ferme.

– Un chocolat bien épais, s'il te plaît.

Je passai sa commande au serviteur, tourmenté de ne pouvoir payer le prix de nos deux boissons, les doigts affolés autour des quatre piécettes enfouies dans ma poche.

– Hum… un verre d'eau, pour moi.

– Ici, on n'en sert pas, me rétorqua l'homme en s'essuyant les mains.

Le regard d'Angélique me lança autant d'indignation qu'un soufflet.

– Alors, deux chocolats, répondis-je, contraint.

Le braiment d'une ânesse attira l'attention des visiteurs qui formèrent un attroupement devant la clôture. Un relent de crottin indisposa Angélique.

– C'est charmant mais ça pue quand même, dit-elle en agitant lentement sa cuillère, comme grisée par le tintement du métal contre la fine porcelaine.

Quelques minutes passèrent sans que je ne trouve la moindre chose à exprimer, et elles me parurent affreusement longues et saugrenues. Ma boisson, onctueuse et fumante, lâchait des larmes brunes sur le pourtour de ma tasse. Plutôt que de chercher quoi dire, dans la confusion de mes pensées, je les contemplais benoîtement, m'interrogeant sur la saveur de ce breuvage trop onéreux et chic. Angélique sirota une gorgée, la soucoupe délicatement tenue sous son menton. Je l'imitai, prenant soin de relever mon petit doigt, le regard tourné vers les dindons.

– On est bien, ici, murmura-t-elle. Où sont passés les ânes qu'on voyait tout à l'heure ?

Je la dévisageai. Mon col buvait les gouttes de chocolat échappées de mes lèvres. Pourquoi donc cette fille m'avait-elle choisi ?

– Ta paupière est toute bleue, dit-elle subitement. C'est l'autre imbécile de la charrette qui t'a menacé, c'est cela ? Ah, je me doutais qu'il serait jaloux ! Il ne s'est rien passé entre nous, tu sais...

Combien j'aurais voulu prendre sa main, baiser sa paume, relever la mèche bouclée qui s'était échappée de sa coiffure, et lui avouer mon petit commerce qui avait mal tourné. Je n'en fis pourtant rien.

– Redresse la tête, ordonna-t-elle aimablement.

– Je ne le peux pas : je suis né ainsi.

– Pas grave, Victor. On a tous quelque chose de travers. Moi, j'ai un sein plus bas que l'autre.

Elle se redressa et bomba son buste emprisonné dans son domino bleu.

– Ça s'voit ? demanda-t-elle le plus sérieusement du monde.

– Pas du tout, répondis-je.

– Tu n'as même pas regardé, murmura-t-elle.

C'était juste.

Je rejoignis le serviteur derrière son comptoir, afin de le

payer sans dénoncer l'indigence de ma bourse. Angélique considéra probablement cette attitude comme une galanterie, et c'était mieux ainsi.

– Ça nous fait trois sous, annonça l'homme en tendant la main.

– Eh bien, lui dis-je tout à trac, c'est cher pour deux tasses.

Il se planta devant moi, les poings sur les hanches.

– Une pinte [1] de lait, c'est deux sous. Rajoutez le chocolat et ça fait trois. Quand on veut baisoter dans la haute, mon p'tit, on commence par cacher sa pingrerie…

– Pas avare mais fauché, protestai-je en lâchant trois malheureuses piécettes dans sa main.

Angélique, le menton appuyé sur son poing serré, contemplait les animaux. Avait-elle entendu cet échange misérable entre le cafetier et moi ? Allait-elle conclure que je n'étais pas digne d'elle, puisqu'on la croyait « de la haute » ?

Je retournai à notre table le ventre noué. Elle me dévisagea et me sourit faiblement.

– Je… je suis contraint de partir, dis-je en évitant son regard. Ma mère a peur de rester seule dès la tombée du jour.

– Ah ? dit-elle, étonnée. Pourtant, d'après ma mère, sa réputation est celle d'un dragon qui ne craint personne.

– Et quand nous reverrons-nous ?

Elle battit des cils comme une poupée.

– Cela ne dépend que de toi, Victor. Nous nous reverrons dès que tu pourras m'emmener à la comédie.

1. 0,93 litre.

– Je vais gagner beaucoup d'argent et nous pourrons bientôt nous promener en calèche.

Je la quittai donc, sans omettre de lui envoyer, par la pensée, quelques baisers que le vent se chargea de disperser vers les ânes qui, sans clameur, s'accouplaient derrière elle.

Aujourd'hui, le rappel de ces doux instants me cause bien du chagrin ; si j'avais su que les embrassades et le temps m'étaient comptés…

Les yeux de ma mère s'écarquillèrent lorsqu'elle découvrit mon coquard. Elle me questionna d'une façon que les jeunes hommes ne souffrent pas sans protester, persuadée de ma fourberie à son endroit, d'artifices ou d'escroquerie ; elle me soupçonna de toutes les mauvaises actions.

– Tu t'es battu ? questionna-t-elle en lapant bruyamment son potage.

– Pas du tout, rassurez-vous.

– Pour défendre la dignité de ton père ?

– Non plus.

– Pour une fille, alors ?

– Quelle idée…

Je m'attendais à être renvoyé dans les combles, mais elle me garda à table et nous servit une crème de lait et de la tourte au citron.

– Eh ben moi, je t'ai trouvé un emploi, annonça-t-elle d'un ton vainqueur. La chance a tourné, je n'aurais plus besoin de balancer des haricots partout. Je pensais d'abord te faire embaucher à l'Église du Législateur, pour balayer, ranger les chaises et tenir les comptes, mais puisque l'Assemblée constituante a voté une réorganisation du clergé… Quels pâteux, tiens, ceux-là aussi ! Les curés réfractaires qui refusent de prêter serment sont bannis. Gare à celui qui se cache en France, la guillotine lui ouvrira les bras. Ce n'est évidemment pas le moment de t'accointer aux bondieuseries.

– Ce serait dangereux, de travailler pour l'église ?

– Tu le fais exprès, ou quoi ? Je viens de te le dire. Si ton père vivait encore, il aurait été obligé de découdre les breloques religieuses de son habit et de jouer des musiques approuvées par les autorités. C'est le foutoir, je te dis !

– Allons-nous vers une nouvelle guerre ?

– Presque ! Les paysans et les petits-bourgeois qui allaitaient la Révolution ont changé de camp : les voilà devenus contre-révolutionnaires ! Ils dénoncent leur propre famille et assassinent leurs amis d'enfance. Bref, en attendant que ces pantins trouvent un remède miracle à la famine, je t'ai trouvé un travail…

Ma mère s'interrompit, espérant un écho de ma part. Je ne savais quoi manifester, alors je me tus.

– Tu commenceras samedi, poursuivit-elle. Au début, tu seras peu payé mais on m'a promis que l'an prochain, tu gagnerais assez.

– Assez ?

– Oui, suffisamment pour nous faire vivre tous les deux. Je suis vieille à présent, je me fatigue vite, et toi tu ne fais rien du tout. Je t'ai nourri plus que de raison (ce n'était pourtant que la deuxième fois que je mangeais un dessert depuis la mort de mon père !), je t'ai soigné et dorloté. À présent, c'est ton tour.

– Fort bien.

Elle s'irrita d'un coup et ses talons frappèrent le sol.

– Tu ne me demandes pas où c'est ?

– Si, si.

Elle croisa mollement ses bras au-dessus de sa tête et se balança sur sa chaise.

– Il est vieux, et il cherche un apprenti avec le nez bouché.

– ???

– Devine ! s'amusa-t-elle.

– Parfumeur ?

– Nan…

– Ah, j'ai trouvé : pelletier ?

– Quand on s'appelle Renard, on évite les commerces de fourrures ! pouffa-t-elle. Je t'ai fait engager chez le vieux Joulia.

– Je ne le connais point.

– Tu l'as déjà rencontré, mais tu l'as oublié. Je ne te dirai rien de plus…

Et là, messieurs, je m'effondrai. Ma destinée me terrifiait. Je m'étais inventé des lendemains légendaires auprès de Franz, que j'espérais convaincre de mon habileté, après un entraînement supplémentaire. Je nous voyais gagner notre argent avec cette inoffensive escroquerie. Je rêvais nos profits en exagération, puis aussi la gloire, qui sait ? Une renommée par-delà les frontières de « rois de la ramastique ».

– Pourquoi regardes-tu mes mains, comme ça, depuis le début du souper ?

– Pour rien, Maman. Pour rien.

La Pâqueline reprit bien vite ses mines de veuve démolie, sortant de sa poche les clefs des malles du grenier.

– Monte donc, murmura-t-elle en grimaçant à la perfection. Monte et rapporte-moi l'habit noir de ton père. Tu le reconnaîtras aux boutons ornés de ses initiales, dans la malle de cuir, la plus petite.

Lorsque j'eus rapporté l'habit noir entre ses mains blessantes, elle écarta d'un petit geste sec les crottes de souris, souffla un peu sur le col et me le tendit.

– Coule-toi dedans et n'oublie jamais que c'est un honneur de le porter.

L'habit fut ajusté à ma taille en hâte, le soir même, et dans la douleur. Je m'en souviens comme si c'était hier. Vous devez penser que j'exagère mon embarras. On croit toujours que j'amplifie le trait, mais je vous assure que je ne sacrifie pas la vérité pour grossir mes aventures. Je connais pire supplice, mais l'étoffe râpeuse sur la peau nue de mon dos fut infernale.

Vous avez raison, posséder deux toilettes est déjà une richesse et s'en plaindre, une bassesse.

Comme je ne bronchais point, ma mère considéra l'exercice un peu décevant. Elle épingla les replis directement sur moi, n'omettant jamais de me piquer et feignant de se défendre lorsque je sursautais sous la souffrance.

– Saperlotte, ne fais pas tant de singeries ! Tiens-toi tranquille, par respect pour Papa, au moins !

Après deux heures de bataille entre l'étoffe et les épingles, ma mère recula de quelques pas pour me toiser, accoutré du sombre habit d'hiver. L'espace d'un instant, elle sembla exaucée.

– T'es beau comme tout, Victortillon. On dirait ton frère.

Audition du sieur Victor Renard
Jour VI, partie I

Ce samedi-là, l'œil violacé et les bras empêchés dans mon habit étriqué, je me présentai où ma mère s'était engagée à me fournir. Je toquai cinq fois à la porte sans succès. Secrètement enchanté à l'idée que nos arrangements fussent peut-être rompus, je rebroussai chemin. Comme je revenais chez moi en marchant du pas tranquille de l'imbécile qui se croit libéré d'une corvée parce qu'elle est retardée, un homme de haute stature accentuée par son chapeau droit, chevelu et fort élégant, m'aborda en pressant le pas.

– Vous êtes le fils Renard ? Pardonnez-moi, j'ai été retenu au Châtelet. Je me présente : Mariel Joulia. Et là, c'est Pépette.

– Bonjour monsieur. Et bonjour Pépette ! ajoutai-je à l'endroit du chien, comme pour rattraper une impolitesse.

Le vieux continua à parler en regardant son chien.

– Cette bête me suit partout depuis que j'ai soigné sa maîtresse. L'hospice ne savait que faire du cabot, il est monté dans ma charrette. Je l'ai gardé.

– Vous êtes médecin ! conclus-je, soulagé. Et ce chien, vous l'emmenez vraiment partout ?

Monsieur Joulia avait un gentil sourire terni par une incisive grise. Je me sentis un peu rasséréné.

– Bah, non ! Le chien ne rentre pas chez les clients, cela pourrait scandaliser les familles. Il m'attend dans la charrette sur son coussin capitonné. Il est hideux, n'est-ce pas ? Ce petit baquet noir est le diable en personne. Oh non ! Ne le caressez pas, il n'apprécie guère et vous y laisseriez un doigt. Venez plutôt, je vais vous montrer mon cabinet : un peu sombre certes, mais… vous verrez, les pièces sont employées avec esprit et économie.

Il faudrait que vous le visitiez, vous aussi, messieurs ! Dans une vie, on a peu l'occasion d'en franchir le perron ; ainsi, vous pourriez mieux saisir ce que je vous en confie. Qui peut se vanter d'avoir observé un tel ouvroir ?

Le lieu rimait à sa façon avec la pâtisserie de l'oncle Élie : une température très froide comparable à celle du grenier à jambon, des ouvertures tournées vers le septentrion pour que la fraîcheur du vent aère et accélère le séchage, un pavement lisse et propre sur les sols, un silence épais brisé par le claquement des instruments et une forte odeur d'antiputride aromatisé pour couvrir les relents. Dans le cabinet de Monsieur Joulia, le billot était troqué contre une grande table automate en acier ; on pouvait l'incliner, la faire tourniquer ou la monter pour conjurer le mal de reins.

– Il m'est plus commode d'avoir le client à la bonne hauteur, je ménage mon dos, expliqua-t-il en poussant les manetons et les poignées de la table.

Je me réjouissais d'œuvrer sur une table d'acier, alors que j'avais appris l'emploi de pâtissier sur la pierre tombale du Castor.

Jamais, plus jamais, on ne me prierait de trancher des carcasses huileuses, d'allonger des mètres de boyaux farcis de chair épicée, ni de ficeler des alouettes sans tête. Au contraire, cet homme éclairé m'enseignerait des formules scientifiques qui feraient de moi un monsieur érudit et respecté. Un médecin ! L'idée de remercier ma mère me traversa l'esprit : grâce à elle, j'allais devenir savant.

– Tournez-vous un peu, que je contemple mon acquisition. Allez ! Ne soyez pas embarrassé.

J'effectuai deux ou trois tours lents, comme l'ours d'un saltimbanque.

– Joli coquard... J'ai peut-être eu tort d'écouter votre mère. Et puis, vous êtes maigre et petit.

– Mais je suis robuste ! m'écriai-je de toutes mes forces. Mettez-moi à l'épreuve, vous serez suffoqué par ma force !

Ma conviction ne le persuada pas immédiatement.

– Redressez-vous, pour commencer. Vous êtes tout tordu...

– Je ne le puis, monsieur. Je suis né ainsi, la tête penchée sur le côté par un torticolis. Impossible à guérir, d'après ma mère. Mais c'est vous le médecin...

Monsieur Joulia indiqua qu'il craignait que cette difformité n'empêchât l'exercice de mon futur métier.

– Vous pensez que vos clients seraient dégoûtés de me voir ?

Que serais-je devenu si j'étais reparti chez ma mère sans cet emploi ?

– Mes clients s'en foutront complètement, mais les familles sont tatillonnes... Hum, c'est d'accord, mon garçon, je vous garde !

J'ai aimé cet endroit dès le premier instant.

Aux murs fraîchement chaulés, pendaient de curieux papyrus encadrés avec soin de boiseries dorées, où le regard profilé d'un homme à la peau foncée transperçait l'âme.

– Je vois que l'on s'intéresse au décor, murmura Monsieur Joulia. Cette représentation est égyptienne. J'aime l'Égypte antique et ses principes, mais nous parlerons de cela une autre fois. Pour l'heure, première leçon : notre devoir est de prendre en charge ceci…

À ce moment, le vieux écarta les pans d'un rideau et observa ma réaction, face à son client inerte et livide. Je tentai du mieux possible de cacher ma surprise, et surtout mon épouvante.

– Vous… vous n'êtes pas docteur ?

– Si, mais je suis médecin des morts.

Il reprit.

– Comme les personnes décédées ne peuvent pas défendre leur propre dignité, nous devons en être les gardiens, c'est-à-dire traiter leur corps avec courtoisie.

– Cou… courtoisie avec les morts ?

– Je dirai même avec galanterie. On ne doit jamais laisser personne assister aux soins d'embaumement : c'est souvent par curiosité qu'on veut nous accompagner, mais le mort n'est pas un spectacle dont on doit se divertir ni s'instruire. Vous débuterez comme j'ai débuté, en rangeant mes instruments ; c'est ainsi que l'on s'affranchit de l'usage des choses et des pratiques. Je vois que vous pâlissez déjà, mon garçon. Que craignez-vous et pourquoi trembler ?

– Je n'ai pas peur monsieur. Je tremble parce que j'ai froid, mentis-je un peu.

Il soupira.

– Ah, me voilà rassuré. Figurez-vous que je suis fatigué des nouveaux apprentis qui grelottent d'épouvante et ne reviennent jamais le deuxième jour. Et puis, je redoute les évanouissements des chochottes.

– Moi, je serai là demain, monsieur, mais je me vêtirai autrement.

– Non, dit-il. Il faut toujours avoir une tenue ajustée aux circonstances. Les camisoles de paysans ne sont pas congrues dans notre métier. Cet habit est parfait, un brin passé de mode, mais parfait. Posez-vous là.

Je tirai le trépied sous mon séant. Il reprit.

– Je vous trouvais tout à l'heure un peu maigre, mais finalement, cela me plaît assez ; voyez-vous, dans notre emploi, les ventrus bouffis sont plutôt mal considérés ; les familles n'aiment pas nous imaginer en train de manger gras après avoir soigné leurs défunts. Votre fragilité aura ceci de rassurant qu'ils vous trouveront lugubre et sans appétit.

– Est-ce ainsi que vous me voyez vous-même : lugubre ?

– Assez pour contenter ma clientèle. Être visiblement bien portant et jouisseur leur semble obscène, à ces heures où le chagrin leur ôte le sommeil. On fuira votre compagnie par superstition, mais on la recherchera aussi, puisque le mystère et le secret excitent les cervelles. Nous devons avoir un esprit scientifique, mais une âme de poète, respectueux du sacré. Il faudra résister à l'écœurement, ne jamais montrer de révolte ni de sentiment. La mort ne règle pas son horloge sur nos plaisirs. Écoutez d'une oreille compatissante ce que les familles ont à vous dire. Bien sûr, on ne prétend nullement guérir le chagrin par une courbette ou une tirade, toutefois les mots sont l'écho de notre pensée et c'est une grande responsabilité. Parfois, les familles vous surprendront par leur légèreté, mais songez que la disparition d'un vieil oncle revêche ou la fin des souffrances d'un ancêtre peuvent les soulager. Nous nous apitoierons un peu sur les parents d'un enfant mort, surtout lorsque c'est un garçon et qu'il ne reste aux parents que des filles. Mais comme on ne porte point le deuil des enfants… cela réduit nos bénéfices.

Je me sentis soudainement riche. Riche d'une fonction de la plus haute importance, placée au service des âmes que Dieu rappelle à Lui. Grâce à cet homme, et par le savoir qu'il promettait de m'enseigner, j'allais devenir (et j'ignorais encore à quel point) un délégué du ciel.

Il se rinça les mains, l'une après l'autre, sous le mince filet d'un broc d'eau et reprit :

– À présent debout ! Vous resterez toujours en retrait, un pas derrière moi… Reculez donc encore un peu… Les mains jointes comme cela. Devant. On ne vous demande pas de prier, seulement d'être bien disposé. Non, jamais dans le dos les mains : vous auriez l'air d'un petit général qui examine ses troupes. N'enflez pas le torse, au contraire, soyez un peu voûté, fondu dans le cortège de ces gens accablés. Votre tête ne doit jamais dépasser les autres, on ne doit pas nous remarquer, même dans une procession de nains. M'avez-vous compris, mon garçon ?

– Oui monsieur.

– Fort bien. Pour commencer, nettoyez mes outils puis replacez-les dans mes poches de travail et mes plumiers. Veillez bien à l'ordre de rangement.

Il s'empara d'une pile de lettres cachetées.

– J'ai rendez-vous à la basse geôle.

Devant ma figure interrogatrice, il m'instruisit.

– C'est un endroit au Châtelet, où les morts sont exposés par la justice, afin qu'on puisse les reconnaître. Heureusement pour moi, les familles encore riches veulent soigner leurs défunts après les avoir délaissés toute leur vie durant ! Où est Pépette ?

Le petit baquet noir bondit de sa sellette. Ils partirent. J'entendis les sabots d'une mule boiteuse, puis les roues d'un chariot qu'elle traînait sur les pavés. Je demeurai seul, au mitan de cet endroit dont je goûtais l'austérité. J'ouvris les deux havresacs et me liai d'amitié avec les pinces, les écarteurs et les crochets de la trousse de cuir roulé. Le second bagage contenait un flacon vide et des fioles étiquetées de noms poétiques : *désinfectant, fluide humectant, fluide d'injection, liquide d'arrangement*, ainsi que des étuis de pommades blanches et cramoisies.

Un clocher sonna onze coups graves et lents. Je renversai le plateau d'instruments dans une solution de *Fluide de nettoiement contre la peste,* prise au hasard dans une forêt de burettes et de goulots. J'attendis de la fumée, des bulles, des glouglous ou je ne sais quelle réaction phénoménale, mais rien ne se produisit, hormis une saisissante odeur de propreté fleurie. Derrière moi, un essaim d'oiseaux se disputait sur la table d'acier à manetons, causant un bruit assourdissant. Leurs cris me trouaient les oreilles mais, je ne sais pourquoi, j'eus des remords à les chasser et je n'osai pas empêcher leur farandole en fermant la fenêtre.

Je songeai à mon père, brûlant les nids qui dérangeaient l'installation de son belvédère et à la calotte que j'avais reçue. Papa me donnait des coups d'une façon très personnelle : il retirait la chevalière en or qui ornait son petit doigt, la posait sur un meuble puis, après avoir fait craquer ses articulations, il lançait sa main sur moi et m'envoyait tituber à l'autre bout de la pièce. Un jour, mon oreille était restée enflée jusqu'au soir et l'idée de n'être dans sa vie qu'un vulgaire parasite m'avait fortement blessé. Je conserve depuis l'enfance, et de surcroît à dater de ce jour, la peur irraisonnée des mains d'hommes surchargées de bagues, ainsi qu'une véritable amitié pour les créatures dotées d'une paire d'ailes. Toutefois, certain que ces oiseaux tapageurs n'étaient pas les bienvenus sur la table de travail, je sortis de ma poche le calepin de mon père et, d'un geste mou, les délogeai.

N'est-il pas étrange que j'aie gardé près de moi ce petit carnet de mon géniteur comme un talisman précieux, alors que, *grâce* à sa mort, je recevais moitié moins de gifles ?

Mon nouvel employeur tardant à revenir, je m'imprégnais de l'ambiance particulière d'un boudoir, orné de petits bouquets de fleurs fraîches disposés çà et là sur des guéridons et des tablettes en marqueterie de mauvaise facture. Ce boudoir donnait accès à un vaste salon, au centre duquel on ne pouvait manquer l'énorme cercueil debout, appuyé contre un mur. Son couvercle était fermé. Je l'ouvris, le cœur battant : tiens, un vieux balai, une pelle à poussière, un jeu de quilles et des pots de confiture. À la fois perplexe et rassuré, je refermai le couvercle qui gémit comme une porte de vieux buffet.

J'errai dans les deux autres « chambres », m'insinuant entre les rayonnages de livres anciens et les sarcophages debout, placés dans les angles, que de faibles rais de lumière éclairaient, pareil à mon grenier familial. Au centre d'un troisième boudoir trônait un cercueil couché sur une table roulante juponnée de satin noir, entouré de ravissantes petites chaises dorées, obligeamment rangées autour de lui. Une sorte d'antichambre, pensais-je, pour se recueillir ou attendre. Qu'attendre, sinon le retour du corps ?

Ma tête s'enflamma de mille énigmes. Quelle était l'utilité, au fond, de « soigner » un mort, puisqu'il était vain d'espérer le guérir de son état ? Était-il possible – raisonnable ? d'entretenir une dépouille qui, dès le trépas, virait au vert puis tournait au violet, pour finir jaunasse, alors que, aux premières pluies d'automne, la boue ruisselante des monticules dénuderait les os que des garnements se chargeraient d'essoucher ? Ce cercueil-ci cachait-il un théâtre de marionnettes ou des habits non réclamés par les familles ? Erreur : il était vide, agrémenté d'un petit coussin à volant et d'un capiton molletonné rappelant les causeuses des salons décorés à l'anglaise.

Lorsque j'ai des pensées ridicules, elles se bousculent dans mon esprit et ne me laissent jamais en paix, jusqu'à ce que je les aie accomplies. Je n'y puis rien, encore même aujourd'hui. Posté devant le cercueil, je rêvais aux lits des vampires, aux frissons que nourrit ce simple grincement des charnières, puis à l'hébétude qu'avait suscitée chez moi le corps de mon père baignant dans sa colique et, enfin, son cercueil pitoyable taillé dans une méchante planche de résineux.

Connaissez-vous le vertige indomptable du corps qui parle malgré soi ? Le mien bégaie depuis toujours, parfois même il discute mes ordres. Ce jour-là, mon esprit m'ordonnait de m'étendre dans le cercueil. J'eus donc le caprice insensé de grimper dans la boîte pour comprendre l'effet de cet enfermement.

À peine eus-je enjambé le rebord du sarcophage de chêne clair, que le couvercle se referma violemment, entraînant derrière lui un petit verrou. Clic ! Le crochet s'était inséré dans le loquet de sûreté…

Je demeurai saisi de stupeur, incapable du moindre geste. Ce simple « clic » m'avait indiqué le début d'une séquestration étouffante et, saisi de panique, j'écarquillai les yeux dans le noir. Ma respiration s'accéléra, mes bronches commencèrent à siffler contre le couvercle qui, me renvoyant mon souffle tiède, m'indiquait le peu de réserve d'air disponible. Je restai ahuri d'horreur.

– Oh, non… Je ne veux pas crever là-dedans… marmonnai-je en tâtant les parois du cercueil.

Ployant les genoux, je poussai le couvercle de toutes mes forces, mais rien n'y fit. J'étais claustré ! Si je n'en mourais pas, j'étais certain de perdre mon emploi. Mon emploi ? Aussitôt, le visage de ma mère en colère se dessina dans l'obscurité. Lorsque j'ai crainte, c'est toujours elle que je vois se dresser, le menton tremblant de rage, l'écume pâteuse au coin des lèvres, la voix déformée par la répulsion que je lui inspire.

Seul mon canif pouvait me sauver de cet enfermement. Mais comment plier le bras pour atteindre ma poche, dans cette boîte, trop étroite par économie de bois, qui enserrait les défunts raides et les épaules tassées ? Hélas, je ne portais pas de culottes selon la dernière mode, rabattues sur le ventre par une sorte de pont, facile à déboutonner par le côté. Non, bien entendu, je portais l'infâme culotte de mon père, reprise aux coutures pour l'ajuster à ma taille, l'ourlet aux genoux trop court et l'arrière poli d'usure. Malgré mes tortillages, mon petit couteau était inaccessible. L'air commençait à manquer, je sentais l'odeur de mon haleine dans la boîte, comme la touffeur qui nous accable les soirs d'été avant l'orage.

Si Monsieur Joulia ne rentrait pas avant la nuit, il me

retrouverait probablement mort. Ou peut-être seulement dans quelques jours, les traits immobilisés dans la grimace d'un asphyxié.

J'allais donc périr, sans avoir jamais réalisé le moindre rêve. Tout le monde a des rêves, non ? Vous tous ici, vous êtes bien nourris d'espoirs extravagants qui paraissent dérisoires à d'autres, n'est-ce pas ? S'élever dans la nacelle d'une montgolfière, par exemple, et contempler la ville par-dessus ses forêts de cheminées, ou porter une montre Lépine à la boutonnière de votre gilet… que sais-je ! Mes regrets et mes rêves étaient modestes, et cela me rendit encore plus triste car ils étaient parfaitement réalisables : je m'étais juré de capturer un poisson à mains nues, de m'enfouir dans les cotillons d'une fille, traire une brebis, me torcher le cul de coton ou de mousse verte, pareil à Louis XIV, et ainsi boucher le cabinet de ma mère. J'ambitionnais de connaître les astres, lire l'avenir dans les étoiles, devenir riche ou célèbre en me distinguant par une brillante action, d'approcher la mer, dont on dit que les courants sont plus rapides qu'un étalon au galop, me saouler d'un vin rare et cher, puis goûter une curiosité laiteuse et puante que l'on nomme camembert… Certains membres de votre auguste assemblée ont peut-être eu la fortune de réaliser leurs rêves, même les plus saugrenus comme une bouchée de fromage.

Oui, pardonnez-moi.

Soudain, j'entendis Monsieur Joulia. Il m'appela, me cherchant dans toutes les pièces de son cabinet. Comme je craignais qu'il ne me crût déserteur, je hurlai de toutes mes forces.

– Ah ! Vous voilà, mon garçon, dit-il en soulevant le couvercle sans s'émouvoir.

Il m'examina en retenant à peine un sourire moqueur.

– Je… je suis navré, je ne voulais pas, bredouillai-je misérablement.

– Les imbécillités du débutant promettent un bon avenir. Les maîtres autorisent souvent leurs valets à s'étouffer de biscuits et de friands, pariant qu'après une bonne indigestion ils n'y toucheront plus jamais. Les rôtisseurs lèchent la sauce dans la louche. Voilà qui est fait !

Monsieur Joulia me parlait comme un père. Son haleine soufflait le girofle qu'il mâchait finement.

– Pour apprendre l'histoire de ce singulier métier reprit-il en me tirant par le bras, je vous enseignerai tout l'embaumement. Vous connaîtrez les recettes des Égyptiens, celles des Romains et bien d'autres encore du Moyen Âge. Ce ne sont que des drogues que l'on insère dans toutes les parties d'un cadavre, pour le protéger longtemps de la pourriture. Le secret loge dans l'alliance des liqueurs spiritueuses, des baumes et des gommes, auxquels on ajoute des plantes aromatiques mises en poudre ainsi que des sels. Autrefois, l'apothicaire et le chirurgien se chargeaient de l'embaumement : en mer comme à la campagne, lorsqu'un seigneur venait à décéder dans son château et qu'on devait transporter son cadavre dans le tombeau de ses ancêtres qui se trouvait parfois très éloigné. À présent, c'est aux gens de mon espèce que l'on confie cette tâche. Des questions ?

– Oui, une. Pourquoi ne fermez-vous pas la lucarne par laquelle entrent les oiseaux gris ?

Il sourit un peu.

– Ils nettoient la place mieux qu'une soubrette et se nourrissent des résidus. Et les cheveux qu'ils ôtent servent à fabriquer leur nid. J'aime les oiseaux.

– Moi aussi, murmurai-je.

– Ah, j'oubliais : une fois par quinzaine, le porteur de sel m'approvisionne. Il me réserve ses meilleurs cristaux, vous le recevrez donc bien gentiment. Pas comme aujourd'hui.

– Personne n'est venu…

– La preuve que si, puisqu'il m'a laissé les sacs devant la porte. Savez-vous combien coûte une livre de sel ? Parfait, alors occupez-vous de les rentrer avant qu'on ne me les vole, car il y a devant ma porte six jours de salaire d'un ouvrier. Encore heureux qu'ils y soient encore et que la gabelle ait été abandonnée ; cet impôt sur le sel était honteux et injuste.

J'exécutai ma tâche aussitôt sans un mot. Les sacs de sel (desquels ma mère, si elle eût été témoin, m'aurait conseillé de soustraire clandestinement une ou deux livres) transpiraient, laissant s'écouler une sorte de petit jus incolore et poisseux.

Monsieur Joulia m'entraîna dans son cabinet de travail.

– Je vous présente Barnabé, souffla-t-il.

Entièrement nu, le corps d'un jeune homme occupait la table qu'on avait montée jusqu'à la hauteur d'une paillasse de travail. Mon maître me ceintura d'un tablier de lin blanc et de manchettes à petites fronces, puis il marmotta qu'il lui serait plus aisé de me tutoyer. Était-ce un signe d'amitié ? Je l'ai pensé.

– Bon ! Assez rigolé, ajouta-t-il sans que nous n'ayons échangé la moindre drôlerie. Il est midi passé ; je crois qu'il serait préférable que tu dînes d'abord. Va donc quérir la pintade rôtie dans la resserre à viandes, nous nous mettrons à l'ouvrage après.

Sitôt que je lui eus apporté la bestiole, il la découpa en crapaudine et m'en tendit la moitié. Un plat de lentilles m'eût davantage convenu, car l'idée de mâcher du muscle me donna la nausée ; je trouvais anormal, inconfortable, de mordre à pleines dents la chair de volaille assis près d'un défunt. Je crois pouvoir affirmer aujourd'hui que, convaincu par ma mère de ma nullité, je fus gêné à l'idée de recevoir un plat de ce prix sans l'avoir mérité.

Lorsque nous eûmes terminé notre déjeuner, Monsieur Joulia laissa échapper un rot et s'excusa brièvement. Il chaussa ses petits lorgnons et s'avança vers Barnabé.

– Que lui est-il arrivé ? demandai-je.

– Une goutte de pluie.

– Non, je veux dire : de quoi est-il mort ?

– J'ai bien compris, et je t'ai répondu : une goutte de pluie a tué Barnabé.

Je haussai les épaules. La pluie n'a jamais tué personne, encore moins une simple goutte. Une minuscule gouttelette d'eau paraît inoffensive, n'est-ce pas ?

– Je consigne tout dans mon minutier. Tu peux le lire : Barnabé Dunaigre rêvait de faire le tour du monde sur le bateau qu'il s'était construit. Pour alourdir sa coque, il comptait poser des lingots de plomb dans ses cales. Tout le monde voulut l'aider à sa façon : les cabarets lui gardaient des jetons cassés, l'ouvrier des gouttières lui récupérait de vieux tuyaux, la veuve d'un imprimeur lui avait offert une boîte de sceaux. Ses résidus de plomb bien fondus dans son creuset, Barnabé s'apprêtait à couler ses lingots. Mais le ciel en décida autrement : les premières gouttes d'une averse tombèrent dans le métal en fusion qui lui explosa à la face. Fin du matelot.

– Et que devons-nous faire pour lui ? demandai-je effaré par la cruauté de ce destin.

– Pour lui, rien. Mais pour sa famille, nous devons lui rendre un aspect plus… présentable. Avance-moi une lame et ma pince, on va commencer par lui ôter ces lambeaux de peau calcinée.

Le buste infléchi et l'œil plissé tel un orfèvre penché sur une pierre précieuse, mon nouveau maître pinça du bout de son instrument la peau du mort. Sans hésiter, ses mains tirèrent lentement ces membranes frisées comme des copeaux de lard grillé. Ses gestes étaient précis et minutieux. Sous chacune de ces pelures, on découvrit une chair humide et luisante, dont les vaisseaux sanguins racornis avaient cuit.

– Voiiilààà… murmura Monsieur Joulia, accompagnant son geste d'une moue d'application. On arrache avec délicatesse, comme si Barnabé ressentait la douleur. Je vais prendre ma petite lame, tandis que toi, tu ôteras les frisottis de peau. Tire ! N'aie pas peur…

– Je redoute de mal faire, répondis-je honnêtement.

– J'aime tes craintes, répondit-il. Elles témoignent de ta prudence et de ton respect.

Me croirez-vous si je vous dis que, quatre heures plus tard, Barnabé était complètement pelé ? Nous avions ôté délicatement toutes ses parties noircies, puis séché la chair que nos incisions avaient rendue humide.

– Est-il mort de ses brûlures ?

– Cela m'étonnerait beaucoup. L'enflure de son cou montre qu'il a fait une attaque du cœur et le sang s'est accumulé à côté des cervicales[1]. Mettons-lui un collet pendant quelques heures. Tu verras, c'est miraculeux pour effacer ce genre de goitre. Quand il sera dégonflé, nous reboucherons les parties de chairs manquantes et nous les farderons.

1. Les détails délirants de ce diagnostic sont issus d'un manuel du XVIIIe siècle à l'usage des médecins.

Mon maître semblait réjoui. Il estimait que j'étais vraiment gâté pour mes débuts. Barnabé constituait un beau macchabée, mariant de nombreuses complications, sans compter qu'un esprit bien accroché comme le mien le remplissait d'espérance pour sa succession.

Nous prélevâmes le cœur de Barnabé ; l'organe était ferme, bien pointu au-dessous, encore souple et entouré de sa fine membrane transparente.

– Passons à la pesée…

Je le posai sur un plateau de la balance, faisant contrepoids avec l'autre plateau, où se trouvait une livre de blé. L'outil hésita un moment, puis se fixa.

– Impossible ! s'écria mon maître. Les oiseaux m'ont encore volé du grain : un cœur adulte pèse plus d'une livre et Barnabé n'avait pas d'ennemis. Maintenant que nous l'avons pesé, tu vas me faire lecture du *Livre des morts*.

– Où le trouverais-je ?

– Derrière toi : deuxième étagère en partant du haut, septième volume en partant de la droite.

Je caressai la couverture brune et veloutée de l'ouvrage, dont le cuir embossé représentait des entrelacs formés par une cordelette dorée. Six charnières de métal ciselé ceinturaient l'épais volume, pareilles à de petites lancettes menaçantes. Je les écartai une à une ; la dernière me piqua le doigt et me fit saigner.

Je levai les yeux et découvris le sourire amusé de mon maître.

– Cent soixante-cinq chapitres, annonça-t-il, que chaque Égyptien devait apprendre par cœur de son vivant, pour être capable de le réciter après sa mort et accéder ainsi à la vie éternelle. Une sorte de catéchisme. Je t'écoute…

Je n'ai pas commis de vilenies contre les hommes.
Je n'ai pas maltraité les gens.
Je n'ai pas connu ce qui doit rester inconnu.
Je n'ai pas commencé chaque jour en faisant effectuer des travaux que j'aurais dû faire moi-même : ainsi mon nom ne sera pas cité en commandeur d'esclaves.
Je n'ai pas blasphémé Dieu.
Je n'ai pas appauvri l'homme pauvre.
Je n'ai pas calomnié le serviteur auprès de son maître.
Je n'ai pas causé de douleur.

– Voilà qui est mieux… Sans cérémonie, nous ne serions que des bêtes.

Monsieur Joulia déposa le cœur de Barnabé dans un linge propre, imprégné d'esprit-de-vin.

– Demain matin, dit-il en recousant à gros points l'abdomen du défunt, ton premier travail consistera à ôter le cœur de ce linge pour le tourner dans le sel, où nous le laisserons sécher soixante-dix jours.

Assis sur nos tabourets à vis autour de la table à manetons, nous guettions le déclin du jour.

– Je n'aime pas travailler la nuit, dit mon maître, car les chandelles coûtent cher et les familles renâclent toujours à me les rembourser. Et puis l'âge déroule sous chacun de mes pas son tapis de fatigue.

La figure de Barnabé présentait des mutilations et des trous importants, que la pénombre dissimulait un peu. Le vieil homme alluma un chandelier à cinq branches, sur lequel il plaça deux bougies. La lueur jaune soulignait les cernes des yeux fatigués de mon nouveau protecteur, et accentuait le sillon de ses rides. Comme on lit un poème triste, je pris le temps d'observer la trace des ans sur son visage émacié ; la mort prématurée de mon père m'avait privé de cette lecture, et le départ précipité de l'oncle Élie m'en avait empêché. Les rides profondes du vieux Joulia racontaient ses nuits de labeur, les grimaces de souffrance causées par son dos penché au-dessus des corps, le poids des sacs de sel et celui des défunts qu'il avait maintes fois soulevés comme on porte une femme évanouie…

Je fus pris d'un infini respect pour Monsieur Joulia, et saisi d'un long sanglot.

– Qu'as-tu donc ? demanda-t-il en découvrant mon émotion.

– … Je vous apprécie bien, monsieur.

Son index remonta le lorgnon glissé au bas de son nez.

– Moi aussi, je t'apprécie bien Nigaudon. Mais dépêchons : je vais t'apprendre à remodeler sa face en employant de la cire. Cette matière est très plaisante à travailler. Sa souplesse rappelle la terre à modeler des sculpteurs, si l'on oublie sa couleur qui va de l'ivoire au chair. Pour toi, par exemple, la bonne teinte serait un sable bistré, avec une pointe de brun, parce que tu es un peu bruni de soleil, comme un petit paysan.

– Doit-on aussi camoufler ses furoncles ?

– C'est préférable. J'applique de la craie verte sur la peau, répondit-il. Le vert estompe les marques rouges, les angiomes et les boutards de puceau. Donne-moi la cire.

Aujourd'hui, messieurs, avec l'expérience que j'ai acquise, je peux vous dire que les jeunes peaux lisses et régulières sont plutôt malaisées à imiter ; il faut pour cela les encaustiquer les doigts bien mouillés, sinon elles deviennent collantes. Personnellement, je préférais m'enduire les mains de crème grasse, récoltée autour des reins de nos cadavres. La cire était ainsi plus commode à pétrir.

La phase délicate consistait à imiter les pores de la peau en façonnant de petits trous avec la pointe d'un pinceau fin. Je devais souvent m'y reprendre à trois fois, c'est pourquoi je décidai un jour de maquiller les dépouilles avant de tracer les petits trous de pores pour éviter ainsi d'effacer mon minutieux labeur à chaque nouvel essai de couleur. Pour finir, nous déposions un couvre-pieds sur le corps, afin de cacher le suintement des orifices naturels malgré l'étoupe que nous y enfoncions. Pour le confort de chacun.

Ce jour-là, je vis pour la première fois Monsieur Joulia croiser les mains d'un mort sur son bas-ventre, mêlant un chapelet entre ses doigts raidis.

– Mieux vaut dissimuler le chibre des hommes, ajouta-t-il. Si c'est une femme, on lui croise les mains sur la poitrine.

– Et pour le cercueil ?

– La famille et ses admirateurs ont prévu un beau placard de chêne, avec un énorme crucifix.

– C'est la patenostrière Martineau qui fournit le crucifix ?

– Non, pourquoi ? s'étonna mon maître. Tu la connais ?

– Sa fille… Elle venait chercher les os de veau que mon oncle pâtissier gardait pour sa mère.

– Angélique, une jolie petite. Dommage qu'elle se

fasse rapiécer la bourriche au Palais-Royal, lâcha-t-il en époussetant la perruque du défunt.

– Que voulez-vous dire ? demandai-je, tentant de masquer le vif déplaisir que me causait cette remarque.

– Oh, rien de plus que ce que tout le monde sait, mais que sa brave mère est la seule à ignorer. Les méchantes langues se taisent face à tant de courage : personne n'ose détruire les illusions d'une sainte. Bien… pour cette première journée de travail, je suis enchanté. Je pense que tu peux rentrer chez toi, mon garçon.

Je me débarrassai de mon tablier de lin et des manchettes plissées, et les pendis sur la patère.

– Attends une minute, m'ordonna-t-il. Ferme les yeux.

Je m'exécutai, pareil à l'enfant confiant qui espère une surprise. Aussitôt, une chose moelleuse me caressa la paupière.

– Bouge pas ! lança-t-il tandis que j'ouvrais un œil interrogateur. Mes fards sont bien couvrants, je camoufle ton coquard.

N'osant manifester ma répugnance, je me laissai farder par le pinceau qui venait de masquer les bubons de Barnabé.

Personne ! Personne avant cet homme n'avait jamais manifesté autant de bonté à mon égard. Ma mère ne m'avait nourri que pour me permettre de grandir, et me pousser au travail le plus tôt possible. Les soins corporels que l'on m'avait jadis prodigués n'étaient que pour masquer des traces de coup, ou recoudre mes plaies invalidantes. Mon père avait davantage craint les commérages du voisinage que les dangers auxquels m'avaient exposé ses punitions. J'avais entendu autant de menaces que de sobriquets humiliants, de sorte que la voix paternelle de Monsieur Joulia m'appelant « Nigaudon » avait résonné à mes oreilles comme une marque d'affection.

Du reste, ne m'avait-il pas répondu « moi aussi, je t'apprécie bien », avant d'inventer ce surnom ?

Je n'avais travaillé qu'une seule journée avec Monsieur Joulia, et un sentiment de bonheur avait envahi mon âme.

J'ignorais combien sa rencontre allait transformer ma destinée…

Audition du sieur Victor Renard

Jour VI, partie II

Je me représentai le lendemain au cabinet, vêtu du même habit de drap noir, arrangé d'un pantalon de grosse toile brune que mon père n'avait eu le temps de porter qu'une fois. Ces culottes fort ajustées m'avaient obligé le matin à me couler dedans tout debout, puis à me tortiller pour y entrer.

– Tu éviteras de t'asseoir et d'éternuer, sinon les coutures vont craquer, avait averti ma mère.

– Je ferai attention, avais-je promis, tandis qu'elle jetait une poignée de fèves devant mes pieds nus.

Énormes et dépassant de mes souliers, les boucles bronzées m'avaient causé deux blessures aux pieds ; le sang commençait à sécher, pompé par mes bas de lainage. Pour achever le tableau et malgré mes protestations (à moins que ce ne fût *à cause* de mes protestations), elle m'avait contraint à porter des gants ainsi qu'un chapeau de feutre mité me donnant l'allure d'un vieillard. Un couvercle de marmite m'eût davantage convenu. Les gants me déplaisent car il faut les ôter sans cesse pour entrer dans une église ou simplement ne pas les salir. Enfin j'étais d'une élégance discutable, fagoté des nippes de mon père et le reste de mon coquard tirant vers le mauve.

Mon bon maître le remarqua immédiatement.

– Quelle belle tournure sinistre et professionnelle !

Je reçus ce compliment avec modestie, trop conscient d'être ridicule dans cet habit.

Ma première tâche, vous vous en souvenez peut-être, consistait à sortir le cœur de Barnabé de son liquide, pour le rouler dans le sel et le serrer fermement dans un linge propre. Ce que je fis avec précaution, sous le regard de mon maître.

– Es-tu fier de ton travail ? demanda-t-il en brandissant le cœur parfaitement recouvert.

– On dirait un jambonneau roulé dans la chapelure, répondis-je sottement.

Monsieur Joulia toussota.

– Excellent exposé, mais qu'il demeure entre nous. Bien… Ce matin, j'ai fait un détour par la basse geôle et je nous ai rapporté un cadavre minuscule.

Il déroula le linge entortillé autour d'une forme allongée.

– Il s'agit d'un nourrisson, comme tu peux le constater. Puisque personne ne l'a réclamé, nous l'utiliserons pour ton apprentissage. Je te prie de noter mon enseignement, sur ce carnet que je vois dépasser de ta poche.

Mettant à ma disposition une plume et un encrier, Monsieur Joulia entreprit son rapport.

– Les protestants et les calvinistes se foutent complètement du baptême des nouveau-nés, contrairement aux catholiques qui tremblent à l'idée qu'un bébé meure sans sacrement. À ton avis, pour quelle raison les protestants montrent-ils tant de négligence ?

– Ils craignent les dénonciations, la décapitation pour ondoiements interdits ?

– Non. Il existe encore suffisamment de prêtres ayant prêté serment et autorisés à exercer leur office. La raison est beaucoup plus simple : ils considèrent que la mort d'un enfant, outre qu'elle est un événement tout à fait courant, relève de la vie privée. Ils enterrent donc leur défunt, et parfois même les adultes, dans un trou au fond de leur jardin. Ce qui est fort dommageable pour nous, puisqu'ils ne se soucient pas de l'apparence du corps, et encore moins de sa conservation.

– Il nous reste les catholiques, les riches familles, les adorateurs de l'Être Suprême, non ?

– Sans oublier les superstitieux et les adeptes du raisonnement. Les premiers, parce qu'ils craignent que le trépassé non béni ne finisse en enfer et ne vienne hanter leur maison, les seconds parce qu'ils sont coquets jusqu'aux os.

– Vous êtes si cocasse, monsieur !

– Mais je suis très sérieux, mon garçon. Un médecin des morts gagne son pain sur la peur et l'orgueil des vivants : peur des âmes errantes et malfaisantes, peur d'être laid ou déformé et de disparaître trop vite. Frousse, chimère et vanité font mon salaire… Bien, reprenons et note après moi : le rite du baptême permet de présenter le nouveau-né à la communauté des chrétiens vivants, mais également à celle de l'au-delà, des fois qu'il avalerait son vomi. (Me dictant ses consignes, la voix de Monsieur Joulia prenait soudain la tonalité aiguë d'un professeur de collège, en proie à l'agacement devant un auditoire dissipé. Ce que je me gardais bien d'être.) Bien souvent, les parents savent que l'enfant a peu de chances de survivre, mais ce n'est pas une raison pour l'exclure du jardin béni des morts. Le cimetière paroissial est le lieu où son salut éternel est assuré ; il est donc impératif de le baptiser, afin qu'il n'en soit pas exclu. Saisis-tu ? Enseveli en dehors de ce secteur, le bébé devient fantôme et gâte la vie de ses parents, sans parler de ses frères et sœurs dont il jalouse la condition.

– J'avais un jumeau, dis-je à voix basse.

– Ah… et… il te visite ?

– Non, jamais.

– Alors tes parents l'avaient baptisé.

Les enfants morts avant les rites de présentation à l'Être Suprême sont appelés *larvae*. Ils sont condamnés à errer dans les ténèbres. Bien souvent, ils ne sont même pas enterrés. On les jette directement dans les fosses à déchets. Inutile de te préciser combien les parents et toute la race de ces pauvres enfants regrettent un jour leur acte barbare : le petit défunt revient pour se venger à la première occasion.

– C'est moi qui l'ai tué, ajoutai-je sans lever les yeux de mon carnet.

Un silence suivit ma confession. Puis il reprit :

– Bien naturellement, une demeure hantée fera le pain des patenostriers car, une fois débarrassée de son mauvais œil, la maison sera encombrée de crucifix et autres accessoires dévots de protection. C'est étrange, je ne t'imagine pas en train d'assassiner ton prochain ; tu n'as rien d'un Caïn.

– Je ne l'ai pas tué volontairement, gémis-je. Mon cordon ombilical l'a étouffé. Pour ma punition, Dieu m'a fait naître tordu, la tête penchée sur le côté ainsi qu'un pénitent.

Mon maître ôta ses lorgnons et se frotta les yeux.

– Tu crois vraiment que Dieu t'a puni par cette tête penchée ?

– Oui, monsieur.

– Bien, dit-il. Alors, nous allons immédiatement régler ce malentendu entre notre Seigneur et toi.

Un sentiment de panique m'écrasa la poitrine.

– Vous… vous allez m'opérer ? demandai-je, la voix blanche.

Il ne répondit pas, se contentant de poser devant moi un livre d'images. Il l'ouvrit et désigna, une à une, les illustrations.

– La *Vierge aux rochers*, peinte par Léonard de Vinci : tête penchée ! *Madone de l'Humilité* de Bartolo, ou encore ici, l'*Annonciation* chez Botticelli : têtes penchées ! Ils l'ont tous peinte avec le visage incliné. Tiens, et là, *Conversation sacrée*, de Le Corrège. Paf ! Tête penchée !

Le ton de sa voix monta.

– Et là, reprit-il, *La Vierge à l'Enfant avec sainte Anne*, toujours de Vinci. Les deux femmes sont comment, hein ?

– Tête penchée, répondis-je.

Mon maître lâcha le livre et me poussa gentiment vers la porte vitrée. Il se plaça derrière moi et posa ses longues mains sur mes épaules.

– Regarde-toi, ordonna-t-il. Tu te crois maudit, mais tu te trompes. Dieu t'a donné la plus gracieuse des mines, car la tête inclinée symbolise la douceur et le dévouement. Crois-tu que l'on puisse représenter l'amour avec une figure bien droite, redressée ? Naturellement, non ! La rectitude, c'est l'autorité ! Voilà pourquoi je dis, moi, que le Grand

Peintre de l'Univers, t'a donné le visage de la bonté et de l'indulgence… comme l'ont montré, ici-bas, nos plus grands artistes.

Les jambes tremblantes et le cœur gonflé de reconnaissance, je voulus saisir les mains de mon maître pour les embrasser. Il m'en empêcha.

– Reprenons notre travail… Je continue donc : les familles ayant commis l'erreur d'avoir jeté aux ordures leur nourrisson ou de l'avoir enterré sans sacrement se reconnaissent aisément à leurs usages niais et superstitieux, dont je te livre ici une petite liste.

Je pris lecture de ce cours à travers mes larmes de bonheur puis, traçant de beaux pleins et d'élégants déliés de ma plume, j'en recopiai ce long paragraphe :

– *Les couards s'entourent de babioles et de colifichets religieux : dans la poche, dans le corsage, sous l'oreiller, dans la culotte, au-dessus de la couche des enfants mâles.*

– *Les Parisiens frottent leurs draps ou leurs vêtements contre la châsse des reliques de sainte Geneviève.*

– *Les mégères jettent des rognures d'ongles aux chiens errants, du sel gros par-dessus l'épaule, des fèves noires sur le carrelage, des haricots, des dents, etc.*

(Je me frappai soudain le front : ma mère lançait-elle des fèves noires et des haricots pour se protéger de mon jumeau ? Mais cela semblait saugrenu et vain, puisque c'était moi qu'elle traitait quotidiennement de bête maudite).

– *Certains soufflent de l'eau-de-vie ou de l'eau bénite dans l'anus des nouveau-nés, afin de déclencher leur premier cri et s'assurer de leur sauvegarde.*

– J'ai vu ma mère le faire, dis-je en levant le nez de mes écrits.

– Raconte ! ordonna mon maître, l'air intéressé.

J'avais huit, ou peut-être neuf ans. La locataire de mes parents, d'ordinaire invisible, nous avait guettés derrière sa porte ; tout affolée, elle nous fit entrer dans son salon.

– Ah ! vous ne devinerez jamais ce qui m'arrive, ma bonne dame.

Ma mère n'avait pas sourcillé à la désignation « bonne dame ». Elle regardait simplement le plancher de cet étage que nous louions à bas prix, taché de flaques d'eau ; elle détestait qu'on délaissât le ménage.

– Asseyez-vous, ordonna la voisine en reniflant. Je suis seule ; il est parti pour dix jours.

– Qui donc ? questionna ma mère sans la moindre émotion.

– Mon mari, pardi !

La voisine se moucha exagérément et fourra son mouchoir dans son décolleté. Nous demeurâmes un moment sans parler ; nous ne comprenions pas pourquoi cette femme nous avait engagés chez elle. Les talons de ma mère frappèrent le sol dès que nous fûmes assis. Dans son agacement, elle comptait les taches sur le sol.

– C'est curieux dit-elle enfin, avec un mari frotteur de parquet, vous devriez cirer plus souvent le plancher. On dirait que les fuites du toit tombent aussi chez vous. Ça traverse donc notre étage ?

La femme semblait magnétisée par la danse de Saint-Guy de sa logeuse.

– Ce n'est pas le toit qui pisse ! brailla la femme dans un souffle. C'est moi !

Comme elle se tenait la panse, nous nous aperçûmes alors qu'elle était grosse.

– C'est pour quand ? demanda ma mère en pointant le menton vers son ventre.

– Madame, je vous ai appelée parce que j'ai déjà perdu les eaux. Je serre le fond pour retenir l'enfant, mais il va poindre et je ne puis m'accoucher toute seule. Je vous dis que mon mari est absent… Je suis seule et je vais enfanter comme une truie… Aidez-moi ! Portez-moi chez vous !

– Pas question ! s'exclama ma mère, honteuse de son intérieur miteux. J'envoie mon fils mander l'accoucheuse.

Puis, se tournant vers moi :

– Va chercher la Fabre.

– Trop tard ! hurla l'autre. Secourez-moi maintenant… il sort !

Ma mère la prit par le bras, puis lui ordonna de marcher autour des meubles, pendant qu'elle réciterait des prières de son invention :

L'homme offre sa vie à la guerre, la femme risque la sienne pour donner la vie. Mais Ève a beaucoup plus péché qu'Adam, c'est donc par justice que tu accoucheras dans la douleur.

L'autre gémissait fort, on entendait à peine les psalmodies de la Pâqueline, qui m'ordonna entre deux couplets :

– Grimpe là-haut, et rapporte-moi une bassine. Et des linges, beaucoup de linges !

– Une bassine remplie d'eau ?

– Abruti ! Restant de galère ! C'est le bassin qui m'intéresse et non la flotte. Crétin !

Lorsque je revins chargé de la cuvette et des chiffons, ma mère lâcha la voisine, essuya les salissures du sol puis, une fois tranquillisée sur l'entretien de son parquet, souleva les jupes de la femme et frotta ses cuisses souillées par les dégoulinades. Celle-ci me regarda alors comme un animal sauvage.

– Ne faites pas attention à lui, dit ma mère, il lui manque un tiroir. (Puis, se tournant vers moi) Viens m'aider à tirer sa paillasse devant la cheminée, le feu nous donnera de la lumière.

– Je... je voudrais le faire à genoux, balbutia la femme. Placez une chaise, une chaise renversée attachée à la cheminée.

– Elle tourne folle ! s'exclama ma mère. Une chaise et les pattes écartées ne sont pas les postures décentes de l'humanité. Hop ! Au lit !

Là-dessus, ma mère pressa de toutes ses forces le ventre de la femme. Je crois même qu'elle lui était montée dessus. La tête bouffie du petit une fois dégagée, nous crûmes ses épaules prêtes à passer, mais rien ne se produisit durant les longues minutes qui suivirent. La voisine beuglait et j'étais d'une impeccable inefficacité. Et puis l'odeur. C'est peut être cela le plus marquant.

J'ignorais que les enfants naissent dans l'humeur et les jets de sang caillotés. Mais celui-ci n'étant pas encore né, sa tête refoulée vira au violet foncé. Ma mère s'irrita.

– J'ai besoin d'un crochet. Passe-moi les pincettes à feu.

Je me précipitai vers les accessoires de cheminée ; il n'y avait qu'une pelle à cendres.

– Foutrebleu ! Remonte et trouve quelque chose qui m'aide à tirer ce rejeton !

Je bondis à notre étage, poussai violemment la porte. Je fis un rapide inventaire des objets de la maison qui auraient pu convenir. Le crochet auquel on pend le jambon ? Une louche ? Que faire ? Et la pauvre dame au-dessous que j'entendais hurler plus fort qu'un racol[1] !

Soudain, j'eus l'idée de prendre le tire-botte à deux branches de mon père. L'accessoire devait bien pouvoir extraire l'enfant par les oreilles en le gardant vivant ? Je descendis les marches trois à trois, et brandis tout fier ma trouvaille.

– Tu en as mis du temps ! bougonna ma mère. Donne-moi ça.

Et elle tira de toutes ses forces la tête de l'enfant, coincée entre les mâchoires du tire-botte. Je remarquai les petites recettes qu'elle avait disposées en travers du lit de la femme durant mon absence : une peau de serpent pour représenter la ceinture de sainte Marguerite (qui arrête le sang) et un sachet de poudre de mandragore.

Mais en était-ce vraiment ?

– Monsieur Joulia, je me suis laissé aller à vous réciter tout cela d'un trait, mais j'ai bien peur de vous lasser avec mes souvenirs…

– C'est moi qui te l'ai demandé, rappela-t-il. Je sens que

1. Ancien métier de crieur, qui avait pour tâche d'enrôler pour l'armée ou la marine. D'où le terme « racoler ».

ta jeune cervelle est farcie de vilaines choses inutiles, prêtes à jaillir, comme si ces paroles avaient été trop longtemps retenues, faute d'interlocuteur. Je t'en prie, continue donc cette histoire saugrenue de mandragore !

– Parfait, alors je poursuis...

... les vendredis d'automne, mes parents partaient à la recherche de mandragores violacées que la nuit et l'orage rendaient lumineuses. À l'aide d'un poignard béni, Papa traçait trois cercles autour de la plante que ma mère lui désignait, puis il creusait délicatement pour la déplanter. Lors de son déracinement, la mandragore devait pousser un cri d'agonie insoutenable, tuant les humains dont les oreilles n'étaient pas bouchées. Mais chaque fois, on n'entendait que les vociférations de mes parents : Papa reprochait à Maman de s'être trompée de plante, tandis qu'elle le critiquait d'avoir déterré sa mandragore comme une brute.

Enfin, l'enfant fut arraché au ventre de l'accouchée, remuée de convulsions et de pleurs. De bouffi, il avait tourné cloqué, et de violet, il était devenu noir. C'était une fille. Elle ne vagit point, ne bougea pas davantage et nous restâmes à l'épier. Ma mère lui enfonça une paille de blé dans l'anus et prit une goulée d'eau-de-vie à une bonbonne ; elle la lui souffla de toutes ses forces.

L'enfant ne se réveilla pas.

La Pâqueline réitéra son ouragan fessier.

– On dit qu'il ne faut pas souffler, déclara la jeune mère, mais plutôt aspirer.

– Ben, faites-le. Vous !

Les épaules de la femme se soulevèrent en sanglots.

– Vous avez tenté votre mieux, n'est-ce pas ?

Ma mère parut étrangère au dépit.

– À m'en péter les veines du cou.

On posa la petite chose sombre dans un coin, encapuchonnée des chiffons salis par le nettoyage du parquet, puis ma mère s'inquiéta de la soupe. Elle ramassa une sorte de gâteau mollasson et saignant tombé à ses pieds et le plongea dans la bassine qu'on avait mise à bouillir.

– Après, on ajoute du vin et des morceaux de pain, et voilà une délicieuse « rôtie » qui ravigote !

– Je préférerais ne pas en manger, dis-je timidement.

– Pet foireux ! s'écria ma mère. La soupe de placenta est réservée aux femmes. Je vais lui servir un bol puis j'emporterai le reste à l'apothicaire. Les savants la mélangent à des toiles d'araignée et des bêtes écrasées pour en faire des remèdes. Il me l'achètera un bon prix.

Je me tournai vers le paquet de linges.

– Et l'enfant ?

– Pfff... Au moins j'ai sauvé la mère. Faut pas le dire à ton père, ni au pasteur ; à choisir entre la mère et l'enfant, tu sais bien qu'on attend d'abord que la mère périsse, ensuite on tire l'enfant et on le baptise. La cérémonie dure le temps d'un *Ave*, mais au moins elle est payante. Mais là... Une fois mort, l'enfant ne vaut même pas la carcasse d'un hérisson.

Là-dessus, elle tira entre ses dents le bouchon de la bonbonne d'eau-de-vie et, tandis qu'elle buvait une grosse goulée, on frappa énergiquement à la porte.

Ma mère sursauta alors que Mme Fabre entrait sans attendre d'invitation.

– Trop tard ! s'exclama Pâqueline Renard, en claquant la langue.

– Encore un mort-né ? demanda l'accoucheuse. Eh bien, je me serai déplacée pour rien.

C'est alors que nous entendîmes l'enfant crier de toutes ses forces.

Les trois femmes tressaillirent de concert. Convaincue dix minutes plus tôt que l'enfant avait trépassé, ma mère n'osa pas révéler sa consternation.

– Beh, dit-elle entre deux hoquets, tout ça pour une fille… Tiens ! J'emporte la dame-jeanne. Je l'ai bien gagnée.

Et, saluant l'accoucheuse :

– Invitez donc vos clientes à imiter les chiennes, qui jeûnent avant d'accoucher. Je vous laisse le nettoyage à faire, car après tout, c'est de votre faute.

On décida de faire baptiser le nourrisson rapidement, peut-être le soir même, à condition de mettre la main sur un pasteur ou un diacre.

– On s'en fout, dit ma mère. Le principal, c'est qu'il reçoive un sacrement avant d'avaler sa langue.

Monsieur Joulia, qui m'avait écouté sans m'interrompre, soupira longuement.

– Je vois le tableau, lâcha-t-il. Je pense que cela suffit pour ce matin. Je te libère jusqu'à cet après-midi. Nous ouvrirons notre petit protégé après le dîner, non pour le martyriser, mais pour que sa mort te serve à connaître les mystères de la nature. Coule-toi dans ta blouse et enfile tes manchettes afin d'être paré dès deux heures. J'ai le besoin d'une petite sieste jusque-là.

*

Angélique m'avait donné rendez-vous au jardin des Tuileries. Je n'avais d'autre choix que de m'y rendre à pied. Je courus dans les ruelles, enjambant les rigoles d'eau boueuse et les enfants accroupis sur le pavé gras qui taquinaient un chat à la queue duquel ils avaient attaché des branchages.

Enfin, je distinguai les plumes de sa coiffure au milieu des promeneurs du parc.

– As-tu un présent pour moi ? demanda-t-elle en guise de bonjour.

Bravement, je déballai de ma poche un petit chiffon doux. Elle en écarta les pans et saisit à deux doigts mon présent.

– Qu'est-ce donc ?

– Une pince à épiler ! dis-je fièrement. Je l'ai prise au cabinet.

– J'en ai de la chance, dit-elle avec une moue dépitée. La prochaine fois, pourquoi pas du savon à barbe ?

– Avec mon salaire, je vous gâterai bientôt davantage, répondis-je pour excuser mon offrande stupide, sans lui révéler que j'avais pris bien des risques pour la lui offrir.

– Parfait, dit-elle sans plus de sentiment. Promenons-nous, veux-tu ?

– Comme il vous plaira.

– Et cesse de me voussoyer, cela m'énerve.

Angélique se tenait à un mètre de moi, refusant que je m'approchasse des plis de sa robe. Elle marchait lentement, soupirait avec coquetterie en piétinant les parterres de buis. Ses cheveux sentaient le parfum des femmes coquettes et riches, le bruissement de ses étoffes m'étourdissait. Les hommes la regardaient passer ; les plus âgés ouvraient leur museau édenté, trou noir tapissé d'une langue épaisse et chargée, les plus jeunes chaussaient un lorgnon, grimaçaient pour imiter une mauvaise vue et se permettre ainsi de la dévisager longtemps, ce que la bienséance n'admettait pas. Moi-même, j'étais envoûté, magnétisé par sa beauté. Mais elle m'avait choisi pour chevalier servant, alors que ma condition modeste et ma laideur m'avaient toujours interdit la plus infime miette d'ambition de ce genre. Mes intentions étaient désormais établies : me montrer à la hauteur de ce rôle, quitte à donner du poing pour écarter les malotrus. Le regard insistant des hommes sur Angélique m'échauffait les tempes.

– Comme ce jardin est déjà vert, dis-je en respirant l'air frais à pleine poitrine, afin de me calmer les nerfs.

– Dommage qu'il sente aussi mauvais, déplora-t-elle. Les Tuileries méritent bien leur nom.

– Tuileries est un nom d'ordure ?

– Quel nigaud tu fais ! Ne sais-tu pas que cet endroit est nommé le jardin des chieurs ?

J'éclatai de rire et cela l'enchanta.

– Ah ! pouffa-t-elle en glissant une main gantée sous mon bras, je vais m'occuper de ton éducation !

J'ai chéri aussitôt son langage un peu leste qui m'autorisait une familiarité inhabituelle, son geste hardi, son rire excessivement gai.

Nous nous arrêtâmes devant un marchand ambulant de beignets. Je dépensai la dernière pièce de mon gain à la ramastique dans l'achat d'un cornet pour ma belle audacieuse. Je la contemplai mâcher les beignets croustillants. Elle me sourit, je fus aussitôt traversé d'un frémissement. Ses dents parfaites me rappelaient une clôture de bois fraîchement blanchie à la chaux.

– Je ne t'en offre pas, déclara-t-elle, sinon ce n'est plus un cadeau, c'est un partage. Pour que le cadeau soit parfait, tu dois me regarder déguster mes beignets.

– Je comprends, mentis-je.

– La prochaine fois, je voudrais aller dans un cabaret, exigea-t-elle d'une voix suave. Ou, si tu préfères, à la Comédie.

– Très bien, dis-je sans savoir comment la satisfaire.

Elle minauda, tortillant une mèche de ses cheveux entre ses doigts.

– J'ai besoin que tu me donnes deux sous, dit-elle enfin.

Je tâtai mes poches d'un air accablé. Angélique fit une moue boudeuse.

– Alors, dit-elle, sois gentil de m'accompagner sur les terrasses.

Nous nous y rendîmes et je dus donner des coups de coude à quelques badauds qui semblaient prendre la même direction. Angélique scruta l'horizon et trottina vers l'encoignure de son choix. Elle retroussa ses jupons et s'accroupit.

– Ah, cela fait du bien ! souffla-t-elle entre deux soupirs poussifs. Depuis que le comte d'Angiviller a fait arracher les haies d'ifs qui nous servaient de paravent, il nous reste peu de choix : chier dans les latrines payantes à deux sous ou faire ça sur les terrasses.

– Comment faites-vous… je veux dire, comment fais-tu lorsque tu travailles dans ta rue ?

Elle rit nerveusement.

– Ah, tu le sais donc… Eh bien, j'attends qu'un client m'emmène chez lui pour emprunter son lieu d'aisances.

– Et si tu n'as pas de client ?

– Je fais comme les marquises et les duchesses : je me soulage dans un angle ou bien je cogne à toutes les portes, jusqu'à ce que quelqu'un me laisse entrer.

Angélique se rebrailla, puis lissa les plis de sa robe et nous nous dirigeâmes vers la sortie du jardin. La sieste de mon maître finissait bientôt.

★

Monsieur Joulia m'attendait auprès du petit corps d'enfant.

– Tu es ponctuel. J'aime cela… Tiens, dit-il en s'emparant d'un billot. Il faut commencer par maintenir notre petit cadavre en place.

C'était une forme de bois, rectangulaire et stable, dont le dessus découpé en cuvette permettait d'accueillir la nuque du défunt.

– On soulève délicatement la tête, et on place ce dispositif avec la même gentillesse qu'un oreiller sous le crâne d'un malade. Rappelle-toi toujours que les morts sont vulnérables, puisqu'ils ne peuvent se défendre.

S'emparant d'un seau rempli de sable, mon maître en recouvrit le sol d'une épaisse couche.

– Pour absorber les liquides cadavériques, dit-il en l'éparpillant, sans quoi on pataugerait dedans.

– Mais ce n'est qu'un nourrisson, objectai-je.

– Question d'habitude. Ton oncle n'en faisait-il pas autant, pour décarcasser ses lapins ?

– Si fait.

– Bah, alors tu comprends bien qu'on patine autant sur le jus d'une bourgeoise que dans celui d'un poupon.

La veille, Monsieur Joulia m'avait relégué au nettoyage, au rangement de ses instruments, puis au fardage des peaux, afin de me tenir éloigné des étapes rebutantes. Précaution qui deviendrait un jour inutile, lorsqu'il me jugerait capable d'étudier puis de copier les gestes de son art.

La trousse des outils que j'avais désinfectés puis rangés m'était déjà devenue familière. Mais pas leur usage.

– Ces couteaux, dont la lame varie entre six et huit centimètres, sont réservés aux parties molles. Des lames plus longues existent aussi, mais elles sont plutôt utilisées par les chirurgiens qui s'en servent lors des amputations. Comme tu t'en doutes, nous n'en avons guère l'emploi.

Il désigna les instruments un à un, me laissant le temps d'en dessiner les contours au crayon dans mon petit carnet, sous lequel j'inscrivis le nom : couteau-scie pour couper les côtes, ciseaux, cisailles et sécateurs, marteau ou burins, petites pinces, longues pinces, crochets et hameçons, écarteurs, limes et aiguilles à coudre.

– Dans son dictionnaire[1], le sieur Levacher a répertorié l'ensemble des outils de notre profession ainsi que de nombreuses explications qui pourraient t'être nécessaires. Tu peux le consulter à loisir dans le salon d'attente, mais je te demande de ne jamais l'en sortir car cet ouvrage onéreux est difficile à se procurer.

1. *Dictionnaire de la chirurgie*, A.-F.-T. Levacher de La Feutrie, F. Moysant, E. de La Marcellerie, Paris, 1767.

Amorçant l'ouverture du petit abdomen, Monsieur Joulia tirait la langue comme un enfant concentré sur sa première page d'écriture.

– Connais-tu la véritable fonction des lieux de dépôt des corps, tels que la basse geôle, les hôpitaux et les offices comme le nôtre ?

– Je suppose que c'est afin d'éviter les attaques de chiens et chats errants sur les cadavres.

– Pas du tout ! dit-il en achevant l'ouverture dont il avait maintenu les lèvres par des écarteurs. Les dépôts servent à attendre.

– Attendre qui ou quoi ?

– La tache verte de l'abdomen. Sans l'apparition de cette tache, on craint l'enterrement d'une personne en torpeur. Des sommeils étranges peuvent avoir l'apparence du trépas : aucun souffle, nul battement de cœur, regard vide et froideur des membres. Ces morts qui ne l'étaient pas tout à fait se réveillent parfois brutalement au premier tracé de canif. Ou séquestrés dans un cercueil, sans que nul n'en sache. Imagine leur supplice : tu en as fait l'expérience ! Mais lorsque la tache verte apparaît, le doute n'est plus possible… Attention… Prends garde à bien soulever les organes sans les détériorer.

Le cœur du bébé était à peine plus gros qu'une petite pomme à cidre.

– Peux-tu me citer le nom et les fonctions de tout ce que tu vois ? demanda-t-il en désignant les poumons, le foie et le contour des intestins.

Rien ne me sembla plus familier, car j'avais, depuis mes douces heures chez l'oncle Élie, fouillé l'intimité des lièvres et des lapereaux sans jamais omettre de réserver la petite poche de fiel rattachée au foie, dont l'amertume aurait gâté le goût des pâtés.

Contents et satisfaits de mes connaissances, nous resserrâmes les organes mous de l'enfant dans un sac.

– Faut-il saler son cœur ?

– Bah, il est si petit qu'il n'en vaut guère la peine. Au prix du sel, ce serait gâché. Je préfère encore que tu le lui rendes, et qu'on referme ce minuscule thorax pour lui offrir un repos bien mérité. Le fossoyeur se chargera de le jeter dans la fosse.

Nous entreprîmes le nettoyage des dégoulinades.

– Tout ceci me fait penser que ma table de travail n'est véritablement pas adaptée à mon ouvrage, dit-il en désignant les viscères étalés sur le métal brillant de la table. On devrait repenser la chose…

Il ouvrit le fenestron ; une nuée d'oiseaux gris se précipita dans notre ouvroir. Les plus hardis tentèrent de soulever l'intestin, inconscients de sa longueur et de son poids ; regroupés sur une extrémité, ils tirèrent ensemble, d'un même mouvement raide du corps, pareil à l'onde des rames de galériens emportés par le rythme du tambour. Curieusement, cette minuscule pagaille me sembla organisée sur le modèle des chiourmes : les jeunes, reconnaissables à leur plumage terne ainsi qu'à leur queue plus courte, étaient encadrés par des anciens, plus entraînés à l'art de surmonter l'impossible. Les petits s'épuisaient en vain, tandis que les gros, aux pattes trapues parfois amputées d'un doigt ou d'une griffe, sautillaient autour du festin inaccessible afin d'en examiner toutes les incommodités.

– Aide-les, ordonna mon maître. Coupe-leur de petits morceaux.

– Sacrilège, murmurai-je.

– Tu te trompes, riposta-t-il en découpant le boyau lui-même. Je ne connais pas de mort qui s'opposerait à nourrir les créatures peuplant le ciel. Crois-moi, si nous devions choisir entre les vers et les oiseaux, nous préférerions tous d'être encielés et non enterrés. Ce qui, d'ailleurs, s'avérerait moins salissant.

Il s'empara d'un carnet et, en quelques lignes, dessina notre table à manetons à laquelle il ajouta deux trous.

– L'un pour évacuer les humeurs de la tête, l'autre pour couler les liquides des ventres dans la sciure. Qu'en penses-tu ?

– Je crois, monsieur, que c'est une invention ingénieuse qui faciliterait grandement notre travail. Allons-nous percer nous-mêmes le métal de la table ?

– Certes non, je suis trop vieux pour me lancer dans ce genre de chantier ; mes os craqueraient au premier coup de maillet. Et puis… j'ai donné rendez-vous à mon musicien.

Je fus bien surpris d'apprendre que Monsieur Joulia prenait des leçons.

– Oh, vous jouez donc d'un instrument ?

– Ne brouille pas tout, mon garçon. Les seuls instruments que je manie sont mes pinces ! Les grandes maisons de croque-morts ont un troubadour attitré : il est impensable que les familles entendent le bruit des instruments qui bricolent leur défunt ou la dégoulinade des liquides qu'on recueille. Voilà donc pourquoi j'emploie parfois un musicien.

– Un joueur de trompette ?

– Non, un violoniste.

Monsieur Joulia me prévint qu'il comptait me donner la responsabilité de choisir les arias à jouer dans la « chapelle », lorsque les familles attendraient à côté. Le barde s'échauffait les doigts dans un petit salon. Le vieux nous présenta ; un peu froissé de n'être plus son unique protégé, je ne prêtai aucune attention au prénom du musicien. Vêtu selon la dernière mode, qui transformait un jeune homme ordinaire en coquet d'un excessif raffinement, j'eus pour lui une immédiate hostilité. Il s'empressa de poser sa canne contre un mur, probablement afin de ne point cabosser son pommeau de plomb, puis d'ôter son bicorne, ridiculement porté sur ses cheveux étouffés de poudre blanche, afin de me saluer de façon outrancière. Presque insultante.

– Parfait ! marmonna le vieux Joulia. J'ai à m'occuper de Mme Joulia, ce qui vous laisse un moment pour faire connaissance.

Il jeta sa pèlerine sur ses épaules et tourna la poignée de la porte. Puis, se ravisant, il revint sur ses pas.

– Oui, lâcha-t-il d'une voix lasse, ma mère, ou plutôt ce qu'il en reste, m'attend chaque jour, à la même heure, depuis son grabat au couvent. Qu'il pleuve ou qu'il neige…

– Je comprends, dis-je, faute de trouver meilleur propos de consolation.

– Je ne souhaite à personne l'enfer de mes visites au milieu des râles, des bassins de pisse et des folles qu'on enchaîne aux pieds des lits. Ma mère gît dans cette marée de misère, mais elle n'a jamais voulu finir ses jours autrement que près de ces religieuses.

– … Une sainte au milieu des saintes, ajoutai-je, décidément peu inspiré.

– Oui, enfin… Elles sont dévouées, ces petites sœurs, mais elles ont la sale manie d'alléger la bourse des mourants. C'est pourquoi, je préfère lui apporter chaque jour une piécette, afin que la sainteté ne la détrousse.

Il replaça le sou dans sa poche et claqua la porte derrière lui.

Demeuré seul face au violoniste, individu suffisant, parfumé comme une vieille catin, je ne sus comment amorcer une conversation policée. Le musicien me libéra de ce tracas.

– Ainsi donc, dit-il, prisant une pincée de tabac, vous êtes le jeune app'enti de Joulia.

– Oui, rétorquai-je en notant son accent qui lui faisait manger les « r ».

Il referma sa tabatière sans m'offrir d'y goûter et me toisa longuement de la tête aux pieds. Je détestai son sourire carnassier. Ses mains surchargées de grosses bagues facettées me firent frissonner. Je l'ai déjà dit, je crois : l'imposante chevalière que mon père ôtait avant de me frapper m'a causé, pour toujours, une peur irraisonnée des mains d'hommes.

– Quel âge avez-vous, jeune homme ?

– Dix-huit ans, répondis-je. Et vous ?

Il haussa un sourcil, manière d'évoquer mon impolitesse.

– Eh bien, hum… nous avons le même âge !

Ses longs cheveux pendaient de chaque côté de ses

joues, lui procurant un air de chien fou. Époussetant sans cesse ses manches, il semblait extrêmement préoccupé par sa toilette. Enfin, il sortit un mouchoir brodé pour lustrer les boutons de sa redingote.

– Puisque nous avons le même âge, suggéra-t-il, nous sommes peut-êt'e aussi du même monde. Vous 'econnaissez ma veste, j'en suis ce'tain…

J'inspectai son habit en détail sans entrevoir le moindre indice, excepté son col pointu à parement noir et son échancrure carrée, d'où jaillissait un jabot enroulé autour de son cou une bonne dizaine de fois et noué façon « oreilles de lièvre ».

– Voyons, combien ai-je de boutons ?

– Impossible de les compter, vous êtes fardé…

– Je pa'le des boutons de ma veste, c'étin !

– Dans ce cas, il eût fallu demander « combien a-t-elle de boutons » et non « combien ai-je ».

Il tourna lentement sur lui-même, écartant les bras.

– J'en ai compté dix-sept, annonçai-je, vexé.

– Et donc ?

– Et donc… il vous en manque un ?

Ses mains claquèrent sur sa large culotte plissée, d'où pendouillaient des bas à rayures horizontales.

– C'est désespé'ant, dit-il d'un ton las. Dix-sept boutons, c'est le signe de 'alliement des 'oyalistes, non ?

Devant mon faciès sidéré, il vida ses poches et récita d'un trait.

– Et cela, qu'est-ce donc ? Un talisman à l'effigie de Louis XVI ! Et celui-ci, un po't'ait de Ma'ie-Antoinette ! Et mon col noi', vous l'au'ez sans doute noté, c'est le signe de deuil.

Ainsi donc, ce jeune homme élégant appartenait à la race de ces inutiles sans foi ni loi, à cette redoutable catégorie d'incapables violents qui, se regroupant par vingtaine, pourchassaient les républicains et les frappaient avec leur canne alourdie de plomb. Affublée de costumes ridicules et reconnaissables, vaillante et combative à condition d'être en bande, cette jeunesse dorée et furieuse, portant un brassard de crêpe noir en souvenir des guillotinés, refusait de prononcer le moindre « r », initiale du mot Révolution.

Mon employeur savait-il de quelle race querelleuse et faussement justicière était son violoniste ?

– Vous po'tez les cheveux sans poud'e ? s'étonna-t-il.

– Oui, dis-je hardiment, sachant que je risquais de tâter son bâton. Je refuse de poser sur ma tête une coquetterie de farine qui remplirait des estomacs vides.

– N'en pa'lons plus, puisque nous devons t'availler ensemble. Pa'ole d'honneu'!

Je ne pus m'empêcher de songer au prix que coûtait son accoutrement grotesque. Comment cet individu, qui prétendait sans doute avoir perdu sa famille sur l'échafaud, pouvait-il s'offrir de telles dépenses ? Comment un mince salaire de musicien de cimetière pouvait-il lui assurer toutes ces fanfreluches ?

– Allez-vous danser au bal des Victimes ? demanda-t-il d'un ton amical.

– Là n'est pas ma place, avouai-je.

Assassin, fratricide, coucou, imbécile, voleur, tordu, vermine, j'étais tout cela depuis ma naissance. Victime ? Victime de quoi, sinon d'une réputation injuste ?

– Moi, j'y vais souvent, annonça fièrement l'autre. Je suis violoniste, je fais danser mes amis et j'y gagne quelques pièces. J'ado'e nos t'aditions ! Habillés en noi', pour le deuil du 'oi et de la 'eine, nous nous saluons en inclinant la tête d'un coup sec, comme si la guillotine nous était b'usquement tombée dessus. C'est inc'oyable de gaieté !

– Mais aujourd'hui, observai-je, votre veste est verte…

– Exactement, en souveni' du comte d'A'tois. Et mes dix-sept boutons, en l'honneu' du jeune 'oi Louis XVII, enfe'mé dans la p'ison du Temple ! Y viend'ez-vous, mon ami ?

– Visiter l'orphelin royal ?

– Non, au bal.

– Ma foi, je ne sais si l'on m'y accepterait…

– J'ai un laissez-passer pe'suasif ! s'amusa le coquet en brandissant sa canne-gourdin. Tope là ?

Je tapai dans sa main en signe d'entente et, alors que je ne faisais nullement partie de son groupe ni de ses adversaires, j'eus l'impression de conclure un pacte avec le diable en personne.

Nous dûmes établir un plan de travail : la première heure du matin était consacrée aux échauffements et exercices de ses doigts ; je n'avais nullement le droit de commenter sa tâche, ni d'en modifier l'ordre ; lui seul connaissait les nécessités pour se dégourdir et se réchauffer dans ce lieu glacé comme une cave. Mais dès la deuxième heure (cela correspondait au moment où les familles commençaient à entrer), je lui sélectionnais les mélodies de Michel Blavet[1] que mon père m'avait appris à aimer malgré le son détestable de son serpent.

Que croyez-vous qu'il faille comme musique pour supporter les replis d'un cadavre de bourgeoise fripée ? Aux dires de Monsieur Joulia, le violoneux me permettrait d'affronter avec tendresse la vision de ces corps décrépits. Il me soutiendrait devant ces laideurs suffocantes. Et même, me rendrait jaloux des morts : paisibles et consolés comme des nourrissons, douillettement encapuchonnés dans leur fourreau de transport, langés par les nimbes de la musique.

1. Compositeur, flûtiste et bassoniste gaucher (1700-1768).

Chaque matin, en taillant des boutonnières dans les carotides, en incisant des estomacs et en vidangeant les déchets des corps, j'allais apprendre à me concentrer sur un travail malaisé dont les recettes remontaient à l'Antiquité. Un bon musicien est plus puissant qu'un remède ; il apaise aussi bien par sa mélodie que par le labeur que l'on devine derrière son habileté. Mieux encore, notre coquet sentait si fort le musc que, dès son arrivée, le cabinet se voilait d'un parfum étourdissant.

Mais je m'égare, et je vous retarde avec mes bavardages… C'est-à-dire que, contre toute attente, je découvre mon propre agrément à vous faire ce récit, car vos mines lasses d'hier ont fait place aux figures passionnées d'aujourd'hui ; elles m'encouragent à digresser.

Sous la dictée de mon maître, j'écrivis des pages et des pages de consignes ; il me faisait réciter mes leçons, le visage grave ainsi qu'un prêtre soucieux de l'instruction de son catéchumène. Lorsque nous avions peiné à mon enseignement une bonne heure, nous nous dirigions ensemble vers le corps qu'on nous avait confié, habituellement entreposé dans la « chambre froide ». Nous l'appelions ainsi parce que son pavement de pierre, sa température invariante et son orientation vers le nord faisaient de cette chambre un lieu frais où l'on pouvait aussi bien conserver un corps que cultiver des champignons. Ce que nous ne faisions pas, faute de méthode.

J'avais appris en effet que, parmi les impératifs de cette profession, s'en trouvaient trois particulièrement rudes à combiner : un atelier orienté vers le nord afin de conserver les chairs plus longtemps, des ouvertures laissant assez de lumière pour travailler mais trop peu pour épargner le regard des passants, une aération suffisante pour surmonter l'odeur des fluides putréfiés et garantir notre propre santé.

Un matin, la cloche du corridor tinta. Pépette, le vilain petit baquet poilu aux quatre pattes tordues, tressaillit et suivit son pépère jusqu'au seuil en jappant. Le vieux Joulia ouvrit la porte, reçut un message puis le décacheta en refermant distraitement le loquet.

Il revint en grimaçant.

– Oïmè, changement de programme ! Ce sera intéressant pour toi. Ôte ton tablier, nous partons sur-le-champ !

Il glissa quelques feuilles dans un large portefeuille de cuir brûlé et brossa sa redingote.

– Emporte de quoi écrire, cela nous occupera durant le parcours.

Je me préparai en hâte sous la surveillance des oiseaux gris perchés sur leur poste d'observation. Je tentai de les éloigner d'un geste ample ; ils sautillèrent un peu, puis revinrent à leur place, battant des ailes comme pour m'impressionner.

Nous partîmes dans une carriole tirée par deux chevaux, qu'un cocher maussade fouettait nerveusement.

– Ma petite mule est trop âgée pour faire ce trajet, soupira mon maître. Je préfère louer cet attelage plutôt que la faire crever d'épuisement sur la route. Pourtant, je n'en ai guère les moyens. Bien… Que voulais-je réviser avec toi ? ajouta-t-il en se frottant le menton. Ah, oui ! Cela me revient. J'ai noté sur ta face quelques traces d'une gaieté nouvelle. J'ignore si ce sont mes enseignements et notre ouvrage qui t'enchantent à ce point, mais je voudrais te rappeler un principe : cache ta joie. Dans ton port de tête, il faut qu'il y ait toujours quelque chose de grave et de majestueux. Même si les familles nous font traîner deux heures, on ne s'appuie pas contre un mur, ni sur un meuble. On ne s'étire pas non plus. S'asseoir correctement sur un siège face à des personnes en deuil est un véritable exercice. Tu n'étendras pas tes jambes devant toi. Cesse de te gratter la tête et ne le refais jamais plus. Je vois quelques poils dépasser de ton nez ; dès demain, tu prendras soin de les couper, ainsi que tu passeras une chiffe dans tes oreilles pour les débarrasser des saletés mielleuses qui s'y logent.

– Bien, monsieur.

– Je ne sais qui t'a montré cette mode répugnante du glaviot, mais dans notre métier, on ne crache jamais. En cas de nécessité impérieuse, tu prendras ton mouchoir, dans lequel tu crachouilleras ta glaire, puis tu le refermeras. Sans regarder dedans. Les jets de salive ne sont pas d'un bon effet, et rares sont les débrouillards parvenant à les lancer sans éclabousser le voisinage ; tu t'abstiendras donc, car je n'aime pas ces nouvelles manières et cela nous évitera bien des rognes.

Notre équipage franchit les portes de la ville. Nous traversâmes une campagne émeraude qu'une rivière serpentine découpait en pièces hérissées d'ormes et de chênes verts, où broutaient ensemble des vaches maculées de bouse et des mulets au repos. Des maisons, aux ouvertures ornées de briques rouges, étaient assises sur de solides piliers enjambant la rivière battue par les pales d'un moulin. De hautes cheminées crachaient une fumée cotonneuse, crayonnant sa broderie dans le ciel nu bien que nous fussions en automne. Les fours, interdits en ville pour éloigner les incendies des maisons de bois, s'étaient multipliés ici, rangés comme des nattes d'ail. Amassés dans les carrioles, les chargements de pains destinés à l'étal du boulanger parfumaient la campagne d'une délicieuse odeur de croûte rôtie.

Nous parvînmes à une bâtisse recouverte de chaux, surmontée d'une énorme cheminée adossée au mur et non perchée sur le toit. Notre brave cheval s'immobilisa.

– C'est un gros four, observai-je.

– Effectivement, répondit mon maître en descendant de notre charrette. C'est le plus grand de tous, mais aujourd'hui, on n'y cuit pas de pain.

Un petit homme gras agita ses bras.

– Ah, enfin ! Heureusement que vous êtes venu ! Par ici, je vous prie…

Il nous guida vers un chariot rangé en arrière du bâtiment chaulé.

– Voici notre fournée du jour, dit le vieux Joulia en désignant la carriole d'un geste du menton.

Si l'on faisait cas du travail de l'artisan du bois, je dirais que le cercueil posé dessus était une importante œuvre d'art, taillée dans un beau chêne bistre et sans nœuds, richement ornée de huit manettes fondues dans un laiton doré, représentant des coquilles et des rameaux entremêlés. Il était entièrement recouvert de feuillages et de marguerites fraîches. L'éclatant soleil de cette matinée enflammait l'énorme crucifix du couvercle. Jésus n'avait point l'air mort, mais plutôt détendu, paresseux, finissant sa sieste dans les fleurs, les bras écartés pour mieux profiter de la largeur du pré.

– Pfoui ! dis-je rêveusement, au point que Monsieur Joulia en parut exaspéré.

Savez-vous ce qui me semblait merveilleux avec Monsieur Joulia ? C'était cette façon qu'il avait de répondre à mes questions avant même que je ne les eusse formulées. Je lampais chacune de ses paroles. Auprès de cet homme doté de la patience du muletier, j'appris la tranquillité de l'âne libéré de toute crainte.

– Vois-tu, on n'incinère que très rarement chez nous. À l'inverse, les Britanniques sont coutumiers de la crémation.

– Alors, demandai-je, pourquoi cette exception ?

Il me tapota l'épaule.

– Un Anglais, justement, qui désirait rejoindre ses ancêtres dans le caveau familial. Mais quand on connaît la durée d'un voyage en chariot et de la traversée de la Manche en bateau, on comprend que ce cadavre ne peut effectuer ce voyage dans sa boîte…

– Maître, pourquoi dépenser tant d'argent dans un si beau cercueil s'il est destiné à brûler ?

– Pardi ! La famille pensait le transbahuter comme un chargement inestimable et faire dire des messes à chaque arrêt de poste. Tu vois le programme ? Impensable ! Bon, il est vrai que d'ordinaire, le cercueil destiné à la crémation est laid, parce que personne n'y prête attention. Le futur incinéré se présente à nous dans sa boîte de transport : un vilain carton doublé de petit bois pour les familles modestes ou un noble sarcophage de chêne comme aujourd'hui. L'ennui, c'est que le chêne résiste longtemps aux flammes. Va nous secouer la grosse toile, là-bas…

J'y courus. On glissa la méchante étoffe d'empaquetage sous le cercueil.

– Ce tissu sous la boîte, il faut maintenant l'imbiber d'huile… Tiens, aide-moi, c'est lourd… Alors, disais-je, nous mettons une toile grasse autour du cercueil pour l'aider à s'enflammer plus vite. La famille étant absente, nous pouvons ajouter un peu de suif pour attiser les flammes, car je n'ai pas envie de souper ici.

Nous soulevâmes le cercueil et nous le déposâmes sur un genre de civière roulante et très étroite que nous poussâmes à l'intérieur du bâtiment. Monsieur Joulia se courba un peu, le haut de son crâne frôlant le salpêtre du plafond d'un long couloir voûté. Nous parvînmes à l'entrée du fourneau où l'on me fit signe de m'éloigner. Monsieur Joulia poussa le chariot à l'intérieur du four puis, une fois la lourde porte refermée, il me tendit une torche enflammée.

– À toi l'honneur, dit-il d'un ton faussement détendu, désignant la longue mèche à embraser.

L'autre gros malin qui nous avait accueillis pouffa de rire.

J'agrippai la torche en tremblant, assez convaincu par le sérieux de ce baptême : en refusant d'allumer, je ne pouvais que désappointer mon maître, tandis que si j'allumais froidement…

– Oh non ! m'exclamai-je. Je ne le peux, ça m'impressionne trop.

Mon maître sembla peiné par cette sotte délicatesse et je voulus m'empresser de la réparer. J'attendis qu'il finisse de priser sa pincée de tabac puis, une fois assuré d'un grand silence, j'embrasai la mèche en quêtant un réconfort sur son visage. Une bête mendiant la fierté de son dresseur ne l'eût point regardé plus servilement. Depuis ce jour, je n'ai cessé de chercher mes remontants dans ses yeux.

Ce que je sais à présent de l'incinération me permet de vous dire, messieurs, que nous ne devrions réserver ce traitement qu'à ceux que l'on déteste. Le brûlage en cendres est à la fois effroyable et exaltant.

Puis-je prendre le temps de vous en exposer les principes ?

D'abord, figurez-vous un énorme courant d'air que l'on provoque à travers le four par deux ouvertures opposées.

On compte le poids de bois et la quantité d'huile, puis le nombre de minutes qui seront nécessaires à la bonne cuisson. Un premier brûlot préchauffe le four pour prévenir les fissures de ses parois ; ensuite, le second brûlot lance de puissants jets de flammes ; la méchante toile huileuse flambe aussitôt ; quelques minutes après, lorsqu'elle est réduite en cendres, tout le bois brûle et la chaleur monte énormément, et très vite. Pour les défunts ventrus, on double la température car le gras est long et difficile à faire disparaître. Le plus impressionnant est peut-être le bruit du feu. Moi, j'avais la sensation d'envoyer le mort en enfer. Comment peut-on croire au « repos éternel », dans un boucan pareil ? Lorsque l'ouvrage est achevé, il faut attendre le refroidissement des cendres. Il arrive, paraît-il, que l'on retrouve des os calcinés restés à leur place ; ils sont légers, fragiles, comme les meringues que l'on peut acheter à la foire.

Une fois attiédies, les cendres sont moulues et on passe dedans un gros aimant qui saisit les résidus de métal provenant des ferrures, des clous de cercueil, des bijoux, des boucles de souliers et des boutons de culotte. On verse les cendres dans une cassette : selon les familles, c'est un simple vase en tôle ou un coffret somptueusement décoré. Bah ! Quel que soit le pot, son contenu est le même pour tous : des granulés gris semblables à de la poudre à canon.

Apprenant enfin que le voyage de leur défunt « entier et mis en boîte » se révélait impossible, la famille avait communiqué des consignes précises dans un billet :

Le vase de cendres doit être remis avant cinq heures à la diligence, qui le mènera à la chapelle nord du Dôme, où l'attendra une personne chargée de son transport jusqu'à Londres.

On transvida les cendres dans une grande jarre vide, étiquetée « Cornichons au vinaigre », que l'on glissa dans une sacoche à grains. Devinez, messieurs. Devinez qui fut désigné pour trotter à la malle-poste et déposer le paquet avant cinq heures ?

Comme il me fallut attendre mon tour au comptoir, j'ouvris le carnet de mon père, qui ne me quittait plus. Sa pensée du jour était de circonstance.

On confond trop souvent les charlatans et Dieu. Au lieu de comprendre qu'ils sont marteaux, les gens veulent se faire exorciser. Trop facile ! Encore un cas d'embrasement spontané : ces gens qui prennent feu tout seul, fument-ils la pipe au lit ? À voir.

Le commis de la malle-poste me tourmenta de questions : avec ou sans assurance ? Quelle est la valeur du contenu ?

– Heu… bredouillai-je, la valeur ? Aucune idée…

Il secoua un peu le paquet près de son oreille. On entendit un frottement sableux.

– Citoyen, je n'ai pas de temps pour une charade, s'impatienta le commis. As-tu ou non une valeur à me déclarer pour tes… graines de courges ?

Le paquet partit sur le toit d'une berline, sous garantie d'être remis dans les huit heures prochaines. En cas de livraison retardée, on empochait un billet gratuit pour un nouvel envoi, de même poids. Bocal compris, un mort carbonisé pèse environ sept livres. Exactement son poids de naissance…

Je croisai les doigts afin que cette expédition macabre parvienne à la famille sans encombre. Je ne craignais nulles représailles en cas d'incident ; non, seul le désir croissant de satisfaire mon maître m'animait.

Ah, mais comment pourrais-je vous faire partager mes sentiments d'alors ? Le sort m'avait prématurément privé d'un père ; j'avais trouvé du réconfort auprès de mon oncle Élie et de ma tante Philiberte, jusqu'à ce qu'ils décident de partir vivre au soleil. Ma mère me haïssait. L'oisiveté et les manigances avaient fini de me convaincre que mon avenir se dessinerait tôt ou tard en prison. Mais voici que subitement, la chance semblait tourner en ma faveur : un homme bon et savant entourait mes épaules de sa bienveillance, sans jamais lever le ton ni la main sur moi.

Je me sentais, comment dire ?

Sauvé.

Audition du sieur Victor Renard

Jour VII, partie I

Il m'a semblé percevoir hier soir un peu d'écœurement dans votre assemblée. Je vous l'ai dit : l'attention que vous portez à mon récit m'encourage à vous en livrer les moindres détails.

Chaque jour, les employés rajoutent des bancs dans cette salle pour y asseoir de nouveaux curieux. Je suppose que dans la rue, dans les cafés, on colporte la nouvelle d'un divertissement gratuit, et que cette perspective d'écouter les mémoires d'un monstre fournit aux parents un prétexte de chantage : garnement, si tu n'es pas sage, tu seras privé d'audience ! Ainsi donc, je reprends, puisque tel est votre bon vouloir.

Lorsque nous fûmes de retour à l'ouvroir de Monsieur Joulia et après qu'il m'eut exprimé (avec mesure et sans s'y attarder) sa satisfaction quant à ma conduite, je regagnai la table automate ; nous y avions lâché ce matin-là un jeune cadavre et deux pintades rôties. La moche Pépette avait surveillé toutes ces chairs d'un œil oblique.

Candidement, je m'étais cru aguerri ; je me bernais.

Enfin, m'exprimer ainsi pourrait vous faire croire qu'il s'agissait de dégoût, mais non : j'étais surtout affreusement fatigué.

La musique amoindrissant notre lassitude, on pria notre violoniste de jouer sans relâche le répertoire d'un grand compositeur de son choix. La musique console de tout et provoque en nous quelque chose de vivant, tout chaud et résolument heureux. J'en avais grandement besoin : essayez de vous représenter la figure d'un garçonnet dévoré par les loups, rongée au point que le relief de ses traits a pratiquement disparu, du nez aux oreilles.

– Si l'enfant avait été une fille, déclara mon maître, on l'aurait enterrée dans un sac à lentilles sans plus de cérémonie.

Je me risquai à aborder ce qui me déconcertait depuis mon embauche.

– Puis-je vous poser une question ?

– Celui qui ne questionne jamais reste ignorant toute sa vie ! s'exclama-t-il en haussant les épaules.

– Pourquoi rangez-vous des pots de confiture, un jeu de quilles ainsi qu'un balai dans le cercueil du grand salon ?

Il parut plus surpris que fâché.

– Ah, tu as découvert ma cachette !

Il nettoya ses verres de lunettes avec un chiffon.

– C'est couillon, mais je n'ai pas de coffre assez grand pour les ranger, et si personne ne le sait, je n'y vois point de mal.

– Mais… les familles qui viennent se recueillir croient que leur défunt est dans ce cercueil ?

Il soupira.

– Parfois oui, parfois non. Certains ne se le demandent même pas ; ils voient des fleurs, des chaises et un cercueil, et dans leur esprit bouleversé, c'est forcément le leur. Ils se précipitent ici, alors que leur défunt n'est pas encore préparé. Que veux-tu que je leur dise ? Je les laisse donc dans ce petit salon, face à leur désarroi, en proie aux plus ferventes prières, puis, lorsque leur parent est préparé, je les invite à me suivre dans l'autre petit salon où ils retrouvent leur mort, tout joli et reposé. Ils réalisent alors que l'autre pièce n'était pas la bonne et le soulagement fait place au questionnement.

– Vous arrive-t-il d'être débordé par le nombre de défunts ? Et dans ce cas, comment organisez-vous le cabinet ?

Il dénoua son tablier et le jeta dans le panier destiné au linge souillé.

– Certains jours d'épidémie, souffla-t-il, il y a réellement un mort dans cette pièce, et dans ce cas, je suis fâché, car je ne sais jamais où ranger mon bazar. En ce moment, c'est calme, alors je le case là, comme tu l'as vu. Et tiens, un soir, les fossoyeurs ont failli enterrer mes affaires ; ils s'étaient trompés de cercueil : ils ont trimballé mon balai, mes quilles et mes confitures au lieu d'embarquer le mort. Je me le rappellerai toujours, c'était un homme éventré par un soc de labourage.

Je restai pétrifié, les yeux écarquillés.

– Le… Le mort éventré par un soc, c'était un joueur de serpent du Législateur ?

– Je l'ignore. Mais vois-tu, sa veuve s'est recueillie devant mes gelées de groseille pendant vingt minutes. Les porteurs sont entrés, ont saisi la caisse, et hupsa ! sur l'épaule jusqu'à la charrette qui l'a conduite à l'entrée du cimetière. Lorsque j'ai compris la méprise, le cortège était déjà dispersé, les fossoyeurs sur le point de fermer le caveau communal puisqu'il était complet. Alertés par le galop de mon chariot, très inhabituel dans un cimetière, ils se sont figés. Deux minutes plus tard, nous échangions discrètement les boîtes sans que personne ne sache jamais l'histoire. Et tu trouves cela drôle ?

Je ne pouvais plus m'arrêter de rire. Un rire énorme et obscène. Un rire tordant, oui ! Ce rire, de ceux qui engourdissent la mâchoire et secouent le ventre de convulsions, guérissait toutes mes amertumes.

– Ah, monsieur Joulia ! Si vous saviez comme cela me console aujourd'hui d'imaginer sa veuve… Ah ! ah ! ah ! Agenouillée, prosternée… Ah ! ah ! ah ! Aplatie devant vos quilles !

Monsieur Joulia toussota. Je l'avais visiblement choqué.

– L'éventré, c'était mon père ! m'exclamai-je, plein d'entrain. Ma mère me hait et mon père me martyrisait.

– Eh bien, sa mort fut davantage une perte pour ta mère que pour la musique.

Lorsque nous eûmes achevé notre ouvrage, et seulement après que le résultat nous eut satisfaits, j'eus droit à une sorte de récréation dans l'arrière-cour du cabinet. Nos oiseaux gris piaulaient de rage : la lucarne était fermée.

Ah ! Maintenant que je vous relate cela, je comprends que je n'y retournerai jamais plus… Cette idée m'est très pénible, messieurs. J'adorais la petite cour arrière : on y entendait la musique du violoneux et les commentaires des familles qui reprenaient possession de leur mort.

Ne se sachant pas écoutées, elles épluchaient parfois notre travail : « Ta mère a l'air moins vache, chuchotait un gendre, mais on dirait qu'elle va encore râler. » « Jamais vu un fard aussi couvrant », déclarait une autre, admirant le maquillage posé sur le front de sa grand-mère dont une tache marronnasse avait empoisonné la face toute sa vie. « Je voudrais bien en connaître le faiseur… » Les héritières farinées de poudre se poussaient du coude : « Allez, toi, demande-lui. » Mais elles n'osaient jamais, découragées par les circonstances et le peu de liant que l'on m'avait appris à manifester. Au fond de cet atrium, sur le banc de pierre granuleuse, j'avais souvent la mine recueillie, mais en réalité, j'apprenais par cœur mes formules d'embaumement.

Je m'octroyais tout de même de courtes pauses pour feuilleter les lignes obliques du méchant carnet de Papa.

20 avril

Baptême. Enterrement. Je les hypnotise au son du serpent, l'autre les bénit dans leur berceau molletonné puis dans leur cercueil capitonné.

Au commencement était une petite boîte, au final une autre boîte. Entre deux, ces crétins s'enferment dans les bals et suffoquent derrière un loup.

Certains jours, nous avions deux corps en attente et Monsieur Joulia ne m'avertissait pas. Il s'amusait de ma surprise et je crois qu'il se félicitait de mon flegme lorsque, par exemple, il en entreposait un dans le compartiment réservé à notre repas.

Ce jour-là, le violoniste s'échauffait le quatrième doigt, l'esprit un peu malmené par les glouglous grotesques de nos estomacs. Puis, sa musique se taisant, nous bûmes un bouillon en silence, importunés par les ronflements réguliers de Pépette.

– Ce soi', proposa-t-il, je t'emba'que danser ?

Cette invitation, qui m'avait jadis parue saugrenue, me tenta. Je l'acceptai, non sans regretter de ne pouvoir y convier Angélique. Mais elle m'avait indiqué, avec une certaine fermeté contrastant avec la douceur de ses traits, qu'elle attendait de moi un fauteuil à la Comédie et non une grossière cavalcade dans l'un des six cents lieux de divertissement que Paris prétendait offrir.

Je ne traînais pas en chemin pour rentrer à la maison, bien que tenté de duper ma mère sur mes horaires de travail ; je craignais trop ses colères, la dernière m'ayant laissé de vilaines cicatrices sur le dos et les bras.

– Je suis invité à me rendre au bal des Victimes, dis-je timidement, entre deux lampées de potage.

Elle posa sa cuillère et me fixa en plissant les paupières.

– Depuis la décapitation de Robespierre, ces bals sont réservés à ceux qui ont eu un parent guillotiné, opposa-t-elle froidement. Ce n'est pas ton cas, puisque mes morts recensent un mari éventré et un enfant étouffé.

Ne pas avoir pris de gifle me remplit d'espoir ; je m'enhardis.

– Mais celui qui m'y convie peut assurément m'y introduire. Et Monsieur Joulia dit que cela pourrait augmenter nos bénéfices, car la clientèle qui a récupéré les biens qu'on lui avait autrefois confisqués recherche toute sorte de raffinement ; pourquoi pas l'embaumement de ses défunts ?

Elle avala une gorgée de bistouille et fit claquer sa langue en reposant son gobelet.

– D'accord, dit-elle, puisque cela peut rapporter. Va chercher mes cisailles, je vais te couper les cheveux.

– Oh, non !

– Ah, si !

– Mais pourquoi, mère ?

– Je ne suis peut-être pas née dans la haute société que tu vas coudoyer, mais je sais qu'on n'y entre pas avec la touffe en plumeau. Il te faudra porter la nuque très rase, comme on la coupe aux guillotinés... Pourquoi me regardes-tu ainsi, avec tes yeux bleu crétin ? Tu crois que j'ignore tout des modes ? Je livre assez de poupées aux enfants riches de toute cette race pour en connaître les divertissements. Baisse la tête...

Fermant les yeux et abandonnant ma nuque à ses mains glacées, je songeai qu'elle avait omis de me jeter ses haricots fétiches.

Mais Pâqueline Renard laissa échapper un pet à fissurer les huisseries.

– Satanée soupe aux fèves, dit-elle en m'arrachant une mèche. Ça me reproche toute la nuit, ma panse n'en peut plus. N'oublie pas de réclamer ton salaire, parce que j'en ai marre d'avaler ces haricots.

Comme convenu, le violoneux m'attendait rue Neuve-des-Petits-Champs. J'avais couru sur une bonne partie du chemin car ma mère m'avait retardé et je craignais de manquer ce rendez-vous.

Il m'accueillit en écartant les bras, comme on reçoit une vieille connaissance perdue de vue.

– Foi de 'omain, tu es absolument magnifique ! s'exclama-t-il en admirant mon habit qui était celui que je portais chaque jour.

– J'avais oublié que tu t'appelles Romain, lui avouai-je.

– Pas du tout ! Mon nom est Jacques, mais comme hélas il ne contient aucun « r » que je puisse p'ononcer à la mode, je l'ai changé. C'est plus chic, saisis-tu ?

Je dois vous confier, afin d'être tout à fait honnête, que je trouvais cette idée parfaitement grotesque, comme tout penchant vers les modes. J'ignorais alors que, à mon tour, je n'allais pas tarder à verser dans ces cuistreries. Pire encore : me transformer en coquet, toqué de fanfreluches.

– Je suis impatient d'entrer dans ton grand monde, dis-je en baissant la tête. Comme tu le vois, ma nuque est prête pour l'échafaud.

Il me considéra avec embarras.

– Cessons un instant ces dialogues sans « r » qui m'arrachent les couilles, dit-il. Je crois qu'il est nécessaire que je t'instruise un peu. D'où sors-tu ? Tu dois être le seul à ne pas connaître les usages : le bal des Victimes est organisé à l'hôtel Thellusson, où ne peuvent entrer QUE ceux dont on a guillotiné un parent. Il te suffira d'inventer quelques menteries, et le tour sera joué. Ce qui me préoccupe davantage, c'est le salut.

– Le salut ?

– Oui. Ta façon de te présenter à ce bal trahirait ta modeste condition plus qu'un mensonge sur ta fausse lignée.

Je commençais à nourrir une sorte de reconnaissance envers ce garçon de bonne famille qui m'avait apparemment pris en amitié.

– Naturellement, reconnus-je, je n'ai pas tes belles façons. Je m'efforcerai donc de rester un peu éloigné afin de ne pas ternir ta réputation.

Il soupira d'un air las.

– Je m'appelle Jacques Panier.

– Oh ! Alors tu n'es pas… ?

– J'ai été abandonné sous un étalage de pièges à écrevisses, puis recueilli par un couple de saltimbanques qui m'a appris à cracher du feu et à jouer du violon.

– Tes parents ont-ils été bons pour toi ? l'interrompis-je.

– Eh bien… Disons que jusqu'à l'âge de cinq ans, j'ai cru que « pousse-toi » signifiait « bonjour ». À présent, je loue une chambrette au dernier étage d'un bordel, dans laquelle j'entasse mes beaux habits à l'abri des moisissures. Oui, vois-tu, je dépense mon argent dans les colifichets et j'aime la fréquentation des jeunes gens de bonne famille, tout comme le chat errant préfère les terrasses ensoleillées aux recoins faisandés. Et lorsque je n'ai pas gagné suffisamment pour m'offrir une culotte de Nankin, je la vole.

– Comment fais-tu ?

– Enfantin : les familles portent parfois de remarquables habits chez Joulia, afin qu'il revête leur macchabée de ses plus beaux atours. Mais une fois le cercueil fermé, nul ne vérifie si le vieux est coulé dans la robe de chambre qu'il portait en arrivant. Il m'arrive donc, lorsque la tentation me domine (et que la taille des culottes me sied), d'arracher le froc d'un mort.

– Je ne t'ai jamais vu à l'œuvre.

– Cela ne s'est produit que deux fois. Arrêtons-nous ici un moment, car je dois t'apprendre à saluer avant d'arriver au bal.

– Je sais faire le baisemain, dis-je, un peu piqué.

– Bah, justement : il faut l'éviter !

Jacques m'enseigna l'art de se présenter « à la victime », raide et froid comme la mort, en baissant la tête d'un mouvement sec et rapide.

– Comme si le couperet te tombait dessus, ajouta-t-il en illustrant son conseil. Vas-y…

Je m'exécutai.

– Non, cela ne va pas du tout. Il y a quelque chose de mou dans ta façon d'être. Commence par redresser la tête…

– Je ne le peux pas. Je suis né tordu.

Il se gratta la joue de l'index.

– Au moins, retourne ta veste afin de la porter côté doublure à l'extérieur.

Ce que je fis.

– Finalement non, lâcha-t-il. Remets-la à l'endroit. Bien… Si tu peux encore marcher une vingtaine de minutes, nous nous rendrons dans un endroit plus cocasse et mieux adapté à ton… à ta… Bref, partons.

Nous parvînmes devant un pâté de maisons à quatre étages, enchevêtrement de poutres et de torchis aux vitres manquantes. Ces façades aveugles, figures aux yeux crevés, entouraient un passage menant à une nécropole d'apparence désaffectée : la porte du cimetière Saint-Sulpice.

L'entrée se dressa devant nous, embrassée de ses deux pylônes sculptés de flambeaux et de couronnes. Un large bandeau rose encadrant la porte faisait office d'enseigne : bal des Zéphirs.

– C'est ici qu'on s'amuse le plus ! dit-il en frottant le pommeau de sa canne.

Appuyé contre le mur d'un imposant caveau, l'orchestre hurlait une musique joyeuse, entraînante. Des couples dansaient sur les tombes à s'en briser les os, frappant du pied et tapant des mains.

Je m'inclinai vers l'oreille de Jacques.

– Tu as vu ? Les femmes portent un ruban rouge autour du cou…

– Petit rappel de la guillotine ! hurla-t-il dans ma direction. Jetons-nous dans la foule, mais n'oublie pas : ici, je suis Romain, et mes parents ont été décapités pour avoir commercé avec la noblesse.

Je fus bien en peine de me lancer dans cette liesse générale car je ne savais danser que le menuet, auquel je m'étais entraîné seul, ainsi que la pavane, dont j'avais mémorisé les gestes, et le rigaudon, que plus personne ne voulait danser, excepté dans les campagnes reculées. Jacques-Romain venait de m'indiquer qu'on se lançait désormais dans la contredanse, d'origine anglaise et surtout fort compliquée, avec ses tours et ses quadrilles à huit personnes. J'observai avec envie la grâce des hommes présents, dont l'apparence parfois excentrique supplantait les inventions vestimentaires des femmes, beaucoup moins grotesques bien que très audacieuses.

Vous l'aurez donc compris : je n'ai pas dansé ce soir-là. Et je m'en félicitai, apprenant qu'un bon galant usait une paire de souliers par semaine, ce qui n'était nullement dans mes possibilités. La soirée s'étira et, malgré l'atmosphère infiniment gaie de ces sautilleries sur les pierres tombales un peu branlantes, je finis par m'ennuyer. Vers quatre heures du matin, je faussai compagnie à Jacques, qui ne s'aperçut probablement pas de mon départ.

Je suis rentré chez la Pâqueline aux premières lueurs du jour, sautillant d'un pied sur l'autre à la façon des enfants heureux de rentrer d'une promenade. Fatalement dressée sur sa chaise de couturière et malgré son tacatac, elle m'entendit tourner la clef dans la serrure fermée à double tour mais ne se dérangea pas pour m'accueillir.

– Sors les cochons, maugréa-t-elle en guise de salutation.

Bien souvent, elle me reprochait d'être entré sans bruit « comme un assassin », faisant mine de sursauter pour s'offrir le prétexte d'une mauvaise tête au souper. Je me taisais, par nature mais aussi pour éviter tout sujet de querelle ; la Pâqueline Renard prenait mes silences pour du mépris. Ainsi se défendait-elle de son adversaire imaginaire par une agression hâtive et infaillible.

– Tu es la preuve que l'Être Suprême a créé l'homme à son image : vicieux, hypocrite et laid. Même à Bicêtre, tu leur couperais l'appétit !

Elle n'en manquait pas les soirs de potée.

Je ne finissais généralement pas mon assiette et montais

me délasser au grenier, prenant au passage une belle prune séchée dans la coupe de céramique. Qu'eussiez-vous fait à ma place, devant un tel vide moral ? Ce soir-là, je repris la lecture des notes de mon père.

16 avril

La Pâqueline lave par terre et le reste du monde peut bien aller au diable. Rien n'est plus sérieux dans sa vie qu'un sol brillant, lavé de toute la souillure de mes visiteurs. Malheur à celui qui marche sur les carreaux clairs et mouillés : seuls les carreaux noirs sont autorisés. Victor est un enfant sans intérêt : incapable de jouer sans poisser de morve tout ce qu'il touche. Une vie entière avec ça ? Seigneur, prends pitié de moi !

C'était impossible ! Mon père ne pouvait avoir écrit pareilles méchancetés sur son innocent petit garçon… Je relisais deux fois, dix fois la dernière ligne : *Victor est un enfant sans intérêt, incapable de jouer sans poisser de morve tout ce qu'il touche* m'apparaissait écrit plus gros, plus gras, à travers les larmes qui avaient formé devant mes yeux une sorte de loupe liquide et roulante.

Moi qui pensais trouver une consolation, un divertissement dans cette lecture… J'étais servi !

Sans doute accablé par cette nuit agitée, et pour attendre l'heure de me présenter à mon emploi sans risquer de m'endormir, je montai au grenier. Je fouillai une malle et ressuscitai le « vagin de Papa ». J'éprouvais alors l'impérieux besoin de comprendre qui était mon père, mais je ne savais comment m'y prendre. Ses livres de prières et ses habits ne pouvaient constituer un relais efficace, n'étant plus, à mon sens, que des accessoires trompeurs. Un déguisement. Le vagin de Papa accentuait le mystère qui hantait cet homme irascible et méprisant.

Mon père.

Mon père aimait se réfugier dans un trou crasseux.

Mille pardons si cela vous rebute, mais comment puis-je désigner cette béance ? Bien sûr, assis sur vos bancs, vous imaginez que je me suis précipité dedans, plongeant les doigts dans cette étroite fente hideuse. Impossible ! Fourrer ce vagin que mon père avait lui-même lustré eût été… comment vous dire… un inceste. Qui voudrait se perdre dans la crevasse de sa propre mère ? J'imaginais cette gerçure sans fond, cette niche grumeleuse. Qui désirerait sonder le vide de sa génitrice, ce précipice sans cri, Versailles[1] gymnase du pauvre et sa galerie des crasses ? Que vous m'en crussiez capable m'offense… Le Petit Poucet rêvait-il de baiser le cratère gluant de sa mère bûcheronne ? Eh bien, moi non plus. Je n'envisageais pas davantage de la tuer, car la démone n'a pas d'adversaire à sa taille. À présent, je sais que plus rien n'eût légitimé ma jeunesse sans ma tortionnaire.

J'emmaillotai la monstruosité de toile, bien décidé à la faire disparaître du grenier qui demeurait mon paisible refuge. Puisque je ne pouvais lancer cette horreur à la face de mon père, je croyais assouvir ma colère en la jetant dans les remous de la Pissotte ; mais cela eût été vain, car

1. Après la chute de la monarchie, en 1793, la Convention désosse et vend le mobilier du château. Tout y passe, jusqu'aux poignées de porte. Les sans-culottes arrachent les fleurs des jardins pour y planter des pommes de terre et des oignons. On envisage de transformer le château en lycée, en gymnase, ou même de le raser.

j'étais bien certain qu'elle réapparaîtrait, cernée par un barrage de branchettes, ou finirait par flotter.

Je crois que, en mon for intérieur, le dégoût était plus fort que ma colère.

Je descendis jusqu'à la cour de notre gentilhommière et, d'un geste ferme, éloignai les poules du fumier qu'elles aimaient fouiller à la recherche de leur nourriture.

Je creusai à mains nues au milieu des feuilles de blettes pourries et des cailloux. Des vers de terre rouges et transparents frétillaient, alertés par la brusque survenue de la lumière. Je creusai encore lorsque, soudain, les os jaunis d'un petit crâne et d'une minuscule mâchoire jaillirent du terreau noir et humide. Puis une seconde mâchoire, qui vint s'emboîter dans la première, formant une bouche menue et sans dents. Caquetant une note interrogative, les poules s'étaient approchées de mes fouilles. L'une d'elles fourragea nerveusement le fumier et picora une perle jaune retenue par une mince ficelle moisie. Aussitôt, le collier d'ambre surgit de terre et se balança sous son bec.

– Isidore ! dis-je, la voix brisée par l'accablement.

Je grattai la terre de toutes mes forces, jusqu'à dénuder le corps entier de mon frère que les vers, peut-être aidés de quelques becs, avaient dégarni de sa chair. Mon jumeau avait donc été lancé en pâture à la basse-cour, au milieu des détritus et du boyau de cabinet d'aisance.

Je retournai précipitamment chez ma mère, bien déterminé à braver sa colère, résolu à parer ses coups, à l'interroger sur ce tombeau au milieu d'ordures et peut-être même à dénoncer le cadavre de mon frère que j'avais reconnu par son épais collier d'ambre. Je frappai les planches disjointes de sa porte de chambre et attendis sa réponse. Silence. Je toquai une seconde fois. Un ronflement de profond sommeil résonna à travers la cloison.

Je poussai faiblement la porte.

Elle était à demi nue, recroquevillée sur sa paillasse comme une chèvre au repos, la chevelure éparse et trempée de sueur, le front collé sur un livret de feuilles marquées de larmes et de doigts gras.

Phèdre.

À chaque ronflement, les lèvres de la Pâqueline refoulaient une bulle de bave qui terminait sa course sur son menton en filet poisseux. Je m'approchai prudemment et décollai de son front les pages de Racine.

Elle balbutia.

– Quand tu sauras mon crime. Mfff... coupable. Applaudissez, merde...

Je refermai sa porte, ramolli dans mon désir d'affrontement avec cette femme qui, subitement, m'inspirait plus de pitié que de haine.

La mansarde qui abritait mon sommeil présentait un avantage que j'avais fort longtemps négligé ; ses parois de pierres disjointes laissaient filer l'air froid de l'hiver et j'ai bien souvent grelotté faute de réparations depuis la mort de Papa. Ce soir-là, je dégageai quelques pierres branlantes du mur de faîtage et aménageai une niche secrète dans laquelle le vagin de voyage de mon père trouva naturellement sa place près du collier d'ambre, tous deux roulés dans le mouchoir imprégné du sang de Louis XVI et masqués derrière les blocs que j'avais remis en place. J'étais assuré que la Pâqueline ne discernerait jamais la cachette de ces infâmes trouvailles et que, un jour, l'occasion me serait offerte de les utiliser à son encontre.

Audition du sieur Victor Renard

JOUR VII PARTIE II

Une courte lettre posée sur la table m'avait mis en joie :

Victor,

Le bocal de cornichons au vinaigre est bien arrivé chez les Britanniques. Bravo.

Monsieur Joulia me priait de toujours effectuer les mêmes tâches chaque matin. Il répétait journellement : « Ceux qui n'ont pas de cérémonials vivent comme des bêtes. »

Même les morts ont besoin que l'on respecte l'étiquette et je suis convaincu que notre protocole participait à la bonne conservation de leur corps. Certains, malheureusement, s'appliquaient à sentir mauvais très vite, comme s'ils avaient hâte d'être fardés et emmaillotés chez nous.

Les instruments nettoyés dans l'eau bouillante savonneuse, je passais une loque par terre, je vidais les crachoirs et poussais le chien dehors avant d'inspecter les pièges à souris dispersés dans le cabinet. Nous avions confectionné huit collets en fil de soie, économisés sur la suture des lèvres de nos clients. C'était un beau fil torsadé qui ne rompt pas, idéal pour étouffer les souris. Pépette dormait souvent dans l'atelier ; le propriétaire de l'appartement où vivait Monsieur Joulia, situé deux rues plus loin, défendait la présence d'animaux dans ses locations.

Non, je ne suis jamais entré dans cet appartement.

Une seule fois, j'ai dû m'y rendre pour porter un remède que mon maître, souffrant d'un refroidissement, m'avait réclamé, mais j'étais resté sur le seuil et je m'étais contenté d'observer la décoration que l'entrebâillement de la porte dévoilait à peine : un chandelier à sept branches, dont les bobèches remplies de cire s'écoulaient sur une console en marqueterie de bois précieux, formant un petit monticule pointu et sale. Le parquet ciré, partiellement recouvert d'un long tapis orné de pivoines roses, indiquait au visiteur le chemin du salon. Hélas, ses portes à peine entrouvertes ne me permirent pas d'admirer le sofa ; je n'en vis que le piètement doré ainsi qu'un accoudoir dont le molleton paraissait un peu usé. Tendu de damassé crème, le mur de l'entrée était exclusivement décoré d'un médaillon représentant une silhouette découpée aux ciseaux dans un papier noir sur fond blanc.

Cet appartement aux couleurs apaisantes me donna l'espoir de vivre un jour, moi aussi, au milieu d'un confort délicat.

Ma seconde tâche consistait à trier puis ordonner dans les casiers les saisies de l'octave précédente.

Premier casier : les dents dont nous pouvions tirer un bon prix étaient rangées par catégorie : molaires ou dents de devant, cariées ou non, blanches ou plutôt jaunies, longues ou courtes. Généralement, les longues et blanches étaient vendues en prothèses bon marché. Les petites, jaunes et cariées, disposées dans un autre coffret, se marchandaient en fausses reliques bénies.

Deuxième casier : les cheveux dont le savant tissage permettait la composition de tableaux délicats, offerts en ex-voto ou reliques sacrées, sinon simplement brocantés à la fabrication des perruques.

J'avais appris depuis peu la méthode de récolte des dents et des cheveux inventée par le vieux Joulia : lorsque les fossoyeurs « retournaient » une tombe afin de libérer l'emplacement pour un autre mort ou parce que la durée de l'octroi parvenait à sa fin, il assistait au déterrement des squelettes ; si les dents étaient naturellement tombées des mâchoires, mon maître en faisait la récolte.

– La meilleure qualité est celle des tombeaux ouverts dix ans après, car les dents prouvent ainsi leur solidité, confiait-il en classant méticuleusement son butin.

J'ignore si des dents de squelettes furent parfois arrachées ; je pense que oui, car nous en tirions de bons prix après les avoir désinfectées dans le vin. Certaines prenaient la couleur violacée du raisin parce qu'elles étaient devenues pénétrables et spongieuses. Nous les vendions, broyées en poudre, aux bourreaux qui trafiquent des remèdes à base de graisse humaine, de poudre d'os et de raclures de crânes dont le pouvoir est immense.

Les poudres de condamnés sont toujours plus chères que les autres et, surtout, personne n'ose jamais réclamer les corps ni se plaindre d'une pommade inefficace.

Troisième casier : les os utilisables par le patenostrier

pour la sculpture des crucifix, et les débris dans lesquels Mme Martineau ainsi que ses rivaux taillaient des perles de chapelets rondes ou ovales et des ornementations de boîtes.

Comme je gagnais chaque jour davantage sa confiance, Monsieur Joulia me destina une tâche nouvelle de la plus haute importance : trouver, puis marchander en son nom une carriole de lauriers, de troènes et d'orties dont nous avions besoin pour produire nos potions de conservation et de momification. Ultime preuve de crédit : je partis avec son petit attelage ainsi que Pépette, roide et fière sur le banc de cocher.

– À ton retour, me lança mon maître, j'aurais grand besoin de ton assistance.

– Comme les autres jours, monsieur ! répondis-je gaiement.

– Justement, non… pas comme les autres jours.

Je me rendis chez ma mère (bien que j'y dormisse, je ne pus jamais me résoudre à appeler cette bâtisse « chez moi ») afin de tailler les plus hautes branches d'un laurier à croissance rapide, ses racines nourries du marécage bourbeux de nos cochons, ainsi qu'une botte de troènes que nous laissions sans soin car son épaisse verdure nous préservait du voisinage. Quant aux orties, pour avoir souvent souffert de la brûlure de leurs feuillages urticants en longeant l'arrière de la maison conduisant à notre glacière, j'étais certain d'en moissonner de bonnes brassées.

– Pourquoi t'es là ? questionna ma mère en descendant aussi vite qu'elle le put.

Je lui exposai alors ma tâche.

– Et d'habitude, demanda-t-elle encore, comment qu'il fait, le vieux ?

– Il les achète.

– Eh ben… je ne vois pas pourquoi je lui ferais cadeau de mon laurier, ni de mes orties, alors qu'il les paie aux autres.

Elle tendit une main, dans laquelle je déposai trois sous.

Nous repartîmes, le petit cheval fatigué, le baquet Pépette et moi. J'acquittai le passage de ma carriole au gardien de la barrière du Trône et je rentrai mon chargement dans la cour de notre atelier, afin de le mettre à sécher au timide soleil, priant pour qu'il ne pleuve pas.

Je rendis à Monsieur Joulia sa monnaie. Il me complimenta sur mon marchandage ; j'avais escroqué ma mère en lui payant moins de deux fois le prix ordinaire.

– Ta mère a donc fait un cadeau à la mienne, déclara froidement Monsieur Joulia.

– Comment cela ?

Il écarta les deux pans du lourd rideau de velours et approcha son chandelier d'un corps étendu.

– Je vais avoir grand besoin de ton soutien, Victor. Nous allons embaumer Maman.

– Malheur ! Mais, monsieur, je ne suis pas encore assez…

– Si. Tu l'es.

Je crois pouvoir vous assurer, messieurs, que la mort de cette vieille femme fut mon premier véritable chagrin d'embaumeur. Bien sûr, cela vous étonne, puisque je ne la connaissais pas. Pourtant, sans lui avoir jamais adressé la moindre parole, je l'aimais et je la respectais. Oui, je l'aimais, simplement parce qu'elle avait chéri cet homme qui me protégeait et qui m'enseignait un métier sans montrer d'impatience face à mes étourderies.

Mme Joulia était une petite femme maigrelette, d'après les portraits que j'ai pu voir dans le bureau de mon employeur ; sa figure un peu longue semblait éreintée et le cadre ovale renforçait cette tournure saisissante et triste, mais elle avait un air doux et maternel, enfin quelque chose de naturellement bon. Je crois qu'il fallut beaucoup de courage à son fils pour en accomplir la momification.

Sans que je ne susse jamais pourquoi, le vieux Joulia avait, parmi plusieurs recettes possibles, choisi la plus longue.

Il fabriqua une pommade d'huile de laurier, d'huile d'aspic et d'esprit-de-vin pour frotter l'extérieur du corps de la vieille dame. Puis il m'enseigna comment élaborer deux poudres : une fine à base de feuillages, de fleurs et de fruits, et une grossière à base de racines et de bois. La première, composée d'iris, de gingembre, de *Calamus aromaticus*, d'angélique (Oh, Angélique, ce prénom fait battre mon cœur), d'aristoloche et de glaïeul. Monsieur Joulia me recommanda de ne jamais oublier d'additionner du sel marin et du tan pour obtenir les trente livres de poudre nécessaires à la momification d'un humain adulte, sa maman en l'occurrence. Puis, il composa douze livres de la seconde poudre, très parfumée et envoûtante, plus importante aussi car plus… heu, conservative que la première grâce à l'aloès, à l'oliban et au benjoin. N'y voyez aucune malice, mais en définitive, cette étape me rappela le salage des jambons de l'oncle Élie.

La démarche lente et le dos voûté, mon maître s'approcha du corps de sa mère. Il coupa une mèche de ses cheveux blancs, qu'il roula dans un papier de soie. Puis il s'inclina et déposa un baiser sur son front marbré de veinules. Fermant les yeux, il recula.

– Je suis prêt, murmura-t-il.

Je pris une longue respiration et lui tendis son tablier.

– De quoi est-elle morte ? demandai-je à mi-voix.

– Justement, répondit tristement mon maître, c'est à toi que revient aujourd'hui le devoir de me l'apprendre. Il est temps de mettre à profit ton savoir car vois-tu, mes mains tremblent, ma vue se brouille et le courage me manque…

Je m'emparais d'un carnet et d'un crayon, lorsqu'il m'interrompit.

– Pas de compte rendu écrit. Je veux t'entendre commenter chacune de tes observations. Cherche. Compare. Déduis. N'aie aucune réticence, car j'ai confiance en ton jugement. Va, maintenant…

Mme Joulia présentait une maigreur générale qui ajoutait une distinction naturelle à la finesse de ses traits. J'écartai ses vêtements et dégageai son cou. Sous sa mâchoire, à l'emplacement des ganglions, sa peau présentait de larges plaies et trois abcès.

– Ce sont des écrouelles, observai-je.

– Elle les cachait dans ses châles, murmura mon maître. Ma mère ne voulait pas m'inquiéter. Continue…

– Une tumeur à l'épaule… Son ventre est tendu et météorisé. Une seconde tumeur au côté interne de la cheville droite. Au toucher, elle semble contenir un liquide que je vais ponctionner.

Mon maître me présenta un assortiment d'instruments. Après un moment d'hésitation, j'empoignai le plus fin, dont la lame pointue assurait une excellente précision lors des entailles.

L'enflure se vida de son contenu, remplissant une fiole d'un liquide grisâtre. Je la plaçai à l'écart.

– Que nous indique ce flacon ? demanda mon maître.

– Pour le moment, rien d'autre qu'une sévère inflammation. Mais je préfère attendre le repos du fluide afin d'y déceler d'éventuelles matières en suspension…

– Bien. Concentre-toi maintenant sur l'abdomen.

Je commençai par ôter délicatement son cœur. Il était gros et pâle, de consistance un peu molle. Je le déposai dans un plat de faïence. Puis, tout frissonnant de mon audace et de cette profanation, je vidai la vieille dame de ses viscères de la poitrine et du bas-ventre, lavant bien soigneusement ses intestins, au-dehors et au-dedans, avec du jus de raifort sauvage pressé. Cette plante comparable au radis croît dans la terre humide et possède une grosse racine longue, d'un goût âcre et brûlant, qui chauffe et dessèche les organes. J'avais appris, dans mes leçons précédentes, que le radis de jardin offre les mêmes qualités, mais que son action demeure beaucoup moins forte.

Après leur nettoyage, les intestins ainsi que les poumons présentaient de nombreuses protubérances réunies en grappes, petites bulles cireuses semblables à des grains de blé mûr.

– Maître, dis-je en me tournant vers lui, je crois avoir trouvé de quelle maladie a péri votre maman.

– Je t'écoute.

– Le vice scrofuleux[1].

– Je le pense aussi, déclara-t-il. Mais je suis effondré de n'avoir rien soupçonné. À présent, nous devons l'embaumer…

Dans un tonnelet dont il ôta le vieux cidre pour y déposer sa première poudre, Monsieur Joulia intercala consciencieusement les couches de sel et les boyaux fragiles, veillant à ce qu'il n'y eût point de vide ni d'interstice car les entrailles ne doivent jamais ballotter s'il faut les transporter. Les creux du tronc étant asséchés, on absorba le sang et les humeurs avec des linges, puis avec une éponge, prenant bien soin de tamponner à l'esprit-de-vin tout l'intérieur des trois cavités principales : la tête, la poitrine et le ventre.

Vous serez peut-être frappés d'apprendre que cinq bonnes toises[2] d'étoupe et de filasse, antérieurement trempées dans la poudre grossière, entrèrent dans le corps de madame. Mon maître voulait offrir à sa mère des produits de qualité. Il sourit en me donnant cette petite précision : la formule requiert une « toison de Pégase » mais, n'ayant jamais rencontré cette bête légendaire, Monsieur Joulia garnit le crâne de sa maman, puis sa bouche et ses oreilles, de liqueur, de poudre balsamique et du crin d'un mulet qu'elle adorait monter. J'ai oublié l'emplacement exact des coupes qu'il pratiqua pour entrer ses potions dans son cou, mais je suis certain qu'elles furent discrètes et réduites au possible. Ensuite, il la coiffa d'une sorte de bonnet attaché sous le menton par un lien à nouer, afin de tenir ensemble les parties recousues.

1. Tuberculose disséminée, dite aussi tuberculose miliaire.

2. Environ dix mètres actuels.

Nous procédâmes au remplissage de sa poitrine, toujours avec des crins (convaincus qu'ils ne moisissaient jamais), de la poudre et de la liqueur versés par-dessus le sternum que nous avions découpé et rabattu vers le menton comme un couvercle. Le cœur, dernière partie que nous dûmes embaumer, fut bien lavé à l'alcool, les oreillettes et les ventricules saturés d'étoupe. Enfin, je les roulai dans le liniment – vous savez, l'huile de laurier – puis dans la poussière balsamique, afin qu'elle se colle pareillement au sucre sur un beignet frit. Je l'enfermai dans un sac de toile, le plus serré possible, puis le déposai dans une boîte en fer.

– J'ai commandé un cercueil en bois de châtaignier, déclara mon maître, essuyant les larmes qui brouillaient les verres de ses lorgnons.

– Elle y sera bien, répondis-je.

– Tu crois ? demanda-t-il, le regard éperdu de douleur. L'ébéniste m'a assuré que cette essence ferait décamper les insectes.

Le cercueil fut livré selon les instructions du vieil orphelin : plus large que nature afin de recevoir le corps de Mme Joulia, fortement élargi par les cinq épaisseurs de bandelettes qui l'entouraient.

Nous avions façonné quatre bandelettes de dix-sept toises[1] de long pour l'entourage des bras ; chacun de ses doigts fut protégé par une sorte de doigtier en étain, car ce sont ces parties qui s'abîment en premier et se brisent en morceaux.

1. Environ trente-trois mètres.

– Ses petites mains ont tant caressé mes joues d'enfant sombre et solitaire, murmura-t-il, que je ne supporterais pas l'idée qu'elles tombent en balayures.

Enfin, deux autres bandes d'environ trente toises [1] finirent d'emmailloter ses jambes. Une neuvième bande, beaucoup plus large que les précédentes, servit à entourer le reste du corps. Pour finir, l'intérieur du cercueil fut entièrement tapissé de feuillages de menthe et de thym, car mon maître redoutait terriblement la goinfrerie des insectes qu'il pensait ainsi décourager.

Le couvercle refermé, nous attendîmes ensemble l'arrivée des employés qui chargèrent la caisse sur leur carriole et partirent en direction du cimetière. Mon maître se mouchait tout en se préparant à les rejoindre avec sa mule, quand on cogna violemment à la porte.

Je sursautai, encore tout remué par ce terrible embaumement.

Les coups sur la porte redoublèrent.

Pépette bondit rageusement pour mordre le visiteur, puis s'en retourna sur sa sellette.

Un homme impatient entra. Il était vêtu de façon débraillée, comme les personnes sûres de leur charme, ne craignant pas d'être vues avec une veste lustrée aux coudes ou gâchée par un accroc. Ses manchettes de dentelle un peu grises et ses bas me parurent être le sommet du grotesque. On ne porte plus les manches autrement que serrées de nos jours, ainsi qu'un gilet qui vient remplacer la veste, démodée. Sa culotte – ridiculement collante – fermait par une sorte de pont monté jusqu'à sa taille, dont un

1. Un peu moins de soixante mètres.

bouton manquant découvrait la toison de son bas-ventre.

Il chuchota un long moment avec Monsieur Joulia qui s'était réveillé de son apathie. Ayant renoncé, semblait-il, à suivre le cercueil de sa mère, il invita l'inconnu à se diriger vers une armoire à combinaison d'ouverture, dont l'intérieur, organisé en tablettes, était empli de petits colis gros comme le poing, ligotés et étiquetés.

Monsieur Joulia sortit trois paquets de forme légèrement ovale puis deux autres, bien ronds. L'homme les soupesa, les fit sauter dans ses mains avec l'habileté d'un jongleur.

– Ne pourrait-on dépaqueter celui-ci ? demanda-t-il.

– Impossible, rétorqua mon maître, cela compromettrait sérieusement son assèchement.

L'homme s'immobilisa un instant.

– Dans ce cas, réservez-moi celui-ci et promettez-moi de ne point le céder à Drölling, même s'il vous l'achète plus cher demain !

Il tendit le ballot à mon maître.

– Redites-moi ses qualités...

– Il s'agit d'un sujet jeune, en bonne santé, un pendu de toute fraîcheur. Je certifie les vertus de son jus et je ne puis vous le céder à moins de quatre cent cinquante livres.

– Mais c'est exagéré ! s'exclama l'homme. Le salaire d'une ouvrière pour un an ? N'y pensez plus !

Monsieur Joulia ne parut nullement ému par ce cri.

– On vous dira partout en ville que mes sucs sont les meilleurs que l'on puisse trouver et je me flatte de cette réputation ; je ne vends jamais autrement que le jus des bien portants ; point de malades chez moi. Voyez donc !

Et il ouvrit bien large le rangement où dormaient, classées selon leur origine, des panières de petits balluchons bruns… Je lus, ahuri :

Sépulture violée – Enfant mort en bas âge – Femme enceinte – Femme morte en couches (penser à payer la femme Fabre, accoucheuse) – Pendu – Guillotiné – Écartelé – Écrasé sur la voie – Brûlé vif

Le vieux Joulia reprit :

– Les goutteux ne m'intéressent pas. Les noyés et les galeux pas davantage : ils perdent leurs vertus au séchage. Reste encore celui-ci, un excommunié, mais je ne sais pas si la repentance aura gâché ses qualités.

L'homme écarta sèchement l'autre battant de l'armoire et découvrit les étagères que mon maître ne dévoilait jamais.

– Qu'est-ce ? demanda-t-il d'un ton amusé. On me fait des cachotteries ? On a ses petites provisions secrètes ?

Monsieur Joulia parut pour une fois embarrassé.

– Monsieur de Saint-Martin, ces marchandises ne sont pas à vendre. Elles sont… ma collection personnelle !

– Votre collection personnelle ? Montrez-moi donc ! dit l'homme en s'emparant d'un paquet.

– Non ! s'écria mon maître, de grâce, n'y touchez pas ! Ce sont mes plus beaux sujets. Les Français mangent trop de viandes noires et boivent trop de vin, ils en crèvent, mais leurs cœurs sont intéressants pour qui veut les collectionner.

L'homme balançait un cœur dans chacune de ses mains.

– Voyons un peu celui-ci, étiqueté *Numéro XIII*. Qui est-il ?

Mon maître lui arracha le ballot, grognant :
– Personne.
– Et celui-là, numéroté *Mfr. XVI*, est-il aussi de votre collection personnelle, pour votre cabinet de curiosités ? Ah, ah, ah ! Vous m'intriguez ! Tout se monnaye, ce n'est qu'une question de prix. Allons, combien ?
– Que dalle, vous dis-je ! Et, quand bien même ceux-là seraient à vendre, leur prix vous paraîtrait bien trop élevé.
– J'insiste.
– Pffff! Ce vantail de bahut n'en renferme aucun à moins de huit cents livres.
L'homme recula et perdit l'équilibre.
– Au fou ! Huit cents livres ? Je garderai donc celui de quatre cent cinquante, je suis certain que son jus vaut bien celui de cette couillonnade. Je n'ai pas les moyens de mes fantaisies !
Ils se serrèrent la main en signe d'entente. L'homme se retira en négligeant de me saluer. J'étais encore une quantité négligeable aux yeux de bien du monde.

Je devais compter environ une heure de marche pour rejoindre la maison de la Pâqueline, à condition de ne point m'attarder sur les accotements des routes en travaux dont les fossés profonds tuaient ou estropiaient au moins une personne chaque jour.
Mais je dois m'interrompre. Car oui, messieurs, je dis « je *devais* compter une heure ». Je comprends maintenant que jamais plus je ne parcourrai ce chemin. Les poucettes que je porte aujourd'hui et qui me cisaillent la peau, la façon brutale dont vos gens me poussent dans la voiture qui me conduit à cette audition, les crachats et les insultes

qu'on jette sur moi dans la rue ne me laissent guère entrevoir un avenir autre qu'entre les murs transpirants de vos prisons. Et je soupçonne les gardiens de ma geôle, écœurés par les commérages sur mon compte, de souffler dans ma soupe toute la morve qui leur coule du nez.

Ma première pensée, lors de mon arrestation, fut pour ceux dont la survie dépend de mon office ; c'est une responsabilité que de projeter dans la misère ces humbles métiers : que deviendront ceux que la mort fait vivre si je ne peux leur fournir un travail ?

Audition du sieur Victor Renard

Jour VII, partie III

Avez-vous bien dîné, messieurs ?

Moi, pas du tout. J'ignore si vous avez donné des consignes en ce sens, mais je n'ai pas été nourri depuis ce matin. C'est une forme de torture que je trouve pour le moins curieuse : on appuie sur la tête du condamné (ne le suis-je pas déjà ?) pour l'asseoir de force sur un banc, dans un sinistre couloir où personne ne prête attention à lui. Des serviteurs chargés de plats recouverts de cloches rutilantes passent devant lui et diffusent des parfums de côtelettes rôties à l'ail. Puis-je me permettre de vous demander si la tourte aux chairs de poires et à la cannelle vous a charmés ?

J'ai bien pensé faire un croc-en-jambe au serviteur pour glaner quelques miettes qu'il aurait fatalement renversées sur le parquet, mais je me suis aussitôt ravisé : le malheureux aurait été puni à ma place pour cette maladresse que j'aurais provoquée. Injuste.

Je ne me permettrais nullement de vous railler en temps ordinaire. Mais la faim me rend combatif. Et plus ennuyeux encore pour vous : elle m'ôte la mémoire…

Mon esprit s'est éclairé soudain, reliant mon sursis à la curiosité infecte de ce public qui frissonne à l'évocation de mon nom et menace ses enfants désobéissants en leur promettant une bonne rossée de ma part. Ceux pour qui je ne suis pas déjà mort me classent comme un monstre.

Que suis-je, à vos yeux ?

La faim me tord la langue, je me sens défaillir.

★

Je vous suis très reconnaissant de m'avoir fait porter ce plat. La sauce était bonne et le pain croquant. Il m'a rappelé celui que mon maître et moi trempions dans la soupe brûlante.

Je ne vous ferai pas l'affront de réclamer un divan pour y faire ma sieste digestive, bien que le sommeil me gagne après un si bon repas... Ne dit-on pas que les grands esprits s'octroient un bref repos en milieu de journée ? Prenez Mozart, par exemple... que les Viennois ont laissé mourir, peut-être de faim, plus vraisemblablement d'épuisement, ne déclarait-il pas à ceux qui, comme mon père, s'intéressaient à sa musique et achetaient ses partitions, qu'il ne composait jamais mieux que le ventre plein, au cours d'une sieste où, derrière ses paupières closes, il lisait les notes que son esprit mariait tandis que ses oreilles entendaient l'œuvre dans son entièreté, tous instruments ensemble ? Un prodige. Toutefois, l'estomac vide, la mécanique du bonhomme tombait en panne.

Je ne prétends pas être un prodige, mais si la Providence m'en avait laissé le temps, j'aurais probablement progressé dans la science de l'embaumement et, qui sait, permis à quelques grandeurs de ce monde d'atteindre l'éternité terrestre...

Tout siècle est porteur de son génie, d'un personnage hors du commun, fascinant ou répugnant, démon de l'architecture ou farfadet du flûtiau, dont l'œuvre appartient au monde une fois le titan refroidi. Une vie d'orgueil cachée derrière un masque ; tout n'est que composition, visant à étouffer la crainte de retomber dans l'oubli, puis en poussière. Nul génie n'échappe à l'insolence de la mort, et c'est bien ce qui le rend encore plus inventif: la peur.

Oui, ce soir, j'ai peur de mourir.

Pourtant, je suis né dans la mort, celle de mon jumeau.

Et quand, enfant, tante Philiberte me gardait un peu chez elle, à l'abri, les squelettes pendus au crochet de la pâtisserie furent mes premiers compagnons de jeu. Pendant que, marmots, vous salissiez gaiement de vos mains poisseuses les draps à sécher, j'étais blotti au centre d'une carcasse de bœuf assez vaste pour y entrer et, refermant sur moi les lèvres de son éventration comme on tire un rideau, j'espérais que ma mère oublie de me reprendre.

Mes premiers habits d'hommes furent ceux de mon père défunt, dans lesquels on m'ordonna de me couler. Puis, gagnant quelque argent, je me suis procuré de nouveaux oripeaux, achetés à la tombée du jour sur la foire du pont. On ne trouvait jamais d'habits autrement que de seconde main, n'est-ce pas ?

À présent que des boutiques de mode fleurissent sur le pavé et qu'il me fut donné assez pour m'en faire tailler de plus beaux et parfaitement neufs, je dors dans une cave humide et sombre en compagnie des rats. Ce n'est pas la vie que je crains de perdre, mais les richesses qu'il m'a été donné de palper, et les plaisirs que l'aisance m'a soudain procurés.

Veuillez me pardonner, je m'égare…

Le surplus des feuillages et aromates récoltés chez ma mère fut exposé au séchage, dans la courette de l'atelier. Naturellement desséché par le vent tiède, le troène se recroquevilla en petits rouleaux serrés. Quelques chenilles blanches affolées se distordirent pour sortir de ce piège, aussitôt capturées par les petits oiseaux gris qui nichaient sous le toit de notre atelier. Je contemplais cette curée silencieuse lorsque Monsieur Joulia m'ordonna de me vêtir. La voltige de mon habit effraya les moineaux qui disparurent aussitôt, abandonnant leurs proies estropiées. Un liquide crémeux s'écoulait lentement des larves blessées ; les quelques survivantes trouvèrent refuge dans la main que je leur tendis et rampèrent lentement dans le fond de ma poche.

Nous partîmes vers une destination dont j'ignorais l'adresse et l'intention. Le prix de notre passage sur un pont fit bougonner mon maître qui n'aimait guère les dépenses infructueuses.

– Possédez-vous vraiment une collection personnelle de trésors ? demandai-je après hésitation.

– Plus maintenant, répondit-il en baissant la voix. Je les ai vendus au boiteux qui les brocante en petits morceaux, avec de gros profits.

– Qui lui rachète ces petits morceaux de cœur ?

– D'autres artistes.

– Mais… que font-ils de ces cœurs momifiés ?

– Tu vas comprendre, soupira-t-il. Ce boyau est tellement à la mode qu'on lui a même donné le sobriquet de « mumie », qui fait plus exotique.

Cahotés sur le pavement de la chaussée luisante, nous accédâmes au seuil d'un bâtiment de pierres blondes dont un escalier étroit servait chaque palier. Quand nous fûmes parvenus tout harassés au perron d'une lourde porte du quatrième étage, mon maître frappa trois, puis deux coups. On nous clama d'entrer ; nous pénétrâmes à l'intérieur d'un atelier d'artiste aux murs tendus de toile bistre, ornée de personnages bleus éclairés par quatre grandes croisées. J'avais toujours supposé les artistes miséreux, assis dans un mobilier vermoulu et grelottant sous une courtepointe sale et déchirée. Je me trompais : celui-ci semblait aisé.

Les scènes peintes sur les étoffes des murs me parurent ensorcelantes ; je ne pouvais détacher mes yeux de ces personnages délicats, occupés à cueillir des fruits, dansant au milieu des ruines romaines. On eût dit des miniatures galantes. L'homme ne s'était pas tourné pour nous accueillir, abîmé dans son œuvre. Ce fut comme entrer dans une cathédrale durant l'office : on n'ose aucun bruit de gorge, on redoute le craquement d'une planche du parquet ou la brume d'une haleine qui trahirait notre présence.

Il peignait debout, armé de son long instrument et d'un plateau maculé de couleurs d'où sortait son pouce replié. Son dos voûté et les taches brunes sur ses mains trahissaient un âge avancé. Un chat replet sillonnait entre les fioles d'une table basse : douze flacons aux liqueurs ambrées et transparentes, rangés par ordre de taille. L'œuvre qui avalait toute l'ardeur de l'artiste était une sorte d'intérieur de cuisine, où les bruns sales donnaient au sol et aux murs un reflet de terre enflammée. Une tache incarnat vif harponnait le regard du spectateur, comme un chiffon ensanglanté ; un personnage, une femme assise, cousait ce chiffon dont les rouges merveilleux claquaient au visage ainsi qu'une bannière souffletée par le vent. Sa figure montrait une bonté céleste.

Mon maître émit un léger bruit d'impatience.

– Un moment, dit l'homme sans interrompre son ouvrage.

Nous attendîmes qu'il conclût son ballet de pinceau. Enfin, il nous causa.

– Je vous ai fait quérir afin de vous rendre au plus vite cette détestable tripe que vous m'avez fourguée. Elle n'accroche jamais la toile comme il le faudrait. Elle glisse. Elle se dérobe, reprenez-la donc.

– Monsieur, balbutia mon maître, je puis jurer qu'elle provient des meilleures origines. J'en veux pour preuve les compliments de Drölling[1] qui en utilise actuellement une partie.

– Il se peut, dit l'homme, qu'il s'en contente, mais moi, je ne l'aime pas. Et je peux m'en procurer de meilleures chez d'autres fournisseurs.

1. Le peintre Martin Drölling (1752-1817) reçut les conseils de Mme Vigée Le Brun et de Greuze et réussit tardivement dans les scènes d'intérieur. Certains de ses tableaux furent achetés à prix d'or par Louis XVIII. Il est le père du peintre Michel Martin Drölling (1789-1851).

Monsieur Joulia leva les yeux au ciel, puis il s'empara du paquet qu'on lui avait hautainement désigné du manche de pinceau. Nous traversâmes l'atelier sur la pointe des souliers, puis la porte crissa.

– Encore un mot ! hua-t-on du fond de l'atelier. Aurais-je galvaudé une étape dans la préparation du jus ? J'ai bien râpé le morceau, ensuite mon apprenti l'a broyé au pilon, et je l'ai fait macérer dans l'esprit-de-vin, puis mêlé aux huiles.

– Et vous fîtes bien, répondit Monsieur Joulia en se frottant le menton. Je ne vois là aucune anomalie.

– Alors, c'est sa provenance qui merdoie.

Mon maître soupira.

– C'est impossible, monsieur. Je n'ai pas l'habitude de livrer le nom de mes dépôts, mais il s'agit tout de même de Madame de Maintenon[1] et je ne puis croire son jus mauvais !

– Peuh ! À quatre-vingts ans passés, la putain du roi de France pouvait avoir des maladies… Je ne veux plus de vieillards, m'entendez-vous ? Juifs ou protestants, nobles ou vilains, peu me chaut. Épargnez-moi les antiquailles, les lépreux et puis aussi les invertis : ils me rebutent et lorsqu'on les étale en couches minces sur un fond blanc, ils n'offrent jamais la finesse escomptée.

Mon maître toussa.

– Monsieur, je ne colporte rien de mes marchandages ;

1. Le corps de Madame de Maintenon fut embaumé à sa mort en 1719 (viscères et organes soigneusement séparés du reste du corps), puis déposé dans un sarcophage de plomb et enterré, avant d'être profané par des révolutionnaires en 1794.

vos pairs me font confiance et je me flatte de compter messieurs Drölling et Greuze parmi mes acheteurs, ainsi que Mme Vigée Le Brun, à qui l'on envoie des matières à son lieu d'exil actuel.

– Ah, celle-là ! une pure injustice : la beauté, le talent et l'esprit en une seule personne. Qui donc lui avez-vous fourgué ?

– Mme Vigée Le Brun ne m'a jamais acheté pour sa peinture de cœur humain célèbre, monsieur. Comment pourrais-je lui vendre le cœur de Marie-Thérèse d'Autriche, elle qui portraiturait la reine chaque jour ?

– Quoi ? s'exclama l'homme. Vous possédiez le cœur de… Marie-Thérèse d'Autriche, reine de France[1] ?

– Oui da.

Il avait jeté ses pinceaux et sa palette sur la table où dormait son chat bouffi.

– Qui d'autre encore ? s'échauffa-t-il.

Mon maître s'anima soudain d'une gaieté enfantine.

– Devinez, monsieur. Devinez !

– Sa belle-mère ? Non, pas sa belle-mère… son cœur ne servirait qu'à broyer du noir…

– Pas moins.

1. Martin Drölling se serait emparé de nombreux cœurs embaumés des rois de France. On retrouve le jus de « mumie » sur ses peintures exposées dans l'église Saint-Sulpice, mais également sur *La Femme et la Souris*, achevé en 1798, et *Intérieur d'une cuisine*, qui existe en deux versions (celle réalisée en 1798 est à Orléans, la seconde, réalisée en 1815, se trouve actuellement au Louvre), ainsi que *Les Petits Soldats*. D'autres artistes furent intéressés par les qualités de ces jus humains et achetèrent de la mumie provenant essentiellement de profanations françaises.

– Hein ? La mumie d'Anne d'Autriche ?

– Rangée au même étage que celle de son fils.

– Non, cela fait trop cette fois. Allons, monsieur, ne faites point le Gascon. Qui croirait une chose pareille ! Son fils… le frère du roi ?

En disant « frère du roi » sa figure avait pris une tournure mauvaise, comme empreinte de bravade.

– Je n'ai point menti. J'ai vraiment eu dans mon armoire une portion du cœur de Philippe d'Orléans, bien au sec dans son étui d'étoffe…

– Cachottier, va ! Mais pourquoi aviez-vous seulement « une portion » de cette mumie ?

– Oh ! monsieur, je ne l'ai pas vendue en pièces ! Mais l'histoire du Régent de France est accablante. Figurez-vous qu'au cours de son autopsie, on a ouvert la poitrine, on a ôté le cœur et les boyaux puis on a négligé la chose le temps de refermer le corps. Un grand chien danois, familier de la maison, a emporté le cœur et l'a dévoré malgré les cris des médecins épouvantés. Un bon morceau a cependant été arraché de la gueule du chien.

– Quel gâchis ! Y étiez-vous ?

– Vous vous moquez… c'était en 1723 ! Le Régent est mort à quarante-neuf ans ; sa mumie était coriace et bien pointue en bas.

Le peintre craquait nerveusement ses doigts un à un.

– Qui d'autre ?

– J'hésite à vous le dire car vous ne me croirez point.

– Allons, allons !

– Soit : le Quatorzième.

Il se tordit le majeur et lâcha un cri.

– Merde alors !

– Ah ! Vous doutez !

Il se frotta les mains d'une charpie. Mon maître salua puis entreprit de quitter la place, assuré d'avoir commis un bel effet.

– Holà, doucement ! cria l'homme d'une voix qui s'était faite plus amène. Vendez-le-moi. Annoncez votre prix…

Son souffle était court et grondant.

– Impossible, répondit mon maître, je suis engagé ailleurs.

– Songez-y bien… Nous nous connaissons, et j'ai des relations autant que d'influence…

– Mille pardons, coupa Monsieur Joulia. Je ne peux revenir sur ma parole. Un tableau de commande est déjà esquissé avec cette mumie.

– Par qui ?

– Encore Drölling[1], monsieur, et puis aussi Saint-Martin.

Le vieux Joulia continua.

– Tous les grands artistes se querellent pour acheter du jus de mumie ; songez que nous ne savons comment satisfaire les commandes et ma parole donnée vaut un contrat. Pourquoi ne pas vous arranger entre vous ?

L'homme, furieux de n'avoir rien obtenu de mon maître cette fois, prit congé de nous avec grossièreté :

1. La luminosité des bruns obtenue par le broyage des cœurs de Louis XIII, d'Anne d'Autriche, de Marie-Thérèse d'Autriche, de la Grande Mademoiselle, du frère de Louis XIV et de Philippe d'Orléans est saisissante dans la peinture de Martin Drölling, notamment dans l'œuvre intitulée *Intérieur d'une cuisine*.

il nous poussa dans le dos vers la lourde porte. Monsieur Joulia se retourna et le pria encore.

– Je ne puis me dédire, car M. de Saint-Martin est habitué aux bruns de mumies pour ses tableaux de Normandie. Il esquisse une *Vue de Caen*[1] de toute beauté…

La porte claqua.

Nous reprîmes le chemin de notre cabinet à pied, le noble artiste n'ayant pas prêté son équipage pour notre retour. La punition nous parut avare, mais fort naturelle. La pluie menaçait au-dessus de nos têtes, je déployai mon parapluie.

– Ah, non ! s'écria mon maître. Replie-moi ton engin qui révélerait que nous sommes pauvres.

– Mais comment la vue d'un parapluie signerait-elle notre indigence puisqu'il est du dernier goût ?

– Ma parole, Victor, il te manque un tiroir ! s'amusa-t-il. Nigaud que tu es ! Ceux qui marchent ont des parapluies parce qu'ils n'ont pas d'équipage ! Et s'ils n'ont pas d'équipage, c'est parce qu'ils sont nécessiteux !

Nous cheminâmes sous la pluie blessante ; les gouttes fines et droites piquaient la peau comme autant de petites verges fâchées.

– Ne fais pas l'imbécile, commença mon bon maître. Je suppose qu'à présent, tu as bien compris quel commerce

1. Achevée en 1798, cette œuvre est actuellement conservée à Pontoise, non exposée au public. Elle a été réalisée par le broyage des cœurs de Louis XIII et de Louis XIV. D'autres peintures de Pau de Saint-Martin sont actuellement conservées à Toulouse, devenues propriétés de l'État par saisie révolutionnaire.

me rapporte plus d'argent que l'embaumement des cadavres… Je voudrais pourtant que tu ne demeures pas sur de méchantes idées. J'écoute tes questions.

– Je n'ai aucune question, dis-je faussement. Je sais simplement que moi, je ne ferais jamais une telle chose.

Il s'arrêta et me toisa en plissant les paupières.

– Petit trou du cul ! s'écria-t-il en imitant ma voix. Petit trou du cul et menteur !

Puis il m'entoura les épaules de son long bras décharné et me secoua un peu. Ainsi, durant notre chemin de retour (qui dura bien deux heures), j'écoutai ce maître charitable m'enseigner plus de leçons que je n'en reçus en toute une vie passée à épier les artifices de ma mère et les partitions de mon père.

– De nos jours, commença-t-il, même si nous dépassons nos ancêtres de quelques années, nous ne vivons guère longtemps (il avait pourtant lui-même dépassé les soixante ans) ; les causes de mortalité sont plus nombreuses que les plats de notre cuisine traditionnelle. Pour dénoncer le mal, le démasquer et l'exorciser, nous commençons par lui donner un nom.

« Retiens bien cela : quatre cent vingt noms de maladies différents, dont cent vingt-huit désignent des fièvres ! Lorsque les familles et les médecins ne comprennent rien, on dénonce toujours une fièvre : fièvre maligne, fièvre lancinante, épuisante ou ardente, fièvre putride, fièvre pourprée ou miliaire. Nul n'identifie jamais la maladie par sa cause, car elle est censée venir toujours de Dieu ou de Satan, mais uniquement par ses signes : pustules aux aisselles, toux et point de côté, vomissements ou crachats glaireux. Les enfants succombent aux crampes et douleurs de ventre. Les paysans sèvrent leurs enfants à trois mois au lieu de vingt, s'amusa mon maître. Ces abrutis leur donnent du jus de pomme verte à boire.

– Les musiciens aussi, ajoutai-je. Ma mère m'en a donné le jour de ma naissance.

– Eh ben… Victor, tu es un miraculé !

– D'après elle, je suis méphistophélique.

– Ta mère est siphonnée. Reprenons : les fièvres vermineuses se reconnaissent aisément : le malade a une apparence cadavérique ; il s'est déjà produit qu'on me dépose à embaumer un enfant pas tout à fait mort. Au premier coup de lame, le petit corps a sauté en l'air puis a vomi un genre de chocolat. N'as-tu jamais assisté à une lente agonie ?

– Mon père est mort brutalement…

– Ah oui, pardonne-moi. Eh bien, parfois, les agonies interminables emmerdent la famille. Qui peut supporter de voir son amour frissonner, la respiration courte, secoué par des douleurs d'estomac, rendant par le haut et par le bas ses matières rouges et noires, les selles remplies de vers longs de six pouces ? Ce regard fixe, cette désolation délirante et les convulsions font chier la famille autant qu'ils l'affligent. Ceux qui n'en meurent pas en restent sourds ou ahuris.

« Nous ne gaspillons aucun soin aux dépouilles de malades : inutile de risquer la contagion pour conserver un corps déjà faisandé de l'intérieur. En revanche, notre tâche s'applique à ceux dont nous ignorons souvent l'adresse ; un peu comme toi, qui ne connais certainement pas tous les gens reliés à notre profession.

Voici ce que j'appris ce jour de la bouche de mon

maître à qui je dois tout ce savoir. Paix à son âme… C'est son enseignement qui me guide encore aujourd'hui.

– Notre confrérie entretient des relations amicales avec d'autres métiers précieux… *Primo*, le chirurgien-barbier, qui ne s'occupe que des plaies apparentes et des petits accidents de la vie quotidienne, par exemple, un hameçon planté dans la peau ou un œil crevé dans une bagarre. Le barbier peut seconder le physicien, il manie bien le rasoir, ainsi que la sage-femme, même si cela embarrasse les dames. Lorsqu'un quartier de la ville n'a point de médecin attitré, on demande souvent au barbier d'opérer un goitre, parfois même de recoudre un estomac. Ça fout la trouille, mais nous entretenons de plaisantes relations avec les barbiers parce qu'ils sont souvent responsables des décès et nous font aussitôt prévenir.

« Les médecins aussi sont une bonne source de revenus pour nous : ce sont des ânes, des agités de la saignée. Ils tuent en moins de temps qu'il n'en faut pour traverser la Seine sur un tonneau.

« *Secundo*, les rebouteux et guérisseurs ambulants, considérés comme des sorciers, nous intéressent également. Étant les premiers avertis des malades, ils nous indiquent les cas désespérés que nous pouvons utiliser : un bougre tombé du toit représente une belle marchandise, pour peu qu'il ait encore quelques dents, des cheveux, un cœur et des membres que l'Académie de médecine dépiautera avec ses élèves.

« *Tertio*, les vendeurs de drogues et remèdes des jours de foire nous désignent discrètement qui souffre, et de quoi. Il nous suffit de prévoir le cercueil ou l'embaumement et de proposer mes services avant la concurrence. On n'utilise jamais leurs cœurs car les drogues brouillent les qualités de ces organes lors de leur broyage, et les artistes s'en plaindraient.

« *Quarto*, les maréchaux-ferrants, car ceux-là n'hésitent pas à arracher quelques dents afin de rendre service, et savent bien des secrets d'alchimie : ils maîtrisent le feu qui terrifie la population.

« *Quinto*, le bourreau, qui fabrique des remèdes et des baumes à base de graisses humaines fondues dans une marmite et d'os en poudre. Son contact permet de récupérer les organes dont il n'a que faire : le cœur d'un décapité en bonne santé rapporte entre deux cent cinquante et cinq cents livres après sa momification. Plus le personnage est célèbre, plus le cœur est cher.

« Enfin, en dernier, le cureton ou le pasteur (parfois le rabbin, mais c'est rare), qui colporte les remarques sur les épidémies, établit la liste de ceux qui méritent un soin ou l'enfer de l'agonie ; il surveille aussi la marmite de viande dans l'hospice et distribue quelques sacrements que l'on croit souvent guérisseurs. Il transmet parfois le don de guérir à son fils. Autant dire qu'il faut cajoler le benêt de fils qui tuera davantage que son père.

« Depuis que la liberté de culte est rétablie[1], on peut remarquer combien les furieux de l'Être Suprême et autres inventions destinées à tondre les brebis du pasteur s'appliquent involontairement à nous envoyer des morts. »

1. Depuis le 21 février 1795, à condition de ne porter aucun signe ostentatoire et de ne pas solliciter l'État pour le financement des lieux de culte.

Notre chemin paraissait interminable et les aiguilles de pluie me piquaient les yeux. Nous trouvâmes refuge un moment dans un temple où se déroulait une cérémonie de mariage.

– Quel spectacle ! s'écria mon bon maître. C'est aussi plaisant qu'une bonne comédie avant d'aller souper.

Ce mot « comédie » fit bondir mon cœur à m'en transpercer la poitrine ; Angélique avait un jour exprimé le souhait d'aller au théâtre, mais je n'avais pas encore gagné suffisamment d'argent pour l'y conduire. Je me languissais d'elle et je craignais qu'elle ne m'oubliât. Ou pire, qu'elle ne me remplaçât par un vaurien à canne d'argent.

Le marié, qui amusait Monsieur Joulia, était un fripier dont la fortune, bâtie sur l'achat des trousseaux de successions, s'était étendue par-delà les portes de la ville. La famille au complet comptait environ vingt-cinq membres, tous endimanchés dans leurs habits étriqués, rangés sous les ornements dorés. Les dames portaient un manchon « à la jésuite » en étoffe, dans lequel on peut cacher une tabatière ou même un petit chien hargneux.

En revanche, du côté des invités, on flairait l'indigence jusque sur les bancs. Savez-vous comment nous reconnaissions la gêne des inconnus au premier coup d'œil ? Rien n'était plus simple : on s'attardait sur leurs habits. On leur avait juré que l'habit, acheté assurément la nuit, était noir mais, une fois au jour, il s'était révélé vert foncé, violet, taché ou usé comme une vieille peau de chat tigré.

– Ces cérémonies arrangent nos affaires ! s'exclama mon bon maître. Ces jeunes danseront à se casser les jambes, ils auront des enfants que l'eau du puits empoisonnera, ils perdront leurs parents de vieillesse ou d'accident et mourront à leur tour, en couches ou d'avoir trop mangé de seigle ergoté.

– Vous voyez toujours le bon côté des choses, dis-je avec une pointe d'esprit.

Nous quittâmes la cérémonie car mon maître ne souhaitait pas s'y faire remarquer. De plus, notre route était encore longue.

Un mendiant nous barra le chemin, désignant de la main droite le moignon de son bras gauche, visiblement tranché net. Monsieur Joulia fouilla son frac-redingote, sortit une pièce et en vérifia la valeur. Il la fourra dans la poche de l'homme.

– Va, mon pauvre, lui dit-il en lui tapotant l'épaule, mais tu gagnerais mieux ta pitance près de l'église.

Cette remarque me surprit.

– Pourquoi tolère-t-on la présence de pauvres lors des messes funèbres, alors qu'ailleurs ils se font botter le cul ? demandai-je tandis que nous reprenions notre marche.

– Mon garçon, l'Église assure que la prière d'un mendiant a plus de chances d'être entendue par l'Être

Suprême. Non seulement on les tolère, mais on les paye pour cela… Et parfois même dans les testaments, le défunt ordonne qu'on offre à *son miséreux favori* plusieurs boisseaux de blé, afin de s'assurer qu'il prie à s'en racornir la langue.

Nous traversâmes une foire très remuante, dont les allées embarrassées de paniers à poissons et de métiers à tisser furent difficiles à franchir. La foule pataugeait dans un jus sale et malodorant, les artisans interpellaient le passant afin de lui vanter leur marchandise.

Monsieur Joulia fouilla les boîtes d'une plumassière ; il choisit des bouquets de lys pour agrémenter son petit salon d'attente.

– Ceci est parfaitement ridicule, dit-il en roulant les plumes entre ses doigts, mais les familles sont chatouilleuses sur le décor qu'elles n'hésitent pas à critiquer ou à chaparder.

J'ai toujours aimé vagabonder dans les foires ; on y rencontre une sorte de vigueur braillarde qui réveille l'humeur.

Monsieur Joulia brandit une perruque sortie d'une belle collection, tout en cheveux naturels bouclés, et l'enfonça sur ma tête d'un geste bourru. Nous rîmes un peu fort et je me dépêchai de riposter en lui fichant, par-dessus son chapeau, un toupet de poils d'animaux bien tourné en rouleaux apprêtés. Plus loin, je contins mon souffle, suffoqué par la beauté des morceaux de corne aplatis que le biscayeur taillait en forme de peigne devant la foule. Un buvetier profitait du spectacle pour vendre sa bière aux passants. Nous nous étions écartés de son passage, ce qui nous conduisit devant les étals d'un curieux homme entouré de larges bocaux de verre.

– Approchez ! hurlait-il, approchez et venez admirer les phénomènes les plus incroyables !

Le vieux Joulia paya un sou et nous fûmes introduits sous un arrangement de planches formant une pièce sombre, faiblement éclairée par des lampes à graisse. À mesure que mes yeux s'acclimataient à l'obscurité, la silhouette de monstres tenus enchaînés apparut : une naine aux joues recouvertes d'une épaisse barbe noire ainsi qu'un genre d'humain à deux têtes se distinguant l'une et l'autre par leurs pantomimes différentes ; la tête rasée lançait des regards menaçants tandis que la chevelue sifflotait. La naine se prélassait sur un couvre-pieds satiné, vêtue d'une simple culotte à volants et d'un corset dont le laçage forcé boudinait ses chairs molles.

Les bocaux alignés sur l'étal contenaient les plus terribles horreurs : un enfant à quatre bras, des nourrissons cyclopes[1], d'autres avec un sexe difforme, des animaux avec une patte en trop, un homme très petit avec des poils sur tout le corps, une naine à quatre seins… tous étaient affreux à regarder, ainsi figés dans le miel[2] et l'alcool.

J'appris par mon maître comment acquérir un monstre vivant, de quelle manière l'élever chez soi pour le vendre quelques années plus tard. Mais je n'étais pas riche à

1. Le musée Dupuytren, à Paris, expose de nombreux bocaux dans lesquels sont figées ces étrangetés de la nature. Son entrée est interdite aux moins de douze ans.

2. Le miel possède des vertus fixatives intéressantes. Il servait de conservateur avant la découverte du formol.

m'offrir un phénomène à nourrir. Plus tard, lorsque je le fus suffisamment pour m'en acheter un et ignorant que je finirais en prison, j'avais hésité car je redoutais son odeur, ses cris et ses grognements.

Mon maître acheta deux pots de créatures difformes qu'il me mit aussitôt dans les bras afin que je les portasse durant notre route.

– La propriété d'un monstre est très à la mode, sais-tu ? À condition, bien sûr, qu'il ne provienne pas de ta propre famille !

Là-dessus, il éclata de rire, et je crois bien que ce fut la première fois. Nous reprîmes notre marche sans tarder car la nuit préludait.

– Regarde où tu mets les pieds, conseilla-t-il, et fais-moi penser à te livrer les secrets de ma recette pour voir la nuit. On la dit très efficace contre les cambriolages et elle permet de ne pas dégringoler en hiver dans les fosses des cimetières : on s'enduit les yeux de sang de chauve-souris. Le plus difficile est encore de se verser les gouttes de sang bien frais dans l'œil. Ma mère, atteinte de cataracte, se soignait chaque matin à l'aide d'une poudre de décomposition de chat noir aux yeux luisants dans la nuit. Je n'ai jamais tenté ce remède. Je devrais l'essayer : tu vois, mes yeux blanchissent comme ceux d'une grenouille tombée dans la chaux.

Il prisa une pincée de tabac espagnol puis continua son monologue.

– Dans la tête des gens, la maladie n'est pas un événement naturel. La crise est envoyée par Dieu, elle ne peut être guérie ou aggravée que par Lui. Ceux qui guérissent peuvent faire commerce de leur sainteté : on achète tout ce qu'ils ont touché. Ces combinards emplissent leur bourse grâce à toutes ces croyances stupides. Finalement, les curés et les médecins sont nos ennemis secrets : avec leurs prières et leurs remèdes, ils combattent la volonté de Dieu, ils empiètent sur son domaine en freinant la maladie.

Aujourd'hui, messieurs, je sais qu'en étant mieux informées, les familles pourraient ralentir la déconfiture de leurs cadavres et se préserver des contaminations : dès qu'un mort s'allonge dans une maison, les affections rôdent. Les proches veillent leur carcasse en gémissant des heures entières, entourées de chandelles qui réchauffent la chambre et accélèrent les dégâts. Ils obligent leurs enfants à baiser le front gelé du défunt sans remarquer les vers, les puces et les poux que le mort hébergeait de son vivant. Pouah !

J'entends la rumeur monter parmi les spectateurs… Voulez-vous faire évacuer la salle ?

Comment ces gens supporteront-ils la suite de mon histoire s'ils s'évanouissent déjà ?

À cette époque, la seconde source de revenus de mon maître, que j'appelais « son commerce obscur », m'intriguait énormément. Encouragé par sa bonne humeur tandis que nous traversions la foire, je m'étais décidé à l'en questionner.

– Le triste jour de l'embaumement de votre mère, vous souvenez-vous d'un homme venu vous acheter des mumies ?

– J'ai la vue basse, répondit-il, mais la mémoire fidèle. Pourquoi me demandes-tu cela ?

– Parce que je vous ai entendu vanter la qualité du jus de vos mumies, et…

– Si j'en crois mes acheteurs, dit-il en levant la main pour m'interrompre, ces cœurs momifiés rendent une poudre brune qu'ils adorent râper eux-mêmes et dissoudre dans l'huile. Étalée sur un fond blanc, cette poussière d'organe offre une teinte admirable de brun transparent. Pareil à du sucre roussi.

– Vous évoquiez tout à l'heure un tableau, ou plutôt une esquisse, représentant une *Vue de Caen*…

– Ah, tu parles ! Une merveille, que Pau de Saint-Martin est en train de finir. Mais tu sais, mon petit, on n'évoque pas une simple teinte quand on parle de la mumie du Roi-Soleil[1] ! Ce jus illumine, il rehausse, il embellit son sujet et lui procure une valeur inestimable que les autres n'atteindront jamais avec leur liqueur de chats égyptiens. Pourquoi me regardes-tu ainsi ? Qu'ai-je dit ?

Il était resté les deux bras en l'air, un peu à la manière d'un druide invoquant les forces du ciel.

– Qu'as-tu à la fin ? s'impatienta-t-il.

– Vous avez dit « Roi-Soleil ».

– Et puis ?

– Roi-Soleil… C'est Louis XIV ?

1. Il semble qu'Alexandre Pau de Saint-Martin n'ait entamé l'intérieur du cœur de Louis XIV que de quelques grammes, après avoir déjà extirpé toute la matière profitable de celui de Louis XIII pour la réalisation de son tableau intitulé *Vue de Caen*.

Ses mains retombèrent sitôt en claquant sur sa redingote.

– Ben, oui ! Je vois à ta figure que tu me juges sévèrement. Mais sais-tu seulement ce que serait devenue toute cette tripaille si des gens comme moi n'en avaient pris soin ? As-tu oublié ce terrible mois d'octobre 1793[1] ?

– J'avais presque dix-neuf ans, monsieur.

– Alors tu es assez vieux pour t'en souvenir, mais trop jeune pour me juger ! En août, une bande de furieux a pillé la crypte du Val-de-Grâce, saccageant les abbayes et défonçant les catacombes où dormaient les reliques de la royauté. Je les entends encore crier « Mort aux tyrans ! » en brisant les urnes de plomb et de vermeil. Les cœurs des rois de France roulaient sur les pavés de la cour d'entrée. Qu'aurais-tu fait à ma place, morne couille ?

Monsieur Joulia semblait véritablement contrarié.

– T'aurais fait pareil ! Je me suis baissé, comme à la récolte des pommes de terre. Plus de vingt patates royales que j'ai enfouies en hâte sous un tas de sable, espérant revenir les reprendre le soir. Mais je ne le pus. Les cœurs restèrent alors enterrés une bonne paire de jours. Lorsque enfin je les ai récupérés, les étoffes moisies s'étaient décousues par endroits et l'on apercevait les aortes séchées.

– N'avez-vous pas craint d'être contaminé par les vampires ? On dit qu'ils peuvent revivre d'un organe et ne périssent jamais…

Mon maître haussa les épaules et parut franchement abasourdi.

1. La plus importante profanation des sépultures royales eut lieu du 12 au 25 octobre 1793.

– Que des mégères croient ces idioties, je le veux bien, mais toi ! Toi ? Victor ! Nous sommes presque arrivés chez nous, on voit d'ici l'entrée de notre cul-de-sac…

– Oh ! monsieur, m'écriai-je plein d'allégresse, on ne dit plus cul-de-sac ! Si on vous entendait !

– Que dit-on, alors ?

– Voltaire a inventé le mot « impasse ».

L'évocation d'une comédie devant l'autel des mariés m'avait fortement marqué. Ainsi, pour satisfaire les désirs d'Angélique que je craignais de lasser par ma lenteur à gagner de quoi la gâter, j'empruntai ce soir-là à mon maître l'argent nécessaire pour la location d'une voiture à cheval et l'achat de deux billets d'entrée pour le Théâtre Français[1].

Les seules places accessibles à ma maigre bourse dénonçaient l'indigence de notre rang ; nous étions assis au centre de la salle basse, un peu enfoncés vers les parois des balcons, exactement sous les lustres chargés de bougies qui dégoulinaient sur nos têtes.

Angélique, agacée, gaspilla son temps en regards furieux vers le plafond, négligeant l'interminable pièce à laquelle je n'entendis pas un traître mot. C'est ainsi que, petit à petit et en nous tordant le cou, nous repérâmes aux balcons les plus onéreux Mme Fabre, l'accoucheuse, assise près de sa fille Toinette et d'un homme âgé au teint de vieux coquet

1. Aujourd'hui disparu, ce théâtre était situé rue Feydeau.

plâtré. Les deux femmes branlaient vigoureusement leur éventail, attachant leur regard sur toutes les figures, à la recherche manifeste d'une attention qu'on ne leur prêtait habituellement pas.

– Tiens, murmura Angélique, la vieille a sorti la pucelle de son reliquaire…

Pour finir de chagriner ma compagne, nous reçûmes à l'entracte quelques légères éclaboussures d'un vase de nuit. Nous ne fûmes pas les seuls à recueillir cette pluie de pisse, à en juger par les hurlements et les sifflets que nos voisins adressèrent en direction des balcons meublés de femmes riches qui se soulageaient fréquemment dans le pot glissé sous leur siège.

Nous nous rendîmes au foyer du théâtre car j'étais dans l'obligation de lui offrir une boisson chaude, « comme il est d'usage à la Comédie », m'apprit-elle.

Mme Fabre et sa race s'approchèrent de nous. La jeune Toinette était d'une beauté égale à sa réputation de bêtise. Une grâce soulignée par l'insignifiance fripée de sa mère et par l'âge avancé du vieux coquet enfariné.

– Mes hommages, madame, dis-je en m'inclinant respectueusement.

– Vous ici ? clama-t-elle en feignant l'étonnement, comme s'il eût été improbable de me rencontrer en ce lieu alors que sa bourse ne lui permettait pas plus qu'à moi de s'y louer un tabouret à l'année.

Je m'inclinai une seconde fois, mais beaucoup moins, en hommage à sa fille et, pour finir, me laissai présenter au vieillard.

– Mon ami, murmura la mère Fabre, je vous présente Victor Renard et mademoiselle heu… comment ?

– Angélique, répondit ma cavalière, sans révéler son nom de famille que la vieille feignit de ne pas connaître.

Le barbon me considéra au travers de son lorgnon, la commissure des lèvres rebiquée en un disgracieux rictus qu'affichent les myopes engagés dans un décor flou. Voulant feindre une décontraction qui ne m'habitait pas, je plongeai la main dans ma poche ; mes doigts effleurèrent des boulettes fibreuses et collantes.

Mme Fabre posa sa main gantée de satin sur mon bras.

– M. Lick est fiancé à ma fille, savez-vous ?

Je l'ignorais. Cependant, l'imagination de ce croûton rassis parcourant de ses doigts cintrés par les rhumatismes la peau laiteuse d'une jeune fille me dégoûta au plus haut point. Comment l'accoucheuse et son musicien d'époux pouvaient-ils céder à ce débris une telle innocence ?

Mais si, messieurs… souvenez-vous ! Fabre, le joueur de pipeau qui fut engagé pour remplacer mon père après son décès, père de trois filles : une nonne engrossée, une aveugle frisée ainsi qu'une simplette aux dents blanches.

– M. Lick est de Lyon, indiqua Mme Fabre comme pour répondre à ma répugnance, où ma fille l'aidera dans sa nouvelle entreprise.

– Ah, dis-je, incapable de formuler le moindre compliment d'usage. Les soieries de Lyon…

– Pas du tout ! répondit la mère Fabre sans se départir de son air ébahi. Pas les soieries. M. Lick a créé une fabrique de saucisses et possède une troupe de vendeuses qui déambulent dans les rues, équipées d'un petit brasero sur lequel cuit ce qu'elles vendent aux passants.

– Ah, dis-je encore.

– Sitôt la cérémonie terminée, ma fille rejoindra

son mari à Lyon. Je regretterai infiniment l'absence de monsieur votre Papa, j'étais une adoratrice de sa musique et son serpent aurait donné à cette cérémonie de mariage un peu hâtive un caractère plus solennel.

La mère Fabre ne plaisantait pas avec les bondieuseries ; qu'elle pût sincèrement déplorer l'absence de mon père pour marier sa descendance me permit d'évaluer son mauvais goût, autant dans le choix de ses accoutrements que pour installer la seule de ses trois filles qui fût présentable, bien que crétine.

La cloche tinta, nous indiquant la fin de l'entracte ; nous nous séparâmes avec l'impatience caractéristique des nécessiteux qui craignent toujours qu'un malotru n'ait profité de leur absence pour s'installer à leur place, mieux lotie qu'un siège sans visibilité. Vous l'aurez certainement remarqué : les riches s'attardent, exhibent leur peu d'empressement, parce qu'ils sont certains de ne jamais retrouver leur fauteuil occupé par un importun. La lenteur de leur retour, cette nonchalance calculée annoncent le montant de leur fortune et le désir qu'ils ont de la faire connaître.

Angélique donna du coude pour rejoindre nos sièges maculés de taches de cire jaune, le visage déformé par un rire contenu.

– La vieille a pensé à tout ! marmonna-t-elle en lissant les plis de sa robe sous ses cuisses. La gamine fera un beau mariage, mais elle a oublié un détail.

– Lequel ?

– Quand le vieux bossu aura remboursé les dettes de jeu du père Fabre, il crèvera mais laissera sa petite veuve sans le sou. On n'a jamais vu de vendeuses de saucisses dans les salons, même à Lyon. Enfin, la vieille est contente puisqu'elle a casé son colis !

Je n'entendis rien, ne vis rien du spectacle jusqu'au final, perturbé que j'étais par ce mariage de la carpe et du lapin. Angélique dépensa son temps en tortillages, se plaignit de son siège, des chapeaux des dames qui lui barraient la vue, de l'odeur des plumes fondues dans la cire des chandelles, des comédiens qui ne parlaient pas assez fort, de notre voisine qui s'éventait avec brusquerie… et malgré cela, je garde un souvenir merveilleux de ces quelques heures en sa compagnie, grâce au parfum de ses cheveux recouvrant celui de la poudre des coquettes vieillissantes, à la blancheur de ses bras et à la courbe de sa nuque parfaite tandis qu'elle se retournait pour houspiller les autres spectateurs agités.

Pour finir, la voiture que j'avais réservée pour notre retour s'était volatilisée, préférant charger sur ses banquettes un couple au pourboire plus prometteur.

Nous fûmes raccompagnés par une charrette de poissonnier galopant à travers les rues pour livrer sa marchandise avant la fermeture des portes de la ville. Ma princesse, en proie à une colère blanche, retenait la capuche de son domino gonflé de vent et se pinçait le nez, autant pour l'odeur du poisson que pour masquer son visage afin de n'être reconnue par quiconque.

Je compris à quel point il était compliqué et onéreux de tenir le rang de *protecteur*, bien que cela ne me décourageât nullement.

De retour chez ma mère, à laquelle j'avais prétendu une urgence mortuaire, je profitai du silence et de l'obscurité pour m'assoupir devant les flammes de l'âtre. Le chuintement du bois humide sur les braises me rappela les nuits de tempête où, tapi sous mon édredon remonté jusqu'au menton, je percevais le tumulte du vent coulis entre les poutres. Je prenais alors ces gémissements pour une manifestation fantastique, une sorte d'avertissement que m'envoyait le ciel.

Refroidi devant les cendres mourantes, je montai au grenier ; les paumelles de la trappe ne grinçaient que rarement ; seule une grande chaleur asséchant le métal des charnières et le gémissement des marches trahissait mon ascension vers les combles. J'aimais ce décor assombri par le voile brumeux des toiles d'araignées suspendues aux solives et la désolation muette des meubles oubliés.

Une à une, je sortis de ma veste les chenilles blanches et les déposai délicatement sur une planche que j'avais auparavant dépoussiérée. C'est alors que je remarquai leur métamorphose en bobines oblongues et duveteuses ; il devenait superflu de récolter de nouvelles feuilles de troène puisque les larves avaient amassé suffisamment de force pour entrer en sommeil. Je leur confectionnai une sorte de petit perchoir de brindilles dans l'osier d'une corbeille à linge.

De mes premières connaissances en entomologie, j'avais retenu la durée de vie d'un cocon avant la transformation de l'insecte : vingt-cinq jours. Si le dragon maternel et nul autre prédateur comme un chat ou les rats ne venaient gâcher cette lente métamorphose, je pouvais espérer assister à quelque naissance, probablement plus poétique que celle dont j'avais été jadis le témoin involontaire, choqué par les méthodes de ma mère.

Après avoir quitté mes petites chenilles endormies dans leur courtepointe filandreuse, je regagnai ma chambre où les notes que Monsieur Joulia m'avait laissé à apprendre m'absorbèrent.

1. Une seule maladie provoque la fluidité du sang longtemps encore après la mort, c'est la rage.

2. Quand tu finis d'embaumer une jeune fille, tu l'habilles puis tu vérifies que la famille dépose dans son cercueil une poupée, pour représenter l'enfant qu'elle n'aura jamais. Les gens croient que la poupée lui ôtera l'envie de tuer les enfants des autres par jalousie.

3. Comme les Égyptiens, on n'acceptera jamais d'embaumer le corps d'une femme avant trois jours de décès, sauf exception impérieuse. Le début de la décomposition nous évite les calomnies et accusations dégueulasses.

4. Le sang dans la bouche et dans le nez que l'on remarque sur les morts fortement décomposés n'est que de l'humeur gélatineuse. Ce n'est pas la preuve qu'un vampire sommeille en lui.

5. Respecte scrupuleusement ces consignes, parce qu'on ne sait jamais...

Puis, je m'endormis sans avoir quitté mon habit, hébété par cette soirée coûteuse, inquiet du désastre galant qu'elle pouvait engendrer, toutefois apaisé par la certitude d'avoir sauvé de gentilles vies innocentes.

Audition du sieur Victor Renard
Jour VIII

Le temps m'a paru long, messieurs, en attendant que vous me fissiez rappeler. Et, voyez-vous, exactement comme ce jour où Angélique m'invita à la rejoindre chez elle, je fus en retard.

Je vous prie de m'en excuser.

La nuit précédant notre entrevue, j'avais peu dormi. Pour dire vrai, je n'avais *pas* dormi ; la femme Martineau s'était absentée quelques jours pour livrer ses colis de chapelets et ma princesse m'avait fait savoir qu'elle n'irait pas racoler sur son boulevard habituel le lendemain. J'étais donc convié, sitôt ma journée de travail achevée, à la rejoindre pour la nuit.

Comme Angélique l'avait mandé, je pris soin de passer par une entrée dérobée donnant sur la cour arrière. Je ne saurais vous dire si ce fut la tombée du jour ou l'exaltation de ce rendez-vous dans sa chambrette, mais je me sentais pétri de toutes les audaces. Et plus encore, tourmenté de questionnements nouveaux : comment pouvais-je (devais-je ?) manifester à Angélique mon empressement sans me montrer grossier ? M'accueillerait-elle comme un client du boulevard ou m'accordait-elle une place différente dans son petit carnet de rendez-vous ? Était-il convenable que je vinsse les mains vides ?

Mes mains, justement, devenues moites à m'en tacher la veste, entraient et sortaient de mes poches, s'affolaient autour de mon col, mon chapeau, mes manchettes. Me tendrait-elle la sienne, dans l'espoir d'un baisemain respectueux ? Mais non, Victor, c'est à toi de l'y inviter et de t'incliner ; elle fera le reste en minaudant, comme il se doit : les paupières battantes à la façon des ailes de papillon, ou peut-être agitera-t-elle un éventail en se plaignant d'une chaleur qui n'existe pas.

Et ma mère… Que serait-elle capable d'inventer pour me punir, si demain une « bonne amie » lui révélait qu'on m'avait vu rôder chez la mère Martineau ?

« Passe par la cour arrière », avait recommandé Angélique… Le portillon de la clôture vermoulue était fermé. Des touffes de mauvaises herbes, envahissant les charnières, en empêchaient l'ouverture. Je dus forcer mon passage à coups de bottes, ce qui retirait à mon intrusion toute discrétion. J'essuyai mes semelles sur le rebord des marches de pierre et je toquai à la porte. Mon cœur me frappait la poitrine à suffoquer.

Angélique m'ouvrit et, sans esquisser le moindre sourire, me tira violemment par la chemise pour m'entraîner à l'intérieur du vestibule.

– Je t'avais bien dit de venir plus tôt et de rentrer aussitôt, sans frapper, chuchota-t-elle sur un ton de reproche. Tu cherches à te faire remarquer ou quoi ?

J'étais absolument certain que jamais elle ne m'avait

donné d'autres consignes que de passer par-derrière. Mais peu importait : j'étais heureux. Heureux d'un bonheur simple et niais, de ceux qui dessinent sur nos lèvres un sourire benêt qui ne trompe personne.

Oui, je me souviens vaguement du décor bien que j'aie surtout gardé mes yeux rivés sur Angélique. Il y avait, je crois, un bonheur-du-jour adossé au mur de l'entrée, face aux croisées dont les carreaux sales filtraient une lumière morne et froide. Un tapis rond paraissait avoir essuyé tous les souliers de Paris tant ses couleurs avaient disparu sous une fine couche de boue sèche et poudreuse. Un vestibule banal en somme, qui ne…

Pardon ?

Je vous prie de m'excuser, je n'avais pas saisi votre requête. Oui, bien sûr, la chambre. Une sorte de réduit sombre, entièrement occupé par une paillasse de toile mitée d'où pointaient plumes et brins de paille.

Les paupières closes, Angélique m'enlaça, tendit le cou, puis avança ses lèvres. Je l'embrassai aussitôt. Sa langue était chaude et agile. Nerveuse. Je tremblais comme une feuille, tandis qu'elle riait en m'ôtant ma veste. Nous basculâmes sur son lit dont les fétus sortis du matelas me blessèrent le dos.

– Aïe !

– Fillette ! murmura-t-elle.

Je me redressai, doublement piqué au vif.

– Je voudrais bien t'y voir, dis-je.

– J'y suis ! affirma-t-elle en me faisant rouler sur ses hanches afin de prendre ma place.

Angélique ne bougeait plus, le dos et les bras immobilisés par mon poids. Oui, j'étais assis à califourchon sur cette femme lorsque mes mains s'égarèrent dans son corsage. Des mains de jeune homme fébrile, tremblotant d'avidité. Ses seins étaient fermes comme deux demi-pommes, les os de ses côtes semblables aux sillons de sable laissés par le recul des vaguelettes d'une rivière gonflée par la fonte des neiges. Soudain, Angélique me repoussa violemment.

– Je ne suis pas en service, dit-elle sur un ton vif. J'aimerais bien que tu prennes le temps de me cajoler, et non que tu me sautes sur la panse comme un cochon de client.

J'essuyai mon front perlé de sueur et contestai mollement. Elle persista.

– Je sais qu'on raconte des saloperies sur mon compte, mais il ne faut pas les croire. On t'a déjà dit, n'est-ce pas, des calomnies à mon sujet ?

– Heu... un peu, répondis-je sottement.

– J'en étais sûre ! Et qu'est-ce qu'on raconte ?

J'étais piégé.

– On dit que ton panier... a été percé par toute la ville.

– C'est des menteries ! Qui dit cela ?

– Mon oncle, autrefois. Et puis aussi mon patron.

Elle resta abasourdie un instant.

– Mais je n'ai jamais déchargé ton oncle, ni ton patron !

– Ni moi, ripostai-je.

– Ah, tu vois ! s'exclama-t-elle. C'est bien la preuve !

– Pourtant, dis-je en fronçant les sourcils, il me semble que le soir où tu m'as parlé, le garçon qui conduisait la charrette avait glissé sa main entre tes...

Elle empoigna un vase de porcelaine posé sur la cheminée éteinte et le brisa sur le parquet.

– Oh, n'importe quoi ! hurla-t-elle. Ce nigaud a simplement rabaissé mes jupons que le vent soulevait à cause de son cheval qui s'était emballé. Tu me crois ? Dis, tu me crois ?

– Je ne sais pas.

Elle se laissa tomber sur son lit.

– Moi qui m'étais réservée pour toi… Oui, pour toi ! Je n'ai jamais laissé un client me mignoter. Personne ne me baise la bouche ni les tétés, personne ne me cajole. Je fais cela très honnêtement : je soulève mes jupons et voilà tout. Quand je pense que je préservais toutes ces gâteries pour toi seul… Me voilà bien mal récompensée !

Angélique cacha son visage entre ses mains. Ses épaules sursautaient à la cadence de ses sanglots. Je me précipitai pour la consoler, la serrant contre mon cœur. J'embrassai ses coudes potelés, ses poignets fins, ses mains blanches.

Dans la fièvre de cet instant, elle répondit à mes baisers et nous nous retrouvâmes étendus. Elle m'offrit de détacher le cordon de sa robe. J'étais éperdu, frémissant d'impatience et de désir. Je soulevai ses jupons et caressai son pantalon.

Elle se redressa et chuchota.

– Tu as remarqué ? C'est la dentelle que tu m'avais offerte…

Je baissai les yeux vers les volants de sa culotte fendue qui descendait sous ses genoux. Je reconnus la dentelle des manchettes de Papa, que j'avais découpée grossièrement.

– Viens… murmura-t-elle en écartant les jambes et en ouvrant ses bras.

Je me débraillai maladroitement, ratant un bouton sur

deux. Enfin, lorsque je m'allongeai sur elle, sentant sa peau tiède contre mon ventre… il ne se passa rien.

– Qu'est-ce que t'as ? demanda-t-elle en haletant.

Sa posture offerte, pareille à celle des poupées de ma mère dans son atelier, m'était insupportable. La voir ainsi, jambes et bras dénudés, ouverte comme un jouet stupide, vêtue de sa culotte fendue entre les cuisses, bordée de la dentelle des manchettes de Papa, agit sur mon être comme un repoussoir. J'étais incapable du moindre geste, démoli par ma consternation et par l'affront que ma conduite lui infligeait.

– Pardon, lui dis-je d'un air misérable en me rebraillant.

– C'est égal, dit-elle d'un ton maussade. Laisse-moi faire…

Elle ouvrit le pont de mes culottes et délogea mon vié recroquevillé. Sa bouche humide et chaude l'enveloppa fiévreusement. Sa main droite – ou gauche, je ne sais plus… est-ce important ? – sa main ceintura ma queue, faisant coulisser la peau tendue qui l'entourait, comme sur le point de céder sous la bouffissure. Son autre main cajola mes bourses et s'aventura entre mes fesses. N'y tenant plus, prêt à retourner les meubles pour savourer ce ravissement jusqu'à son comble, je tenais Angélique par les oreilles, les pinçant comme deux poignées de transport. Agenouillée sur son tapis poussiéreux, au milieu des seaux de cendres refroidies et des branchettes de bois mort, elle s'activait comme une furie, bavant et grommelant sans me quitter du regard. Je m'introduisis dans sa gorge au plus profond que ma tige le permit et m'agitai, tel le puceau découvrant ce pourquoi le monde volait, se défiait en duel, mentait et tuait… Enfin, curieux de mes fonctions, malgré l'extase violente que le gosier chaud d'Angélique m'offrait, je me retirai afin de contempler l'éruption puissante de ma semence soufflée hors de mon manche. D'abord un, puis deux et un troisième jaillissement se projetèrent sur le front blanc d'Angélique. Elle ne parut nullement s'en offusquer ; au contraire, elle sembla apprécier cette pluie et s'en frictionna les paumes puis les joues et les seins.

– C'est mon remède à moi, dit-elle. Plus onctueux qu'un fard, plus efficace qu'un baume.

– Efficace contre quoi ? demandai-je, essoufflé mais sincèrement intrigué.

– Je ne veux pas devenir hideuse comme mes copines de la rue Maubuée, toutes vieilles et fripées, les yeux morts, la peau grise. La prochaine fois, tu m'en donneras davantage et j'en garderai dans un petit pot à onguent. Tu seras ma liqueur de beauté.

Je me relevai, les genoux irrités par les écorces de bois qui jonchaient son tapis, et commençai à me rebrailler.

– Ce n'est pas ainsi que l'on se comporte avec une dame, ajouta-t-elle. Viens t'allonger un instant et serre-moi dans tes bras.

Je me coulai à ses côtés et, la nuque douloureusement calée contre une bûche, entourai d'un bras ses épaules. Elle se blottit contre mon torse à la manière d'une petite chatte câline et ferma les yeux en soupirant.

– Tu vois, murmura-t-elle, c'est ainsi qu'on termine avec une bien-aimée. Ce n'est pas compliqué, il suffit de lui montrer que, même après, on a encore envie de sentir la chaleur de sa peau.

– Mais tu as les pieds gelés.

– Et toi, dit-elle en se relevant gaiement, tu pues le chien mouillé !

J'ai quitté sa chambre par la cour arrière, fier, grisé. Heureux ! La moiteur de la nuit gouttait sur mes oreilles à demi cachées sous le tricorne de mon père. Je songeai alors à quitter cette coiffure mitée ; on rencontrait beaucoup de jeunes gens couverts de hauts chapeaux de feutre à larges bords. Leur allure coquette soulignait mon ridicule.

Ma mère, trop saoule, ne m'entendit pas rentrer.

J'arrivai tôt au cabinet ce matin-là, encore tourneboulé par mon exploit de la veille. J'inaugurai ma journée par le nettoyage des instruments, le roulage des cœurs dans le sel et le retournement des bocaux : les monstres doivent toujours flotter dans leur miel, sinon les traces d'appui marquent méchamment leur peau. Enfin, je terminai par l'inspection des pièges à souris et un bref juron adressé au petit baquet noir, qui s'omettait sur le tapis d'une chambre d'attente.

J'attendis l'arrivée de Jacques-Romain, que mon patron avait réservé en prévision d'un long défilé de cadavres, un apothicaire l'ayant informé de l'empoisonnement d'une famille entière par ses domestiques ; madame aurait frappé sa servante, laquelle se serait vengée en servant un potage aux clochettes de muguet pour le souper : fin de la vieille et de toute sa race aux mains trop vives.

Je trouvai une souris prise dans le piège fabriqué avec le fil à suture ; je la plaçai de côté pour notre chat, que la Pâqueline expulsait rageusement de notre logis depuis la mort de Papa. Le rongeur était peu écrasé, excepté ses jolis yeux noirs éjectés de son petit crâne. Il me semble ensuite m'être ennuyé. Comme Jacques-Romain tardait à montrer le bout de sa canne biscornue, je conclus qu'il avait encore festoyé toute la nuit...

Je sortis Pépette. Ainsi que tous les chiens indécis, le baquet déposa quelques gouttes d'urine sur chaque roue de chariot. Je me suis toujours demandé si ce besoin de laisser la trace de leur passage était un message agressif ou amical.

– Eh ! Victordu !

Dans le brouillard du matin, je distinguai une silhouette trapue qui agitait son chapeau en marchant à grands pas décidés. Mon copain Franz !

– Alors, demanda-t-il d'un ton goguenard, toujours avec tes macchabées ?

– Pas le choix... Mais j'ai un bon patron, tu sais. Et j'apprends un vrai métier. Et toi, que deviens-tu ?

– Oh ! Si je te racontais tout, tu regretterais de ne pas avoir saisi ta chance.

– Je te rappelle que c'est toi qui m'as écarté de notre affaire.

– C'est vrai, d'ailleurs j'ai un nouvel associé. La ramastique marche du tonnerre. On escroque au moins cinq personnes par jour, mais on change de quartier à chaque fois, c'est plus prudent.

– Ah... Et te procures-tu commodément de nouvelles bagues ?

– Je n'ai plus besoin de ces babioles. Tu devrais faire un tour par chez moi, quand tu auras fini d'emmailloter tes cadavres... Tu seras bien surpris par mon commerce très lucratif. Je t'attends, hein ?

Je déjeunai d'un demi-canard en observant les petits monstres en bocal redescendre lentement dans le miel. Le chien me griffait les culottes pour réclamer mes os à rogner. Les oiseaux gris firent bombance des reliefs de mon repas, m'aidant ainsi à nettoyer la table de travail sur laquelle mon maître ne supportait pas la moindre miette ni aucune trace de gras. Je serrai sous une cloche un bon morceau de fromage et du pain, que je plaçai bien en vue sur la table à manetons. Après quoi, je recopiai dans mon carnet d'apprentissage les connaissances qu'il m'avait enseignées la veille :

Notre métier était autrefois pratiqué par plusieurs personnes agissant sur le même cadavre. Le paraschiste pratiquait l'ouverture de l'abdomen pour en extraire les viscères, le taricheute procédait à la dessiccation du corps par le sel. Le nécrotaphe transportait le corps vers sa dernière demeure.

Monsieur Joulia les remplaçait tous à lui seul. Et un jour, ce serait probablement mon tour, je l'espérais avec ardeur.

Certains organes étaient gardés à l'intérieur de quatre vases appelés « canopes » auxquels on donnait le nom des quatre fils d'Horus.

Dans le canope d'Amset, il y avait l'estomac ainsi que le gros intestin. Dans celui de Hapy, le petit intestin, puis, à l'intérieur du vase de Douamoutef, les poumons. Ou l'inverse ?

Le foie et la vésicule biliaire se trouvaient dans le canope de Kebhsennouf.

Le cœur était habituellement laissé à sa place, car on ne le séparait pas souvent du corps : il était censé être la résidence des sentiments et de la vie.

– Tâche de t'en souvenir, sinon tu auras l'air d'un nigaud ! m'avait-il recommandé, l'index tendu et offensif.

N'ayant plus rien à faire, je pris soin de laisser en évidence nos instruments soigneusement lavés afin que Monsieur Joulia comprît sans délai mon activité matinale et ne s'inquiétât point de ma courte absence récréative. Puis, je partis d'un pas volontaire pour rejoindre Franz à l'adresse qu'il m'avait indiquée.

Comme il l'avait prédit, je fus stupéfait par l'ingéniosité de son « commerce ».

– Admire un peu ! souffla-t-il en montrant une perle qu'il roulait entre ses doigts.

– Tu l'as eue dans une huître ? questionnai-je.

Il éclata de rire.

– Mieux que cela ! J'ai trouvé comment fabriquer de fausses perles pour pas cher, et les revendre à la ramastique…

J'étais ébloui par les reflets de cette bille nacrée que Franz faisait miroiter à la lumière du jour entre ses gros, ses très gros doigts. Une odeur pestilentielle piquait les narines.

– Ça remugle, ici.

– Normal, c'est les ables. Viens voir…

Il me poussa vers des cuvettes de fer où grouillaient des centaines de petits poissons argentés. Devant mon air interrogateur, il m'instruisit de son invention : les écailles de ces minuscules poissons en présentant l'éclat et la couleur, il suffisait de les utiliser pour contrefaire les perles d'huîtres.

– Le plus extraordinaire, ajouta Franz, c'est que les écailles se ramollissent dans l'eau et, une fois séchées, retrouvent leur éclat trompeur. Lorgne ça : je prends une bille de verre sans aucune valeur, je glisse par son petit trou une écaille d'able que j'étale ensuite avec cet outil pour la coller aux parois de ma bille.

Après quoi, il souffleta dans l'ouverture, repoussa l'eau à l'extérieur de la bille dont l'écaille avait tapissé l'arrondi.

– Et c'est tout ? m'extasiai-je.

– La dernière étape, dit-il d'un ton docte, est la plus simple. Je coule de la cire fondue à l'intérieur de la perle. À son séchage, elle devient blanche et la nacre de l'écaille lui assure l'apparence des vraies perles fines. À s'y méprendre, non ?

– Incroyable !

– Il suffit de percer la cire avec une petite aiguille, d'enfiler mes boules sur un ruban, et voilà ! Un beau collier qui vaut de l'or en ramastique !

Par ce subterfuge, Franz gagnait désormais en une seule journée de profits mon salaire mensuel.

– Tu te moques de moi parce que je côtoie des cadavres, mais toi, avec tes poissons crevés…

– Mais je les mange, coupa-t-il. Quitte à trimer dans la puanteur, autant qu'elle soit nourricière ! Alors, que penses-tu de mon affaire ?

– Oh, bien ! Ton ingéniosité m'épatera toujours.

– Il ne tient qu'à toi de me rejoindre. J'ai été un peu vif la dernière fois, mais je t'aime bien.

– Moi aussi, mumurai-je. Mais j'aime aussi beaucoup mon maître, qui me considère comme un fils…

– Hum… Il te paie généreusement, alors ?

– Deux sous par jour, répondis-je avec honnêteté.

Franz éclata de rire, faisant miroiter un bracelet de fausses perles dans le contre-jour.

– Je vois, ajouta-t-il, il t'aime comme un fils, mais il te paie comme un gueux : le salaire de ta journée ne vaut même pas une demi-pinte d'huile d'éclairage[1].

Franz avait raison. Du moins parvenait-il à distiller le doute dans mon esprit troublé. Combien de temps encore pouvais-je faire patienter Angélique avant d'avoir les moyens de lui offrir un bouquet de fleuriste et non trois pivoines chapardées sur un autel de prière ? Une fois remboursée la pension que la Pâqueline n'oubliait pas de me réclamer, mon salaire me laissait trop peu d'argent pour conserver ma place de « chevalier servant ».

Franz me tendit la main en signe d'accord. Je me saisis de cette main tendue avec la brusquerie d'un naufragé sur un bois flottant.

– Buvons un canon pour fêter cela, dit-il. Judith ?

Elle écarta le pan d'un rideau de toile et nous rejoignit.

– Tu te souviens de ma sœur, bien sûr…

Je me souvenais surtout de mon humiliation au bal, et je supposais qu'elle en riait encore.

– Bonjour Victor, murmura-t-elle en déposant deux verres et une fiole sur un petit plateau crasseux.

1. Deux sous de salaire quotidien permettaient d'acheter environ un kilo de pain ; il est très difficile de convertir les monnaies de la fin du XVIIIe siècle.

– Parfait, ordonna Franz. Tu peux nous laisser maintenant.

Judith nous quitta sans mot dire, m'adressant simplement un sourire discret.

– Elle en pince pour toi, laissa tomber Franz. Je vois bien à sa figure rouge que tu lui plais.

Je ne sus que répondre.

– Depuis le bal où elle t'a rencontré, ajouta-t-il, elle ne cesse de s'inquiéter pour toi. Tu sais, nous n'avons plus de parents, Judith et moi, mais au moins, personne ne nous maltraite.

– Je ne pourrai quitter la maison de cette vieille garce que lorsque j'aurai suffisamment économisé, dis-je en soupirant.

Je vidai mon verre et quittai son « atelier » en proie au vif soulagement de gagner quelque fortune sans effort, et réjoui de bientôt remettre à Angélique un rang de nacres. Mais je regrettais déjà de perdre mon maître et je me sentais l'âme en peine, tel l'enfant trahissant son père. Franz n'aurait jamais la patience que Monsieur Joulia me manifestait ; il allait exiger un résultat immédiat. Mes bénéfices aussi seraient alors immédiats. Tout cela s'emmêlait dans mon esprit : j'allais gagner vite et beaucoup, combler d'aise Angélique, mais cruellement décevoir mon bon vieux maître.

De retour à l'atelier, je me consacrai pour la seconde fois au lavage des instruments. Le ventre noué d'une convulsion inexplicable autrement que par la frousse, je réfléchissais à la manière de lui annoncer mon abdication. Je craignais de le chagriner ou de lui causer un terrible choc.

– Monsieur, j'ai trouvé un autre emploi qui me permettra de gagner davantage, m'exerçai-je à prononcer face au miroir, avec le torse bombé de celui qui se veut montrer inflexible.

Et s'il proposait de me payer davantage, allais-je trouver les mots pour le décourager sans gâcher une belle opportunité de profession ? Si mon bon maître me questionnait sur mon projet, qu'allais-je pouvoir lui confesser sans qu'il ne s'épouvantât, tel un père, pour mon avenir et ma réputation ?

Je dénouai mon tablier et me coulai dans ma veste, face au battant d'une porte vitrée. L'exercice était difficile.

– J'ai bien peur de vous décevoir, tentai-je d'affirmer avec un naturel flegmatique. On me propose un travail mieux payé…

Monsieur Joulia exprimerait alors sa surprise, ou prendrait mes paroles pour un chantage.

Devais-je feindre l'exaspération ?

– J'en ai plein le vase de vos macchabées !

Il ne le croirait pas. Il aurait raison.

Je me coupai un morceau de fromage ainsi qu'une fine tranche de pain.

– Mon oncle est souffrant, dis-je en avalant une étouffante bouchée ; il me prie de le rejoindre à Marseille…

Il lui suffirait d'un regard pour percer à jour ce mensonge et rire de mes joues empourprées. Je bus une rasade d'eau-de-vie d'un seul trait, puis essuyai sur ma manchette plissée le feu de mes lèvres.

– J'ai besoin de toucher mes gages, essayai-je en postillonnant sur la porte vitrée.

Voilà qui pouvait me sauver : je percevrais mon salaire

et ne reviendrais plus travailler. Ma mère, que mes revenus de la ramastique conforteraient, ne chercherait pas à en savoir davantage.

Monsieur Joulia oublierait peut-être de soustraire l'avance qu'il m'avait consentie, le soir où nous étions allés à la Comédie, Angélique et moi. Ragaillardi par les effets de l'alcool, j'étais désormais solidement décidé à quitter ce brave homme.

On toqua à la porte du cabinet.

J'ouvris, le chien montra ses crocs jaunis ; un jeune homme vêtu de gris me dévisageait. Je reconnus le fils du prêteur hongrois. Messieurs, n'avez-vous jamais emprunté à son père ? Pourtant, nous y sommes tous contraints un jour !

Il entra sans que je ne lui eusse offert l'hospitalité, puis ôta son chapeau. Quel âge pouvait-il avoir ? Oh ! guère plus de seize ans, car j'ai souvenance que son cou n'avait pas encore de pomme d'Adam.

– Vous savez déjà la désolante nouvelle, dit-il d'une voix absurdement aiguë.

La salive blanche et élastique au coin de ses lèvres était répugnante.

– Vous n'ignorez pas, reprit-il, que mon père est en créance avec la moitié du quartier, et…

– Allons, coupai-je, venez-en au fait, mon employeur doit arriver d'un moment à l'autre.

– C'est que… ah ? Monsieur, la tâche est fort pénible, je dois vous annoncer qu'une personne a trépassé cette nuit…

– J'ai l'habitude, ripostai-je. On vient rarement ici pour claironner une naissance… Mais que puis-je faire pour soulager votre chagrin ?

– C'est que… hésita le jeune homme, le défunt est un de vos proches. Voilà qui est dit.

– Ma mère ? demandai-je en m'efforçant d'être affligé.

– Ah, non.

J'avalai ma dernière bouchée.

– Pfoui ! Quel dommage…

– Plaît-il ?

– Je disais : fameux fromage… Un proche… Mon oncle ?

– Non, non ! le vieux Ossement, je le connaissais bien ; on m'a dit qu'il vit à Marseille.

– C'est juste ! Donc ce n'est pas non plus sa femme, ma tante Philiberte ?

– Pas davantage.

– Tant mieux ! Je n'ai pas d'autre famille. Vous pouvez donc parler sans crainte.

Il tourna son chapeau entre ses doigts et branla sa tête.

– Monsieur Joulia est mort la nuit dernière…

Comment vous décrire à quel point je suffoquai de détresse ? Mes jambes ployèrent lentement jusqu'à ne plus me secourir, le hoquet s'empara de moi. Je m'effondrai mollement le long du mur. Le morveux se crut béni d'ajouter :

– Et comme il avait cinq mois de loyer en retard, le propriétaire veut son argent.

– Mais le propriétaire… c'est votre père ! marmottai-je. Priez-le d'attendre un peu.

– Il dit que cinq mois de patience, cela en fait quatre de trop.

La colère et la souffrance me rendaient sourd ; mes lèvres se couvraient d'écume pâteuse.

– Je vous en supplie, sanglotai-je. Un jour de plus ne change rien à l'affaire. Quand un emprunteur trépasse, la dette est perdue. Suppliez-le !

Malgré son jeune âge, il ne parut nullement affecté. Il récita sans hésitation :

– Acquitterez-vous son dû ou bien faudra-t-il se payer sur la bête ?

– Quelle bête ?

– Eh bien, d'après Papa, sa peau pourrait se vendre pour faire des souliers et des gourdes à boisson…

– ?!?

– Ses bonnes dents ainsi que ses cheveux pourraient couvrir un mois de loyer…

– ?!?

– Et nous serions quittes avec ses membres vendus à l'Académie de médecine ; cela nous rapporterait, disons…

Ivre de rage, je lui coupai la parole d'un bon coup de poing dans l'œil. Ou sur le nez, je ne sais plus. Du sang goutta entre ses doigts et le jeune messager décampa en se tenant la figure. Je claquai la porte à faire trembler les murs. Pépette sauta de son coussin, croyant reconnaître le bruit de porte de son vieux maître. Nous demeurâmes blottis l'un contre l'autre, une heure, peut-être deux. Mes larmes coulaient sur la truffe du chien qui se lichait, sortant sa langue comme une bonne mère essuie la joue de son enfant.

Nous étions deux âmes sans maître.

Me croirez-vous si je vous dis que je l'ai davantage pleuré que mon propre père ?

Jacques-Romain entra sur les coups de deux heures. Je lui contai notre malheur et l'ignoble échange qu'on m'avait proposé. Nous pleurâmes ensemble, accoudés à la table d'acier à manetons sous le regard piquant des moineaux affamés.

Soudain, il sécha ses larmes, arrangea son habit et m'avisa avec une certaine solennité :

– Je sais comment faire. Toi, tu restes ici, au cas où quelqu'un viendrait réclamer son corps.

– Il n'avait aucune famille.

Il sortit sans m'en dire davantage. Le temps me parut affreusement long ; je m'occupai à nourrir les oiseaux gris et le baquet, ainsi qu'au nettoyage de ce que j'avais déjà nettoyé deux fois.

Je songeai à l'amitié qui me liait désormais à Jacques-Romain ; son désespoir, ses larmes sincères mêlées aux miennes m'avaient conforté dans l'idée que je n'étais pas seul au monde pour traverser cette nouvelle épreuve.

Je savais que nul ne commanderait le moindre soin de conservation pour Monsieur Joulia. J'en fus soulagé ;

j'ignore si j'eusse été capable d'embaumer mon maître sans avoir le sentiment de passer un examen.

À son retour, Jacques-Romain était très agité.

– Le co'ps de Monsieur Joulia nous se'a 'endu tantôt. Comme j'ai payé ses dettes, le logeu' a p'omis de le fai'e déposer ici.

– Cesse donc tes gargouillades avec moi !

– Pa'don, dit-il, des fois, ça m'échappe.

– J'ignorais que tu avais tant d'économies, m'étonnai-je d'une façon un peu infantile. Moi, je n'ai rien, car ma mère confisque tous mes gages.

Il eut un pauvre sourire.

– Moi non plus, je n'ai jamais eu d'économies, mais j'étais riche sans le savoir.

– Ah ?

Il s'assit sur son trépied de musicien et reprit sa pose de travail, la tête inclinée et les yeux fermés.

– Où est ton violon ? m'étonnai-je.

– Au mont-de-piété ! Je l'ai gagé contre l'argent des loyers. Il m'en reste même encore un peu[1].

– Quel double malheur ! m'exclamai-je. Perdre ton instrument ! Comment gagneras-tu ta vie sans ton compagnon ?

On enfonça soudain la porte sans manières. Deux hommes balancèrent le corps de mon maître sur le plateau en lui heurtant la tête. Ils étaient entrés, s'étaient

1. Le mont-de-piété de Paris est créé en 1777 pour permettre aux plus démunis d'échapper aux usuriers ; il devient le Crédit municipal de Paris en 1918. À l'origine, il délivrait des prêts sur gage. C'est aujourd'hui une vraie banque.

débarrassés de leur fardeau et avaient rejoint leur charrette en moins d'une minute.

Je vous assure, messieurs, que le souvenir de notre magister étendu sur cette table me laisse – aujourd'hui encore – un sentiment d'immense affliction.

– En voilà des façons… siffla Jacques-Romain.

Nous demeurâmes pétrifiés devant le corps de notre bienfaiteur, étouffant nos sanglots dans des mouchoirs écrasés contre nos bouches.

Puis nous traînâmes le long cercueil du salon jusqu'au laboratoire – je pense que Monsieur Joulia se le destinait secrètement ; nous en ôtâmes les pots de confiture, le jeu de quilles et le balai. Jacques proposa de laisser le jeu près du corps pour imiter le mobilier funéraire que les Égyptiens entreposaient avec leurs défunts, puisque Monsieur Joulia les citait souvent en modèles.

– Tu as raison, dis-je simplement. Laissons-lui ses quilles que son père lui avait taillées dans un frêne centenaire.

– Et les boules ?

– Il n'y a pas assez de place. Et puis leur va-et-vient dans la caisse ferait trop de bruit pendant son transport.

Nous restâmes déconcertés devant la taille de ce grand corps et du cercueil, de toute évidence bâtis l'un pour l'autre. Nos moineaux, habituellement prêts à se chicaner la crasse sous les ongles des défunts ou les résidus de repas lorsque leurs bouches restaient ouvertes, ne bougeaient pas du rebord de la fenêtre ; je veux croire qu'ils étaient accablés de tristesse.

Je repris le *Livre des morts* pour commencer sa lecture, comme on cadence un refrain de prière.

Je n'ai pas ordonné de tuer.
Je n'ai affligé personne.
Je n'ai pas fraudé à propos de la surface des terres cultivées.
Je n'ai pas faussé le peson de la balance.
Je n'ai pas affamé.
Je n'ai pas tué.
Je n'ai pas retiré le lait de la bouche des petits enfants.
Je n'ai pas établi de digue sur une eau courante.
Je n'ai pas dépouillé le petit bétail de ses pâturages.

Je déposai entre les longues jambes les feuillets du *Livre des morts* soigneusement recopiés[1]. Après quoi, nous refermâmes doucement le couvercle et vissâmes les quatre coins de la planche à l'aide d'un couteau de poche.

– Puisque les Égyptiens déposaient des momies de chats près de leurs morts, murmura Jacques, nous devrions sécher le baquet noir et le rentrer dans la caisse avec son pépère.

J'étouffai mon rire à grand-peine.

– Ah, voici la charrette. Il faut partir au cimetière.

Pépette bondit dans la carriole. Il s'assit entre nous : nous formions une enfilade de trois misérables orphelins. Le chariot nous cahota sur les pavés usés jusqu'au cimetière.

1. Afin de pallier le manque de mémoire des défunts, on plaçait une copie du *Livre des morts* sous les bandelettes des momies, tantôt sur la poitrine, sur le bras ou entre les jambes. Ces exemplaires, copiés d'avance et en série par les scribes affectés aux temples, comprenaient une partie vierge, destinée à recevoir le nom du défunt.

Quotidiennement occupés sur place, des fossoyeurs nous guettaient. On glissa la grosse dalle moussue sur le côté puis on descendit le cercueil à l'aide de deux cordes éfaufilées. Trop long ! Le cercueil ne rentrait pas dans le caveau !

Monsieur Joulia s'était réservé une bière démesurée comme d'autres se font tailler un costume dans une étoffe de qualité ; la boîte aux dimensions gigantesques se dressait dans le trou, aussi droite qu'une horloge. Nous nous regardâmes, stupéfaits. Le premier employé (le plus robuste) conseilla d'allonger le tombeau.

– Et comment faire ? répondit le second. C'est tout à chaux et à ciment. Veux-tu rogner les parois avec ta pelle ?

Le corps de Monsieur Joulia reposa plusieurs heures dans le fossé où les familles jettent les fleurs fanées et les carcasses de jardinières fendues par le gel. On avait désigné le plus maigre des ouvriers afin qu'il se coulât dans la tombe pour l'accroître. Il démarra son infernal tapage debout, adossé au cercueil de la mère de Monsieur Joulia. Je fus alors partagé entre deux sentiments : la crainte de voir céder la caisse de Mme Joulia, avec l'atrocité que cela causerait, mais aussi (je l'avoue) la curiosité de vérifier la formule secrète expérimentée par mon vieux maître et moi lors de son embaumement. Nous avions mêlé des aromates et des résines à proportion précises dans ses veines, dans l'espoir de la garder intacte de nombreuses années.

Aujourd'hui, tandis que je vous confie mes souvenirs pour ma propre défense, je m'aperçois que j'ai négligé quelque chose d'impardonnable : déposer auprès de mon maître le cœur de sa vieille mère.

Mais hélas, il est trop tard.

Voyez-vous, malgré toute notre application, l'on ne prévit point que le cercueil du fils serait encore plus encombrant que celui de sa mère, et qu'il serait nécessaire d'abattre les parois de la tombe pour permettre son passage.

Le cimetière frissonna au moins deux heures sous les coups infernaux du travailleur. Enfin, il ressortit du caveau, mesura la niche qu'il avait creusée. Après quoi, nous descendîmes Monsieur Joulia pour la seconde fois, prenant soin de bien obliquer ses pieds vers l'alcôve fraîchement trouée. Pépette s'assit sur le bord de la tombe et leva le museau. Un long cri plaintif de loup déchira le jardin des morts. À sa façon, le chien sanglotait.

La souris mise de côté pour mon chat tomba de mon gousset et s'écrasa sur le cercueil avec un petit bruit sec. Les trois hommes lorgnèrent le mulot crevé, puis ils élevèrent les yeux au ciel, cherchant le nuage qui l'avait lâché. Ainsi compris-je que les fossoyeurs croient aux maléfices et aux souris volantes.

De retour devant le cabinet, je serrai mon compagnon d'infortune dans mes bras et, vérifiant son départ, me coulai dans les rues afin de rejoindre Franz et lui annoncer l'affreuse nouvelle qui précipitait notre association.

– Prenons un canon, proposa Franz.

– Je n'ai pas le cœur à siffler, l'ami. J'estimais sincèrement cet homme.

– Alors buvez au moins pour prendre des forces, murmura Judith en posant pour la seconde fois son plateau crasseux devant moi.

Elle portait un chignon de folle ; une sorte de ramassis

de cheveux frisottés et retenus au sommet de son crâne par un nœud de coton. Ses oreilles percées étaient ornées de très lourdes girandoles en fausses perles qui déformaient le trou de son lobe, lui donnant l'aspect d'une fente vulvaire. Il me parut troublant qu'une femme portât son sexe aux oreilles.

– Tope là, dit Franz en interrompant ma rêverie. Nous sommes d'accord pour demain. Cochon qui s'en dédie ?

– Cochon qui s'en dédie.

Audition du sieur Victor Renard

Jour IX, partie I

Ma mère m'avait attendu pour souper, ce qui n'était pas commun.

– Où t'étais encore fourré ? m'interrogea-t-elle.

– J'avais à faire rue des Quatre-Fils-Aymon…

– Fils-Aymon, petite rue, mauvais renom, plus de putains que d'maisons.

Elle souffla sur sa cuillérée de potage, sans me quitter du regard.

– Ton patron t'a payé ?

– Il n'a pas pu.

– Je vais aller l'trouver, moi, ce vieux manche à gigot.

– Économisez votre salive, Monsieur Joulia est mort la nuit dernière.

La Pâqueline recracha sa cuillérée de potage.

– Nom d'un coffre à graillons ! Il avait une femme ?

– Pas que je sache.

– Des enfants ?

– Pas davantage, dis-je en me servant une louche de brouet.

– Et qui tient les clefs du magoce, maintenant ?

– Personne.

Elle resta pensive et vida cul sec son gobelet de bistouille.

– Et des biens ? s'inquiéta-t-elle.

– Plusieurs mois de loyer en retard et quelques dettes…

– C'est dommage, avoua-t-elle. J'aurais aimé me rembourser ce que j'ai payé pour le corps de ton père. Ton vieux grigou m'a escroquée !

– Ce n'était guère son genre, Mère.

– Escroquée, je te dis ! Puisque j'ai payé plein pot alors que le cadavre de Johann était déjà vidé de ses tripes ! La moitié du travail était donc déjà faite ; moi, j'appelle ça du vol.

Nous achevâmes notre repas. Essuyant les miettes de pain éparpillées sur la table, j'annonçai dans un souffle.

– Vous allez être satisfaite de moi, Mère. J'ai déjà trouvé un emploi.

– Où donc ?

– Dans un atelier de fabrication de perles.

– Comment s'appelle le propriétaire ?

Pour les raisons que vous pouvez facilement comprendre, messieurs, je ne souhaitais pas le révéler à ma mère.

– À quelle adresse ? insista-t-elle. J'irai demain me renseigner et négocier tes gages.

Et voici comment s'acheva mon rêve ! Quand la Pâqueline se fendrait d'un aller-retour chez Franz, il ne lui faudrait guère plus d'une demi-heure d'interrogatoire pour comprendre qu'il s'agissait d'une fabrique clandestine, aménagée dans une remise à outils, où l'on groupait des cannes à pêche, des épuisettes et des ordures réutilisables.

– Je ne serai peut-être pas payé le temps d'apprendre les gestes du bon ouvrier, déclarai-je en me ravisant.

Le menton dans la paume de main, ma mère examina sa cuisine ; ses yeux fouillaient la pièce, quêtant un objet où se fixer. Le tacatac de Saint-Guy accompagnait sa méditation.

– Fais-moi l'honneur d'oublier cette histoire d'atelier de perles. As-tu gardé la clef du cagoince du vieux Joulia ?

– Elle est là, dis-je en sortant de ma poche le trousseau.

– Ben… t'as qu'à y travailler tant que personne ne t'en fiche dehors. Tu sauras le faire, au moins ?

– J'ai acquis quelques connaissances qui pourraient satisfaire une clientèle sans exigence.

Délicatesse inaccoutumée, elle étouffa un rot.

– De toute façon, une fois enterrés, tes culs pourris ne reviendront jamais se plaindre.

– Il ne faut pas parler comme ça, Maman…

Que voulez-vous dire par « Ensuite » ?

Vous me demandez d'accélérer mon récit ? Est-ce que vous y prenez de l'ennui ? Ou tant de plaisir que vous voulez en connaître la suite… Ou plutôt… les raisons de ma fortune à venir… et celles de ma chute !

Je me souviens être monté au grenier. Ma mère, probablement ensuquée par sa rasade de bistouille, ne travailla guère ce soir-là, pas plus qu'elle ne commenta le grincement des planches qui trahissait ma présence au-dessus de sa tête.

Mes petites larves protégées n'avaient pas été bousculées,

ni mangées par les rats ; je trouvai les brins d'osier tels que je les avais ordonnés quelques jours auparavant.

J'ouvris les malles et les buffets à la recherche de quelques évocations du passé. Puisqu'il m'était impossible de fouiller l'appartement de Monsieur Joulia, que je considérais comme un père spirituel, je cherchai une sorte de réconfort supplétif dans les effets personnels de Papa, voulant oublier les motifs de la colère qui m'avait animé contre lui. Mais les redingotes trouées par les morsures de mites ne m'intéressaient pas davantage que ses livres de messe et ses partitions, dont je n'ai jamais su déchiffrer la moindre note.

Comme un chiot arraché de la mamelle, je reniflai les étoffes, retournai les tiroirs et vidai les malles, en quête d'une adoucissante consolation. Tout ce qui résumait le passage de mon père sur terre, et dans ma vie, était grossièrement entassé là, au milieu des chiures de loirs venus se rencogner pour passer l'hiver au chaud.

Je trouvai une paire de gants taillés dans une belle peau d'agneau souple, à ma taille, ainsi qu'une sorte de long foulard soyeux que mon père avait porté, noué autour de son col bruni par la sueur.

Les gants de peau et le foulard furent donc les dernières reliques paternelles que je m'octroyai péremptoirement, excepté le petit carnet de notes dont je ne me séparais jamais.

Allongé sur ma paillasse, bercé par les ronflements sonores et réguliers de la Pâqueline, je tentai de bâtir des projets d'avenir et je me convainquis que, pour une fois, ma mère m'avait donné un pertinent conseil : j'allais suivre ses consignes.

Oui ! Si personne ne s'y opposait, j'allais tenter de tenir le commerce de mon maître et tirer de mes maigres connaissances un revenu, ou mieux encore : une réputation. Cette probabilité m'enveloppa d'un espoir douillet, et je sombrai dans un sommeil paisible, comme rarement.

Dès l'aube, à l'heure où bleuissent les toitures de la ville, ma mère surgit et me tira de ma paillasse.

– Debout là-dedans, la fortune t'attend !

Je me frottai les yeux et m'étirai comme un chat.

– Magne-toi le fion ! ajouta-t-elle impatiemment. Je t'ai préparé ton bol et t'as cinq minutes pour te vêtir.

– Très bien, marmonnai-je pour calmer son ardeur. Le temps d'aller au boyau, et je descends...

– Les cabinets sont bouchés, tu feras dehors. Qu'on soit ouvrier, qu'on soit patron, la dernière goutte : aux pantalons ! Grouille, te dis-je !

Je descendis aussi vite que je le pus, les paupières encore croûtées d'humeurs jaunâtres, achevant de nouer mon foulard de chemise dans l'escalier.

– Je t'ai même préparé une bonne tartine de miel, susurra ma mère.

Ce qui, aussitôt, attisa dans mon esprit une sorte de méfiance animale ; il m'était impossible d'avaler la moindre cuillérée de miel. Je craignais que ce nectar ne fût récolté d'un bocal brisé dont on aurait transvasé le monstre dans un autre récipient. Monsieur Joulia, prêt à s'endetter pour l'acquisition d'un nourrisson à tête d'autruche ainsi que d'un autre affublé de trois yeux, prétendait que ces corps en macération procuraient immanquablement au miel une saveur faisandée, et s'était promis de m'en faire apprécier le bouquet. Il ne m'en fallut pas davantage, depuis ce jour, pour haïr tout gourmet se goinfrant de cette vomissure d'abeilles.

– Je t'ai ciré la sacoche de ton père, ajouta-t-elle. Ça fait toujours bon effet d'en porter une, à condition d'avoir quelque chose à y mettre.

– Je n'ai aucun effet personnel ! répondis-je en raclant le miel sur la tartine de pain.

– Mais si, riposta-t-elle. En fourgonnant, tu trouveras bien quelque chose qui gonfle la panse de cette sacoche. N'importe quoi, pourvu qu'elle te donne un air prospère. Mets-y des cailloux, sinon !

Je retournai dans ma mansarde, espérant y trouver de quoi faire mentir la besace, retournant les fonds de tiroirs de la commode. Rien ! Puis soudain, je délogeai la pierre du mur et m'emparai du vagin de mon père, du mouchoir ensanglanté et du collier d'ambre. Je les fourrai dans ma sacoche.

Vous avez raison, messieurs : mon but n'était pas de gonfler mon sac. Je songeai surtout, dans la précipitation de mon départ, à ôter mes secrets de leur niche.

Je ne saurais vous expliquer pourquoi j'y pensai subitement ce matin-là, non quelques mois plus tôt. Sans doute étais-je pris dans l'inconfort de ma situation.

Non, il est temps pour moi d'être tout à fait honnête : les mois avaient passé et j'avais abandonné l'idée de transporter mes secrets au cabinet d'embaumement, redoutant de choquer le vieux Joulia par la présence de cet objet dégoûtant dans le casier qu'il m'avait octroyé. Entre deux probables désastres, j'avais alors choisi le moins douloureux : déchaîner la colère de ma mère plutôt que décevoir mon bon maître.

Tandis que je descendais les marches de notre escalier vermoulu, la Pâqueline me suivait du regard, le visage soudainement fendu d'un sourire d'hyène attendrie. Je ne l'avais jamais vue fardée, et voici que ce matin-là, des couleurs vives bigarraient sa figure : un rose violent lui redessinait les joues creusées par la perte de ses dents, un rouge sang débordait des contours trop fins de ses lèvres pincées, qu'elle tentait pourtant d'étirer en une sorte de courbe inquiétante.

– Ooh, dis-je en remarquant ces efforts soudains de coquetterie.

– Ne suis-je pas ta mère ? répondit-elle. Mon fils est à présent un homme établi : je dois tenir mon rang.

Nous échangeâmes des signes faussement amicaux jusqu'à ce que je disparaisse totalement de sa vue.

★

Chemin faisant vers le cabinet, je me posais mille questions. Serait-ce donc ainsi, une vie de bourgeois ? S'habiller en hâte pour ouvrir son commerce, être servi par une mère prévenante et lire dans le regard d'autrui une considération imméritée ? Et Angélique se montrerait-elle plus empressée en apprenant que j'étais désormais un commerçant établi ?

Je poussai la porte d'entrée avec la précaution silencieuse d'un malfaiteur, malgré tout confusément imprégné de mon bon droit. Pépette m'accueillit en bondissant sur mes bas de laine ; nous empruntâmes ensemble le couloir sombre et voûté ouvrant sur la petite cour arrière, puis nous soulageâmes nos vessies sur le piètement du banc de notre maître, inconscients de cette vulgaire complicité.

Je pris connaissance d'un billet m'indiquant l'arrivée, vers quatre heures du soir, d'un corps de vieille bourgeoise dont le colmatage permettrait un exceptionnel enterrement de nuit.

Je m'employai à me présenter à chacun des objets que mon maître avait achetés ou entretenus. « Je prendrai soin de vous, nous allons continuer son œuvre », leur disais-je, caressant le vernis craquelé d'un guéridon, le velouté des tentures de coton. Le nettoyage des instruments achevé, je remis en place chaque objet selon les consignes de Monsieur Joulia, frottai les salissures du petit salon, inspectai les pièges à souris, remplaçai l'eau des fleurs dans le salon de recueillement.

Je vidai le contenu de ma sacoche : le vagin de mon père rejoignit l'étagère où s'alignaient quelques jeunes cœurs, dont la dessiccation en cours nécessitait une obscurité totale. Je le roulai méticuleusement dans une chiffe et le disposai dans l'armoire « aux trésors », à laquelle j'avais accès depuis que Monsieur Joulia m'avait confié le secret de son commerce de cœurs momifiés aux artistes peintres. Le surplus de la matinée passa dans le retournement des bocaux de miel. Puis je fermai le cabinet et rejoignis Angélique à larges enjambées.

Même de dos, je pouvais la reconnaître entre les mille racoleuses de la rue Maubuée. Il n'existait aucune silhouette comparable à la sienne et personne d'autre n'émiettait les fleurs des allées en les accablant du poids de sa robe.

– Oh, quelle merveilleuse surprise ! s'exclama-t-elle en battant des mains.

– Tu ne m'attendais donc pas ? m'inquiétai-je.

– Bien sûr que si ! Mais pas avec ce cadeau… Ah, comme je suis contente !

Elle se baissa et tendit ses mains gantées vers Pépette.

– Viens ! ordonna-t-elle au baquet noir.

Je n'eus guère le temps de contester, Pépette avait déjà bondi dans ses bras, lui débarbouillant la gorge. Le menton levé, Angélique riait à pleines dents.

– Tu sembles beaucoup lui plaire, déclarai-je, abasourdi.

– Je déteste les toutous frisés, parce qu'on distingue pas leur derrière de la tête. Celui-là, on dirait qu'il a été débité dans un tonneau.

– Ah, il ne te plaît donc pas.

– Mais si ! Il est très laid, mais à la mode ! Viens, éloignons-nous d'ici.

Négligeant les conventions ridicules et désormais fort lointaines qu'elle m'avait imposées le soir de son odieux chantage, alors qu'elle m'accusait de me pignoler sur des culottes volées, je marchai cette fois auprès d'elle et non relégué à l'arrière. Je ne pouvais détacher mon regard du chien subitement amadoué, son museau pointu dépassant à peine du manchon de sa nouvelle maîtresse. Je me taisais, à la fois affligé de me séparer du chien de Monsieur Joulia, soulagé de lui offrir une tendre maîtresse et satisfait d'avoir comblé ma mie par cette générosité forcée.

Je dépensai mon dernier sou pour lui offrir un chocolat

à la viennoise, dont Pépette eut le privilège de laper la crème fouettée.

– J'ai réfléchi, dit-elle en battant des cils. Tu préférerais qu'on se marie *avant*, n'est-ce pas ?

– De quoi faire ?

– Tu sais bien ! minauda-t-elle adorablement.

Je n'avais jamais, ô grand jamais, supposé qu'une femme faisant commerce de ses charmes pût désirer se marier. Je me croyais seul à nourrir ce rêve insensé : Angélique, jeune et désirable, au bras du petit rien tordu que j'étais. Ce songe me tourmentait, et il n'était pas rare que je me réveillasse en nage, les yeux fixes et le souffle court ; une méchante foule nous observait au sortir de l'église. Mon épouse, vêtue d'une robe chaste et bleue, recevait en pleine face des crottes que les voisines de ma mère lui lançaient en hurlant « du crottin pour la putain ! ».

– Tu… tu te marierais a… avec moi ? bredouillai-je.

– Et pourquoi pas ? Je suis certaine que nous formerions un couple très assorti !

La cloche d'un couvent tinta quatre coups. Je levai les yeux vers l'horloge.

– Je… Oh, tu sais bien qu'à moins de trente ans, le consentement de ma mère est obligatoire ! Il nous faudrait donc attendre encore… neuf ans ! Mais nous en reparlerons. Je dois filer, mon travail m'attend.

– Si tôt ? déplora-t-elle. Tu viens d'arriver ! Mais dis-moi seulement, est-ce que ta mère sera d'accord, pour notre mariage ?

– Et la tienne, que dira-t-elle ? ripostai-je pour ne pas avoir à répondre.

– Je ne lui ai encore rien soumis. Mais je suis sûre

qu'elle me donnera son consentement. Ton oncle Nonosse était estimable, ton père jouait des musiques à l'église. Ce seront de bonnes références, aux yeux de Maman.

– Je ne suis pas certain de pouvoir rassurer ma mère sur les tiennes, soufflai-je sans réfléchir.

– Oh, c'est drôlement méchant, ça !

Elle renifla bruyamment et, tandis que j'embrassai sa main, je distinguai deux larmes suspendues à ses paupières.

– Ne te tourmente pas, lui dis-je pour la réconforter. Je tâcherai de trouver quelque argument pour fléchir sa raideur.

– Tu promets ? renifla-t-elle.

– Je m'engage à faire tout mon possible. Bientôt, je gagnerai tant d'argent qu'elle exaucera tous mes caprices, pourvu que les galettes continuent de tomber dans sa bourse.

Je lui embrassai les mains et tapotai Pépette, qui ne manifesta aucun désir de m'emboîter le pas.

Les tempes brûlantes, je repris le chemin du cabinet. Ma vue se brouilla, j'étais comme plongé dans un bain de nuages. Angélique m'aimait ! Elle m'aimait assez pour désirer se lier à moi ! J'étais le plus heureux des hommes… et le plus inquiet. La Pâqueline ne tarderait pas à connaître mon projet d'union ; elle manigancerait pour m'en dissuader, me menacerait de se jeter dans la Seine ou comploterait pour éloigner Angélique.

Qui pouvait me secourir ? Qui encouragerait mon projet d'épouser une prostituée ? (Même si elle projetait de cesser son manège, ce passé de putain la poursuivrait toujours, du moins aux yeux de ma mère et de ses vieilles corneilles de voisines.) Mon vieux maître décédé, il ne restait plus personne sur cette terre pour me venir en aide, ni me conseiller. Comme il me manquait, et comme il me manque toujours !

Le cadavre de la vieille bourgeoise rabougrie était fort présentable bien que sans artifices ; je ne compris nullement mon utilité puisqu'il était convenu que, aussitôt mon ouvrage terminé, la famille la déposerait dans un cercueil. Cercueil que sa parentèle s'empresserait probablement de clouer avant de fouiller les tiroirs du chiffonnier de la vieille, à la recherche de pièces d'or et de bijoux. Puis, d'un geste plein de rage et le juron au bout de leurs dents gâtées qu'ils ne découvrent que pour rire de ceux qui les servent, les héritiers démêleront la combinaison d'un cabinet à tiroirs secrets, libérant, dans un ultime grincement macabre, une boîte incrustée de nacre emplie d'assignats sans aucune valeur. Mouahaha ! Les blasphèmes saliront leurs lèvres, les mouchoirs brodés et les lettres enrubannées voleront dans le salon d'apparat où les domestiques, avides de commérages et pressentant leur renvoi, se réfugieront derrière les meubles précieux. Puisque l'aïeule et toute sa race, qu'ils ont servies et supportées, seront ruinées, on les renverra dans leur campagne boueuse sans un sou, les priant de ne rien révéler de cette banqueroute qui déshonore un nom alors qu'il reste encore quelques filles laides à bien marier.

Les soins à la défunte ne me coûtèrent que de simples gestes : je la tournai sur le côté pour lui boucher le fondement, engageant l'étoupe à l'aide d'une pince plate. La peau de sa panse, déformée par les naissances, l'abus de vin de Champagne et les viandes noires rampa sur ma table de travail, formant une sorte de pâte molle marbrée de vaguelettes nacrées.

Sa coiffure, à peine défaite, requérait l'ordonnancement de quelques mèches échappées de son turban de velours. Je l'ôtai afin de le brosser et d'en redresser le petit plumeau d'ornement ; le crâne de la défunte apparut alors, nu et lisse comme un galet de rivière. Ainsi, soucieuse de taire son âge et le délabrement de sa santé, la femme avait cousu dans la doublure de son serre-tête des touffes de cheveux, alignées comme une rangée de poireaux, solidement maintenues par de petits nœuds de brodeuse. La découverte de ces piètres artifices de vieille minaude m'émut infiniment. Je songeai à ma mère, usant elle-même d'onguent et de crèmes qu'elle achetait aux charlatans, avec le vain espoir de retrouver dans les yeux de mon père l'attrait perdu et la promesse d'un bras pour l'aider à gravir les derniers sentiers pierreux de sa vie. Je l'avais tant de fois espionnée entre les voliges de notre cloison, figée devant son miroir, se tirant les bajoues vers l'arrière pour remodeler son visage flasque, fonçant les sourcils anormalement pâles et dispersés. Les années de veuvage l'avaient jetée dans le précipice de la négligence, jusqu'à ce jour de mon « établissement ».

J'ôtai les gants de la morte, hissés jusqu'au-dessus des coudes, roulant délicatement le satin qui lui boudinait les bras. Ses doigts froids et raides portaient des ongles trop longs et crochus, leur donnant l'apparence de pattes de poule. À l'auriculaire gauche, une bague en or retenait entre ses jointures noueuses une pierre violette aux reflets ternis par la crasse. Je la lui ôtai afin d'en brosser la monture et de restituer à la pierre un peu de son éclat, puis je la posai dans un ravier, à l'abri des oiseaux chapardeurs. Je savonnai les mains de la vieille dame, lui coupai les ongles à ras et nettoyai à l'aide d'un bâtonnet de buis les salissures qui s'étaient glissées au-dessous.

La cire ne pouvait rester longtemps fixée sur le cuir affouillé de son visage, c'est pourquoi je décidai, faute de conseils, de mêler un peu de craie à du jus de betterave, par lequel j'espérais raviver les couleurs dont elle avait dû se farder chaque matin, quêtant dans son miroir et les yeux de sa camériste une vérité mensongère ou flagorneuse. Deux pelotes de coton enfoncées dans sa bouche rendirent un peu de volume à ses joues dégonflées. Je me reculai, tel l'artiste devant son œuvre achevée, le cheveu épars et trempé de sueur, afin d'évaluer le résultat de mon travail : d'ancêtre décrépite, elle avait tourné poupine.

Je n'avais pas eu le temps d'apprendre à calculer le coût d'une simple coquetterie mortuaire, ni les astuces possibles pour redonner aux défunts une allure agréable à moindres frais. Je m'étais donc arrangé à ma façon, dans l'affolement et le désarroi, oubliant même de lui glisser dans le corsage un extrait recopié du *Livre des morts*.

Revêtus d'une livrée grotesque, brodée des armoiries de la famille, deux laquais hissèrent le cercueil ouvert de leur maîtresse sur la banquette d'un carrosse aux rideaux fanés, aux toupets de plumes miteux et aux roues grossièrement rafistolées. Une fois débarrassé du corps de la vieille dame, dont je n'avais même pas écrit le nom sur le registre de mon maître, j'ouvris le fenestron aux petits oiseaux nettoyeurs et m'octroyai quelques instants de repos ; au hasard, je tournai les pages du carnet de mon père.

Imbert de Beaupré : de l'eau bénite pour sécher ses boutons de puceau et des menottes contre ses vilaines manies nocturnes. Le vice aristocratique n'a pas fini de bidonner le voisinage. On devrait ficeler des clochettes aux branleurs.

En définitive, cette lecture m'était moins profitable que le plus banal des almanachs. Je claquai la porte du cabinet, libéré de toute besogne pour la journée et, je l'avoue, dans la crainte qu'un visiteur ne me chasse de ce commerce dont j'usurpais l'héritage.

Je longeai les berges de la Seine, songeant aux anciens dont les fêtes funèbres étaient différentes de nos lamentations d'aujourd'hui. Les jeux et les combats de gladiateurs organisés autour des tombeaux réjouissaient les foules, qui fêtaient leurs défunts en vidant les outres de vin et en dansant sur les tables. De nos jours, on n'utilise le mot « fête » que pour la célébration d'un événement joyeux, et il est, hélas, assez rare que l'on fasse appel aux services des gens de mon espèce lors de ces divertissements. Tout au plus peuvent-ils espérer un mort par mois, tombé dans les fossés d'une rue en travaux lors d'une orgie publique. Et si la Providence les gâtait, le malheureux chuterait de huit mètres sur une pierre, le crâne ainsi défoncé, ses dents intactes et vendables.

Oui, je l'admets : je rêvais fréquemment au trépas de la Pâqueline. Je ne détestais point l'idée d'embaumer ma propre mère ; avec une délectation honteuse et malsaine, je me voyais fort bien ôter son cœur, le peser et constater que, conformément aux écritures antiques, le boyau pesait moins qu'une demi-livre de grains à poules faute de s'être gonflé des vertus et des bonheurs que les bonnes personnes unissent et sentent battre très fort dans leur poitrine. Et dans ce songe exquis, j'engloutissais un poêlon de riz au lait, je buvais un flacon de cidre attablé sur le gras de son ventre, je calais mon fromage entre ses seins et lui plantais un bouquet de jonquilles dans la bouche. Ma mère devenait un meuble. Une console. Une table de fête.

Mon repas terminé, je débarrassais cette desserte avachie et méprisable de toutes ses miettes et c'est alors qu'un malaise insondable m'assaillait. Pourquoi soudain le corps de cette vieille salope happait-il mes yeux au point de ne pouvoir m'en détourner ? Dans ce songe, j'explorais sa peau du bout des doigts, tel l'aveugle qui déchiffre une cicatrice. Un frisson me parcourait le dos. Avais-je froid ? Non, j'étais simplement dégoûté par le toucher de sa couenne suintante, le duvet blond longeant ses bras mous, les poils gris de son triangle innommable, son goitre bêtement aplati sur ses épaules piquées de petites verrues. Et là, brusquement, la vérité m'apparaissait.

Parfois, mon imagination semait d'autres images. La Pâqueline était non plus une table, mais une carcasse à débiter en pièces. J'affûtais soigneusement mes lames et, après avoir marqué de pointillés les parties à trancher, j'entamais la bête. Ses bras flasques se détachaient aisément du tronc ; l'Académie de médecine m'en donnerait un bon prix. Ses jambes finiraient en pâtée pour les chiens, surtout ses cuisses où le gras était rassemblé en sillons blanchâtres. Ses dents pourries étaient à jeter aux ordures, mais je préférais m'en assurer, les arrachant une par une ; la racine, lorsqu'elle est saine, peut servir aux charlatans pour vendre quelque remède miracle. Ses yeux… Ah, ces pupilles petites et méchantes qui roulaient entre ses paupières plissées, qu'en faire ? Une soupe délicieuse qui aurait régalé mon chat, pauvre bête jetée dehors depuis la mort de mon père, qui traînait ses douleurs de vieillesse du poulailler au perron, dans l'espoir d'atteindre la première marche avant que ma mère ne claque la porte. Jusqu'à son dernier souffle, il lui manqua la moitié de sa queue, restée coincée dans les charnières ; malgré ses hurlements, la Pâqueline n'avait pas daigné rouvrir, elle avait regardé par la fenêtre le malheureux tirer sur son appendice pour s'en détacher, les griffes raclant la pierre de l'escalier, la gueule déformée par la souffrance. Dans mes songes, je le flattais des caresses dont il était friand, et je lui découpais les yeux bouillis de sa tortionnaire en petites bouchées, qu'il avalait sans martyriser ses mâchoires fatiguées. Il eût ronronné. La soupe eût été bonne et la porte d'entrée toujours ouverte.

Je coupais les cheveux de ma mère pour les vendre au perruquier ; je prévoyais de cisailler son buste en côtelettes à rôtir pour les jeter aux chiens errants, et là, soudain, la vérité m'apparaissait. Cette même révélation que dans l'autre histoire, tout aussi choquante. Dans ce songe qui m'a nourri d'espoirs honteux, ma mère portait la trace du crachat de Satan : pas de nombril.

Alors s'offrait à moi la raison de ces années de haine, son impuissance à aimer, son penchant naturel vers le mal, sa jouissance affichée des chagrins d'autrui, son mauvais rire, sa jalousie féroce des bonheurs mérités, sa moquerie des faiblesses des boiteux, bossus, amputés ou simplement laids, son dégoût pour les enfants et autres créatures bruyantes, sales et inutiles, son obsession de l'argent et d'une respectabilité imméritée.

Cette femelle fécondée par Satan, cette femme qui n'attend aujourd'hui que ma condamnation ne peut avoir donné naissance qu'à un monstre, n'est-ce pas ? Et je nourris tranquillement votre conviction par l'honnêteté de mon récit, finissant de vous convaincre que vous avez mis la main sur le plus vil des hommes.

Une bête humaine.

Vos gazettes se vendront plus qu'à l'accoutumée, on s'arrachera mon portrait qu'un habile dessinateur enlaidira, forçant le trait sur les disgrâces naturelles de mon visage, mon cou tordu, mes yeux de veau. D'un regard penaud il créera des prunelles fourbes, d'un rictus nerveux il inventera une grimace de mépris. On crachera sur le passage des carrioles de prisonniers anonymes, parce qu'on ne sait jamais, « si l'autre ordure est d'dans ». Les bonnes femmes se signeront à mon nom, on poussera les gamines dans leur boudoir, les mères craindront pour l'innocence de leur laideron à caser ; Victordu Renard : un sujet d'écœurement national que sa mère n'aura nommé qu'une seule fois Victorieux.

Vous me jugez encore plus rudement, n'est-ce pas ? Oui, je rêve de découper celle qui m'a mis au monde… Pour sûr, aucun d'entre vous ici n'a jamais conçu pareille horreur. Et pourtant, il est un fils qui maudit sa mère simplement parce qu'elle l'a conduit à la douloureuse conclusion qu'elle le hait de toutes ses forces.

La fortune que j'ai bâtie ne m'a jamais fait oublier cet espoir de vengeance. Je me suis alimenté chaque jour d'une sève dont vous ignorez le goût. Vengeance, mélasse collante et poisseuse qui m'a tenu droit. Debout. Que serais-je devenu sans l'espérance de me dédommager de toutes les malfaisances de la Pâqueline ?

Audition du sieur Victor Renard

Jour IX partie II

Un jour, Jacques-Romain m'avertit qu'il viendrait le lendemain pour une cérémonie commandée par une famille nantie et piquée de musique. Comme il n'avait point récupéré son violon placé au mont-de-piété, il proposa de jouer du tambourin.

– Vous aurez l'air de quoi ? s'était insurgée ma mère. Prête-lui plutôt le serpent de ton père, au moins, ça fait maison sérieuse.

J'avais haussé les épaules et je m'étais précipitamment dirigé vers le mont-de-piété pour y reprendre le violon, muni d'une monnaie d'échange recevable. Je marchais d'un pas ferme, mes talons frappant bruyamment le pavé de la rue des Francs-Bourgeois.

En nage devant l'entrée de cette maison de crédit, je dénouai l'étoffe dans laquelle j'avais emballé la bague violette. Les facettes de l'améthyste scintillèrent et, sans réfléchir, je glissai le bijou à mon doigt. Il était du plus bel effet. Sans que je puisse moi-même l'expliquer, une idée folle me traversa l'esprit ; je tournai les talons et galopai jusqu'à l'angle de la rue des Quatre-Fils-Aymon, face au perron que j'avais une fois contourné pour ne point m'y faire remarquer. J'escaladai les anses d'un pot fleuri de jacinthes et hissai mes yeux jusqu'au premier étage de la maison. Deux femmes bavardaient dans une sorte de petit salon : Angélique, debout, les bras écartés, sa mère s'étant agenouillée pour lui ajuster son ourlet de jupon aux petits points. Descendu de mon perchoir indiscret, je regagnai la clôture et refermai le portillon de bois peint. De toutes mes forces, je lançai contre la vitre le paquet que, peu de temps avant, je destinais au mont-de-piété. Poc ! Il heurta la vitre sans la briser. Je me dissimulai aussitôt.

Angélique ouvrit un battant de la porte, scruta l'horizon à droite, puis à gauche, baissa enfin les yeux et découvrit mon ballot maladroitement ficelé.

Elle détacha le lien et écarta les pans de tissu.

– Oh ! s'exclama-t-elle.

– Qu'est-ce que c'était ? s'inquiéta sa mère depuis la maison.

– Un merle qui s'est cogné dans la porte ! répondit Angélique d'un ton enjoué. Il… il est reparti !

Elle fit scintiller la pierre violette dans la faible clarté du jour déclinant et coula son doigt dans l'anneau. Naturellement, puisque je n'avais pas prémédité mon geste, le bijou n'était accompagné d'aucune lettre. Angélique en reconnut toutefois l'origine par le mouchoir qui l'enveloppait, dont elle m'avait parfois reproché la facture ordinaire.

Cette fois encore, vous devez me juger bien sévèrement. Pourtant, je n'avais rien combiné ; après le rhabillage de la vieille, j'avais constaté que sa famille l'avait emportée gantée, et que j'avais négligé de lui remettre sa bague.

Cette étourderie fit ma fortune : Angélique et moi

étions désormais secrètement fiancés. Je rebroussai chemin, fermement décidé à prétendre que, hélas, on m'avait « refusé le prêt dont j'avais pourtant humblement supplié l'octroi ».

Fraîchement fiancé, mais en secret puisque je n'avais pas atteint l'âge de me passer du consentement de ma mère, je devais réfléchir à ma nouvelle situation. Encore neuf ans à attendre sous l'ignoble autorité de la Pâqueline... Comment supporter cet enfer ? Allais-je pouvoir concilier mes projets de mariage, sans argent ni situation véritable, et l'inconvénient d'une fiancée prostituée ? Je n'en demeurais pas moins dans l'obligation de travailler ce jour-là. Je n'attendais personne, mais un cadavre pouvait pointer son gros orteil à tout moment. Je préférais oublier la cérémonie prévue au lendemain.

On cogna effectivement violemment la porte. Un homme assez gras, la figure étouffée d'une cape enroulée autour de ses épaules, assurément pressé, me bouscula.

– Martin Drölling, annonça-t-il. Je viens empocher ma commande de mumies.

Il avait un fort accent étranger. J'ai su plus tard qu'il était alsacien.

– Monsieur Drölling, lui répondis-je, tout affolé, mon maître n'a pas laissé d'instructions à ce sujet... Je ne sais comment vous...

– Dépêchons, coupa-t-il sans m'entendre. Mon attelage attend ! Pressons !

Il m'avait précédé en claudiquant dans le corridor conduisant au rangement des cœurs. Je compris alors qu'il connaissait fort bien la maison et qu'il souffrait de la goutte.

– C… combien vous en avait-il réservé ?

L'homme ne daigna pas me répondre ; il jeta sa cape au sol et renversa le contenu des trois étagères puis, toujours sans aucune considération pour mon étonnement, compta les paquets à voix haute.

– Seize, dix-sept… celui-ci est trop petit, il compte pour un demi, dix-sept donc… et dix-huit.

Il replia et noua les coins de sa cape.

– Donc, il m'en manque trois, déclara-t-il simplement. Que fait-on ?

– Que fait-on pour quoi ? demandai-je dans une détresse qui me rendait tout congestionné.

– Parbleu ! J'ai payé pour vingt et un, j'en ai dix-huit !

– Monsieur, dis-je en prenant tout le courage nécessaire aux poltrons dans l'urgence de se défendre, mon maître ne m'a rien ordonné à ce sujet et je ne peux vous débrouiller.

– Faites-le venir ! Je n'entends pas traiter avec un subalterne…

Oui, messieurs ! Je l'avoue ! J'étais comme pris dans une sorte de panique, pareil au lièvre dans le poivre. Alors l'idée de cacher le décès de mon maître germa dans mon esprit…

– Mon maître ne viendra pas. Pour ma part, je vous permets d'emporter ces mumies monsieur, parce que votre impatience et votre assurance me persuadent de votre bonne foi ; je n'ai rien pour me garantir cet achat ou son contraire, ni les moyens de vous procurer les organes manquants pour faire bon poids.

Ses gros yeux roulaient en tous sens.

– Mais le dernier est ridiculement petit ! Je n'en retirerai rien !

– Oui, j'ai bien vu qu'un cœur est plus menu que les autres…

– Il y avait jadis un registre, où Joulia inscrivait la provenance de chaque paquet. Montrez-le-moi !

Je priai d'être débarrassé de lui.

– Vous serez fâché car je ne sais où le chercher. Monsieur Joulia ne vendait rien d'autre que des bien portants.

– Vous avez dit « ne vendait ». A-t-il résolu de cesser ce commerce ?

– Pas exactement, dis-je en me tordant les pouces.

– Banqueroute ?

– Oh ! m'exclamai-je, sincèrement choqué.

Drölling plissa les paupières et fit craquer les articulations de ses doigts. Je me sentis menacé.

– J'écoute, insista-t-il.

– Voyez les inscriptions des étagères ! repris-je, espérant faire diversion : « Corps mutilé – Touché par la foudre – Privé de sépulture – Assassiné – Victime d'un accident – Soldat tué à la guerre – Familles renommées – Aristocrates ».

Il pointa son index ganté.

– Et ceux-ci, posés là-haut ? Pourquoi ne pas me les donner ?

– Je ne le puis, monsieur. Il s'agit du cœur de madame la mère de Monsieur Joulia, et là-bas, de ceux qui n'ont pas encore soixante-dix jours de séchage.

Il tapa du pied.

– Je vois que vous ne cherchez guère à m'arranger. La chose est fort simple : vous me devez un dédommagement pour les vingt et un cœurs payés d'avance, et la taille honteusement petite de ce dernier…

– Mais, monsieur, il s'agit d'un enfant du Roi-Soleil !

J'ouvris alors les coins noués de sa cape et brandis le petit paquet en lisant son étiquette :

Fille de Louis XIV
Elisabeth,
DCD en 1662 à l'âge de 43 jours.

Puis je replaçai la mumie dans la cape afin de lire les autres étiquettes. Mon exaspération était manifeste car j'avais abandonné toute politesse et toute prudence.

– Tenez, dis-je avec brusquerie, lisez vous-même !

L'homme ne répondit rien. Je m'emportai alors :

– N'a-t-il pas suffisamment l'air bien gras et prometteur d'un bon jus marron ? Lisez donc !

Louis-Joseph-Xavier,
fils aîné de Louis XVI,
DCD en 1789 à l'âge de 7 ans.

– Et celui-ci, n'est-il point engageant avec son culot bien pointu ? Que nous dit cette étiquette…

Anne d'Autriche
DCD en 1666
À l'âge de 64 ans.

– Un peu trop rancie, la vieille, peut-être ? Mais n'est-ce point dans les vieux cruchons qu'on boit le meilleur vin ?

Drölling, grotesque et poussiéreux, longeait le couloir à grandes et bancales enjambées.

– Fort bien, déclara-t-il. J'emporte ces mumies car je suis pressé. Vous me porterez les cœurs manquants à mon atelier au plus tôt. Je vous conseille de ne pas me faire attendre !

« Pfffow ! » a-t-il postillonné, imitant avec ses doigts la forme d'un pistolet posé sur mon front. Oui, messieurs ! Drölling me menaçait distinctement !

Il disparut, me laissa tremblant de peur ; la mémoire de Monsieur Joulia m'avait légué l'éloquence nécessaire pour convaincre, mais pas assez de sang-froid pour impressionner quiconque.

Une paire d'heures plus tard, lorsque Jacques-Romain reparut, je lui racontai la visite de Drölling et de quelle façon l'homme m'avait terrifié. Mon compagnon se piqua d'organiser l'inventaire des affaires de Monsieur Joulia, manière de voir ce qui pouvait rapporter quelques pièces.

Nous étions en train de fouiller toutes les armoires, lorsque, soudain, la porte du cabinet s'ouvrit. Une silhouette ramassée se dessina dans le contre-jour du corridor.

– Que faites-vous ici ? m'exclamai-je, reconnaissant instantanément les contours de ma mère.

– J'ai bien le droit de visiter mon fils, non ? dit-elle en posant son parapluie contre le mur. Figure-toi que j'ai réfléchi, et ta solution, c'est les crocs. Eh oui, si tu trouves sa réserve de dents, au moins te payeras-tu ton mois de travail. Crois-moi : mieux valent trois chicots que rien dans l'jabot !

Après avoir regroupé au milieu de la pièce toutes les caisses de mémorandums, les échantillons de fil et les croquis d'incisions d'abdomens, nous fûmes forcés de reconnaître que la succession de Monsieur Joulia se limitait à six cents pages d'étude sur son propre travail et deux vestes lustrées aux coudes.

– Tudieu ! jura Jacques-Romain. La bague de la vieille ! Tu m'as dit avoir récupéré une améthyste... Vendons-la !

– Où ça ? ! ? s'étrangla ma mère.

– Bah, au mont-de-piété, affirma le violoniste.

Elle frappa l'armoire du poing. Les monstres oscillèrent dans leurs bocaux de miel.

– Ne faites pas les ânes, menaça-t-elle. Victorniole, t'as une pierre précieuse ?

– Non.

– Menteur !

– Je l'ai perdue, soutins-je en baissant les yeux.

Elle me lança une éponge mouillée de fluides au visage. Je me baissai pour l'éviter, ce qui la rendit encore plus furieuse.

– Consolez-vous, Mère, pleurnichai-je. La comtesse était roturière et la pierre était fausse !

– Calmons-nous ! s'interposa Jacques-Romain. Je crois que nous ne trouverons rien à vendre et que je peux faire une croix sur mon instrument.

Seule une petite caisse de bois peint pouvait encore – peut-être – nous sauver de la pauvreté ; nous fîmes sauter son cadenas afin d'en fouiller le décevant contenu : boutons d'habits fondus ou cassés, dents gâtées et montures de lorgnons déformés. Rien là-dedans ne se pouvait marchander.

Nous reprîmes le chemin de Saint-Chatry, escortés par ma mère qui, marchant rapidement, ne manifesta plus la moindre grogne. Depuis la mort de mon maître, elle ne m'avait pas jeté une seule poignée de haricots à la face, mais nous en mangions toujours autant le soir. Jacques-Romain, sans doute jugé par elle assez coquet, fut invité à partager notre repas et reçut les honneurs d'un godet de bistouille en supplément du vin. Je craignais le pire et je me trompais.

Elle lui présenta le serpent de mon père qui, selon ses conseils, nous octroierait le prestige des grandes maisons. Jacques inspecta l'instrument et humecta le bec du bout des lèvres, un rien dégoûté.

– Pfouiii ! Pomp ! Pfouiiin !

– Horrible ! s'égosilla ma mère. Mais qui sait, avec un peu d'entraînement ?

C'est alors que l'idée crût doucement dans nos misérables citrouilles : puisqu'il était impossible de rembourser l'instrument gagé, pas plus que je ne pouvais fournir à Drölling ses cœurs manquants, nous devions nous procurer des marchandises à vendre et gagner rapidement de l'argent. Je n'avais pas d'autre choix.

Nous décidâmes d'agir dès la nuit, à l'heure où les fossoyeurs regagnent leur logis ; l'outillage nécessaire à notre plan était prêt. Moi, je n'étais pas vraiment disposé ; je voulais fuir, courir au loin et me jeter dans la Seine, ou dans le vide. Mais comment rencontre-t-on le vide autrement qu'en soi ? Je vous promets que nous n'avions prévu qu'une seule et unique expédition. Je grelottais comme lorsque j'étais enfant, qu'un mot de trop avait mécontenté ma mère et que sa figure pincée m'annonçait une raclée bien sentie. Je n'ai jamais tremblé si fort que ce jour maudit.

Le cimetière de Picpus nous mit d'accord car ses fosses communes sont fréquemment remplies et renouvelées. Le gravier bruyant de ses allées devait nous alerter en cas de survenue, car il n'est pas rare, encore aujourd'hui, que des personnes s'y fassent enterrer la nuit.

Immédiatement, nous repérâmes les tombes neuves dont la terre n'était pas encore tassée, puis nous exclûmes les riches de notre sélection. En effet, les familles fortunées payant des soins de conservation plus fréquemment que les pauvres, ces soins durcissant les tissus et rendant la peau moins souple, il était préférable de gagner du temps en débusquant très vite les corps dont les membres et les parties éternelles seraient négociables. La chance nous sourit ; plusieurs tombeaux communaux semblaient convenir. Précipitamment, nous creusâmes la terre en silence, éclairés par notre faible lanterne d'huile. Les corps fraîchement ensevelis nous parlèrent aussitôt : des têtes posées entre les genoux nous avertirent que nous étions tombés sur deux guillotinés et trois pendus.

La récolte s'annonçait maigre : des dents blanches et saines, mais hélas, aucune longue mèche de cheveux récupérable ; les condamnés ont toujours la nuque coupée court et leurs cheveux sont vendus par le bourreau au fabricant de perruques. Nous n'avions remarqué, ni l'un ni l'autre, que le plus maigre des cinq corps était celui d'une femme. Jacques-Romain suggéra de lui trancher les bras et les jambes afin de les vendre aux Académies de médecine, mais aucun de nous n'y parvint. Je me violentai cependant pour découper proprement leurs poitrines et en ôter les cœurs encore bien fermes. Je connaissais la valeur de ce butin.

Après avoir arraché vingt dents et récolté les cœurs, nous décidâmes de refermer la fosse. Mon ami replaça les têtes entre les genoux des guillotinés, puis il releva brusquement la jupe de la femme. Lorsqu'il se tourna vers moi, je vis qu'il s'était fabriqué une moustache avec sa toison. Je crois qu'il pensait me distraire. Au contraire, cela m'indigna. Certes, nous étions contraints à rogner des morceaux de corps, mais en aucun cas il n'était question de se divertir de cette profanation.

Devant le peu de complicité que je manifestai, il reprit sa pelle. Nous refermâmes la fosse sans traîner. Tandis que nous longions l'allée à grandes enjambées afin de nous sauver le plus vite possible, nous fûmes arrêtés par deux yeux dorés et brillants qui nous fixaient au ras de la terre, comme sortis d'un tombeau. J'ai hurlé.

– Un fantôme !

Le spectre poussa un long cri plaintif. Je reconnus alors le braillement menaçant d'un chat, auquel un second répondit ; une bagarre sauvage éclata. Nous prîmes nos sacs et fonçâmes jusqu'à la grille de fer forgé que nous avions escaladée pour entrer.

– Les deux têtes pouvaient faire ma fortune, gémit mon compère. Je regrette de les avoir laissées…

– Personne ne saurait vendre une tête humaine sans trembler d'avoir commis une telle horreur !

Il s'immobilisa dans la nuit et postillonna.

– Tu leur as bien ôté le cœur, toi !

– C'est différent, justifiai-je avec sincérité. Les cœurs ont toujours été ôtés, même aux rois ! Et je l'ai fait convenablement. Tandis que la tête… Oïmé… On ne vole pas la tête d'un mort, enfin. C'est barbare !

Il m'empoigna le col à deux mains.

– Tu ne mesures pas ta chance. Je pourrais t'enfoncer mon gourdin dans le cul et t'en faire goûter le plomb !

– Hola, Jacques ! Ne suis-je pas ton ami ? dis-je en dépliant un à un ses doigts enfoncés dans les coutures de mon habit.

Il plissa les paupières et desserra son étreinte.

– … Je me suis emporté, je le regrette. Tu es mon ami ! Mon seul ami, en vérité… Pfff ! Mais c'est toi qui m'as entraîné dans ce cimetière, n'est-ce pas ?

– C'est vrai, dis-je en rajustant ma redingote.

– Tandis que moi, j'ai vendu mon violon pour régler l'enterrement d'un pauvre vieux dont tu t'empresses d'empoigner l'héritage. Notre amitié est sincère, et nous sommes liés l'un à l'autre par nos petits secrets. Serrons-nous plutôt les coudes !

Époussetant les salissures de mon habit, je balbutiai :

– J'ai gardé la clef de l'ancienne pâtisserie de mon oncle. Le nouveau propriétaire y conserve des moutons pendus aux crochets de fer. Leurs cœurs ressemblent à ceux des humains. Il me suffira de les promettre à quelques clients fidèles en demandant une avance…

– Bravo, c'est une excellente idée ! Va donc prendre la clef de cette pâtisserie et conduis-nous là-bas.

Nous nous dirigeâmes vers le cabinet à grands pas,

impatients de récupérer la clef jetée dans mon vestiaire-cercueil. Il se frappa le front du plat de la main.

– Les bocaux ! Il suffirait de vendre les bocaux de monstres ! Et puis aussi le cœur de la mère Joulia…

– Ah, non ! opposai-je dans un élan de courage ou d'inconscience. On n'y touche pas. Les cœurs de moutons et les bocaux de monstres suffiront.

– Mets-toi à ma place, poursuivit-il. Puisque tu gardes le cabinet et la clientèle, je voudrais bien récupérer mon argent, avec un petit dédommagement…

En chemin pour le cabinet, les premières lueurs de l'aube s'étiraient dans le ciel. Je tremblais à l'idée que les monstres fussent abîmés de vilaines traces, car j'avais négligé de retourner leur bocal depuis plusieurs jours… Jacques oublia de les examiner, son attention se portant sur la clef que nous devions emporter. Je la retrouvai sans difficulté aucune.

Nous reprîmes notre cadence, en direction de la pâtisserie. Le soleil, parfaitement levé au-dessus de nos têtes, ne me tourmenta pas : je savais la boutique fermée, comme beaucoup d'autres, durant ce jour de la fête du Sacré-Cœur. La porte arrière à laquelle il manquait un gond s'ouvrit sans crisser.

Les carcasses de moutons crochetées dans la réserve convinrent parfaitement. L'exposition au nord conservant la viande plus longtemps que le sud, nous pûmes, après de longues heures de découpages, prélever un panier entier de viscères et de dents.

– J'irai vendre le serpent de ton père, puisque ta mère me l'a donné.

– Je m'en fous, lui rétorquai-je. Mais plus personne ne joue de cet instrument.

Mon compagnon se tut.

Nous nous séparâmes fourbus.

Je n'avais plus le temps de rejoindre Angélique sur son lieu de racolage car, les heures passant, elle s'était sûrement découragée. Je songeai alors que cela était probablement mieux, car je ne parvins à calmer mes tremblements qu'une fois revenu vers la Pissotte.

La Pâqueline m'avait attendu pour dîner.

– C'est la dernière fois, glapit-elle entre deux rots. La prochaine fois, t'iras souper chez Plumeau ! J'aime pas manger froid.

Je lapai son brouet sans répondre.

– Où t'étais encore parti ?

– Mère, je travaillais.

– Sac à foutre ! hurla-t-elle. T'étais pas au travail puisqu'un docteur est venu te quérir ici hier soir.

– J'avais à faire au cimetière… dis-je en protégeant ma tête comme un enfant battu.

– Ah… dit-elle posément. Tu remets un certain docteur Pelletan ?

– Non. À quoi ressemble-t-il ?

– Ma foi… grand, bien vêtu mais peu coquet. De grandes mains fines et des manières simples, mais beaucoup de lenteur dans sa façon de parler.

– Cela ne me dit rien. Que désirait-il ?

– Te convoquer pour un gros rafistolage ; faudra graisser ta mécanique demain dès sept heures.

Je montai au grenier.

Mes petites larves blanchâtres dormaient, collées aux branchettes d'osier. Je demeurai un long moment à les observer, le menton posé dans la paume de ma main. De temps à autre, un cocon tremblotait, comme bercé par un léger souffle d'air. Je percevais une vie, une vie battre dans ces œufs de filaments dont on ne pouvait distinguer le début de la fin. J'étais impatient de compter mes premières naissances de papillons.

Un petit équipage m'attendait devant la porte du cabinet. Un homme âgé d'environ cinquante ans descendit de la voiture et se présenta.

– Bonjour citoyen, dit-il en me tendant sa main légèrement déformée aux articulations. Je suis le docteur Pelletan.

– Victor Renard, dis-je.

– Je sais. Dépêchons, dit-il en m'indiquant l'attelage. Nous sommes en retard.

Je n'osai questionner l'inconnu sur notre destination ; il ordonna au cocher de fouetter les chevaux.

Ne sachant où poser mes yeux, je sortis le front par l'ouverture. D'un geste brusque, le docteur Pelletan me rassit sur la banquette et ferma les rideaux de la portière.

Un long moment plus tard, nous descendîmes et nous traversâmes une cour à pied dont l'extrémité, fermée par une lourde porte à barres de fer, était gardée par deux hommes armés. Le docteur Pelletan montra un document que je supposai être un laissez-passer, et l'on nous introduisit dans un jardin surmonté d'un bâtiment très haut et fort sombre, ajouré de meurtrières. Quatre tours aux toits pointus semblaient menacer le visiteur, tels des doigts noirs pointés vers le ciel. Une girouette grinça dans le silence, accentuant mon effarement.

Nous montâmes un escalier en colimaçon jusqu'à rejoindre un étroit palier. Une porte s'ouvrit sur sept ou huit hommes que je ne connaissais nullement. Ils ne se présentèrent pas ; je ne le fis pas non plus, me contentant de demeurer une ombre tremblotante, convaincu d'avoir été dénoncé pour l'usage du cabinet de Monsieur Joulia, dont je m'étais clandestinement emparé.

– J'ai bien connu votre maître, déclara Pelletan en se tournant vers moi. Il fut l'un de mes professeurs à l'Académie et c'est à lui que je dois mon savoir, car il m'avait prêté des livres d'anatomie lorsque j'étais trop pauvre pour m'en procurer.

– Vous devez faire erreur, monsieur. Mon maître n'était nullement médecin.

Il sourit un peu.

– Joulia était professeur, et probablement le meilleur que je connusse. Nous faisions parfois appel à son habileté pour une opération, et c'était toujours avec une infinie modestie qu'il acceptait de nous secourir.

– Je... je l'ignorais.

– Il n'était pas homme à parader. Si sa mort m'a fort marri, j'ai pu l'entendre peu de temps auparavant vanter vos capacités et me dire tout l'espoir qu'il mettait en votre jeune pratique.

– Qu'attendez-vous de moi ?

Je n'osai répéter ma question, me contentant de me

couler dans le tablier et d'enfiler les manchettes qu'un gardien me tendit. Le docteur Pelletan ouvrit une sacoche, de laquelle il arracha un étui de cuir roulé contenant ses instruments. Puis il se dévêtit et protégea son gilet avec une sorte de drap noué autour de sa taille. Les autres personnes attendaient, pieds écartés et mains jointes, pareils à des soldats au repos.

Le silence me devint incommodant.

Deux hommes apportèrent alors un corps dans un méchant sac à châtaignes. Ils le posèrent sur la grande table ; un jus marron gouttait par les coutures du sac. Ce peu de cérémonie m'offusqua, cependant la belle escorte silencieuse me fit espérer un emploi payé double ou triple.

– De la pâte à menthe ? proposa Pelletan aux deux hommes en se poissant les narines de cette préparation qui devait empêcher toute odeur de nous retourner le cœur.

Pelletan dénoua le lien de fermeture. Le cordon cassa et il secoua le sac ; dans le soubresaut, on entendit le clapotis d'un corps mouillé. Enfin, le sac s'ouvrit sur les chairs enflées d'un jeune garçon d'environ treize ans.

– Voici Louis-Charles, murmura le docteur. Il avait dix ans.

– Je suis navré pour votre fils.

– Il ne l'était pas, répondit-il sans détacher son regard du corps meurtri. Louis-Charles était bien plus qu'un fils…

Je n'avais encore jamais examiné une dépouille d'enfant dans un tel état, et surtout, je ne parvenais pas à comprendre comment un petit de dix ans pouvait porter sitôt les marques d'une évidente maturité : une pomme d'Adam déformait sa gorge et sa fine lèvre supérieure était bordée d'un duvet de poils blonds et drus.

– Mort hier, déclara simplement Pelletan.

Les restes de ce... gosse étaient épouvantables. Une telle putréfaction se rencontrait généralement sur les cadavres de plusieurs jours ou de plusieurs semaines ! Je parvins difficilement à masquer mon effroi.

Aujourd'hui encore, vous livrant ces détails que vous exigez, je me sens vaciller.

Un tabouret.

Faites-moi porter un tabouret, je vous prie.

Une partie des cheveux de l'enfant était tombée, son crâne apparaissant par endroits au milieu de ternes touffes éparses, emmêlées et couvertes de poux. Ses yeux n'étaient plus que trous creusés et enfoncés sous la fine peau grise de ses paupières. Sa bouche, mince et autrefois bien dessinée, restait béante sur une dent manquante, les autres étant cariées. Son cou paraissait enflé comme celui des oiseaux qui portent un goitre rempli de graines et d'ordures, la peau rongée par la gale.

Ses bras trop maigres et trop courts pour un enfant de dix ans portaient de multiples cicatrices, plaies purulentes et croûteuses ; ses articulations, envahies d'abcès, avaient doublé de volume.

– Pauvre petit, murmura Pelletan, il vivait accroupi, les bras croisés sur ses genoux. Lors de mes visites, je n'ai guère pu le soulager.

Le torse et le ventre, également couverts de plaques galeuses, présentaient l'aspect d'un pain dont la croûte trop cuite se serait cloquée. Un testicule manquait, probablement remonté dans la tripaille.

– Ne pouviez-vous… Ne pouvait-on le signaler à la police ?

Le docteur me considéra par-dessus ses lunettes.

– Les quatre commissaires ici présents ont…

– Pardon, j'ignorais que ces messieurs étaient de la police.

Ils hochèrent la tête et l'un d'eux balaya l'air d'une main ferme. Pelletan reprit son explication :

– Ces messieurs n'ont été chargés que de faire exécuter les ordres du Comité de sûreté générale : une seule couverture en trois ans, trouée de vermine et de morsures de rats, une infecte nourriture distribuée par une trappe, avec l'interdiction de lui parler au point que l'enfant lui-même perdit l'usage de la parole : il grognait, il gémissait. Tout gardien du Temple osant braver les consignes risquait la guillotine.

– Vous dites, gardiens du Temple ? Mais alors, cet enfant est… était…

– Celui que la reine appelait son « Chou d'amour[1] ». Plus un mot à présent, vous en savez déjà trop. Secondez-moi dans cette tâche infâme qui m'incombe. Vous

1. Pelletan n'était pas seul dans la pièce où fut pratiquée l'autopsie du fils de Louis XVI et Marie-Antoinette. Au moins trois autres médecins y assistèrent : Dumangin, Lassus, Jeanroy, ainsi que les commissaires Damont, Darlot, Bigot et Bouquet, le gardien Lasne et certainement d'autres personnes dont les noms et fonctions restent inconnus. Les témoignages de ces observateurs contredisent les déclarations de Pelletan, qui semble avoir beaucoup menti concernant le déroulement de cette opération.

connaissez le traitement réservé aux dépouilles royales, n'est-ce pas ? Le corps de ce garçon sera jeté dans une fosse et recouvert de chaux vive. Cela ne fait aucun doute. Je ne peux m'empêcher de songer qu'un jour, un jour lointain, la conscience guidera les pas de ses tourmenteurs vers sa dépouille et qu'ils chercheront à la relever pour la déposer en un lieu qui convient à son rang. Pour ce motif, je voudrais que vous embaumiez son corps comme Joulia vous l'a enseigné. Parce que demain peut-être, ou dans cent ans... ils devront le ressortir de terre. Y consentez-vous ?

– Dois-je aussi soigner son cœur jusqu'à dessiccation complète ?

Il eut un petit sourire entendu.

– Mon garçon, cette relique ne doit pas subir le triste sort de celles de ses prédécesseurs.

Ayant refusé la pâte de menthe, les commissaires s'écrasaient un mouchoir sur le nez. Je n'étais pas certain qu'ils pussent assister à mon ouvrage sans défaillir.

L'un des médecins prit la parole.

– Permettez ? L'enfant Capet présentait des signes distinctifs sur le corps[1] que je ne vois nullement sur ce cadavre.

1. Les médecins de la famille royale ont attesté que le fils du roi portait une marque de type naevus à l'intérieur de la cuisse gauche. L'enfant de treize ans autopsié auquel on a ôté le cœur n'en présentait aucune ; c'est pourtant son cœur qu'on déposa dans une urne de cristal et qu'on considéra comme celui du jeune roi Louis XVII, mort à la prison du Temple. De nombreux ouvrages, dont celui de Philippe Delorme *Louis XVII, la biographie*, n'ont pas réussi à mettre d'accord les deux camps ; l'un est convaincu que le cœur est celui d'un autre enfant Bourbon, l'autre, qu'il s'agit bien de Louis XVII.

– Qu'insinuez-vous ? demanda un commissaire d'un air courroucé.

L'autre ne se démonta pas.

– Je n'insinue rien, je m'étonne que des marques de naissance ainsi que les cicatrices d'inoculation contre la petite vérole, présentes sur les deux bras du fils de Louis Capet, ne soient pas visibles sur cet enfant.

– L'un d'entre vous a-t-il lui-même procédé à cette inoculation ? Non ? Alors…

– Le roi l'avait fait faire à titre d'exemple, justement afin d'inviter les populations à l'imiter. Ce n'est un secret pour personne et, si vous l'ignoriez, vous demeurez bien le seul !

– Pour avoir longtemps soigné l'enfant du Temple, se rengorgea Pelletan, je puis affirmer qu'il s'agit pourtant bien de lui.

L'autre médecin leva un sourcil incrédule.

– Soigné *longtemps*, dites-vous ? Pourtant, j'ai ouï dire que vous fûtes autorisé à ne le visiter qu'après la mort de son médecin attitré, et uniquement après qu'on vous eut délivré une autorisation…

Un gardien s'avança d'un pas.

– Je confirme ! déclara-t-il en tournant les yeux vers les commissaires.

– Votre autorisation, dont j'ai ici une copie, reprit l'autre, est datée du 5 juin, c'est-à-dire… d'il y a quatre jours !

Le docteur Pelletan devint cramoisi.

– Je le visitais trois fois par jour ! s'insurgea-t-il. Cela fait de moi la personne la mieux placée pour le reconnaître !

Le gardien reprit la parole :

– Vos visites ont été notées sur le registre : une fois l'après-midi du 5 juin, puis une fois le matin du 6, celui du 7, et enfin du 8. Ce qui nous fait une seule fois par jour, durant quatre jours.

– Et puis ? s'exclama Pelletan. Où cela nous mènera-t-il ? Je reconnais l'enfant ! Voilà tout ! Maintenant, procédons à l'examen et finissons-en…

Il s'empara d'une scie et se plaça auprès du jeune crâne. Incontestablement perturbé, le docteur Pelletan entreprit l'examen du cerveau d'un geste incertain : la lame rippa et entailla profondément l'arcade sourcilière du défunt. Il jeta la scie sur la table d'instruments.

– Faites-le, vous ! dit-il en soupirant.

Il ne faisait aucun doute que ceci m'était adressé.

– Euh… je ne découpe pas les boîtes crâniennes. Je les vide en passant par les narines. Mon maître m'a enseigné les méthodes antiques…

– Eh bien ! Allez comme vous fîtes à tous les autres !

Je repoussai la scie pour lui préférer un petit couteau pointu ainsi qu'un sécateur à fortes mâchoires. Tandis que j'amorçai mon geste sur la poitrine de l'enfant, l'un des commissaires murmura :

– Nous verrons plus tard pour la tête.

L'os central de la poitrine ne m'opposa aucune résistance ; j'écartai doucement les côtes comme on ouvre une porte à deux battants, à gauche puis à droite. Les poumons étaient rabougris et noirs, leur logement empli d'un liquide pestilentiel.

Quelques hommes parmi le groupe sortirent précipitamment.

Je détachai lentement le cœur de ses artères, prenant

garde à ne pas le détériorer. Le gardien ainsi qu'un commissaire sortirent à leur tour.

Pelletan profita de cette agitation pour m'arracher le cœur des mains et l'envelopper dans son mouchoir, avant de l'enfourner hâtivement dans sa poche[1].

J'assistai à ce larcin sans mot dire, craignant l'emportement de Pelletan, déjà bien secoué par ses pairs qui avaient relevé tant de contradictions dans ses déclarations préliminaires.

Lorsque le calme réapparut dans l'assemblée, je m'attachai à sortir l'estomac et les intestins de l'enfant afin de les déposer dans l'urne en terre cuite que l'on me tendait.

– L'intérieur devrait être vernissé, dis-je, sans quoi le pot absorbera les matières.

– Peu importe, répondit un vaillant commissaire resté dans la pièce. La tripe ne sera pas exposée en relique sacrée : elle sera détruite. Faites votre office !

Je dressai la liste des herbes, des aromates et du matériel qui me faisaient défaut. On m'informa qu'il était impossible de me les procurer.

– Je dois alors me rendre à mon cabinet, dis-je simplement. Faites-y-moi conduire et je reviendrai aussitôt, muni de mes indispensables ingrédients.

1. Au cours de ses différents témoignages, Pelletan se contredira souvent, affirmant n'avoir jamais osé s'emparer du cœur puis certifiant le contraire, ou laissant son élève Tillos se faire accuser du vol. Plus tard, Pelletan offrira officiellement le cœur à Mme Tillos, veuve de son ancien élève, afin de disculper son défunt mari. Comment Pelletan a-t-il pu « offrir » quelque chose qu'il prétendait ne pas posséder ?

– Je vous accompagne, déclara Pelletan.

Deux commissaires lui barrèrent le passage.

– Nous avons des ordres ! Qu'il y aille seul.

– Fort bien, riposta Pelletan sans montrer la moindre contrariété. Laissez-moi au moins l'escorter jusqu'à la porte.

Ils reculèrent en signe d'approbation.

Le docteur Pelletan me poussa d'une main ferme et nous dévalâmes l'escalier en colimaçon.

– Tenez, dit-il en me confiant le mouchoir qui contenait le cœur de l'enfant. Prenez-en bien soin et gardez-le jusqu'à ce que je vous le réclame.

– Je ne puis commettre un tel acte.

– Tout doux ! Mon cher, à votre place, je ne ferais pas de minauderies... Votre propre situation coupable ne vous permet nullement de juger mon geste.

L'allusion me sembla suffisamment claire pour que je n'ose persister. Je pris le cœur et le cachai dans ma sacoche.

– Dois-je le conserver dans le miel ?

– Êtes-vous devenu fou ? On le reconnaîtrait au premier coup d'œil ! Quelle autre solution proposez-vous ?

– Esprit-de-vin, puis momification... J'ai besoin de soixante-dix jours pour obtenir une dessiccation convenable.

– Qu'il en soit ainsi !

J'effectuai un aller-retour plus que rapide, et m'employai sans relâche à l'embaumement de l'enfant.

Non, je n'ai pas d'autre élément à vous communiquer sur cette affaire ; je n'ai pas assisté à l'enterrement du corps, trois jours après mon intervention, et j'ignore où il fut jeté. Le cimetière Sainte-Marguerite fut évoqué devant moi, ainsi qu'un cordon de police pour empêcher la foule mécontente, cependant je me suis toujours tenu à l'écart des commérages à ce sujet.

Pourquoi me demandez-vous si j'ai examiné les jambes de l'enfant ? Je n'y ai rien remarqué de particulier. Je regrette de ne pas avoir, ce jour-là, pris le temps de noter par écrit mes observations. Messieurs, j'ai embaumé l'enfant le 9 juin 1795. Près de trois ans ont passé. Dont un au cachot ! Comme vous n'avez guère montré d'empressement à m'auditionner, je me fie à ma mémoire, mais elle peut me jouer de vilains tours…

Non, aucune marque de naissance ne figurait à l'intérieur de sa cuisse gauche, mais sa peau comportait de nombreuses traces de putréfaction sur le testicule, le ventre et les cuisses, absolument incroyables sur un cadavre « frais » de la veille.

Ah, si ! Un détail me revient à l'instant : l'un des témoins a refusé d'emporter une mèche de cheveux lors de la distribution, arguant que sa couleur ne correspondait pas à la chevelure du roi. Je veux dire : du jeune Louis XVII.

Pardonnez-moi, je rectifie : d'après cet homme, la couleur des cheveux n'était pas celle de l'enfant Louis Capet, mort au Temple. « Le fils Capet était blond, assura l'homme. Je l'ai bien vu sur ses portraits. – Certes, riposta celui qui distribuait les mèches, mais l'on sait que les cheveux foncent avec l'âge. »

Le docteur Pelletan avait également dû défendre son opinion concernant la dentition du cadavre, qui ne correspondait pas à celle de l'enfant-roi. L'on dit que le fils Capet portait deux grandes dents de lapin l'empêchant de fermer la bouche ; une fois encore, sachant que les dents des jeunes enfants tombent et repoussent dans un agencement souvent différent, je n'ai jamais cherché à placer mon sentiment sur ce sujet.

Pourquoi voulez-vous que j'aie une théorie sur cette autopsie ? Pour ma part, je n'ai réalisé qu'un embaumement bâclé sur un corps que l'on m'a confié, devant témoins, et contraint d'agir sous leur surveillance plusieurs heures durant.

Finalement, je ne sais si j'ai embaumé un cadavre en haillons emprunté à la basse geôle ou s'il s'agissait du fils Capet.

Non, je ne suis plus en possession du cœur ; il a été remis par mes soins à l'homme que le docteur Pelletan m'avait envoyé, soixante-quinze jours après l'autopsie[1].

Certains jours sont gravés dans nos mémoires, parfois pour une raison inconnue. Moi, je n'ai jamais oublié ce 9 juin pour deux raisons : la première, dont je viens de vous narrer les détails, et la seconde : un cadavre extrêmement ennuyeux me fut déposé l'après-midi même au cabinet.

Comment, votre assemblée exige encore de moi un récit détaillé ?

1. Mme Laure de La Chapelle a découvert dans les archives de la Compagnie de Jésus à Vanves la preuve irréfutable qu'un cœur « de Pelletan » se trouvait entre les mains des héritiers de la famille royale bien avant que la remise officielle d'un second cœur « de Pelletan » ne leur soit faite. Ces traficotages permettent cependant de supposer, d'après les tests ADN, que le cœur analysé en 2000 serait non pas celui de Louis-Charles, mais celui de son frère aîné, Louis-Joseph, mort en 1789.

Il est alors de mon devoir de vous prévenir : vos gens feraient bien de quérir des bassines car les vomis vont peut-être jaillir…

Monsieur Joulia avait prévu qu'un jour proche, on nous déposerait le porteur de sel à embaumer. Je me rappelle parfaitement ses observations :

– Déjà gros comme un moine, il continue pourtant d'avaler à longueur de journée des boîtes de loukoums à la rose et des dragées d'anis en se cachant derrière les portes de la ville.

– Comment le savez-vous ? avais-je demandé.

– Son médecin m'a rapporté que ses urines ont un goût très sucré. S'il ne devient pas goutteux, le porteur de sel sera aveugle ! Espérons que ses dents seront moins gâtées que ses ongles.

Personne n'ignorait sa gourmandise. Les pâtes de fruit fondaient en été dans ses poches, tandis qu'en hiver, on pouvait remarquer sur son menton des gouttes de graisse lâchées par les brioches et les fritures qu'il gobait d'une seule bouchée.

Le corps était bien celui du porteur de sel.

Au Moyen Âge, les saleurs avaient le privilège de porter sur leurs épaules le corps des rois défunts. Ainsi Philippe de Valois fut-il découpé, puis roulé dans le sel en l'absence d'embaumeur. Si la nature nous offrait gratuitement le sel, les rois, hélas, décidèrent plus tard de nous le vendre.

Je me tournai soudainement vers le corps du gros homme. J'avais entendu un ronflement étrange, un frisson caverneux.

Je m'inclinai pour mieux entendre : le curieux bruit,

pareil au craquement des souliers sur les graviers, sortait bien de la tête. Devinez, messieurs. Devinez ce que je découvris dans sa boîte crânienne : un nid de guêpes ! C'était effrayant... ces dizaines de guêpes sifflantes, prêtes à décamper, puis se ravisant en vol, incapables de lâcher leur abri à l'ennemi inconnu. Elles m'attaquèrent par-derrière, où ma tignasse se divise en épis, tandis qu'un bataillon plus hardi m'éperonnait le poignet où la manchette et le gant se séparent. Un troisième groupe pirouetta devant mes yeux, mais il fut bientôt découragé par l'effluve de la menthe forte. Comment étouffer le nid avant l'attaque de l'essaim entier ? Les insectes furieux sortaient un à un de la bouche et des yeux du cadavre. Que faire ? Seigneur ! Je souffrais et je ne voulais pas périr par le dard de ces furies. Zou ! Je m'engouffrai dans le salon d'attente, j'ouvris fébrilement tous les placards, les tiroirs, les cercueils. Là, je trouvai de quoi me sauver : trois boules de jeu de quilles. Deux boules pour boucher chaque orbite et la troisième pour verrouiller sa bouche.

Je coulissai le sac de toile pour débrailler ses épaules, puis aussi sa poitrine et ses bras. Sa peau, d'un rouge brun, pelait et se détachait en petits copeaux frisés. Une jeune pousse de genêt avait traversé son thorax pour se dresser vers la lumière, entre ses seins. Ses racines se nourrissaient du jus savonneux de sa graisse ; l'arbuste était chétif, d'un vert frais, impensable au cœur de cette mélasse humaine.

Savez-vous qu'un corps enterré met huit fois plus de temps à pourrir qu'un corps exposé dehors ?

Vous croyez, comme je le pensais jadis, que les grosses personnes disparaissent lentement ? Que non point !

Elles se changent en squelettes rapidement, car leur viande nourrit plus de larves ; la perte de poids quotidienne d'un gros cadavre est de quarante livres[1] ! Les maigres se dessèchent, tandis que les gros finissent en stalactites grasses dégoulinant sur les joints de leur cercueil.

Oui, j'en conviens messieurs, mais je vous avais avertis : c'est à vomir.

Au premier coup d'œil, je saisis que notre porteur de sel était mort depuis longtemps. Un corps abandonné cinq jours au soleil plombant produit le même résultat qu'un autre exposé dix jours en automne : les ballonnements, les jaspures, la bigarrure des veines et l'affaissement de l'épiderme sont identiques. Le ventre du malheureux était cloqué comme un bouffon qui se force à péter : une semaine de plus dans la nature et nous n'aurions retrouvé que ses os entièrement dégarnis de chair.

On ne voyait point ses bras ; je les supposais dissimulés par les manches de son habit, un peu comme les poupées de ma mère : les étoffes cousues entre elles tiennent lieu d'articulations, mais les manches sont vides de toute matière.

Les mouches à viande étaient venues pondre dans les pantalons du défunt leurs centaines d'œufs. Ils éclosent en quelques heures, puis les larves se mettent très tôt à l'ouvrage, particulièrement lorsque leur festin est à l'abri de la lumière ; songez à leur tranquillité sous les culottes !

1. Un corps obèse commence par perdre environ quinze kilos par jour.

Les asticots sont joueurs, savez-vous ? L'obscurité du sac et des habits leur ayant fait croire la nuit tombée, ils étaient tous sortis de l'épiderme où ils se cachent le jour pour grouiller. Je ne sais pourquoi l'on déteste autant ces petits animaux. C'est bien injuste ! On apprécie la perfection d'un papillon, on s'émerveille devant la mutation d'une chenille, mais l'asticot n'est pas le moins attendrissant des insectes. Mesurant à peine plus qu'un cil, ce bébé affamé dispose d'une bouche munie de crocs formidables et d'un anus tout aussi compétent qui digèrent les parties génitales des morts dont il raffole par-dessus tout ; le saleur semblait être un repas de choix dont ces gourmets s'empiffraient.

Quelques jours de plus dans la nature et ce corps aurait logé des cocons. Complètement soûls de nourriture et gavés de viande putréfiée, les asticots âgés de deux semaines doivent se métamorphoser en mouches ; ils fabriquent leur cocon de chrysalide dans lequel ils s'enferment à l'abri des prédateurs et des intempéries. Mais oui ! Les asticots sont craintifs et frileux... Lorsque Monsieur Joulia parlait des nymphes, il les appelait « pupes ». Comment croyez-vous que l'on détermine la date d'un décès ? Et grâce à qui, je vous prie ? Aux pupes.

Hélas, dans l'asticot, nous ne voyons que l'appât de pêche ou l'habitant du fromage ! Pour nos encyclopédistes, l'asticot n'est qu'une chenille d'insecte qui pond sur les chairs en décomposition. Pour le savant, c'est un nourrisson de race supérieure, vermiforme et acéphale. Ou si vous préférez : avec une tête que l'on différencie mal du cul et sans pattes.

Je me plaçai à la droite du corps, mes instruments à portée de main ; tout ce qui concerne les injections placées près de sa tête, et tout le matériel de ponction rangé près de ses pieds. En vérité, il n'était plus question de ponctions ni d'injections : ses chairs étaient molles et même liquéfiées aux endroits charnus, mais curieusement, un genre de sang suintait encore.

Les oiseaux, jusque-là si discrets, s'affolèrent et battirent des ailes en poussant des cris épouvantables. Quand ils sont énervés par le fumet de chair corrompue, ces petits volatiles gris et presque laids redeviennent carnivores et combatifs.

Le premier temps de l'embaumement est la désinfection. Cela vous étonne peut-être, mais rien n'est plus naturel : « embaumé » signifie parfumé ; pour sentir bon, il faut commencer par cesser de puer. Nous utilisions d'ordinaire un fluide nettoyant bien alcoolisé. Il est traditionnel que certains compagnons le boivent, parce qu'ils ont soif ou parce que l'enivrement les aide dans cette pénible corvée. On conseille de l'épandre sur toute la surface du corps, alors je l'épandai copieusement. Pchtt ! pschtt ! Vous n'imaginez pas les crampes de l'index et du pouce à force de presser la poire du désinfectant. Pschtt ! pschtt !

Ce fluide fortement alcoolisé permet aussi d'éloigner les oiseaux : ils détestent cette odeur. Il n'est pas rare de les voir se cogner contre les carreaux des lucarnes à la recherche d'un air moins infecté.

On recommande de retourner le corps pour laver aussi son dos et toutes les parties nécrosées par l'appui : l'arrière du crâne, le postérieur, les mollets et les talons, mais j'y renonçai car je craignais que son bras ne s'arrachât d'un coup, ou que les boules laissassent échapper les insectes du crâne.

Bientôt, tous les petits habitants du saleur s'affolèrent ; j'entendis les vers barboter dans la panique, tortillés d'ivresse par la brusque mouillure du fluide alcoolisé. On peut s'étonner qu'une créature se complaise dans un pareil liquide, mais celui qui n'a jamais été gavé de jus de chair humaine peut-il comprendre ce que ressent le vermisseau ?

Malgré l'alcool et la pâte de menthe, son odeur était infecte ; le fumet des corps varie suivant chaque défunt. Celui-là rancissait bien. Pour vous, qui paraissez sensibles comme tout et peu accoutumés aux odeurs de campagne, ce serait le remugle, la pestilence. En revanche, pour un nez rodé aux arômes de pâturages, aux excrétions de bestiaux et à la verdeur des purées d'orties, il aurait paru moins affreux ; on l'aurait dit gâté, comme une pièce de gibier oubliée sur la table de chasse. Je suis aguerri à cette odeur pour l'avoir maintes fois flairée dans la bouche de ma mère, où les résidus de repas restent pris entre ses mauvaises dents. Il y a peu de différences entre une viande oubliée huit jours dans une bouche et un mort un peu avancé.

Vous autres, citadins, ne savez que sentir vos fumées de pipes et les parfums coûteux masquant la saleté de vos poufiotes. Mais les morts recouverts de fleurs sentent les fleurs ; les bouquets de lys et de glaïeuls emportent tout.

Quel charmant trafic que celui des fleurs d'enterrement ! On déguise tous les arguments dans ce dernier geste, tantôt fanfaron, tantôt minaudier : le chagrin du pingre est plus souvent illustré par un bouquet de fleurs coupées. Oui, cette manière de bouquet plat et étiré que l'on allonge sur les sépultures me fâche ! Les faux dépensiers déposent leur achat à plat sur la tombe, d'un air zélé, semblable aux soirs d'opéra quand ils méprisent le spectateur profane qui applaudit trop tôt. Le mépris est sans doute une élégance que nous autres gueux ne pouvons cultiver. L'offrande, destinée à crever dans les douze heures sans eau ni vase, se compose de plantes à longues tiges, à floraison flatteuse, cachant la modestie de leur coût par un volume encombrant de feuillages ; on exagère la fougère pour masquer le peu de dépense en fleurs, le tout agencé en éventail orgueilleux. Les nigauds plantent le monument dans un vase ou une jarre offrant une fâcheuse prise au vent, qui s'écroulera fatalement au premier souffle d'air. Les couronnes ont un rôle social : ruineuses et embarrassantes, elles étalent la dépense que méritait le défunt et l'aisance pécuniaire de celui qui le pleure. On les pend parfois au cou des chevaux ou derrière la carriole ; le cahot des roues tremblantes sur le pavé diffuse une odeur entêtante, masquant la puanteur du cadavre gâté, suivi d'un cortège interdit de mouchoirs sur le nez.

J'aime particulièrement les couronnes et les sujets décoratifs confectionnés en petites perles noires et grenat, mais plus encore les faïences ornées de pensées violettes et de discours bourbeux comme « À mon Papa chéri », tandis que ce père ignorait qu'on le chérissait.

Tout ce petit monde élégant et parfaitement éduqué se tient en rang, silencieux, étouffant les gargouillades des estomacs vides, les couinements des souliers neufs, les gestes empêchés d'un habit trop étroit, la morve verte des hivers maussades et les larmes que les autres calculent. Ils se surveillent tous. Ils dosent la fierté d'une veuve qu'ils préféreraient noire et rabougrie, comptent les perles à ses oreilles et chiffrent déjà l'héritage qui ne les concerne pas.

Le porteur de sel arrosé de fluide nettoyant sécha lentement. Il devint propre et pimpant. Bien sûr, vous, vous l'auriez trouvé répugnant. Mais il faut toujours considérer d'où viennent les personnes pour mesurer leurs progrès. Ce pauvre bougre ne pouvait qu'embellir puisqu'on me l'avait déposé déjà tout pourri.

Peu avant midi, je me précipitai enfin rue Maubuée afin d'y retrouver, les jambes faibles et le cœur au bord des lèvres, celle que je considérais désormais comme « ma fiancée ». L'attente me parut infiniment longue ; je guettai les passants, surveillai les couples, dévisageai les autres filles, et considérai les chiens errants avec interrogation. Mais elle ne vint pas. Je retournai à mon labeur, l'âme dévastée.

La bague mauve lui avait-elle finalement déplu ?

Je démêlai le cordon de la chemise du mort pour le délacer délicatement, bride par bride, sans déchirer les racines du petit genêt poussé à l'intérieur de sa poitrine. L'arbrisseau était frêle, avec de petites feuilles arrondies et de courtes épines encore inoffensives. Je le soulevai prudemment par son jeune tronc, soulageant la motte de ses radicelles qui se décollèrent de la chair en longs filaments glaireux, puis j'agrippai un pot. Un pot tout ce qu'il y a de commun, un pot de faïence, un bourdaloue pour être précis.

Les racines prirent naturellement leur place dans l'oblong du récipient ; il manquait de la terre pour les caler et nourrir l'arbuste. Voyez comme je peux rester parfois ahuri devant un ennui simple : il m'était impossible de quitter le cabinet pour courir la campagne à la recherche d'un peu de terre, et je ne pus me résoudre à chaparder la jardinière du perron d'en face. Avec une cuillère et une petite mesure d'étain, je prélevai un peu de graisse du saleur où le genêt avait germé, prenant soin d'ôter les vermisseaux qui s'y querellaient. La matrice nourricière, bien disposée autour des petites racines, s'étira lentement.

À l'instar de mon vieux maître, je récitai une prière du *Livre des morts* égyptien :

Pour toi viennent les plantes qui sortent de la terre, le lin et les végétaux régénérateurs. Elles viennent à toi sous forme de suaire précieux, elles te préservent sous forme de bandes, elles te font grandir sous forme de linge.

Le jeune plant avait noble allure dans sa jolie potiche décorée de semis bleus, mais le gros corps du défunt s'était répandu encore davantage, au point de couvrir presque toute ma table de travail. Je compris alors que la tiédeur du cabinet accélérait sa décomposition et qu'il me fallait rapidement agir. Je posai délicatement le bourdaloue sur la paillasse carrelée, non loin de la petite fenêtre occultée.

Puisque je m'étais bien habitué à la pestilence mêlée de menthe sous mon nez, plus rien ne pouvait m'empêcher dans ma tâche.

Les cheveux, tout d'abord. Il ne restait à présent qu'un scalp glissé vers l'arrière du crâne, dont on ne distinguait plus la couleur naturelle. Je coupai la moitié de son monticule chevelu et ramenai vers l'avant l'autre moitié de ses cheveux encore plantés à la peau, en surfilant à petit points serrés les mèches sur la très fragile couenne du front. L'aiguille perça son lard sans effort et sa chevelure fut aisément remise en place.

Je demeurai rêveur, comme celui que l'on contraint à débrouiller une énigme sans la comprendre. Il me parut alors nécessaire d'ôter les balles, mais j'étais certain d'être aussitôt attaqué par l'essaim logé dans son crâne. Je préparai à cet effet une grosse quantité de crins de cheval, roulés en une pelote bien serrée. D'un geste extraordinairement rapide, je réussis à ôter la première balle, aussitôt remplacée par une pelote, un peu débordant de l'orbite. Aucun insecte n'eut le temps de s'échapper. Imaginez-vous mon soulagement ? L'affaire s'étant déroulée avec triomphe, je m'empressai de pétrir une seconde boule de crins, enfoncée aussi promptement dans son deuxième œil.

Monsieur Joulia m'avait enseigné comment rendre aux yeux creusés par la mort l'arrondi bien gonflé du vivant : en posant des coquilles de noix sous les paupières. Nous en gardions toujours de côté. Ainsi, nous rendions aux paupières évidées le bombé de celles d'une personne endormie. Mes pelotes de crins furent essentielles pour soutenir les coques de noix ; une fois que je les eus limées pour effacer leurs bosselures, elles s'enfoncèrent dans les orbites jusqu'à ce que, un peu visqueuses et miraculeusement conservées, les paupières vinssent les recouvrir à l'aide d'une pince crantée. Enfin, ses yeux avaient repris forme humaine, bien qu'un peu globuleux.

Connaissez-vous les manières d'avantager un corps desséché et rabougri ?

Ah, mais si, vous allez l'entendre ! J'accepterai votre

condamnation pour peu que vous souffriez mon récit dans ses moindres détails.

Certaines fois, nous injections douze litrons[1] d'alcool mélangés avec un peu de gomme dans un corps d'adulte. Par une incision pratiquée au creux du cou, nous sortons l'artère carotide droite ; si elle se présente souplement, nous vissons à son embouchure une canule argentée qui charroie les litrons du fluide de gonflement ; par le même trou, nous sortons la veine jugulaire et nous y plaçons un tube veineux pour l'aspiration du sang et des humeurs. Cela fait, nous commençons l'injection. Dès le passage du premier litron, les veines bleues des mains se gonflent, les oreilles commencent à perdre leur coloration morbide.

Nous arrêtons l'injection après trois litrons et libérons le passage dans le tube veineux pour que débute l'assèchement. Il suffit de pomper sur le mécanisme d'aspiration et les humeurs s'écoulent dans le bocal. Durant l'injection, nous soignons les ongles du défunt, nous vérifions le retour des couleurs naturelles des oreilles, de la plante des pieds. Nous vidons généralement trois fois le bocal. Trois litrons d'humeurs aspirées constituent une bonne ponction, mais si le mort autorisait beaucoup de saignées durant son agonie, il manque souvent de quoi remplir le bocal.

De retour vers la tête, nous retournons la canule pour injecter la partie droite. Nous n'oublions jamais d'explorer le thorax et le ventre afin de nous assurer qu'aucun liquide ne persiste. Il m'est arrivé de déposer un peu de myrrhe et de cannelle en poudre dans la poitrine avant de la

1. 1 litron = 0,81302 litre.

recoudre, parce que je craignais qu'une nappe noirâtre n'inondât le buste avant la fin des cérémonies funéraires.

Vous ne pouvez soupçonner mon embarras, messieurs, car le corps du saleur, déjà trop avancé dans sa décomposition, interdisait tout soin de cette nature, bien qu'un genre d'humeur gouttât encore. Les huiles d'aromates et les fioles de résines parfumées n'étaient pas indispensables ; enfin, j'étais libre d'en user, mais je me souvins de mon bon maître, des courbatures de ses vieilles mains lorsqu'il pilait ces racines. Il aurait peu apprécié que je gâchasse le produit de ses cueillettes.

Le porteur de sel gobait encore sa balle de jeu. J'avais prévu de conserver quelques crins par-devers moi, mais je me trouvai bien démuni : les oiseaux s'étaient emparés des précieux fils et se les jalousaient devant la lucarne dans un tumulte fracassant.

Plus une chiffe ni le moindre crin pour remplir cet orifice avant de le coudre définitivement. C'est alors, messieurs, que je pensai aux poils de sa toison qui n'étaient d'aucune utilité sous ses pantalons ni sur son torse. Je les coupai grossièrement et les pressai en un petit paquet oblong ; les insectes n'eurent pas le temps de m'assaillir lorsque, d'un geste rapide, je comprimai cet écheveau de filasse improvisé contre les dents gâtées du cadavre.

Ma tâche suivante fut de coudre ensemble les deux petits lambeaux à l'intérieur de ses lèvres pour ramener sa bouche grande ouverte vers une attitude convenable. Hélas, le frein du haut se rompit ; sa bouche se rouvrit lentement avec un léger bruit mouillé. J'étais stupéfié ! Je vous confesse qu'à ce moment-là, je manquai à mes devoirs de miséricorde et je pestai après le défunt. L'affaire fut résolue en nouant solidement une cordelière passée à l'intérieur de ses deux gencives, car ses dents restantes ne semblaient pas assez solides pour supporter cette tension en contrainte.

Malheureusement, ses lèvres demeurées ouvertes montraient un peu la ligature. C'était pitoyable. Pourtant, ses yeux bien bombés, ses cheveux habilement plantés sur son front et sa pelade entièrement épluchée lui offraient une distinction qu'il n'avait jamais eue. Enfin, ses lèvres finirent par rester soudées l'une à l'autre grâce à la colle de peau de lapin. Sa figure était presque aimable, lisse et arrondie comme celle d'un bourgeois.

Soudain, j'entendis un frottement léger dans l'entrée. Je me tordis le cou pour apercevoir mon visiteur, mais personne n'entra. Une lettre cachetée avait été glissée sous la porte. Des nouvelles d'Angélique, enfin !

Vous êtes instamment prié de faire porter par tout moyen à votre convenance les marchandises pour lesquelles vous avez été payé, faute de quoi, dans un délai de deux octaves, vous vous présenterez, à l'aube, accompagné de deux témoins, à l'adresse qui vous sera indiquée.

M.D.

Un duel ! Drölling me provoquait en duel ! Moi qui n'ai jamais tenu en main qu'un couteau à dépecer, j'allais perdre la vie dans l'herbe givrée et la brume grise d'un matin d'automne, en toute innocence !

Les cœurs de moutons que j'avais pris soin de rouler dans la saumure étaient encore trop frais ; les soixante-dix jours de séchage n'étaient pas négociables pour obtenir une mumie parfaite. La moitié de la récolte appartenait au violoneux qui n'aurait pas manqué de me tordre le cou si je ne lui procurais pas de quoi reprendre son instrument.

Je courus jusqu'à la remise de Franz, me griffant les jambes sur sa clôture rouillée. Il était occupé à l'enfilage de ses fausses perles.

– J'ai besoin de ton aide, articulai-je au bord de l'asphyxie. Il me faut de l'argent !

– Holà, camarade ! Reprends ton souffle et parlons calmement.

Je lui exposai brièvement mon désarroi : de l'argent pour rembourser le violoneux ainsi que pour me libérer d'un duel, qui me tuerait assurément.

– Mes perles ne valent rien, nigaud, tu sais bien qu'elles sont fausses !

– Je suis donc perdu…

Franz éclata de rire.

– Que non point ! Tu es au contraire un homme à qui la chance sourit : mon affaire de ramastique marche si bien que j'ai pu doter Judith.

– Et alors ? demandai-je.

– Alors, épouse ma sœur.

– Ma mère s'y opposerait !

– Eh bien, je serai ton témoin pour le duel, déclara-t-il, goguenard.

Je tremblais de tous mes membres. Drölling ne ferait qu'une brochette de ma carcasse.

– La Pâqueline est réputée pour sa fripouillerie, reprit Franz. Ne peux-tu la persuader qu'une honnête vierge dotée vaut mieux qu'un fils embroché ?

– Tu ne la connais guère, laissai-je tomber. Tout ce qui peut m'occire fera son affaire…

– L'argent ! L'argent ! martela Franz. La dot de Judith paiera tes créanciers et il te restera même de quoi gâter la vieille !

La solution de Franz me désespérait.

En un éclair, le destin balayait Angélique, que j'allais devoir abandonner pour épouser Judith. Cette idée me déchirait le cœur.

– Ah, mon Dieu ! suffoquai-je, me tenant la poitrine.

– Allons ! lança Franz d'un ton persifleur, m'entourant les épaules de son bras puissant. Ma sœur n'est quand même pas si moche. Si ?

– N… non.

– Alors, c'est entendu.

Cette union, qui avait tout pour me déplaire, pouvait me sauver. Mais on verra que l'affaire, si elle fut un temps à mon avantage, ne fit qu'accroître mon malheur…

Vous allez bientôt l'entendre, messieurs, si toutefois vos gens veulent bien me porter un carafon de vin, ainsi qu'un tabouret. Mes jambes se dérobent tandis que votre intérêt redouble…

Franz avait vu juste : la Pâqueline ne fut guère difficile à convaincre. L'évidence que ma ruine ou mon trépas la priveraient d'un confort encore non assuré mais possible la conduisit à organiser une rencontre avec ma « promise », qui se rendit à notre logis vêtue d'une robe de mousseline jaune pâle. Une paire de girandoles en fausses perles ornait ses oreilles.

Ma mère la toisa comme on examine une jument avant d'en faire l'acquisition.

– Quel âge avez-vous ?

– Je vais bientôt prendre vingt-deux ans, répondit Judith en souriant timidement.

– C'est jeune, affirma ma mère. Les hommes se marient plutôt vers trente ans, et les filles, vingt-six.

– Pourtant, je me sens prête, madame. Et puis, vous connaissez le dicton : « Mariage de jeunes, mariage du bon Dieu. Mariage de jeune et de vieux, mariage du diable. Mariage de vieux, mariage de merde. »

Ma mère accusa le coup sans chanceler et reprit son interrogatoire.

– Votre oiseau est-il mort ?

– ?!?

– Avez-vous cassé la cruche ?

– ?!?

– Bon, quand on est gourde à ce point, c'est qu'on n'a pas encore rencontré le loup. Où comptez-vous vivre ?

– Eh, avec vous. N'est-ce pas l'usage ?

– Déjà deux cochons à rentrer le soir, c'est bien assez de tracas.

– Me permettez-vous de vous appeler Mère ? s'inquiéta Judith.

Ma mère s'assit puis soupira.

– Alors, trois choses à régler immédiatement. La première, on ne m'appelle pas Mère ni Belle-Maman. Je suis Madame Renard, point.

– Très bien, fit Judith.

– Taisez-vous, je poursuis. Deuxièmement, à combien est fixée votre dot ?

– J'en ignore le montant, madame, car je ne sais pas lire les grands nombres.

La Pâqueline déplissa ses paupières et me jeta un coup d'œil oblique à la confirmation du *grand nombre*.

– Troisièmement, je n'ai guère de place pour vous loger, vous et Victordant. Sans compter les chiards que vous alignerez à ma table.

– Pourtant, contesta mollement Judith, votre maison compte deux étages…

Les poings sur les hanches, ma mère commençait à perdre patience.

– J'ai des locataires, figurez-vous, des locataires qui me règlent un loyer. Devrais-je les jeter dehors pour vous donner leur appartement ? Si vous m'en payez le montant… mais dans ce cas, nous ferons ajouter cette mention à votre contrat de mariage. En attendant, occupez-vous de faire publier vos trois bans, car le délai risque d'être court et je n'irai pas pleurnicher chez l'évêque.

Ce fut cette dernière parole qui nous confirma son

accord, à condition de fixer une date garantissant au plus vite l'empoche de la dot. L'époque de l'année nous sauva car – vous ne l'ignorez pas – les consignes de l'Église interdisent toute union durant l'Avent ainsi que pendant le Carême.

– Cette petite fera l'affaire, conclut ma mère tandis que Judith retournait vers sa carriole. Elle possède trois des cinq atouts majeurs : vertu, jeunesse, fortune.

– Que lui manque-t-il ?

– Bah, la beauté et la noblesse. Mais tu ne les possèdes pas davantage. Bon, ajouta-t-elle en décapitant un poireau, je vais enfin pouvoir cuisiner une soupe aux fèves au lieu de les jeter sur ton passage ; on dirait que la chance braque sur nous.

Pour la première fois, je tournai les talons sans craindre une taloche. Je ne pus m'empêcher de songer à la beauté et à la jeunesse d'Angélique, qui eurent été les seules qualités favorables aux yeux de ma mère. Bien sûr, elle m'aurait refusé le droit de l'épouser, mais j'aurais tenté de lui extorquer son consentement. Grâce à quel argument ? Le seul qui pût sembler recevable eût été la grossesse, et j'aurais probablement récolté quelques coups de pelle en plus de son inébranlable interdiction.

La Pâqueline inventoriait les dépenses que la dot de Judith allait enfin permettre.

– Je ferai rafistoler le mur côté nord et les fuites du toit. Il faut aussi songer à remplacer la barrière des cochons et raccorder le boyau d'aisance. Je vais faire livrer du bois et demander au saleur de nous réserver un jambon. Le reste de la dot suffira bien pour rembourser ton peintre et racheter le violon de l'autre sonné.

Puisqu'il était défendu de célébrer notre mariage autrement qu'un jour « ouvrier », je fus contraint de dresser la liste des jours interdits : les dimanches, les jours consacrés à la Vierge Marie tels que la Chandeleur, la Visitation, l'Assomption.

– Un vendredi ? proposai-je.

– Manche à couilles ! C'était bien la peine que ton père se dessèche le gosier à la messe pour oublier que le vendredi est consacré à Jésus. Tu comptes jeûner le jour de tes noces ?

Vivant, mon père aurait dû se rendre au domicile de Franz et frapper à sa porte en demandant si « ce qui avait été promis à son fils était toujours disponible ». Il fut impensable que ma mère le remplaçât dans ce devoir traditionnel. La cérémonie fut célébrée tôt le matin, la Pâqueline ne souhaitant pas se ruiner en chandelles pour un dîner ; nous fîmes donc l'économie d'un éclairage coûteux et d'un interminable banquet qu'il eût fallu agrémenter de plusieurs onéreux plats de viande.

Judith devint mon épouse dans une robe bleue légèrement transparente, doublée d'un fond de cotonnade blanche. Seuls un petit châle de dentelle et quelques rubans dans ses cheveux soulignaient le caractère inaccoutumé de cette journée.

Bloquant un pan de l'ourlet de sa robe sous mon genou, Judith montra qu'elle me serait obéissante en s'empêchant de se relever la première. Un poêle de drap blanc, porté par Franz et ma mère, recouvrit nos têtes lorsque nous échangeâmes nos consentements.

Je manquai m'évanouir. Oui, c'est cela : je garde encore

aujourd'hui de mes noces une sensation d'étouffement ; seule l'idée de devenir le beau-frère de Franz et de me sauver d'un duel me consola. Même s'il me fallait reconnaître que mon épousée était parée de certaines qualités.

Puisqu'il n'était pas question d'un festin dispendieux au cabaret, la Pâqueline commanda un repas amélioré, encouragée par la perspective de la dot de sa bru. La table de sa maison recouverte d'un drap acheté pour l'occasion et le couvert dressé pour quatre personnes, Pâqueline Renard se coula dans le costume parfait de l'hôtesse modèle. Nous eûmes des crêtes et rognons de coq en sauce, suivis d'un fromage de Camembert et d'un ananas découpé en pyramide du plus bel effet.

Comme mon épouse et moi nous apprêtions à regagner le logis de Franz pour notre nuit de noces, ma mère s'interposa.

– Je vous ai préparé une chambre, déclara-t-elle malicieusement. J'ai même fait mieux que cela : je vous ai donné *ma* propre chambre, puisque je suis veuve et que vous êtes deux.

Je demeurai interdit, assommé par cette générosité à laquelle je n'étais pas accoutumé. Je m'avançai, les mains tendues, pour enlacer ma mère.

– N'en fais pas trop non plus, dit-elle en se dégageant pour me repousser.

Cela dit, elle remit une corbeille de confiseries à Judith et nous intima l'ordre de disparaître.

– Si j'étais chez vous, j'aurais déjà pris congé, adressa-t-elle à Franz qui s'installait dans l'espoir de boire quelques verres.

Audition du sieur Victor Renard
Jour X, partie I

Le récit des jours qui suivirent vous intéresse-t-il ?

Non, je n'avais nullement prévu de vous narrer ma nuit de noces.

Pourquoi insistez-vous ?

Probablement avertie par son frère, Judith savait qu'une jeune mariée devait se soumettre aux nécessités de son époux. Elle se dévêtit seule, me tournant le dos, dénoua sa chevelure qu'elle éparpilla sur sa poitrine afin de se dissimuler un peu. D'un geste du menton, je lui désignai le lit préparé par ma mère ; je souhaitais rendre par cet ordre viril l'illusion de ma grande habitude, ou du moins d'une absence totale de crainte.

Elle s'allongea, posa sa tête sur l'oreiller et, sans trembler, tendit la main vers moi. Je m'étendis près d'elle et parcourus du regard ce corps innocemment offert. Puis, montant sur elle et fouillant ma culotte, je sortis ma demi-molle et la pénétrai brusquement. Un petit cri sortit de sa gorge puis ce fut tout. Le front à peine luisant de sueur, je me retirai et m'allongeai à ses côtés.

La vie me jouait des tours : je n'avais pas réussi à pénétrer Angélique, trop ému par son audace enfouie dans les dentelles de mon père, mais je venais d'accomplir mon devoir conjugal sans faillir, en chevauchant une épouse envers laquelle je n'éprouvais pas – encore ? – de sentiments.

– Comment puis-je m'assurer d'être le premier, demandai-je, puisqu'il n'y a pas de sang dans les draps ?

Elle fondit en larmes et cacha sa figure dans ses mains. Je caressai son épaule secouée de vigoureux sanglots.

– Pardon, dis-je. J'ai été maladroit.

– Oh, Victor ! s'écria-t-elle en jetant ses bras autour de mon cou. Je t'aime tant ! Et toi, m'aimes-tu ?

– Je te trouve aimable et fort jolie.

Pouvais-je lui avouer que mon cœur appartenait à une autre ?

– C'est tout ? répondit-elle en souriant à travers ses larmes.

– Laissons la Providence faire son œuvre, tentai-je pour la rassurer. Viens, je vais te montrer un incroyable secret. Mais d'abord, promets-moi de ne jamais en dire un mot à ma mère…

Elle se redressa sur ses coudes.

– Je te le jure, Victor.

Par la trappe escamotable, nous montâmes au grenier, pareils à deux petits conspirateurs. J'intimai à Judith l'ordre de fermer les yeux et de se fier à ma main pour la guider.

– Ne triche pas ! lui dis-je en écartant le rideau de l'œil-de-bœuf. Maintenant, ouvre les yeux !

Judith découvrit mon secret : mes petites larves, fraîchement dégagées de leurs cocons, s'étaient métamorphosées en papillons. Ils virevoltaient joyeusement dans la pénombre, se posaient sur son épaule nue et sur ses cheveux. Judith demeura silencieuse, les lèvres entrouvertes dans une moue d'admiration enfantine et émerveillée.

– Comme c'est beau, murmura-t-elle. Mais pourquoi les laisses-tu dans le noir ?

– C'est qu'ils préfèrent vivre la nuit. D'ailleurs, leur grâce n'a d'égal que leur triste existence ; ils ne butineront jamais aucun nectar de fleur.

– Mais… c'est infiniment cruel de les priver de nourriture, s'insurgea-t-elle.

– Ils n'ont pas de bouche, Judith.

– Alors ils ne peuvent pas non plus s'embrasser, déplora-t-elle en caressant le duvet clair d'un beau mâle posé sur son bras.

Je garde un souvenir ému des traits de ma femme découvrant mon secret ; elle était lumineuse, comme éclairée de lucioles virevoltantes. Il y eut quelque chose de féerique dans ce moment que nous partagions.

– J'aime toutes les créatures volantes, avouai-je. Les oiseaux, les papillons…

– Les chauves-souris ?

– Pourquoi pas ?

– Les mouches ?

– Si tu savais, Judith, si tu savais combien d'aventures les mouches peuvent raconter ! J'en côtoie suffisamment pour te conter mille histoires. Mais je t'avoue que la compagnie des papillons m'enchante davantage ; je ne saurais l'expliquer, mais leur présence m'apaise.

Elle déambula entre les meubles vermoulus et les

malles, passant sa petite main ronde le long des solives du toit mansardé.

– Malheureusement, je dois m'en aller. Les sœurs hospitalières vont pester. Je dois m'y rendre avant les sextes[1], sinon elles me laisseront dehors pendant la messe.

Nous redescendîmes l'échelle à reculons. Je refermai la trappe.

– Qui t'emploie ?

– Quelques dames de qualité. Je lave et raccommode le linge d'une veuve très pieuse qui troue ses jupons à force de se traîner à genoux dans le cloître. Je fais aussi le ménage dans les appartements d'une autre qui reçoit chaque jour des visites ; ils boivent du vin de Champagne, jouent au trictrac et font des musiques. Et je m'occupe d'une fille engrossée par un coquin bien marié, qui paie sa pension à condition qu'elle accouche en silence.

Judith enfonça son chapeau de toile sur ses cheveux et couvrit ses épaules.

– Tu as vu ? s'exclama-t-elle gaiement. Mon anneau de mariage se remarque même à travers mon gant !

Je repris mon service funèbre. J'espérais quelques victimes de la dysenterie ou d'une bonne fièvre pour améliorer mon ordinaire, mais ce jour-là, je n'eus aucun client.

C'est à la faveur de cet ennui que le désir de revoir Angélique me tortura la tripe. Après avoir arpenté les six mètres de la rue Maubuée à sa recherche, et alors que j'étais

1. Prière ou messe de la sixième heure du jour, soit environ midi.

prêt à rebrousser chemin, j'accrochai une fille de la rue Brise-Miche et lui posai mille questions.

– Elle n'est plus là, répondit enfin sa camarade. Madame préfère offrir ses faveurs dans une maison. Tu la trouveras au Palais-Royal.

– Indique-moi son adresse, dis-je en fouillant ma poche à la recherche d'une piécette. Les jardins du Palais-Royal sont vastes et les bordels innombrables.

Elle souleva sa frange brune.

– Y a pas marqué malle-poste ici ! Laisse-moi, tu me fais perdre mon temps.

– Monsieur, s'exclama un crasseux vêtu d'une redingote de velours vert pomme. Décidez-vous à la fin !

Je la regardai s'éloigner dans l'étroite ruelle tandis qu'elle trottait deux pas derrière le pourceau fangeux qui s'apprêtait à la posséder.

Soudain, elle se ravisa et, se retournant, cria à travers la foule :

– Frappe chez le père Constant, si tu en as les moyens, on t'ouvrira !

Messieurs, lorsque vous avez collaboré à la modification des codes criminels, vous saviez parfaitement qu'il était impossible d'éliminer la prostitution des rues de Paris. Avez-vous alors, décidés à mener cette refonte des lois qui ne servait qu'à illusionner le peuple sur le nettoyage de la ville, haussé les épaules ?

Qui d'entre nous, messieurs, a réellement cru que disparaîtrait tout commerce de chair, tandis qu'au même moment la police recevait la consigne de fermer les yeux sur ce marché aux putains à ciel ouvert ?

Comme c'est vilain d'avoir menti au peuple en simulant un esprit républicain ! Comment ose-t-on prétendre assainir la cité transformée en cloaque infâme, et dans le même temps distribuer un almanach des filles publiques, mentionnant leurs noms et leur tarif[1] ? Autant crier sur la place : « La prostitution est un fléau, mais voici la liste des meilleures adresses » !

Naturellement, je me suis procuré ce vieux livret, faute de quoi j'aurais erré des jours durant. Véritable labyrinthe, l'activité lubrique du Palais-Royal – je le précise pour ceux qui n'osent s'y aventurer – est invisible de l'extérieur. Les galeries qui entourent le jardin forment une muraille qui protège les promeneurs des regards médisants autant que des intempéries.

1. Le *Tarif des filles du Palais-Royal* fut édité six fois en 1790 sous prétexte de « faire acte de patriotisme ».

L'éclairage des commerces établis dans les galeries me permit, après la tombée de la nuit, d'explorer chaque recoin de cette forteresse du plaisir passant par le Louvre et rejoignant la Seine. Je pensais orienter mes recherches vers les jardins des Tuileries, situés à quelques centaines de mètres, ainsi que vers les Champs-Élysées, mais c'eût été vain. Et votre « guide de la luxure à l'usage des touristes » ne mentionnait nullement le père Constant, faute d'avoir été mis à jour.

Me faufilant entre les promeneurs, je pris soin d'examiner chaque enseigne de la galerie ; ici, un petit éventaire de livres dégoûtants prévenait les flâneurs du commerce opéré derrière le rideau. Là, une simple gravure de femme nue exposée au-dehors servait de « réclame », légendée d'un texte en plusieurs langues étrangères afin d'attirer vers l'intérieur le badaud anglais ou allemand en manque de compagnie. Je ne négligeai aucun limonadier, cabinet de lecture, marchand d'illustrations grossières, ni les marchandes de mode au maintien volontairement vulgaire. Quatre-vingt-huit commerces passés au démêloir ! Quatre-vingt-huit figures me recevant de la même façon, d'un « va donc chier, toi ! » au plus courtois « Constant ? Non, j'vois pas qui c'est ».

Au théâtre du Cirque, on m'autorisa à déambuler parmi les spectateurs durant l'entracte ; un tiers des clients étaient des filles vêtues de robes délicates et décolletées, les épaules nues sans châle. Elles arpentaient le carreau du foyer, accrochant franchement le bras des hommes non accompagnés. Il était cocasse de les voir retenir le même client dont elles se disputaient les faveurs à coups d'œillades assassines. Mais là encore, point d'Angélique ni de père Constant.

Le caissier du théâtre des Ombres-Chinoises me précipita dehors, me traitant de gueux, de maquereau. Le temps passa et je me désespérai ; les hommes seuls quittaient les théâtres vers huit heures et demie puis choisissaient sur le chemin une prostituée qu'ils emmenaient souper.

Pour finir, au numéro 205, un homme coiffé d'un chapeau mou, d'où s'échappaient quelques cheveux épars et gras, alpaguait la foule :

– Ici, le spectacle le plus monstrueux du monde ! Entrez voir la luxure contre nature ! *Hire, ze spectacle most horribeule. Comine, si ze dix gustingue luxure !*

Pour la somme de trois livres, on pouvait observer une femme nue, fagotée d'un simple linge noué autour des hanches, ainsi qu'une créature musclée, entièrement couverte de poils noirs. Afin d'assister à leur copulation, le spectateur devait dépenser neuf livres supplémentaires. Cela n'était nullement dans mes intentions, et encore moins dans mes moyens.

Je traversai en diagonale les arcades du jardin, passai sous les arches de verdure taillées en son centre puis empruntai une porte de sortie, au hasard. Celle-ci me conduisit dans le passage de Montpensier, où les fenêtres ouvertes de nombreuses maisons éclairées exposaient aux passants la scène charmante de filles assises, occupées à des travaux de broderie et de musique. Comme d'autres flâneurs, je m'accoudai à l'appui d'une ouverture, résolu à abandonner tout espoir de rejoindre Angélique. Ma jeune épouse devait se languir de moi, et je doutais que la compagnie de ma mère pût suffire à combler son appréhension de l'isolement.

Deux hommes entrèrent dans le salon tapissé d'étoffes rouges et or. Aussitôt, les demoiselles abandonnèrent leurs travaux d'aiguilles et se tinrent debout, face à eux. Je les contemplai, toutes aguichant pour se rendre à qui la plus attrayante. Jetant un bref regard vers nous, la mère maquerelle présenta ses douze filles. Aucune ne semblant satisfaire leurs fantaisies sexuelles, les deux coquets saluèrent pour quitter la troupe. Instantanément, la mère maquerelle les retint par le bras (dans un geste rappelant celui des accrocheuses des théâtres) et leur proposa de faire la connaissance de ses deux nouvelles recrues, issues du meilleur monde.

– Et parfaitement saines ! ajouta-t-elle fièrement.

Et là, messieurs... Comment vous dire ma stupéfaction ?

Angélique apparut, gracieuse et blanche comme un ange, donnant le bras à sa compagne de fortune dont je reconnus immédiatement les traits : Louison, fille Fabre, née aveugle et frisée. Elles étaient vêtues de la même robe simple et délicate de coton transparent, doublé d'une sorte de combinaison longue dont le corsage plissé amplifiait leurs gorges menues. Angélique dévisageait les deux hommes, dans l'attente de leur jugement. Louison, les yeux dans le néant, gloussait en triturant les plis de sa toilette.

– Voici Zéphyrine, annonça la maquerelle en désignant Angélique. Presque vierge et encore très innocente. Et Palmyre… Hélas, notre Palmyre est aveugle, mais elle compense son infirmité par une exceptionnelle habileté et peut aussi satisfaire vos désirs ensemble.

– Combien ? requit l'un des hommes.

– Vingt-cinq livres, pour la chambre et Palmyre à votre double disposition durant une heure. La petite toilette est obligatoire, car c'est une maison nette ; naturellement, je fournis la serviette et le savon.

Palmyre-Louison Fabre disparut avec ses deux clients derrière un rideau de velours frangé. C'est alors qu'Angélique dirigea son regard mélancolique vers les croisées et me reconnut aussitôt.

– Victor ! Ah, mon Victor !

Elle s'accouda sur l'appui et me tendit ses lèvres. Je reculai.

– Tu n'es pas venue à nos rendez-vous et je t'ai cherchée partout.

– Comme tu es injuste, protesta-t-elle. J'étais souffrante, par ta faute.

Elle tendit fièrement sa main gauche où scintillait l'améthyste.

– J'avais les cheveux mouillés lorsque tu as jeté ton paquet contre la vitre. En sortant, j'ai pris froid, mais je n'ai jamais été si heureuse de ma vie ! As-tu parlé à ta mère de notre mariage ?

– Euh… J'ai moins de trente ans, je suis obligé d'avoir son consentement. Et comme je l'avais prédit, elle me le refuse.

– Oh, j'ai compris ! gémit-elle. Inutile de m'en dire davantage, on n'épouse pas une putain. C'est ça ?

– Angélique, murmurai-je en prenant ses mains dans les miennes, je t'interdis de parler ainsi. Rien ni personne ne nous empêchera d'être ensemble si nous le désirons très fort…

Des larmes sincères dessinaient un sillon sale sur ses joues trop fardées.

– Donne-moi un peu de temps, lui assurai-je.

Angélique rajusta son corsage et reprit son port de tête façon princesse meurtrie.

– Va, laissa-t-elle tomber. Ne reste pas ici, cela me tourmente trop.

Lui saisissant fermement les poignets, je tentai de la retenir.

– Arrête ce travail… Je te veux toute à moi.

– C'est impossible, Victor.

Je sentais sourdre en moi une colère abusive et illégitime. J'étais un jeune homme marié, mais incapable de gouverner mon attirance pour Angélique.

– C'est à cause de ce Constant dont on m'a parlé ? Ton maquereau, n'est-ce pas ?

– Tu te trompes, Victor. Le mari de Madame Constant me laisse parfaitement libre. Simplement je lui verse un tiers de mes gains. Mais… Maman me croit cousette. Elle compte sur mes gages pour nous faire vivre décemment. Je t'en prie, va-t'en !

Ce que je fis, me promettant de revenir.

Du temps. J'avais prié Angélique de m'accorder un peu de temps... Mais en vérité, pour quoi faire ? Me sortir de ce piège sans cris ? Aucune chance. Répudier ma femme ? Cela eût été injuste envers Judith, et ma mère ne l'aurait pas supporté. Je n'étais pas simplement comme pris dans un collet, mais je me voyais trouillard et fourbe. Ma poitrine se fissurait de tristesse et je me faisais horreur.

Audition du sieur Victor Renard

Jour X, partie II

Paisibles et sans heurts, les semaines suivant mon mariage me firent préjuger qu'une cohabitation chez ma mère était possible. Judith déposait ses gages dans la corbeille familiale, où la Pâqueline plongeait quotidiennement la main. Elle entreposait des réserves de nourritures impérissables : du sel, des champignons secs, de l'huile et de la farine. Puis, ma mère investissait dans quelques pièges à souris, car le chat avait vieilli et ne daignait plus chasser les rongeurs qui trottinaient sous sa moustache. Il dormait en rond, cajolé par Judith qui, apitoyée, avait obtenu de ma mère qu'il entrât les jours pluvieux.

Mon épouse et ma mère flânaient ensemble, cueillaient des fraises des bois, se rendaient à la foire effectuer leurs achats de concert. Les commerçants louaient cette bonhomie nouvelle, découvrant avec enchantement les dents de la Pâqueline, car personne ne l'avait jamais vue autrement que comptant l'argent de la quête ou discutant rudement le coût d'une marchandise. Ma jeune épouse glissait du bois sous la marmite pendue à la crémaillère de la cheminée tandis que, la figure gondolée de minauderies, ma mère tournait une louche dans la soupe.

Judith me gâtait, cuisinait mes plats favoris – langues de canard au miel, rôti de cygne aux navets, tarte au vin – aidée de sa belle-mère qui s'amusait de ses maladresses culinaires et considéra la casse d'une soupière de famille avec une indifférence rieuse. Durant cette période, je découvris le bonheur simple de rentrer le soir après mes journées de labeur ; une vie sans cris ni reproches, le calme des soirées devant l'âtre, la douce musique de conversations courtoises et légères, ponctuées des éternuements cristallins de Judith qui se révélait une excellente compagne, bien que de fragile constitution.

La Pâqueline avait ressuscité les nappes et les serviettes de son vieux trousseau, reléguées, depuis la mort de mon père, derrière ses casiers d'yeux de poupées. J'étais servi le premier, avec maintes gargouillades et questions sucrées sur ma journée. Maman, qui avait relancé son réseau de braconniers du voisinage, s'enorgueillissait d'enfourner chaque dimanche un pâté de lièvre dans le foyer, accompagné d'un conseil domestique.

– N'oublie jamais qu'une viande grillée perd la moitié de son gras, proférait-elle d'un ton docte. Tandis que bouillie, tu récupères tout dans le bouillon.

Judith se montrait bonne élève.

– Mais un peu conne, rectifiait ma mère auprès des voisines qui s'extasiaient sur notre soudaine harmonie familiale.

Je quittais le repas en prenant au passage un fruit dans la coupe de céramique, escorté par mon épouse qui, trottant à petits pas de souris, gloussait des allusions gênantes à nos ébats.

Judith percevait dans le devoir conjugal une marque d'amour dont elle exigeait la preuve chaque nuit, multipliant les audaces et les cajolis face auxquels je ne restais pas insensible. Après le souper, tandis que nous étions seuls dans la chambre, elle prenait soin d'agrémenter ses négligés de coiffures savantes, posait de manière charmeuse sur notre lit ; parfois même, elle faisait mine de lire une gazette (alors qu'elle avait à peine été capable de signer le registre de notre mariage), plissait le nez et tirait la langue comme une enfant appliquée sur un dessin. Ces mimiques m'amusaient et me laissaient espérer que, malgré tout, cette union forcée finirait par m'apporter une sorte de confort bourgeois.

Voyant mon commerce marcher honnêtement, Drölling avait accepté de patienter. En outre, je l'avais convaincu qu'un duel avec un adversaire frêle et tordu de mon espèce serait déshonorant pour lui, comme se battre contre un enfant de huit ans. Naturellement, je m'étais engagé à lui fournir les cœurs qu'il avait payés d'avance, faute de quoi, cette obsession de duel le reprendrait.

Enfin, ma vie semblait devenir plus douce.

Ma mère et sa bru se badigeonnaient le crâne de jus de rhubarbe pour accentuer le reflet blond de leurs chevelures, se coiffaient mutuellement en toutes sortes de fantaisies puisées dans les pages du Cabinet des modes. Elles se cousaient de nouveaux habits dans les étoffes que ma mère n'hésitait plus à acquérir malgré leur prix exagérément élevé, bercées par le tacatac du talon maternel qui les faisait rire.

– Tâte-moi ça, recommandait ma mère à sa bru, tout aussi intéressée par le soyeux d'un fil à tricoter.

Emporté par cette communication plaisante et désireux de libérer Judith du poids de mon petit secret, je conviai un soir les femmes à me suivre au grenier. Judith au-devant et moi à l'arrière, nous rassurâmes ma mère sur les barreaux de l'échelle. Essoufflée, la Pâqueline découvrit mes papillons et souleva les feuillages de troènes à la recherche des chenilles fraîchement sorties de l'œuf.

– C'est charmant, dit-elle. Vas-tu les libérer ?

– Ce serait inutile, expliquai-je. Ils ne se nourrissent jamais lorsqu'ils sont ailés et ne cherchent qu'à se reproduire, puis sont condamnés à mourir.

– Qu'est-ce que ça t'apporte, de les garder ici ?

– Ils sont innocents et insouciants, ils m'apaisent, leur fragilité m'émeut. Leur beauté m'enchante.

La Pâqueline haussa un sourcil puis conclut :

– Moi, je n'aime pas les bestioles rampantes, les larves, tout ça... C'est dégoûtant. Toutefois, tes papillons sont bien jolis, dommage qu'ils soient marron.

Je pensais moins à Angélique, de toute façon moins disponible.

La compagnie était épatante, jusqu'à ce que...

J'ai grand soif.

Messieurs, faites-moi porter à boire, je vous prie.

Jusqu'à ce qu'un de nos cochons, toujours révolté à l'heure de quitter son enclos bourbeux pour rentrer sous notre escalier, obligeât ma mère à le fouetter rudement.

Dans l'agitation, la chevalière de Papa se détacha de son cou et tomba sur le carreau.

Le cochon piétina la précieuse relique puis la mâchonna en grognassant.

– Seigneur ! rugit ma mère, prise de hoquets. La bague en or de Johann, ça fait cher le kilo de boudin !

– Nous la ferons réparer, répondis-je pour atténuer son chagrin.

– Trop tard ! gémit-elle. Il l'a avalée… Comment est-ce possible ?

Alertée par les cris de la bête qu'on martelait à coups de badine, Judith nous rejoignit.

– Bah, dit ma mère, je m'en achèterai une plus noble avec l'argent de la dot. D'ailleurs, j'aimerais bien commencer à en voir la couleur…

Instantanément, nos regards se tournèrent vers Judith qui perçut l'obligation de rompre ce silence par une réponse.

– J'en ai parlé avec Franz, annonça-t-elle en se tordant les doigts.

– Et donc ?

– Et donc… j'ai appris que…

– Que ? insista ma mère.

– Ce serait… une f…

– Une fortune ! ? ! exulta la Pâqueline.

Mon épouse hocha la tête et lâcha timidement :

– Une feinte… un mensonge.

Un hurlement traversa le corridor. Ses genoux ployant mollement, ma mère s'effondra. Puis, comme bottée par un sabot de cheval, elle se redressa.

– Chiffon de latrines ! hurla-t-elle. Sac à merde ! Voleuse !

Et, se saisissant de la badine à cochons :

– Tiens ! Prends ça, Jarni pute ! Gueuse à crapaud ! Quand je pense que je t'ai nourrie, salope, gâtée plus que de raison… Je t'ai donné ma chambre, mon fils, deux paires de bas ! Tiens ! Pour tes cheveux filasse ! Et ça, pour le jambon qui nourrit ton gros cul ! Et puis ça !

Sans réfléchir, et nullement effaré à l'idée de récolter à mon tour quelques mauvais coups, je m'interposai. Surprise, et probablement effrayée, ma mère s'interrompit.

– Déguerpissez !!! hurla-t-elle en rajustant sa coiffure. Foutez le camp d'ici ! Je ne veux plus vous voir dans cette maison. Toi, la poufiote, tu remballes tes marmites de pauvresse et tu me dégages la vue. Quant à toi, Victorticolis… je ne veux plus jamais croiser ta gueule tordue. C'est compris ? Allez, hop ! On ferme !

Nos baluchons furent vite noués. Judith claquait des dents, grelottait de tous ses membres endoloris. Je l'aidai à monter dans sa carriole, nous nous apprêtions à galoper droit devant.

– La voiture reste ici ! ordonna ma mère. Ce sera mon dédommagement. Ouste !

Si vous le permettez, je souhaite interrompre mon récit. L'évocation de ces moments pénibles me torture encore aujourd'hui.

Puis-je obtenir de votre assemblée le vote d'une heure de repos ?

Audition du sieur Victor Renard

Jour X, partie III

Je me sens mieux.

La perspective de ma condamnation à mort ne m'effraie pas. Au contraire, lorsque je songe aux brutalités dont je fus victime jadis, aux sévices que m'infligeait ma mère, j'envisage la mort comme un remède efficace contre tout risque de retour à la pauvreté ou à la douleur. Avoir faim ou froid m'a souvent plus inquiété que le spectacle navrant du couperet.

Nous trouvâmes donc refuge cette nuit-là dans mon cabinet de travail. Rassemblant ses forces et son courage, Judith épousseta une des chambres mortuaires et l'aménagea en chambre ordinaire. Une paillasse jetée au sol nous servit de matelas et, sans renâcler ni prononcer le moindre commentaire, elle ordonna ses petites affaires dans un cercueil.

Cependant, le froid régnant dans ce cabinet la surprit.

– Hélas, dis-je en la serrant contre moi, je n'ai pas de poêle, pas de cheminée.

– Ni de bois ! renchérit Judith. Eh bien, dansons ? Cela nous réchauffera !

Pareils à deux enfants insouciants, nous dansâmes sur le parquet à nous rompre les jambes. Je crois pouvoir affirmer que, à cet instant, je me jurai de ne jamais abandonner cette compagne raisonnable, qui acceptait de partager ma triste existence sans regimber ni formuler à mon encontre le plus petit reproche, et gambadait pour se réchauffer.

– Voudrais-tu que je travaille avec toi ? demanda-t-elle un peu naïvement.

– Oh, non. Tu devrais conserver soigneusement ta place chez les sœurs hospitalières tant que nous n'avons pas assez d'argent pour vivre convenablement.

Nous nous couchâmes, divertis sottement par les gargouillis de nos estomacs vides. Judith se blottit sur le côté, m'offrant le paysage de son dos lisse.

Ne trouvant pas le sommeil, je cherchai dans les pages du carnet de mon père une distraction trompeuse.

Le confessionnal est le théâtre de toutes les indiscrétions que je suis seul à entendre, caché derrière la cabine du curé. Finalement, ces coquettes sont bien pitoyables, avec leur suffisance et leurs airs supérieurs. Petits esprits mesquins, petits secrets, petites vies.

– Bénissez-moi mon père parce que j'ai péché.

– Tu diras deux Pater.

– C'est tout ?

– Oui, c'est tout. Petite vie, petit péché = petite pénitence. Pour qui te prends-tu, roulure ?

Je soufflai ma chandelle et plaquai mon bras sur Judith. Cette nuit me parut interminable.

La colère m'étouffait, l'inquiétude me consumait. Escroqué par Franz, j'avais conclu un mariage inutile qui m'avait brisé le cœur en m'obligeant à abandonner Angélique. Je me retrouvais chassé de mon logis avec une femme à charge et sans dot, dont je n'étais pas réellement épris, ainsi que des dettes à rembourser, à défaut de quoi… ma convocation en duel serait de retour. Dans la pénombre lugubre du cabinet, je m'imaginais tituber dans la rue, vêtu de haillons, suppliant les passants de me jeter une pièce, ou pire encore, embroché et agonisant dans une flaque de sang que les témoins enjambaient avec indifférence.

Un véritable cauchemar, les yeux ouverts dans le noir.

Je me levai fort tôt, décidé à en découdre avec Franz dès l'ouverture de son atelier de fabrication, mais je me heurtai à sa porte close. Je m'en retournai au cabinet. Judith était déjà partie pour effectuer sa journée de corvées chez les sœurs.

Pour ma part, la nuit blanche m'avait porté conseil ; j'étais résolu à accroître ma clientèle par une méthode quelque peu inhabituelle : la réclame.

Ah ? J'entends ici des cris d'indignation… Quoi ? Faire de la réclame en faveur de la mort ? Méprisable ! Ignominieux ! Pourtant, les racolages hurlés dans les rues à l'embauche des soldats, qu'on envoie aussitôt mourir au combat, ne vous offusquent pas… On fait de la réclame en chair à canon ! N'est-ce pas là une sollicitation de mort déguisée en promotion ?

Je poursuis donc mon récit.

Ma première interrogation fut la suivante : qui pourrait me fournir en primeur la nouvelle d'un décès ?

Réponse : ceux dont on sollicite (parfois hâtivement) les derniers sacrements : prêtre, vicaire et, épisodiquement, l'accoucheuse pour les nouveau-nés en piteux état.

Solution : me faire connaître de ces gens.

La source de mon inspiration : il est impensable pour les familles de conserver leur macchabée parmi les meubles et non loin de la marmite à soupe sans craindre l'odeur, les maladies et le remplacement d'un matelas neuf.

Je me rendis au bureau de la gazette locale afin de négocier la parution de ma réclame, moyennant un paiement retardé. Bien disposé à mon égard, le directeur de ce journal accepta ma demande ; il profita de ma compétence pour glaner deux ou trois renseignements à propos de son beau-père goutteux et pingre, dont l'interminable agonie pourrissait le moral de son foyer. Une fois qu'il fût assuré que je m'engageais à récupérer le corps de son infirme le moment venu, nous nous serrâmes la main.

Trois jours plus tard, mon petit article présentant les avantages de mon art parut :

Catholiques, protestants, calvinistes et autres…

Que faire de vos défunts lorsque la Grande Faucheuse a frappé votre foyer ? Les nouvelles sciences nous enseignent que la proximité d'un corps nuit gravement à la santé des enfants et des bien portants. Les maladies augmentent par la chaleur selon les mois de l'année et par les chandelles de veillée, alors chacun s'empresse d'enterrer son mort. Hélas ! De nombreux cas d'enterrements de personnes vivantes se sont produits !

LE CABINET JOULIA-RENARD *vous assure contre ce risque en conservant deux ou trois jours le défunt dans ses chambres mortuaires. Notre surveillance quotidienne est la seule garantie contre l'enterrement d'un vivant !*

De nos jours, qui ose se présenter à la porte d'un salon sans fard, mal fagoté, sans esprit ni réputation ? Nous sommes nombreux à rectifier notre mise dans le miroir de l'antichambre avant toute représentation ; une cravate mal nouée, un fard rance et c'en est fini du bel effet que l'on escomptait produire.

LE CABINET JOULIA-RENARD *prend soin de votre tournure pour réussir l'épreuve de passage des portes du Paradis : habillage, fardage, camouflage des plaies, vos défunts sont présentés coquets et gracieux devant l'Éternel !*

Pour vous, familles aisées, souhaitant faire ôter le cœur de votre défunt pour le déposer dans une urne à l'intérieur de votre chapelle privée, ou dans l'oratoire de votre fief, LE CABINET JOULIA-RENARD *se charge de cette opération et de l'acheminement des viscères momifiés.*

Pour les plus modestes, nous proposons plusieurs choix de gardiennage, de fardage et de conservation.

CABINET JOULIA-RENARD,

Rue des Quatre ★★★

FERMETURE LE DIMANCHE, COMME AU PURGATOIRE.

La religion calviniste promettant le paradis à tout croyant, je n'avais guère d'illusion sur l'arrivée de cette clientèle. Cependant, la foi populaire sur l'efficacité des messes et d'une présentation esthétique pour le rachat des péchés nourrissait mes espoirs. Il ne me restait plus qu'à attendre le retour de ma propagande.

Or, moins d'une octave plus tard, je reçus moult billets et messages de familles embarrassées par malades, vieillards et crétins, qui insistaient pour « réserver » une place dans mes chambres mortuaires.

Judith et moi dûmes aménager en urgence les pièces du cabinet afin de satisfaire la demande, sans transformer les lieux en dépendances de la basse geôle ni corrompre le peu d'espace que nous conservions à notre usage personnel. Chaque jour, je me félicitais d'avoir épousé malgré moi cette bonne âme, qui embrassait la vie comme on sourit à l'ennemi pour le désarmer. Rien n'entachait jamais sa bonne nature.

– Je n'ai aucun mérite, disait-elle avec modestie. Je suis née ainsi, toujours joyeuse.

Sitôt rentrée de son emploi, elle s'activait à laver les draps souillés, recevait les familles soulagées ou éplorées, proposait une boisson à ceux que je devais faire patienter, notamment lorsqu'un habillage se révélait prématuré du fait de la raideur cadavérique des membres.

Mes premiers clients profitèrent de mon incapacité à prévoir des tarifs, aussi eurent-ils – malgré leur inconfort – la sagacité de décider eux-mêmes le prix de mes services. Soucieux d'offrir à leur défunt une coquetterie de présentation, d'autres dans la gêne me payaient en légumes, en gâteaux et en bouleversants remerciements pour avoir rendu à leur cher cœur un faciès débonnaire.

Toutefois, avant de rencontrer la fortune et que ma *réclame* ne devienne rentable, j'agis dans l'affolement pour rembourser Drölling : je retournais les rangements et saccageais les tiroirs de mon vieux maître à la recherche d'une bagatelle, n'importe quoi qui pût le dédommager ou, à tout le moins, adoucir son humeur, lorsque, soudain, un paquet froissé roula entre mes pieds. Je le dépliai en le déchirant un peu. C'était le cœur momifié de madame mère Joulia. Mû par je ne sais quelle crétinerie, je m'emparai d'une plume et de mon encrier pour tracer en lettres obliques, imitant parfaitement l'écriture de mon maître :

Henriette d'Angleterre
DCD en 1670, à l'âge de 26 ans.

Puis j'enfournai dans mes poches deux autres paquets, sans prendre la peine de les déballer.

– Me voilà sauvé ! pensai-je en suffoquant. Je vais immédiatement les porter à Drölling, puis je n'aurai qu'à revenir terminer mon travail.

La veste déformée par les trois cœurs enfoncés dans mes poches, je suivis la rigole de pisse qui longe notre rue puis je traversai le pont jusqu'au parvis de la cathédrale. Terriblement essoufflé, la poitrine enfoncée par l'asphyxie et la gorge sèche, je parvins à l'atelier du maître.

On m'introduisit dans son immense et lumineuse salle de travail ; deux apprentis terminaient les drapés d'une peinture religieuse. Drölling bondit soudain derrière un chevalet, poussant un cri de satisfaction qui fit sursauter ses élèves. Je lui tendis les trois cœurs empaquetés, guettant sur son visage un sourire de contentement. Sans le moindre égard envers moi, il démaillota le premier et lut son étiquette : *Henriette d'Angleterre.*

– Oh, oh ! Son jus devrait rendre un brun très exquis… Connaissez-vous son histoire ?

– N… non, répondis-je, un peu craintif.

Il soupesait l'organe, le faisant sauter dans sa main.

– Un peu léger ! Il est vrai que cette pauvre Grande Mademoiselle a bien emmerdé son monde. Songez que, mal embaumé après qu'elle fut morte, son cœur fut déposé dans une châsse que portait un abbé sur ses genoux. Le cœur explosa dans le carrosse et causa une grande frayeur à l'aumônier qui hurla de toutes ses forces sur le chemin du Val-de-Grâce[1]. Vous m'apportez donc les morceaux dispersés que l'on a remis ensemble. Voyons les autres !

Philippe Ier d'Orléans
Frère de Louis XIV
DCD en 1701, à l'âge de 61 ans.

– Une bonne famille pour mes couleurs, j'apprécie beaucoup le caramel dynastique ! Je suis toutefois désappointé, car je m'attendais à recevoir les mumies de Louis XIII et de Louis XIV.

Je savais que Monsieur Joulia les avait déjà vendues à Saint-Martin pour sa *Vue de Caen*, cependant je gardai espoir que, inattendu et gratuit, le troisième paquet comblerait Drölling. Je me hasardai à plaisanter :

1. Les cœurs furent transférés en 1696 dans une armoire de marbre dans la crypte située au-dessous de l'autel de la chapelle Sainte-Anne, accessible par la chapelle du Saint-Sacrement. Seuls les cœurs embaumés d'Anne d'Autriche et de Philippe d'Orléans étaient posés sur l'autel dans un catafalque décoré (*Dic. historique des rues de Paris*, notice « Rue Saint-Jacques »).

– Un anonyme bien embaumé vaut mieux qu'une relique sacrée de galeux ! La gangrène de Louis XIV a corrompu son viscère. Vous savez bien que les nécrosés perdent leurs vertus au séchage.

Il me prit le bras et m'entraîna jusque dans le fond de son atelier. Là, il souleva les voiles recouvrant six peintures et articula d'une voix un peu lasse, comme un professeur fatigué de répéter les mêmes leçons :

– Que remarquez-vous sur ces peintures ?

– Les bruns sont fanés, dis-je, tout ravi de trouver une réponse.

– À la bonne heure ! s'exclama-t-il. Et donc ?

Et donc, et donc… Il me fallait inventer une nouvelle réplique, prenant le risque de le mécontenter. J'examinai les six œuvres, toutes différentes. Elles représentaient pourtant chacune la mort dans sa plus effrayante laideur.

– Je peins l'histoire des rois de France, leurs crimes et leurs injustices, avec leur propre cœur. Chaque tableau représente à la fois l'œuvre d'un roi et porte son symbole tracé au jus de sa propre mumie !

– Original, laissai-je tomber.

– Parfaitement dégueulasse, ajouta-t-il, satisfait cependant de lui-même.

Drölling désigna la première peinture : un arbre sec dont le feuillage était composé de cadavres en putréfaction pendus à ses branches.

– Je vous présente Louis XI, ici montré par son supplice favori. Approchez-vous… Admirez le symbole caché : le cœur du roi est peint sur l'écorce de l'arbre, avec le jus de son propre organe.

La deuxième œuvre, où figuraient le chiffre et le cœur

d'Henri IV peints sur un carreau, représentait une marmite remplie de femmes cuisant sur le feu.

– En souvenir de sa poule au pot ! Ah, ah, ah ! N'est-ce pas amusant ? La poule au pot, avec les quarante-cinq maîtresses royales !

Sur le troisième tableau, Louis XV était représenté au milieu d'hommes et de femmes à têtes de morts. Assurément inachevé, le tableau n'était pas plus fâcheux qu'un ex-voto d'amateur.

– Il me faudrait celui de Louis XV pour finir cette ébauche.

– Impossible, monsieur. C'est l'unique roi qui n'a jamais été embaumé, à cause de la variole. Trop contagieuse.

– Je vous prenais pour un manche à couilles, déclara Drölling. Mais je perçois que vous en savez plus que quiconque sur le sujet !

Cette remarque m'encouragea à réciter tout ce que mon maître m'avait appris, non sans fierté puérile.

– Et presque vingt ans après, lorsque les révolutionnaires ont ouvert son sarcophage, son corps mangé par la petite vérole était liquide au fond du cercueil. À mon avis, personne n'a jamais pris le risque de prélever ses viscères, ni de patouiller dans sa bouillie.

Suffisamment dégoûté, Drölling me poussa vers le tableau suivant : un homme, grandeur nature, était dévoré par les vers, les vautours, les rats et les scarabées.

– Qui est-ce ? demandais-je, sincèrement intrigué.

– Louis XIV, bien sûr ! J'attendais son palpitant pour peindre l'étiquette de sa devise, « L'État c'est moi ». Mais bon, j'allais oublier notre troisième paquet. Serait-ce lui ?

Retourné vers la table où étaient posés mes trois ballots, Drölling démaillota le dernier, s'étonnant de la saleté de son étui.

– Les taches de rouille sont à éviter, mon garçon. Du plus mauvais effet sur une mumie.

Tandis que, admiratif, je contemplais le geste de ses élèves persévérant sur le bleu céleste d'un manteau de la Vierge pieds nus sur un serpent, Drölling éructa.

– Qu'est-ce que c'est que cette merde ?

Je me rapprochai de lui et baissai les yeux vers la vieille toile. Oh, mon Dieu ! Ce troisième paquet n'était pas un cœur, mais… le vagin de mon père. Je ne me souvenais pas avoir roulé le boyau et sa poire de gonflage dans un épais linge à mumie, mais l'évidence était bien là, sous mes yeux : trois épaisseurs de lin sale avaient attribué à la chose une apparence trompeuse de cœur. Quel nigaud !

Sans fournir la moindre explication, je m'en emparai et m'enfuis à toutes jambes. Je ne saurais vous dire ce qui me terrorisait, probablement tout à la fois : l'usage que Drölling avait fait des mumies royales, la crainte qu'il ne me tue, la honte resurgie face au vagin de mon père.

Je courus plus vite qu'un cheval au trot, bousculant un marchand de fruits. Le vent hurlait à mes oreilles. En renversant les seaux d'un porteur d'eau, je dérapai dans la rigole. Les passants rirent de me voir étalé dans la boue et je terminai mon parcours haletant, puant et hagard.

Enfin, la porte du cabinet claquée derrière moi, je pus reprendre mon souffle, à l'abri des regards moqueurs et des injures. La sueur coulant sur mes paupières me piquait les yeux. Le couloir ondulait devant moi, les gravures encadrées se balançaient au bout de leur clou, le plafond s'abaissait comme pour m'écraser. Je crus devenir fou... convaincu que Drölling maintiendrait notre duel.

Pour la première fois, je lus la Bible. Je n'avais jamais réussi à m'astreindre à cet ennui. Existe-t-il des gens bêtes au point d'apprendre le « Notre Père » sans qu'on les y oblige ? Je pensais à toutes ces menaces terrifiantes que Papa m'avait martelées, aux brutalités de cette méchante et grosse putassière qui me servait de mère, aux quolibets des filles du pont quand je marchais derrière elles, Victordu aux ignobles gilets brodés pour mon frère et moi, aux demi-veaux que je portais sur mes épaules avec l'oncle Élie, à la bonté un peu triviale de ma chère tante Philiberte derrière son comptoir, au mépris dédaigneux de Franz depuis que l'odeur macabre s'imprégnait dans mes habits, aux anniversaires que l'on me souhaitait comme des souvenirs odieux qu'il valait mieux taire, à la responsabilité d'un commerce dont je ne connaissais pas la moitié des recettes. Et je me sentis accablé de malheur. Une mouche bleue en hiver n'aurait pas déprimé davantage : au-dessous de zéro degré, elles sont en léthargie. Voilà, j'étais une carapace vide, le cerveau dans la brume.

Depuis l'audace de faire cette réclame, dont j'espérais tirer tous les profits et la plus éclatante revanche, j'avais perdu le sommeil et l'appétit. Le moindre bruit m'effrayait, alors que Judith comptait sur ma vaillance pour nous défendre. Venait-on pour m'escorter vers le champ de la mort ? Allait-on m'expulser de ce commerce hérité faussement ?

Même devenu riche, je n'ai cessé d'avoir peur. On croit que l'abondance de biens nous guérit, mais c'est un leurre. En dégustant ma richesse, j'ai goûté une nouvelle crainte : celle de tout perdre. Le frisson de l'effroi m'a fait longer les murs comme un assassin.

Jusqu'à ce soir.

Que m'arrive-t-il ?

Votre assemblée de petites gens me donne la nausée, bras cassés mesquins, vos gueules de chasseurs au dahu ne m'effraient plus. Je suis perdu ! C'est fini ! Je vais mourir et cette certitude m'ôte subitement toute appréhension de vous déplaire…

Mon récit touche à sa fin. Hier encore, cette perspective me faisait trembler, à présent, je m'en fous. Oui, c'est cela ! Un désir absurde de vous insulter me chauffe la langue. Qui m'en empêchera ? Vos gens, naturellement. Mais vous ne leur ordonnerez pas de me bâillonner, puisque ma vie vous dégoûte et vous captive. Oserez-vous me décapiter sans connaître la chute ? Tssss ! Je suis votre Schéhérazade, votre conte des Mille et Une Nuits. Victor Renard, ou mieux encore, Victor de la Renardière, *comte* des Mille et Une Vies. Regardez-vous, accoutrés comme des gueux, veste noire assortie à vos dents. Que pourrais-je hurler qui m'allège véritablement ? Tenez, je vous emmerde.

Ah ! Voici vos gens d'armes ; le pas décidé, ils vont se ruer sur le criminel, entraver ses bras et l'entraîner vers son cachot.

À demain ! Puisque vous ne pourrez vous passer de moi pour vous divertir, Républicains de mon cul !

Vive le roi ! Lâchez-moi donc, je connais le chemin.

Audition du sieur Victor Renard

Jour XI, partie I

Pute borgnesse !

Me voici fort aise de retrouver vos mines fraîches du matin. Avez-vous bien dormi, gentes commères et messieurs les éclairés ?

La sagesse doit gouverner, aussi ai-je songé la nuit dernière à ne point vous faire poireauter davantage.

Cinq mois après mon annonce dans la gazette, le cabinet devint trop étroit pour mon activité. Par l'entremise d'une pensionnaire des sœurs hospitalières, Judith eut connaissance d'un appartement à louer rue des Poulies[1], situé au premier étage d'un immeuble convenable, peut-être trop pour notre bourse fraîchement remplie.

Ma femme découvrit l'ivresse des dépenses et s'octroya de longues promenades dans les rues où les commerces ne lui étaient plus interdits ; elle commanda des meubles, du linge et de la vaisselle. Un livre de cuisine lui révéla les recettes nouvelles appréciées à la table des foyers bourgeois ; elle l'acheta et suivit, tirant la langue telle l'enfant appliquée,

1. Actuellement rue du Louvre.

les consignes pour devenir un parfait petit mitron. Bientôt, ses dispositions culinaires se remarquèrent : mes culottes devinrent étroites. Judith s'occupa de me façonner deux habits, un pour travailler, un second pour parader.

Le premier étage de notre immeuble était occupé par des couples aisés, qui prêtèrent peu d'attention à notre arrivée à l'exception d'une famille étrangère dont je ne pus déterminer l'origine sur le peu de mots que nous échangeâmes lors de notre bruyante installation. La livraison des meubles neufs occasionna la contrariété de notre voisinage qui ne manqua pas de commenter la modestie de notre équipement ; nulle marqueterie précieuse ni bois exotiques, pas d'aiguières ni de couverts vermeils. Tel était le choix de Judith, dont le raisonnement me convenait :

– À présent que nous avons un peu d'argent, je préfère louer un logement élégant et le meubler gentiment plutôt que d'amonceler des bibelots dans une grotte humide.

C'est ainsi que, doucement, ma femme établit notre condition. Selon la nouvelle mode, elle aménagea une « salle à manger » au centre de laquelle trônait une table ovale, entourée de huit chaises au piétement arrière incurvé, ornementées de perroquets en bronze et regardées comme l'indispensable acquisition des bonnes maisons ; un buffet deux corps vint parfaire cet ensemble, soutenant l'apparence bourgeoise que nous ambitionnions par deux portes vitrées au travers desquelles on pouvait admirer les bocaux de carottes figées dans le vinaigre.

– Il nous faut absolument un petit cabinet de curiosités, décréta Judith.

– Ceci est totalement démodé !

– Tu te trompes. Mes dames du couvent en parlent

avec leurs invités. Rien ne les amuse davantage qu'un buffet de découvertes, dès l'instant qu'on y expose des créatures et des bizarreries de la nature.

– Nous devrions commencer par rencontrer des amis ! répondis-je, mi-amusé, mi-amer. À quoi bon réunir des divertissements si personne ne vient en profiter ?

– Invitons Franz et proposons-lui d'amener quelques connaissances en même temps que son sucre ?

– Ce n'est pas de cette compagnie-là que je souhaite décorer mon salon, dis-je. Mais plutôt de nouvelles rencontres… des gens lettrés et aisés de mon âge.

– Mon ami, rectifia-t-elle sensément, je pense que ce sera l'un ou l'autre. La poésie et les recettes ne sont guère compagnonnes dans la même poche, surtout à vingt et un ans. Les couples aisés sont souvent vieux !

Après bien des jours et des heures de flâneries, nos tiroirs ainsi que nos étagères se trouvèrent garnis d'un moutardier de faïence fleurie, d'un huilier de verre ciselé fiché dans un socle d'argent, de cuillerons à sel, à sauce, d'un beurrier et d'un sucrier en cristal de Bohême. Une louche de métal argenté acheva l'élégant service d'assiettes godronnées que Judith déballa d'un coffre en planches, vérifiant chaque pièce qu'elle tint sur trois doigts et fit résonner d'une pichenette. Le tintement de la porcelaine l'enchanta.

– Quel gâchis, se lamenta-t-elle, de n'avoir personne à qui exposer ces apparats ! Mais tu verras, un jour, nous aurons des amis et j'organiserai une grande réception !

Elle dressa une sorte de liste de convives à la manière d'une invitation à souper, consignant un commentaire personnel derrière chaque nom.

– Franz ? *Ma dot restée en travers.*

– Les sœurs hospitalières ? *Cloîtrées, ne délient leurs génuflexions que pour aller s'empiffrer au réfectoire.*

– Pâqueline Renard ? *Plutôt crever.*

– Mes patronnes ? *Ne frayeront pas avec une ancienne domestique.*

– Les filles Fabre ? *La fausse nonne ne sort jamais du couvent. Je ne connais pas les deux autres. On dit que l'une est aveugle, l'autre imbécile.*

– Les clients du cabinet ? *Mauvaise idée : se moucheront sur mes coussins neufs.*

– La veuve Martineau, patenostrière ? *On dit qu'elle ne lâche sa poussière d'os que pour vous livrer ses bondieuseries.*

Puisqu'il nous était impossible d'inviter quiconque, faute d'amis ou de relations distrayantes, je décidai d'offrir une petite surprise à mon épouse.

– Nous allons souper dans un restaurant ! annonçai-je.

– Tu veux dire une auberge ?

– Ah non ! Pour manger à la même table que des voyageurs, dans un plat unique où chacun se rince les ongles… merci bien !

– Chez un traiteur, alors ? insista-t-elle en battant des mains.

– Tu sais bien qu'ils sont les seuls autorisés à vendre des plats en sauce. Or, je n'aime que *tes* ragoûts. Donc, nous allons souper où se réunit la bourgeoisie qui raisonne ! Es-tu prête ? Voici ton châle de soie, n'oublie pas tes gants de satin et ton éventail : je te désire égale au succès de mes affaires, que l'on te remarque, et surtout, que l'on recherche notre compagnie.

Mes brusques revenus me permettaient de réserver un attelage, pourtant nous marchâmes à dessein jusqu'au Palais-Royal : qui eût pu nous apercevoir dans une voiture couverte d'une capote ? Sa main délicate coulée sous mon bras, Judith marchait à petits pas, prenant soin, d'un rapide mouvement sec de la pointe du soulier, de repousser l'ourlet de sa robe neuve un peu trop longue. Un vent léger agitait les plumes de son chapeau. Chaque fois qu'un couple nous saluait, ses doigts pressaient la manche de mon habit de Nankin.

– Crois-tu que l'on nous prend pour des gens bien nés ? demanda-t-elle soudain.

– On nous toise, c'est certain. Ta grâce et la splendeur de mon habit n'y sont pas étrangères. Profitons de cette Providence qui nous sourit pour nous mêler à cet attroupement !

La galerie Montpensier nous révéla ses arcades éclairées de flambeaux, où les vitrines des cafés rivalisaient d'astuces pour attirer le chaland. Nous entrâmes dans le *Café Corrazza.* Le sol noir et blanc me rappela la tanière de la Pâqueline, où il m'avait été interdit, toute mon enfance durant, de marcher sur les carreaux blancs les jours de lavage. Les tables, assaillies de joueurs et de curieux qui donnaient des conseils aux perdants, résonnaient de coups de cannes ; des parfums onéreux embaumaient la pièce.

– Voici l'odeur de la bourgeoisie, murmurai-je à Judith en reniflant comme un chiot cherchant la mamelle. Je reconnais le musc et puis le lys. Par ici du jasmin et par là de la jonquille et un soupçon de cannelle.

– Eh bien, dit-elle, radieuse, je devrais peut-être parfaire ma toilette en aromatisant mes gants et mon éventail…

– Procure-moi aussi une pommade à cheveux, mais sans musc. Cette odeur me rappelle trop les muscadins dont le parfum à la glande de chevreau me répugne. Sortons d'ici.

– Et pourquoi pas une eau de Cologne ?

– Authentique alors, car mon vieux maître m'avait appris à en distinguer toutes les composantes. Je te prouverai qu'il n'est pas une racine pilée ni un bouton de fleur qui n'échappe à mon flair !

Nous fîmes le tour des cafés animant ce quartier fréquenté, nous extasiant sur les inventions que les tenanciers promettaient afin d'attirer la foule. Ici, un petit théâtre sur trois étages dont les mille places assises occasionnaient d'incroyables bousculades lors des entractes. Là, un rassemblement de curieux s'extasiant devant un canon miniature dont les rayons de soleil commandaient la mise à feu et indiquaient l'heure de midi. Il était fort tard et la nuit d'encre, et cependant on bâtissait des plans pour déclencher le canon, qui avec son lorgnon produisant loupe, qui à l'aide d'un flambeau tentant de leurrer la mécanique. Puis, le monde se dispersait vers d'autres distractions, comme l'orchestre d'aveugles sur une terrasse abritée, ou encore ce sauvage couvert de plumes et de bijoux d'os, jouant fort énergiquement du tambour.

Les commerces ravissaient Judith, dont les yeux avides de raretés qui pussent nous rendre intéressants trahissaient la convoitise. Une boutique d'horlogerie retint son attention.

– As-tu vu comme c'est étrange, observa-t-elle, toutes ces horloges réglées comme des pattes écartées à dix heures dix…

– En souvenir de l'heure de décapitation du roi, répondis-je sobrement. Une tradition.

– Tu en sais des choses, toi ! À présent que nous sommes plus fortunés, ne devrais-tu pas porter une montre avec une chaîne lourde et bien grosse ?

– Si fait ! Mais je ne peux m'empêcher de craindre la dépense, car demain mon affaire peut s'effondrer.

– Ah ! s'exclama Judith. Tant que personne n'aura trouvé le secret de l'éternité, ton défilé de charognes n'est pas près d'arrêter.

– C'est rudement dit, mais tu as raison. J'oublie souvent que mon cabinet ne resserre pas de marchandises périssables…

– Si ! Mais qu'est-ce que cela change ?

– On croirait entendre ma mère ! objectai-je.

– Merci bien ! clama-t-elle en feignant la contrariété.

Nous nous décidâmes à entrer dans la boutique. L'horloger nous reçut avec aménité, ce qui soulagea nos inquiétudes. Il nous présenta plusieurs modèles de cadrans et me permit d'admirer l'effet d'une belle breloque en or, pendue à la boutonnière de mon gilet. Judith m'encouragea à choisir la plus grosse, la plus brillante. La plus coûteuse.

– Elle ne se déréglera jamais, au moins ?

– Peut-être un retard d'une minute tous les quinze jours, objecta l'horloger. Mais dans ce cas, nous effectuons les réglages. Si je puis me permettre, monsieur pourra même déposer une mèche de cheveux de madame dans le médaillon.

Il ouvrit le boîtier. Une fine gravure représentait deux initiales entremêlées.

– C'est une seconde main ?

– Oui, monsieur. Une très belle pièce. Mon registre de police contient les renseignements : son poids en or ainsi que celui de la chaîne.

Je rêvai un moment, pirouettant devant le miroir.

– Les initiales ne correspondent pas aux miennes, dis-je pour en chicaner le prix : je m'appelle Victor de la Renardière.

Judith laissa échapper un petit gloussement nerveux. Eh, quoi ! N'étais-je pas en droit d'améliorer mon patronyme, dès lors que ma condition progressait ?

– Nous pouvons dégraver le boîtier, déclara le marchand, lisant son registre de dépôt. Il suffit d'effacer le chiffre « J. » de l'ancien propriétaire et de le remplacer par le vôtre.

– Ah, il serait donc possible d'y ajouter « de la R. » ?

– Simple formalité ! D'ailleurs, je lis que *la citoyenne veuve Pâqueline Renard, ci-devant dépositaire de l'objet, concède un rabais en cas de nouvelle engravure.*

Cette montre avait donc été celle de mon père ! ?

Voyant qu'un vertige m'accablait soudain, l'horloger glissa promptement une chaise derrière moi. Je dégrafai mon col pour respirer, tandis que ma femme m'éventait énergiquement.

Le commerçant fouilla son tiroir et brandit un flacon.

– Du sel d'ammoniaque ! s'exclama-t-il. Tenez, respirez-en un peu.

– Quelle idée ! riposta Judith en repoussant sa main. Mon mari n'est pas une femme en pâmoison. Donnez-lui plutôt une pincée de tabac espagnol !

– Je ne prise pas... dis-je dans un souffle.

– Tu devrais, glissa-t-elle à mon oreille. On dit que c'est fortifiant.

– Le tabac, renchérit l'horloger, est un excellent remède contre les maladies respiratoires.

Je pointai l'index vers la montre. Judith la déposa dans ma main, guettant sur ma figure une trace de colère montante. Puis, sans attendre mon verdict, elle déclara :

– Nous la prenons.

Ma femme sortit notre argent de sa bourse et m'entraîna sous les arcades de la galerie, après être convenue avec le marchand que la montre nous serait livrée dès le lendemain au cabinet. Je n'avais plus le cœur à flâner ; j'en fis pourtant l'effort pour distraire ma compagne. Près de quatre cents boutiques distinguaient ce passage emprunté par les plus beaux couples de la ville. Les traiteurs jouxtaient les librairies, mêlant parfois leurs enseignes d'une façon singulière. Ainsi voyait-on l'illustration d'un couple nu observé par des dindons et des pintades, avertissant le flâneur qu'on pouvait ici trouver de quoi se restaurer la panse et se rincer la vue. La mienne devenait floue, mais je n'exprimai aucune plainte. Je marchai comme un automate, insensible au décor, à peine saisi lorsque, voyant un colifichet à son goût, Judith me griffait la main de plaisir. « Je vais porter la montre de mon père », me répétai-je sans répit. Je vais porter la montre de mon père, et il aurait certainement détesté cette idée, puisque, à ses yeux, je n'étais qu'un enfant sans intérêt qui poisse de morve tout ce qu'il touche. Minable, un garçon raté et stupide, un fratricide. Un coucou, m'avait-il dit, aussi. Eh bien, Papa… Serais-tu fier aujourd'hui de ma réussite ? Non. Tu en aurais été malade de jalousie. J'ai bientôt vingt-deux ans, et je viens de m'acheter, sans crédit, une coquetterie pour laquelle tu t'étais endetté ! Qui de nous deux mériterait, à présent, qu'on le dise « raté » ?

Judith m'entraînait sans percevoir mon désarroi. Elle me désigna les enseignes qui l'amusaient : un cabinet de lecture enfumé par les vapeurs d'une maison de bain proposait la compagnie de filles sachant lire à haute voix et frotter le dos.

– Bien sûr, cela ne serait pas convenable, minauda-t-elle, mais j'aimerais bien y entrer un jour.

Les salles de jeux offraient aux passants l'illusion du gain facile par une sorte de roue tournante percée de trous numérotés, des tables de jeux réservées aux mises en pièces d'or et billets de banque. Nous n'étions pas encore assez riches pour envisager la perte d'une forte somme sans remords, aussi l'exaltation et l'échauffement des joueurs suffirent-ils à nous divertir. Quelques dépensiers s'amusaient à lancer des dés au hasard ou à la santé de « la vieille », surnom de leur épouse s'éloignant vers une autre table dont ils moquaient l'âge mais exécutaient les moindres volontés comme de sages toutous. Je me laissai enfin distraire en nous imaginant prochainement assez fortunés pour revenir tenter la chance.

– Jure-moi que tu ne m'appelleras jamais ainsi, chuchota Judith. D'ailleurs, nous ne serons jamais vieux.

Cruelle prémonition.

De fait, je ne serai jamais vieux.

Dans quelques heures, alors que le récit de ma vie s'achèvera, vos bras croisés sur vos poitrines se dénoueront, vous voterez à main levée ma condamnation et c'en sera fini de moi.

Vos gens me reconduiront vers ma geôle avec brutalité, afin de bien montrer que je n'ai pas plus d'alliés que de circonstances atténuantes. On viendra me servir un plat de lentilles auquel je ne toucherai pas, je léguerai au barbier les quelques pièces restées dans mes poches contre un rasage méticuleux. Une carriole tirée par un cheval efflanqué m'attendra, je monterai sans résistance pour cheminer vers la foule assoiffée de justice et de spectacle.

Choisirez-vous la pendaison ?

J'aime les pendus accrochés aux branches des grands arbres, qui se balancent mollement, assaillis de corneilles combatives. Ces carcasses, spectacle punitif, servent d'exemple, de menace et éduquent les petits enfants dont les paupières formées à l'effroi se baissent comme une prière hâtivement récitée.

Ou peut-être préférerez-vous la guillotine, plus prompte et subséquemment décevante ? Le spectateur n'en éprouve pas moins de satisfaction malsaine face à la tête brandie par sa tignasse, le cou tranché dégoulinant. On feint de cacher les yeux des enfants, mais on écarte les doigts pour qu'ils voient à travers et puisent, par cet exemple, une leçon de morale.

Oui, nous avons soupé.

Au hasard de nos déambulations, nous nous étions éloignés des galeries. Le nez de Judith souffrait de l'air vicié qu'ailleurs la multitude coquette lui avait masqué, cette odeur infecte des ruelles d'excréments qui se déversent dans la Seine ; la remontée des cadavres enterrés trop peu profondément dans les cimetières surchargés ajoutait un relent qu'entre mille autres un étranger eût reconnu les yeux bandés. Il n'existe pas de cité plus puante que la nôtre, excepté Venise, dont on m'a colporté la pestilence en été.

Le restaurant que j'avais choisi possédait toutes les qualités d'un établissement en vogue : tables individuelles, cuisine servie debout par le client qui choisit lui-même l'ordre et son menu, puis se rassied une fois son assiette remplie. Des plus classiques, notre souper fut constitué d'un potage brûlant et d'un poisson, puis d'un vaste assortiment de pièces rôties et enfin de multiples desserts. Nous vidâmes un flacon de vin de Champagne en nous partageant équitablement son nectar.

Se levant une quatrième fois pour regarnir son assiette, Judith heurta soudain la canne d'un gourmet. L'objet chuta bruyamment et l'on entendit le pommeau d'ivoire se briser sur les dalles de pierre froide. L'homme s'inclina pour en ramasser les morceaux.

– Je suis confuse, monsieur, balbutia ma femme.

Gardant un genou à terre, l'homme baisa la main de Judith.

– Jean de l'Eau, marmotta-t-il. Mes hommages, madame.

Les présentations faites, il nous convia à rapprocher nos deux tables afin de former un petit banquet « de bonne compagnie ». Ancien porteur de boisson de Marie-Antoinette, le sieur de l'Eau était chargé de se rendre quotidiennement à Ville-d'Avray afin de recueillir les précieuses gouttes d'une source dont s'abreuvait la famille royale.

Oui, pardonnez-moi : dont s'abreuvait la famille Capet. Cela dit, Judith et moi fûmes vivement troublés par l'amitié de cet homme fort humble, dont la tâche avait été autrefois si jalousée. Et ce n'est que vers la fin de notre repas que nous aperçûmes son bras manquant.

– Perdu à la guerre, dit-il en désignant sa manche vide. On m'y expédia pour me punir d'avoir servi la reine. Mais j'ai perdu beaucoup plus qu'un bras, durant ces temps dérangés : mon unique et grand amour.

– Oh ! s'exclama Judith. Elle est… morte ?

– Grâce à Dieu, bien vivante à ce que l'on m'a dit, répondit-il le regard embrumé de nostalgie. Mais comment puis-je espérer me présenter devant elle si diminué ? N'ayant plus les moyens de l'étreindre, ma douce… Oui, mon cher cœur était jadis en charge des bouquets de fleurs à Trianon… Je la rencontrais chaque jour tandis que je portais l'eau de boisson de la reine. Je lui donnais à boire, elle m'offrait une fleur. Nous n'avions guère besoin de converser, nos figures empourprées trahissaient notre inclination réciproque.

– Je connais cette femme ! s'enflamma Judith.

Jean de l'Eau demeura confondu.

– On l'appelle Marion des Roses, continua-t-elle avec exaltation. Elle vend des bouquets aux résidentes du couvent des sœurs hospitalières. Ces dames goûtent fort son commerce : en souvenir des jours heureux, elles se disputent les fleurs de cette jolie demoiselle, qui les rapprochent un peu de la reine.

– Vous avez donc le bonheur de la fréquenter… murmura Jean de l'Eau.

– Plus maintenant, ajoutai-je, car dès demain, mon

commerce florissant permettra à ma femme de ne plus travailler. Mais ayez confiance en la Providence, mon ami…

Nous nous quittâmes sur ces dernières paroles.

Naturellement, mes affaires prospères m'avaient permis de dédommager généreusement Drölling, dont la consommation de cœurs n'avait pas décliné. Je n'irais pas jusqu'à prétendre que lui et moi étions devenus amis, mais nous entretenions désormais une relation de commerce fort lucrative.

Non seulement je m'étais évité un duel qui m'aurait coûté la vie, mais j'avais gagné un client gourmand de mumies en tous genres, avide de tester les nuances brunes que mes cœurs, rapidement momifiés en soixante-dix jours, déposaient sur ses toiles.

Toujours prompte à me contenter, et certainement soulagée d'être libérée de la coupe de son frère, Judith veillait à exaucer mes souhaits comme une chienne obéissante et câline. Aussi reçus-je rapidement mon premier flacon d'eau de Cologne, tube de verre cacheté comme chacun sait. Enfin, suis-je sot… nul ici ne le sait, puisque le prix d'une fiole coûte une huitaine de votre solde. Rageant, n'est-ce pas ?

Si cela vous agrée, je puis vous en faire porter un flacon à chacun. Maiiiis, suis-je bête : vous ne pouvez accepter un cadeau en présence de vos pairs qui vous dénonceraient aussitôt.

Corruption ? Allons, allons. Il n'est question que d'une fiole. Le futur condamné serait-il assez benêt pour croire qu'il échangerait son sort, sa tête, contre une babiole coûteuse ? Non, vraiment, c'était une offre... de bon cœur !

Nous fîmes donc sauter le bouchon scellé.

– Peut-on dire maintenant que nous sommes fortunés ? demanda naïvement Judith.

– Cette désignation me plaît ! lui dis-je. Mais Franz pourrait tout aussi bien s'en payer une s'il ne gâchait son temps et son argent dans les cabarets.

– Ah, tu ne lui as toujours pas pardonné le mensonge de ma dot !

– Non ! Enfin, si... En réalité, je ne sais pas. J'ai d'autres impératifs que d'y penser. Donne-moi plutôt à sentir ce flacon.

Comme je m'y étais engagé, je prouvai à Judith mon aisance à reconnaître les plantes distillées dans ce jus telles que Monsieur Joulia me les avait enseignées.

– Ce parfum sent le riche à dix pas. J'adore ! Il y a là de la cannelle, de l'hysope et de la mélisse sèche. Une pointe de cardamome, et certainement... hum, du fenouil.

– Le parchemin du fabricant précise quelque chose que tu as omis ! s'exclama gaiement Judith.

– Non, je ne vois pas, ripostai-je, subitement désorienté.

Le sourire de ma femme dégageait ses jolies dents, rangées comme les perles de son frère sur un cordon de satin.

– Bien, dit-elle d'un ton mutin, je vais éclairer ta lanterne : tu as oublié l'angélique.

Un silence de mort descendit entre nous, tel un rideau de plomb.

– C'est vrai, dis-je pensivement, j'avais oublié Angélique. Non, c'est faux, je ne l'ai jamais oubliée...

– Heureusement, alors. Car c'est sur elle que l'ensemble repose.

– Tu crois ?

– C'est écrit là... dit-elle en secouant l'imprimé du parfumeur. *L'angélique assure un parfait équilibre entre la puissance et le sucré.*

– L'équilibre, oui...

Cinq jours plus tard, j'entrai dans la maison des putains en conquérant, sûr de mon nouveau rang et de mon bon droit. Les filles se dressèrent aussitôt comme un bataillon de soldats, abandonnant leurs revues de mode, romans licencieux et travaux d'aiguilles.

– Zéphyrine, exigeai-je d'un ton affirmé.

On l'envoya chercher.

Angélique apparut, se rebraillant ; incontestablement, elle venait d'offrir ses faveurs. Mais, aussitôt, elle se jeta contre moi, enroulant ses bras blancs autour mon cou.

– Mon Victor, murmura-t-elle en détaillant mon habit. Comme tu es beau... Mais il ne faut pas venir ici, j'ai trop honte que tu me voies dans cette maison.

– C'est fini.

Elle leva son regard vert.

– Je comprends. Tes affaires semblent aller fort bien, et je ne peux te blâmer de me repousser.

– C'est fini, répétai-je. Tu quittes cette maison sur-le-champ et tu viens avec moi.

Sa bouche s'écrasa sur ma main en un long baiser. Puis elle s'empressa de rassembler ses effets.

– Combien ? questionnai-je la mère Constant.

– Zéphyrine est libre, maugréa la vieille. Je ne suis pas maquerelle.

Angélique réapparut les bras chargés d'un baluchon et… du petit baquet noir.

– Pépette !

Ce diable en personne remua la queue.

Nous partîmes aussitôt. Angélique noua son châle sur sa poitrine et glissa sa main sous mon bras.

– Où allons-nous ? demanda-t-elle, radieuse.

– C'est une surprise.

Elle découvrit son bel appartement lorsque je retirai le bandeau qui avait masqué ses yeux dans l'escalier. Ce meublé du meilleur goût la confondit en larmes et en cris de joie. Sautillant comme une écolière, elle parcourut les trois pièces principales, admira la lourde soierie des tentures bleues, la facture des meubles marquetés, les cadres dorés crochetés aux murs.

– C'est ici que nous allons vivre ?

– Viens t'asseoir, dis-je gravement en tapotant le coussin d'un sofa, et écoute-moi sans m'interrompre. Voilà, j'ai loué cet appartement pour toi, mon amour, mais je n'y vivrai pas. Je… je me suis trouvé dans l'obligation de me marier, croyant que ma promise avait une dot. En réalité, elle n'en avait aucune. Ma mère nous a jetés dehors et j'ai dû ruser pour gagner ma vie. À présent, je suis assez riche pour te faire vivre, mon amour, mais je ne peux abandonner mon épouse qui m'a soutenu dans les épreuves et n'a jamais nourri à mon égard le moindre grief. C'est une fille honnête et brave, je serais meurtri qu'elle souffrît de mon inclination pour toi, c'est pourquoi elle ignore et continuera d'ignorer ton existence.

– Parle-moi d'elle, murmura-t-elle en rajustant le plissé de sa robe sur ses cuisses.

– Judith est une jeune orpheline que son frère protégeait. Elle n'a pas de malice, ne prononce jamais le moindre mot méchant sur quiconque. Elle est douce et sensible, la musique lui tire les larmes et les pauvres l'émeuvent. Elle peut commodément…

– Comme te voilà comblé ! Une sainte et une putain !

– Je n'aime pas t'entendre parler ainsi. Judith n'est pas une sainte.

– Mais moi, je suis bien une putain…

– Tu es mon amour, cela me suffit.

Je préférai interrompre cette conversation déplaisante, car je commençais à comprendre les manœuvres que cette vie entre deux femmes allait engager : gâter l'une sans désavantager l'autre, et surtout, dissimuler à mon épouse l'existence de ma maîtresse dont j'étais très épris.

J'étais désormais très entouré, trop peut-être, mais pourtant, malgré cette abondante compagnie, la présence de mon vieux maître me manquait cruellement.

Merde à la fin ! Faites-moi porter à boire !

Combien êtes-vous ici présents, cent dix ou cent vingt personnes ? La moitié d'entre vous a pleuré la perte d'un être cher, emporté par une de ces maladies terrifiantes qui ont bâti ma fortune. Sur vos mille enfants qui naîtront, seule la moitié atteindra l'âge de dix ans. Vous n'avez pas fini de geindre, car de cette moitié, il faudra compter des filles qui ruineront vos économies !

Je me réjouis de vous imaginer dans le chagrin, alors que vous espérez m'arracher des vérités que seule la Nature peut comprendre sans les juger. Je ne vous offrirai nullement ce présent ! Mais comme j'ai le cœur bon, je m'en vais vous repaître des infâmes détails rassasiant votre appétence pour le frisson.

Voyons… combien parmi vous dégorgent sur la panse de leur ménagère ? Il y a ceux qui espèrent encore un fils, et ceux qui n'ont plus le droit de fourrer maman, car c'en est assez : toujours grosse, toujours couchée.

Dès que mon emploi me laissait quelques heures de liberté (ce qui n'était pas rare, puisque la surveillance des morts en danger de réveil ne m'accaparait guère plus de deux heures quotidiennes), je rejoignais Angélique. Je la trouvais généralement étendue sur notre lit, plongée dans un livre de cuisine, d'histoire ou de géographie. Un furieux appétit de connaissances s'était emparé d'elle et nous parlions, des heures durant, de ces contrées lointaines qui la faisaient rêver. Nous riions des tourtes et gâteaux dont elle loupait la cuisson jusqu'à ce que l'heure, indiquée sur ma montre en or, m'arrachât à cette douceur et me renvoyât à mon foyer.

Judith et moi arpentions les éventaires de marchands à la recherche d'objets étonnants. Notre première collection de coquillages devint rapidement encombrante et, de ce fait, nous dûmes organiser non pas un cabinet *meuble*, mais un cabinet *pièce*. La première chambre de notre appartement, fort mal située devant la porte d'entrée, fut donc dédiée à cette exposition. Je me fis porter quelques étagères sur pieds ainsi que de nombreuses niches de bois sculptés dont les casiers de tailles variées permettaient d'exposer mes différents trésors. Enfin, un buffet deux corps fermé par quatre portes vitrées occupa un pan de mur à lui seul.

Une fois exposés, mes coquillages me semblèrent finalement peu… Enfin, presque décevants.

Je désirais me rendre intéressant afin que l'on me jugeât fréquentable et, différemment du passionné qui parcourt le monde puis s'attache à rapporter de ses voyages quelque souvenir curieux, je hantais les boutiques à la recherche de tout ce qui pût épater les futurs amis qu'il me resterait ensuite à dénicher. Il me faut bien l'admettre à présent : trouver des amis me fit autant courir que garnir les casiers vides de mon cabinet de curiosités.

Presque riche, je n'en demeurais cependant pas moins secrètement mélancolique…

Judith me considérait comme une sorte de héros l'ayant sauvée du joug de son frère, et Angélique prenait garde à ne jamais me tourmenter ni formuler la moindre demande que je ne pusse satisfaire. Cette reconnaissance qu'elles me manifestaient l'une et l'autre, chacune à leur manière, m'encombrait l'esprit d'une émotion coupable. Il n'était pas rare que, au milieu de la nuit, je me réveillasse en sueur, ne sachant plus auprès de qui je m'étais allongé. Je redoutais de parler en dormant ou d'appeler l'une par le prénom de l'autre.

Je décidai donc de les nommer par un petit sobriquet affectueux dont l'usage me mettrait à l'abri d'une révélation criminelle : mes deux femmes furent ainsi rebaptisées « Lilith », assemblage de leurs deux prénoms.

– C'est moche, s'insurgea Judith. On dirait le bruit d'un crachat.

– Comme la première femme d'Adam, celle qui tue les enfants ? s'étonna Angélique.

J'abandonnai donc aussitôt cette idée et je gardai l'habitude de m'endormir saisi d'angoisse à l'idée que mon épouse ne me questionnât pendant mon sommeil.

Vous vous en moquez, cela saute aux yeux.

À présent, moi aussi.

Ce qu'est devenu mon cabinet de curiosités ?

Je n'en sais foutre rien ! Comment pourrais-je le savoir si les visites me sont interdites ? Je ne reçois aucune nouvelle de mes proches : ma femme a disparu dans la nature, arrachant probablement les tentures de nos murs ; quant à ma mère, je la soupçonne de venir se mêler à la foule entassée ici, sur les bancs. Cherchez bien pour moi, car mes yeux ne peuvent plus regarder la démone en face, cherchez parmi ces figures poupines et rougeaudes une face fourbe et inquiétante : des yeux sombres enfoncés dans les orbites, une bouche à l'envers, arquée vers le bas. Ah ! J'entends l'agitation dans mon dos ! On l'aura peut-être débusquée, mais abstenez-vous de l'offenser, vous pourriez faire erreur car j'ai remarqué dans cette salle, en y entrant, beaucoup d'horreurs à s'y méprendre.

Mon père, que l'obsession de l'argent et la jalousie envers la réussite d'autrui dévoraient, aurait profondément méprisé ma nouvelle condition. Envieux, il était à plaindre car il souffrait du bonheur des autres... Et pour être honnête, je dois vous confier que j'éprouvais un plaisir sans pareil à accumuler les preuves de ma prospérité. En effet, lors de mes achats, j'imaginais souvent sa figure déconfite, comme si mes emplettes lui avaient ôté le pain de la bouche. Amasser les objets rares et chers fut donc ma façon de compenser les frustrations de mon père. Non, pardon : de les surpasser.

Je suis né assassin, tordu et obstiné.

Sans le sou, haï de mes parents et peu instruit, j'ai cependant réussi bien au-delà de leurs capacités réunies. Ha ! Même au tombeau, Johann Renard doit écumer de rage !

Veuillez m'excuser.

Passé de mode aujourd'hui, un cabinet de collectionneur répond à un véritable ordonnancement. Rien ne s'y trouve disposé au hasard ; l'art est de simuler le fouillis, alors que l'emploi de chaque objet y est longuement étudié.

On évitait les alignements afin que l'œil n'éprouvât jamais de lassitude, exception faite pour ceux dont la répétition procure l'intérêt : un petit crâne de souris suivi d'un crâne de rat, puis d'une mâchoire de chat, de lion. Toutefois, les ossements de créatures dentées ne m'intéressaient guère. Les pierres précieuses broyées, aux vertus curatives, me parurent plus rares, et donc plus chères. Les cristaux encore attachés à la pierre brute ou les perles présentées dans leur coquille étaient alors les plus recherchés. Mais, d'une manière générale, le monde minéral ne me captivait pas, à l'exception du fameux caillou d'aigle pour lequel tout collectionneur eût gagé ses biens. Cette pierre merveilleuse devint l'objet de ma convoitise dans les échoppes des rues les plus fréquentées par les charlatans. Il n'était guère compliqué de la reconnaître : d'apparence hideuse, ce caillou est en réalité creux ; il suffit de le secouer pour y entendre du sable ou le bruit d'un autre caillou, plus petit, logé en son centre. Nommée par certains « pierre d'aigle » à la faveur d'une légende selon laquelle les aigles en garniraient leurs nids, afin d'éloigner les maladies et de réchauffer leurs œufs pour encourager l'éclosion. On se crêpait les perruques pour l'acheter, la porter en talisman contre les fausses couches, la malaxer pour favoriser les grossesses. Ne jamais avoir été capable d'en acquérir la moindre miette demeure en moi une frustration coriace.

Le corail, étonnante plante pétrifiée[1] qui rougit et durcit en vieillissant, me plut assez, bien qu'elle ne me consolât nullement ; ses branches décoratives inspirèrent les manufactures de soieries ; leur reproduction ornait un châle que Judith aimait porter les soirs d'été, et dont les franges brûlèrent à la flamme d'une chandelle. On s'extasiait sur l'ambre jaune, auquel je n'accordais pas grand intérêt pour en avoir vu des kilomètres de chapelets et, plus tard, autour du crâne de mon frère jumeau salement jeté dans les épluchures. L'ambre gris, bien que considéré comme la substance naturelle la plus onéreuse, ne m'attirait

1. Le corail fut longtemps classé parmi les végétaux.

pas davantage. Mon cabinet avait ceci de particulier qu'il se composait exclusivement d'objets fascinants, à l'inverse des buffets de collectionneurs avertis dont on ne pouvait comprendre la collection qu'après une étude minutieuse. Mon désir de créer l'étonnement, la surprise au premier regard, excluait tout objet qui ne fût répugnant.

Judith m'offrit donc un pied d'enfant et des crânes de lapins pétrifiés, une écrevisse et des champignons fixés dans la pierre.

Tout cela me paraît bien dérisoire, aujourd'hui. C'est moi que l'on devrait exposer ; je suis une curiosité.

Une vilaine bêbête.

Un nuisible pris au piège, que l'on s'amuse à piquer du bâton avant son exécution. Ne manquent que les chiens. Quoique…

Arrêtant mon attelage bien en vue devant ses fenêtres, je rendis un jour visite à ma mère au prétexte de reprendre quelques effets personnels dont elle n'avait l'usage. Les haies de buis avaient crû, et je fus surpris par la hauteur d'un bosquet de frênes dont on me chargeait, autrefois, d'arracher les gourmands. Onze mois après que ma mère nous avait chassés, le jardin dont personne ne s'occupait ressemblait à une friche de maison abandonnée. Je trouvai la Pâqueline voûtée devant son nécessaire à couture, le talon frappant Saint-Guy comme jamais.

– Tiens, un revenant ! dit-elle sans laisser filtrer le moindre sentiment. Tu te rappelles soudain avoir une mère ?

– Celle qui m'a flanqué dehors ne peut s'appeler ainsi.

– Tu as raison, dit-elle en s'adoucissant. Je n'étais pas moi-même. Te voilà donc bien élégant ! On dirait que ton commerce est florissant. Et grâce à qui, hein ?

– La gazette m'a porté chance, ripostai-je.

– Je sais lire, couillon. Mais qui t'a donné l'audace, toi si peureux, de conserver cette aubaine, hein ?

– Votre cupidité. Je suis venu récupérer quelques biens personnels.

Son visage se crispa en une sorte de grimace.

– Ce qu'il restait du fils qui a abandonné sa mère a été jeté au feu. Rien ici ne t'appartient.

– Je n'ai jamais abandonné personne. Ma mère m'a jeté dehors.

– Quitte ta pouffiasse et reviens…

– Jamais.

– Alors ce sera toujours la guerre.

Je rassemblai les miettes de pain éparpillées sur la table de cuisine.

– Je ne veux pas te combattre. Je veux vivre avec légèreté, sans ennemis ni heurts.

– Sans heures ? Tu as pourtant une belle montre accrochée à la boutonnière !

– Parlons-en. J'ai racheté sans le vouloir la montre de Papa, que vous avez négociée au-dessus de son cadavre encore tiède. L'appât du gain vous aura fait commettre toutes les bassesses.

– Ah, Victornade ! Aussi bête qu'un bouquet sans queue… Cette montre, c'est ton père qui l'a vendue. Et tu veux savoir pourquoi ? Pour payer le chirurgien qui t'a recousu le crâne…

– ?!

– Ben oui ! Et toi, là… tu gémissais dans le gilet des paroissiens en te plaignant qu'on ne t'avait pas attendu après l'opération. Mais Johann était parti négocier son bien le plus précieux contre une cicatrice propre sur ta gueule de Carême.

– Vous ne m'avez pas raccompagné, vous non plus.

– Peuh ! Ton père m'avait chargée d'une mission périlleuse : forcer la serrure d'un tiroir. Oui ! Pour rembourser les soins de celui qui me crache aujourd'hui à la face, j'ai défoncé un tabernacle ! Alors tu m'excuseras si je l'ai mauvaise concernant la dot de ta mijaurée, mais de vilaines actions pèsent sur ma conscience qu'un petit magot aurait déchargée.

Mes yeux fixaient l'échelle du grenier. Il m'était inutile d'y monter : mes chenilles et mes papillons restés sans soin avaient probablement tous péri.

– Je ne me suis pas occupée de tes bestioles, dit-elle. Mais je suppose qu'elles se portent à merveille car il arrive que des chenilles passent sous la trappe et me tombent dans la soupe. Elles n'ont pas l'air d'apprécier le bouillon !

– Je viendrai bientôt vous en débarrasser, répondis-je. Une pièce leur est dédiée dans mon appartement.

– Ah, moi aussi, j'avais fait pareil, il y a vingt-trois ans…

Cette révélation m'étonna.

– Mère, vous aviez des papillons ? Je l'ignorais.

– Nan, lança-elle, le visage illuminé d'un sourire mauvais. Mais une pièce de mon logement était occupée par un asticot visqueux : toi !

Une fois de plus, je m'étais laissé prendre par l'espoir déçu d'un échange courtois.

– Je vois, dis-je d'un ton faussement blasé. Accordez-moi

encore quelques jours pour organiser le voyage de mes larves. Après quoi, vous ne me reverrez plus.

– Il n'y a pas d'urgence, murmura-t-elle sans lever les yeux de sa bouteille qui versait à côté du gobelet.

– Vous buvez trop.

– Je m'en fous, dit-elle. Il faut bien crever de quelque chose. Mon père a perdu la tête avant de mourir ; il ne savait plus où il rangeait ses bouteilles et cela le rendait fou de rage. Moi, j'ai la bloblote et je renverse la moitié à côté, mais j'ai plus de chance que lui, car il me reste ce que je n'ai pas renversé, et je me souviens de sa place dans l'armoire. Et toi, Victord-boyau, tu te souviendras de ta mère ?

Je crus qu'elle pleurait et cela ne m'attrista nullement durant mon retour.

Après des débuts confus et contre toute espérance, Angélique révéla d'infinies dispositions culinaires. C'est avec une ingéniosité sans cesse renouvelée qu'elle combla ma gourmandise. Mais mon appétit d'elle n'était pas satisfait car elle se refusait constamment à moi. Aujourd'hui, une évidence m'apparaît : nous dépensions notre temps en cuisine simplement parce que nous ne le passions pas au lit… Pourtant, je n'étais pas malheureux.

J'effectuais dans ce foyer des gestes qui m'eussent paru incongrus dans l'autre : Angélique m'avait converti aux légumes, me faisant découvrir les nuances violacées d'un navet, sa forme oblongue et son feuillage rugueux. Au lieu de goûter les plaisirs de l'alcôve, je me contentais d'observer avec intérêt la cuisson des aliments et découvrais la joie simple d'une dégustation de ce que j'étais parvenu à éplucher sans me peler les doigts.

Mais, au cours de l'effilochage d'une botte de blettes, je remarquai de curieuses taches roses sur les bras d'Angélique et lui en fis la remarque. Elle baissa ses manches qu'elle avait retroussées et s'enfonça dans un silence accablant.

– Parle-moi, suppliai-je. Je peux convoquer les meilleurs médecins si quelque chose te tourmente.

– Je… Ne t'es-tu jamais demandé pour quelle raison nous ne faisions pas l'amour ?

– Si, naturellement, avouai-je. Mais j'ai rapidement conclu que l'obligation de faire commerce de ces plaisirs t'en avait retiré le goût.

– Oh, j'aimerais tant le faire avec toi ! s'exclama-t-elle. Dieu m'est témoin que c'est impossible !

– Laisse donc Dieu hors de notre alcôve, suggérai-je. Quel mal y aurait-il, puisque nous le désirons tous les deux ?

Angélique éclata en sanglots.

– Ce serait un crime ! Oui, un crime si nous faisions l'amour ensemble.

– Parce que nous ne sommes point mariés ?

– Cela m'est égal, je m'y suis habituée, dit-elle en relevant brusquement le menton. Je m'en moque royalement !

– Si tu te moques républicainement des commérages et autres jugements derniers… Pourquoi ?

Elle sanglota de plus belle.

– Non ! Non, j'ai trop peur que tu me quittes…

– As-tu si peu confiance en mon amour ? Je t'en prie, parle-moi !

– Victor…

– Mon ange…

Je pressai ses longues mains entre les miennes.

– Je suis malade.

– Ah, tu vois ! Je vais faire quérir le meilleur médecin.

– C'est inutile, Victor : le mal est trop avancé.

Je haussai les épaules.

– Qu'en sais-tu ?

– Je le sais parce que les filles de la maison Constant souffrent du même mal. Tu te souviens de la grosse rousse ? Eh bien… la maquerelle l'a jetée dehors parce qu'elle est défigurée par la maladie. Elle avait des plaques étranges sur la peau, comme des cicatrices galeuses, qu'elle tentait de masquer par d'épaisses couches de farine et de blanc d'œuf. Et j'apprends qu'elle est déjà mourante !

Elle se cacha la figure dans les mains.

– Ce sera bientôt mon tour ! Si tu savais comme j'ai peur !

– J'ai les moyens de te faire donner les meilleurs traitements. Tu vivras !

– Victor, les gazettes parlent de cette maladie comme du fléau de notre époque. Notre siècle s'achève bientôt sur le triste exploit de la petite vérole, comptant quatorze mille victimes. Quatorze mille personnes pourrissant par le bas comme des champignons, et moi ! Oh, j'ai si peur… et tellement honte !

Je ne comptai pas mon temps pour tenter de réconforter Angélique ; ma belle amante sursauta lorsque sonna la cloche des premières heures du matin.

– Hâte-toi ! dit-elle en me tendant ma canne et mon chapeau. Ta femme pourrait lancer la police à tes trousses.

Depuis mon cachot, où les gardiens aiment à plaisanter sur ma faute en me jetant mon écuelle à la face, on m'a plusieurs fois vanté les mérites d'une « redingote anglaise » que nos voisins d'outre-Manche emploient afin d'éviter la contamination. C'est un grand regret que de n'avoir pas su cela auparavant… sans doute ne serais-je pas ci-devant vous aujourd'hui, car il m'eût été offert d'honorer Angélique.

Je consultai dès le lendemain Mme Fabre afin qu'elle m'indiquât l'adresse d'un médecin réputé pour l'efficacité de ses médications. La gueule cintrée par le désir d'en savoir davantage, elle usa d'un langage maternel pour me pousser en vain vers la confidence : étais-je atteint du mal honteux des gens dépravés ?

– Je vous rappelle, madame, que je suis un homme marié.

– À d'autres, ce genre de boniment ! s'exclama-t-elle. Depuis quand le mariage tient-il les hommes en laisse ?

Je détenais l'adresse du bon praticien qu'elle m'avait conseillé, tout le reste me passait au-dessus du chapeau.

Angélique consentit à consulter ce docteur qui l'examina d'un air empreint de reproches à travers son lorgnon.

– Syphilis, finit-il par lâcher.

– Tant mieux ! s'exclama hardiment Angélique. J'ai eu si peur d'avoir la vérole ! C'est joli, « syphilis », on dirait le nom d'un fruit.

À court d'expression, le docteur P. lui tendit une encyclopédie qu'il ouvrit à la page concernée.

– Voyez l'index, je vous prie.

– J'observe l'index, répéta-t-elle. Mais je ne vois rien sur votre doigt.

Il hésita parmi quatre traitements en vogue, pour finalement décréter que, en toute hypothèse, la multiplication des méthodes amplifierait les chances de guérison d'Angélique. Nous rejoignions mon petit attelage lorsqu'elle me confia sa parfaite compréhension de sa situation.

– M'as-tu vraiment crue sotte au point d'ignorer que vérole et syphilis sont jumelles comme catin et putain ?

– Bien sûr que non, assurai-je.

– Menteur.

– Tu guériras ! J'en fais le serment.

– Charlatan.

Mon pauvre Amour subit toutes sortes de médications, dont certaines, plus proches de la torture que du soin, promettaient une guérison rapide.

Cela aussi vous intéresse ? Vous ne m'aurez donc épargné aucune indélicatesse…

Le premier jour, on l'assit dans une boîte géante, laissant sa tête dépasser ; installée sur un tabouret par-dessous lequel sortait une fumée malodorante, Angélique baigna une heure dans les vapeurs de mercure aux vertus curatives ; on nous l'avait certifié. Une sensation désagréable lui cuisait la peau sans qu'elle ne pût extraire de cette prison un centimètre de son corps.

Après quoi, on lui fit subir l'épreuve du clystère : une pompe remplie d'un liquide soignant introduite dans son anus, elle supporta l'humiliation sans mot dire et avala les cuillérées de mercure qu'on lui tendit juste après.

Je la frictionnais vigoureusement chaque matin d'une crème acide et la replaçais de force dans la boîte à fumée.

À la fin de ma journée de travail, et sans craindre la contamination, je la portais dans mes bras jusqu'à sa couche, remontais les draps vers ses épaules meurtries par les charnières de la boîte et lui lisais quelques pages des gazettes dont elle raffolait. Vers huit heures, une femme que j'avais engagée à notre service se présentait dans la chambre ; je lui donnais mes dernières instructions avant de rentrer auprès de mon épouse.

– Il faudra veiller madame toutes les nuits, lui avais-je ordonné en négociant ses gages. Je veux qu'elle boive beaucoup de lait et qu'elle se nourrisse de toutes sortes de plats que vous lui cuisinerez, mais exclusivement des aliments blancs : des navets, beaucoup de navets, du poulet, du riz, des carottes, mais attention : pas celles de Hollande qui sont orange, uniquement des carottes de France, des sauces à la crème…

– Des panais ?

– Très bien, ça, le panais. Des œufs aussi, mais vous jetterez les jaunes, ou vous les mangerez.

– Du poisson ?

– Voilà, du poisson, des pommes aussi, et puis des pêches de vigne.

– Des gr…

– Non, pas de grenades : ne soyez pas stupide, la chair est rouge comme le sang.

– J'voulais dire des grenouilles, monsieur. Mon gamin m'en rapporte souvent de ses flâneries.

– Fort bien, qu'il prenne aussi des écrevisses et je vous en donnerai un bon prix. Je vous relayerai chaque matin avant sept heures. J'exige un compte rendu des nuits de madame.

– Sauf vot' respect, monsieur, avait bafouillé la brave femme, je ne sais pas écrire.

– Eh, vous savez parler tout de même ! Vous me

ferez donc chaque matin le récit de sa nuit. Je veux tout connaître : ses soupirs, chacun de ses changements de position, si elle tâte les draps pour chercher ma main… Tout !

Je déposais chaque soir un baiser sur le front de mon Amour, la laissant à regret. J'aurais tout donné, oui tout, pour rester auprès d'elle. Mais comment aurais-je justifié mes soudaines absences nocturnes alors que Judith pouvait contrôler ma présence au cabinet ? Le cœur déchiré par l'inquiétude et le chagrin, je secouais mollement les rênes de mon cheval qui connaissait son chemin.

Judith ne s'alarma jamais des odeurs imprégnées sur mes habits, pas plus que des traces blanchâtres de pommade sèche qu'elle brossait sur mes manches, trop saisie par les derniers agencements de notre appartement ; les tentures et les franges dorées étincelaient.

– Cela pique les yeux, dis-je ce soir-là, en découvrant les richesses que Judith avait accrochées sur les moindres centimètres de murs. N'y a-t-il pas trop de peintures et de miroirs ?

Elle haussa les épaules, vexée. Puis, d'un geste tendre et avec la joie d'une enfant espiègle, elle m'entraîna vers mon cabinet de curiosités.

– Tu ne remarques rien ? demanda-t-elle, tout excitée.

– Ouvre donc les soies, il fait trop sombre.

La partie nord de mon cabinet avait été entièrement recouverte d'étoffe noire, conférant à la chambre une atmosphère lugubre.

– Je ne viendrai jamais me reposer ici, dis-je. Pourquoi as-tu aménagé cette pièce comme un tombeau ?

Ma femme riait.

– Pas un tombeau, au contraire… Une pouponnière.

– Que veux-tu dire ?

– Devine ! répondit-elle, le regard malicieux.

Un enfant ? J'allais avoir un enfant ! La preuve que Dieu n'abandonne jamais les siens. Quelques secondes après, mille questions m'échauffaient les tempes : mon enfant risquait-il de naître avec ma difformité ? Ou pire, avec le tempérament de ma mère… Un garçon ? Ce serait le signe d'une bénédiction. Une fille ? Bah ! Naturellement, j'étais préparé à cette éventualité, mais je ne pus m'empêcher de songer à mon Amour, dont l'espoir de maternité s'était effondré à l'annonce de sa maladie. Ah ! Bécoter les menottes d'une Angélique miniature, quelle bénédiction cela eût été !

– J'espère ne pas avoir de jumeaux, lança Judith.

Puis, réalisant que j'avais laissé ma femme dans l'attente d'une réaction, je la pris dans mes bras et la fis tournoyer.

– Lâche-moi ! ordonna-t-elle.

– Tu as raison, comme je suis sot. Je devrais faire plus attention. Mais… rien n'oblige à pousser la conscience professionnelle jusqu'à coucher mon petit dans une pouponnière noire !

Rebraillant son corsage que, dans mon élan puéril, j'avais froissé, elle marmonna.

– Moi qui croyais te réserver une belle surprise…

– C'est réussi ! Je suis infiniment heureux de cette nouvelle.

Certes, la venue d'un enfant me comblait de joie. Mais… le moment est peut-être venu pour moi, de vous confier un secret qui, aujourd'hui, n'a plus guère d'importance.

J'en éprouve encore une certaine honte. Mais puisque mon sort est scellé, à quoi bon vous le cacher ?

Je… Hum… Je regrettais de ne pouvoir inverser la situation. Oui, je sais, c'est infâme d'avoir furtivement souhaité que Judith fût malade et Angélique enceinte.

Je vous écœure ?

Pourtant, je vous assure que j'aurais convoqué les meilleurs médecins pour sauver Judith !

Hélas, je ne peux vous astreindre à me croire, et cela n'a aucune importance.

Toutefois, mon épouse était émoustillée par un autre projet que sa maternité.

– Le meilleur de tout ! déclara-t-elle en battant des mains. Nous connaissons désormais suffisamment de monde pour remplir le salon ; j'ai donc envoyé quelques invitations pour organiser notre première soirée !

– Je ne suis pas certain que le moment soit bien choisi…

– Pourquoi dis-tu cela ? Que te faut-il de plus que des relations, de l'argent et un intérieur coquet ?

J'avais parlé trop vite. La perspective d'une réception mondaine, alors que mon amante s'étiolait en mille souffrances, m'avait heurté. Ces mondanités me paraissaient légères au regard de la santé d'Angélique. Comment pouvais-je envisager de rire, boire, danser, sachant mon Ange entre la vie et la mort au fond de notre lit ?

– Il te faudra prendre des leçons de danse, décida Judith, car nous ne saurions entrer dans le monde sans cette estampille de bon maintien.

Cette remarque me piqua.

– Je danse convenablement. Et je n'ai guère le temps de m'encombrer d'un professeur qui me fera dépenser mon temps et mon argent en gargouillades.

– Deux fois je t'ai vu en situation, opposa-t-elle, et cela m'a assuré que tu danses comme un ours autour de sa chaîne : la première, lorsque ta mère est venue te chercher par l'oreille, la seconde, lorsque nous avions froid dans ton abominable cabinet de travail.

– Il me semble qu'à l'époque, tu prenais un autre ton pour me parler.

Elle se mordit la lèvre inférieure.

– C'est exact. Mais à présent, je fréquente un autre monde, et tes manières… champêtres, qui m'avaient charmée à l'époque, me font aujourd'hui moins rire.

– Mes façons rustiques te couvrent d'étoffes onéreuses, te paient un coiffeur ainsi qu'une banquette à la Comédie.

Judith éclata d'un rire excessif.

– Pfff ! Un siège pliant ! Vous parlez d'un honneur ! Ma robe se coince dans les charnières et je dois user de mille artifices pour quitter la salle sans accroc.

Je supposai, avec une certaine crainte, que la maternité transformait les jeunes épouses, les rendant brusquement revêches ou exigeantes. J'avais entendu quelques rumeurs sur les « envies » des femmes grosses, de fruits exotiques ou de chocolat, d'un litron de bière ou d'une cuillérée de miel, mais jamais encore d'un balcon tout entier au théâtre.

– Et parlons de mes bijoux ! continua-t-elle. Un pauvre rang de fausses perles données par mon frère et mon anneau de mariage. Voilà tout ! Je pourrais prétendre à mieux aujourd'hui. Et tu pourrais y avoir pensé toi-même.

Je me dirigeai vers mon chiffonnier.

– Combien veux-tu ?

– Ah, cela m'est humiliant ! Pourquoi dois-je réclamer de quoi faire quelque dépense ? Notre situation a changé, et tu pourrais me donner toute liberté pour dépenser.

– Je réitère ma demande : combien veux-tu ?

– La clef, répondit-elle. Je veux la clef de ce tiroir, et non devoir mendier comme une miséreuse.

Mon Dieu ! Subitement, Judith remplaçait ma mère, comme lorsqu'elle me réclamait la clef de la malle des affaires de Papa. La clef ! La clef ! Quelle obsession stupide ! Croyait-elle me gouverner en s'accrochant un trousseau à la ceinture ?

Ma double vie me pesait.

J'éprouvais le vif regret de trahir les deux femmes qui m'aimaient.

Je surmontai alors ma tristesse et ma mélancolie dans le projet de cette réception que je considérais comme l'entrée solennelle dans ce monde qui m'avait jusqu'ici rejeté, faute de moyens pécuniaires et de relations flatteuses, en retournant vers mes cadavres, un nouvel objectif vissé au cœur : maintenir mon train de vie, mon « rang » comme diraient vos gens, afin de garantir à Judith quelques accessoires de perles fines qui pussent épater ses connaissances, et surtout de quoi payer les soins et l'appartement d'Angélique.

Les morts refroidis me procuraient un sentiment de bien-être inexplicable. Je me sentais à la fois investi d'une mission sacrée et doté d'un pouvoir surhumain. À ma mesure, je pouvais rendre à chacun le panache de ses heures de gloire ou enlaidir le plus détestable des sujets ; de ma bonne volonté dépendait son entrée au paradis. Ainsi, le bourgeois qui s'était enorgueilli de porter mille brocards et dentelles onéreuses – faisant travailler pour son compte des pauvres sans espoir de revanche – se retrouvait nu, le teint bleuâtre et la graisse rampante sur ma table à manetons.

À cette époque, j'avais amassé suffisamment d'argent pour commander deux nouvelles tables de travail ; à ma demande, l'une d'elles fut percée d'un trou aux quatre coins, auquel était soudé un tuyau d'écoulement permettant la dégoulinade des liquides corporels. Et comme l'avait imaginé mon vieux maître Joulia, un seau étroit réceptionnait le tout. Les rares curieux qui visitaient mon ouvroir me félicitaient pour cette invention, dont je cachais assez malhonnêtement l'origine.

La chasse aux trésors pour garnir les étagères de mon cabinet m'avait conduit à plusieurs reprises dans l'antichambre de collectionneurs avertis, qui se chamaillaient à propos d'un caillou magique : le bézoard. Un vilain nom pour une rareté que seuls les chanceux parvenaient à dénicher : directement dans l'estomac d'un adulte. Cette pierre aux vertus merveilleuses enflammait les âmes et conduisait parfois l'individu à de sales bassesses sévèrement réprouvées par une éducation bourgeoise. Petit divertissement, la chasse au bézoard m'aidait à oublier les souffrances d'Angélique.

Pouvais-je rêver mieux que ma nouvelle condition ? Un métier qui me passionnait et me payait grassement, un appartement luxueux composé de huit pièces dont trois encore inutilisées, une voiture à cheval équipée d'un frein manuel et de rideaux rouges, autant d'habits de Nankin que de jours dans une lune, une épouse grosse, une canne-épée à pommeau d'argent, de nombreuses salutations à distribuer d'un soulèvement de chapeau à droite, à gauche, peu d'amis mais assez d'argent pour y promptement remédier. Pourtant, il ne fut pas un seul jour où je n'eusse tout sacrifié pour sauver mon Amour.

Je commençais donc à fourgonner les estomacs, à la recherche d'un improbable bézoard ; il m'arrivait aussi de sonder les vessies, dans lesquelles se nichaient de vulgaires cailloux impossibles à marchander autrement qu'en poudre.

Levé dès l'aube et couché pour une heure du matin, je sentais mes forces s'amenuiser. Judith, dont le ventre n'avait pas grossi, se plaignait pourtant de douleurs invalidantes, causées, disait-elle, par « le poids du petit qui tire sur les reins ». Mais elle ne disait rien de mes absences et ne remarquait pas ma mine défaite.

Mon emploi m'assurait une aisance pécuniaire, mais je n'avais plus le loisir de profiter de mes revenus. Heureusement, ils me permettaient d'assurer le confort et les soins d'Angélique, à laquelle je consacrais toutes mes soirées. Le reste de mon temps passait dans la surveillance des léthargies et autres endormissements pour le compte des anxieux, jusqu'à la simple constatation de leur mort. Après quoi, les familles encombrées du défunt roide et suintant s'en remettaient à moi pour les soins de présentation, l'embaumement en vue d'une conservation. Entre deux, mes lames de fer dégrafaient les bustes par leur milieu comme on écarte les barreaux d'une cage : je récoltais les cœurs, les déposais aussitôt à momifier, ainsi que le vieux Joulia me l'avait enseigné.

Et, rongé par les tourments, je sentais mon propre cœur s'affaiblir.

Un soir d'orage, tandis que, à demi endormi, je tenais les rênes de mon attelage, un bruit fracassant me sortit brusquement de ma torpeur. Mon cheval se cabra et donna de l'encolure pour se détacher de son licol. Après un bref moment de panique, l'animal se résigna et s'immobilisa devant une forme sombre, pelotonnée à ses pieds. Il souffla nerveusement et frappa le sol à grands coups de sabots. Je descendis de ma carriole, agacé par cet imprévu.

La forme bougea dans l'obscurité ; c'était un homme, dont la peau foncée se confondait avec le pavé mouillé de pluie. Je l'aidai à se relever.

– Pouvez-vous marcher ? lui demandai-je en le tenant sous les aisselles.

– Rien de cassé, répondit-il en tâtant ses genoux et ses coudes. Ma carapace est solide, et puis... j'ai l'habitude !

Je le dévisageai, tandis que des éclairs déchirant le ciel illuminaient la ruelle.

– Montez, lui proposai-je en désignant mon attelage.

Je l'aidai à se hisser sur la banquette. Mon cheval reprit le rythme lent de son pas quotidien.

– Je vais vous reconduire chez vous. Quelle est votre adresse ?

Il ne me répondit pas.

– Où habitez-vous ? insistai-je.

– Nulle part. Laissez-moi ici, finalement. Ne vous inquiétez pas, j'ai l'habitude.

– L'habitude de quoi ?

– Des coups, répondit-il en fixant la croupe de mon cheval. Le cabaretier m'a éjecté parce qu'il m'a surpris en train de botter le cul de son lévrier.

– Il faut le comprendre, aussi. Pourquoi vous acharniez-vous sur sa bête ?

L'homme écarta ses mains, soulignant une évidence.

– Pour lui prendre sa pâtée, monsieur. J'ai faim… Sous ma chemise, je suis plus maigre encore que ce chien squelettique.

Je songeai alors à ma propre existence, dont l'incongruité m'obligeait souvent à consommer deux repas de suite, chez ma maîtresse, puis avec mon épouse. Il n'était pas rare que mon estomac me fît souffrir, trop gonflé par les excès de crèmes, de tourtes, de pâtés en croûte et de friandises sucrées.

Je stoppai mon cheval, désignant de l'index une auberge.

– Nous descendons ici, dis-je à l'inconnu. Nous descendons et nous allons souper ensemble à nous en faire péter la panse !

Il m'observa, les yeux écarquillés.

– Pourquoi faites-vous cela ?

– Figurez-vous, monsieur… monsieur comment, d'ailleurs ?

– Toussaint, répondit-il en me tendant une main égratignée.

– Figurez-vous, Toussaint, que moi aussi, j'ai eu faim… J'ai eu faim et j'ai connu des humiliations que vous n'imaginez pas.

– Oh, dit-il en riant, pourtant, vous semblez plutôt rangé du côté des nantis !

Je commandai à l'aubergiste une table pour deux et lui ordonnai de la recouvrir de tous les plats qu'il possédait en cuisine.

– Servez, je vous prie, une table de fête à mon ami Toussaint.

L'aubergiste s'en retourna à ses fourneaux puis, un court moment plus tard, revint les bras chargés de victuailles. Sa femme déposa un pichet de vin ainsi que deux gobelets devant nos assiettes. Je servis mon invité et nous trinquâmes. Il m'offrit un large sourire, et je remarquai de vilaines cicatrices arrondies bordant ses lèvres. En revanche, ses dents étaient remarquablement blanches ; l'idée saugrenue de leur valeur marchande me traversa l'esprit.

Tandis qu'il picorait une bouchée de chaque plat, ne sachant où donner de la tête devant ce festin, je contemplais la finesse de ses mains sombres. Sa chemise mouillée dessinait le contour de ses muscles saillants.

– Vous ne mangez pas ? s'inquiéta-t-il.

– Si, bien sûr, répondis-je en piquant un morceau d'anguille au miel. Quel âge avez-vous ?

– La trentaine, d'après mes calculs.

– Vous ignorez votre date de naissance ?

– Bah… J'ai surtout gardé le souvenir du prix que mon maître avait payé pour m'acheter sur le marché.

J'avalai de travers ma bouchée de poisson.

– Je valais le prix de treize cochons, mais je suis un homme libre depuis deux ans.

– Je suis heureux pour vous, Toussaint. La liberté est un trésor dont tout homme doit posséder une part.

– Oui, répondit-il. Mais pour moi, liberté égale mendicité et pauvreté.

Il but une gorgée de vin et se tamponna les lèvres en grimaçant.

– Que se passe-t-il ?

– Hum... Vous connaissez l'expression « motus et bouche cousue » ? Eh bien, la mienne l'a réellement été. Oui, cousue ! Mon ancien maître, rendu furieux par l'abolition de l'esclavage, m'avait cousu les lèvres avant de m'affranchir. « Si tu me causes des ennuis, je te ferai rechercher par mes hommes, et je te coudrai aussi les paupières ! » Tout cela parce que j'avais réclamé une portion supplémentaire de pain...

– Le salaud ! m'exclamai-je, sincèrement révolté. Avez-vous de la famille, au moins ?

– Je ne sais pas, murmura-t-il en baissant ses yeux d'encre. Lors de ma vente sur le marché d'esclaves, il y a plus de quinze ans, ma jeune sœur et ma mère ont été négociées séparément. J'ignore où elles se trouvent, si toutefois elles sont encore en vie.

– On publie des listes de noms dans les gazettes, dis-je pour le réconforter. Vous devriez les consulter.

– Je ne sais pas lire, monsieur.

– Il ne faut pas m'appeler monsieur. Je suis Victor Renard.

Judith m'accueillit, poings sur les hanches. Elle ne m'avait pas habitué à ces façons de mégère. Lorsque je lui présentai mon invité, elle poussa un cri d'épouvante.

– Aaahh ! Mais qu'est-ce que c'est ?

– Toussaint, voici ma femme.

– Un nègre ! s'exclama-t-elle sans attendre les politesses de l'homme. Es-tu devenu fou ? Veux-tu que ton enfant naisse difforme ?

Je la considérai, interdit. L'effroi déformait les traits de son visage.

– Ça porte malheur ! ajouta-t-elle, comme prise d'un accès de folie. Je connais des femmes qui ont mis au monde des créatures immondes, couvertes de taches poilues, simplement parce qu'elles ont fait de mauvaises rencontres, un chat noir ou une chauve-souris. Et toi, tu m'amènes un nègre ?!?!

Toussaint avait déjà tourné les talons ; il dévalait l'escalier de mon immeuble. Je le rejoignis et, posant le pommeau de ma canne contre son buste :

– Je suis navré, chuchotai-je. On dit que certaines femmes enceintes deviennent imprévisibles. Il semble que la mienne en soit.

– Aucune importance, répondit Toussaint avec tristesse. Une fois encore, je vous le répète : j'ai l'habitude. Je vous remercie pour vos bontés. Que Dieu vous garde…

– Où irez-vous ?

– Peu importe.

Je le freinai du plat de la main.

– À moi, il m'importe de savoir où vous dormirez ; la nuit est froide, un orage s'approche.

– Je trouverai un pont sous lequel m'abriter. Ou peut-être une remise.

– Venez ! lui ordonnai-je en le poussant vers la porte cochère du passage où j'avais rentré ma carriole.

Mes instruments luisaient à la lueur du chandelier que je venais d'allumer. Toussaint observa le décor de mon cabinet avec l'étonnement d'un enfant.

– Où sommes-nous, monsieur ?

– Monsieur se tait, mais Victor vous répondra.

Il sourit encore.

– Où sommes-nous… Victor ?

– En un lieu qui m'appartient, et dans lequel vous passerez tranquillement la nuit. Je reviendrai demain matin, et nous aviserons.

Il renifla bruyamment.

– Drôle d'odeur, dit-il, comme on réfléchit à voix haute.

Il dirigea doucement son bras vers la porte d'une chambre mortuaire. Les chandelles éclairèrent les pieds raides et blancs d'un défunt, allongé sur une table à manetons.

– Oh, murmura Toussaint. D'autres gens dorment ici ?

– En quelque sorte, oui. Nous en reparlerons. Vous resterez ici jusqu'à mon retour, demain ? Ai-je votre parole ?

– Oui, monsieur.

– Victor.

– Oui, Victor.

– Voilà qui est mieux. Bonne nuit.

Ceux qui, parmi vous, n'ont pas sourcillé en entendant les sinistres paroles de mon épouse à propos du « nègre », comme elle s'abaissa à l'appeler, ne sont pas dignes de siéger dans cette assemblée. Mais je me garderais bien de les montrer du doigt ; ils se reconnaîtront.

Naturellement je retournai à mon cabinet après avoir visité Angélique, dont l'état de santé semblait figé. Toussaint, que la lumière du jour avait réveillé de bonne heure, s'était attardé dans les différentes salles de mon ouvroir ; les instruments, les fioles de fluides et les corps en surveillance l'avaient instruit sur la nature de mon activité.

– Heureusement, me dit-il, que je n'avais pas compris, hier soir.

– Vous seriez-vous enfui, alors ?

– À toutes jambes ! J'ai grandi en écoutant les récits terrifiants de mon grand-père, peuplés de zombies. Vous n'y croyez pas ? s'inquiéta-t-il.

– Mes clients ne sont pas des fantômes, dis-je posément. Ce sont des corps sans vie, qui attendent un soin. Mon métier est de les rendre coquets, pour leur présentation aux portes du paradis.

Il sourit.

– Y parviennent-ils vraiment ?

– Je l'espère... Je vous ai apporté des vêtements, dis-je, sortant un habit complet de mon havresac.

Toussaint tendit ses mains, les paumes tournées vers le ciel. Son geste fut exactement le même que le mien, huit ans plus tôt, tandis que ma mère me tendait les frusques de Papa que nous devions trier. À l'époque, la Pâqueline avait été choquée que je désirasse les bottes neuves de mon père ; elle avait donc préféré les vendre.

La joie de mon protégé me noua la gorge.

– Mais il faut d'abord *nous* laver, déclarai-je avec précaution pour ne point l'offusquer. Puisque vous avez visité les locaux, vous savez où se trouvent le broc et la bassine. Servez-vous de mon savon à barbe, je ne l'utilise plus guère : je me fais raser par un barbier.

– Victor, dit-il en baissant le regard, croyez-vous vraiment que je puisse trouver un emploi par la simple magie d'un habit propre ?

– Certainement ! assurai-je.

– Pardon, murmura-t-il, pardon de vous contredire, mais rien ne rendra ma peau blanche.

– Bien sûr, convins-je. Mais pour travailler, la mise est importante.

Il eut une moue dubitative.

– Qui emploierait un ancien esclave, illettré et mendiant ?

Je lui indiquai la porte du cabinet de toilette.

– Moi.

Judith reçut assez de réponses exaltées à son invitation pour parader, décorée comme un âne à la procession des Rameaux : une parure fort onéreuse scintillait sur sa poitrine, à laquelle elle avait cru du meilleur goût d'assortir de lourds pendants d'oreilles ainsi qu'un bracelet à chaque poignet. Un sourire de contentement dessiné au rouge vif achevait le tableau ; je ne reconnaissais plus la jeune fille effacée et douce d'autrefois. Elle avait commandé une série de plats fins en sauce au traiteur le plus réputé de notre rue, qu'elle avait disposés sur une grande table habillée d'une nappe brodée à son chiffre, arrangé trois immenses bouquets de fleurs blanches et de lierre dégoulinant, allouant à cette « salle à manger » de dernière mode une allure passionnée et follement naturelle. Dressés devant chaque miroir et sur le manteau de la cheminée, les candélabres d'où gouttait la cire blanche des bougies achevaient le décor, réfléchi afin d'illustrer mon aisance.

– L'épouse est la vitrine d'un foyer, affirma-t-elle. Grâce à moi, on évaluera immédiatement ta fortune.

Quatre domestiques payés pour la soirée s'activaient aux fourneaux ainsi qu'au service des vins de Tokay et de Champagne, particulièrement appréciés pour leur prix excessivement élevé plus que pour leur saveur.

Ma femme s'était fait coiffer à la grecque. J'imagine combien ce détail vous indiffère, mais il me plaît, à moi, de vous narrer les fastes de cette soirée ; son évocation me permet d'en revoir les images et d'en sentir encore les parfums qui me permirent de couvrir l'affreux relent des vapeurs de mercure imprégné sur mes manches. Les petites boucles savamment décoiffées de Judith, sa robe transparente drapée sur ses épaules roses et rondes provoquèrent l'admiration de nos convives.

Oui, messieurs, nous eûmes des convives et la soirée aurait pu être une réussite. Les premiers à se faire annoncer furent les peintres Drölling et Pau de Saint Martin, chacun accompagné d'une créature dont personne n'osa demander le nom car il semblait évident qu'elles étaient courtisanes. La douce Marion, ancienne bouquetière de la reine, s'était présentée un peu en avance à la demande de mon épouse, afin qu'elles pussent s'entretenir d'une affaire très privée. Puis, vinrent quelques connaissances, dont mon art dans l'emmaillotage des défunts avait fortement impressionné la descendance, au point que nous pouvions nous déclarer mutuellement « amis ».

Les commerçants ne manquèrent pas à l'appel, surtout ceux dont la bourse dépendait directement de mon succès ; je découvris les invités au fur et à mesure de leur arrivée : l'ébéniste des cercueils, l'accoucheuse Fabre et sa fille simplette, souvenez-vous qu'elle en a trois – une engrossée par un coquin qui paie sa pension et son silence ainsi qu'une petite pute aveugle. La simplette, prostrée sans son marchand de saucisses, bêtement au milieu de mon salon, était une présence peu congrue que j'espérais voir absorbée par les autres invités.

La faiseuse de mode, sans les créations de laquelle Judith ne pouvait désormais plus envisager la moindre sortie, se lança dans une sorte d'attribution de prix et de notes à toutes les personnes présentes, faisant résonner son insupportable voix aiguë qui couvrait les musiciens déjà ruisselants de sueur. Oui, nous avions aussi convoqué un petit orchestre ! Pourquoi cela vous surprend-il ? N'est-ce pas ainsi que l'on reçoit aux meilleures adresses de la ville ? Ah, j'oubliais... Vous n'en savez foutre rien ! Quel riche personnage serait assez stupide pour s'encombrer de convives comme vous, austères et engoncés dans vos habits rapiécés ? Sans conversation autre que les dossiers que vous instruisez à la lueur d'un bout de chandelle jaune, sans manières... Je vous imagine tenant votre couvert comme on agrippe une pelle, des miettes de quiche au coin des lèvres, la commissure blanchie par la gêne et le gosier gargouillant du trop-plein de victuailles gratuites...

Accordez-moi un instant de jouissance : je vous regarde un à un, assis derrière vos pupitres. Combien d'entre vous ont ôté leurs souliers ? L'odeur de pieds macérés dans le cuir mal tanné doit empoisonner les narines de votre voisin. Vous riez, là-bas, mesdames, sur les bancs du public ? Vous n'êtes certainement guère plus plaisantes à côtoyer : vos mamelles s'agitent à la cadence de vos rires gras, taches de sauces et vomis de nourrissons sur une gorge que vous vous êtes empressées de cacher sous un châle. Mal coiffées de petits plumeaux mités, vous branlez votre éventail pour masquer votre malaise. Et l'air qu'il agite lance votre haleine de dent pourrie à votre voisine, elle-même incommodée par l'aigreur de ses aisselles.

Consolez-vous, je suis obligé d'en supporter de bien plus coriaces : les flatulences de mes gardiens flottent dans mon cachot, pourtant trop aéré, la paille de ma couche pue la pisse et les crottes de souris été comme hiver, la muraille suinte les larmes et le sang des condamnés qui m'ont précédé. Le vacarme des chaînes et le grincement des paumelles me fissurent les oreilles jour et nuit. On s'amuse à ouvrir la trappe pour me regarder dormir, roulé en boule, et si je dors, on se divertit encore à me réveiller :

– Renard, debout ! T'es libre !

Je me dresse comme un pantin monté sur ressort, titube jusqu'à la porte, perds mes culottes dont on m'a confisqué la ceinture. Ébloui par l'éclat des chandelles brandies devant la trappe, je me frotte les yeux en espérant le grincement des charnières : la porte va s'ouvrir, je vais courir à travers les rues, ombre fuyante sous les rayons de lune. Mais on se rit de moi, à s'en décrocher la mâchoire.

– Pourquoi que t'es levé, Renard ? me hurle-t-on en me distribuant quelques claques. Tu cherches à t'évader ?

Voilà qui les autorise à me frapper davantage. Il faut mater le prisonnier, lui ôter le goût de vivre, lui enseigner le dégoût de lui-même.

– Qu'est-ce que tu fous là ?

Un coup de poing dans le ventre.

– T'as voulu t'enfuir, hein ?

Un autre dans les couilles. Je ploie sous la douleur ; mon broc d'eau m'est jeté à la face.

– C'est pas bien de gâcher la flotte ! T'en auras pas d'autre jusqu'à midi !

Vous noterez par parenthèses, messieurs, qu'hier soir j'ai pu avaler quelques cuillères d'un excellent potage et mordre une bonne cuisse de dinde, simplement parce que Toussaint me fait porter de quoi survivre quand il ne peut se déplacer lui-même. Mais naturellement, il lui est interdit de me parler ; j'ignore de quelle façon il subvient à ses besoins ainsi qu'aux miens.

Pourquoi interrompez-vous ce récit, alors que vous exigez les moindres détails de ma vie passée ? Naturellement, je vais reprendre le fil de mon histoire. Je ne chercherai plus à l'enjoliver : le vote de ma condamnation n'est qu'une simple formalité. En réalité, tout est déjà décidé : à mort, l'enculé !

Ma logeuse et nos voisins d'étage se présentèrent de bonne heure ; Judith avait cru bon de les convier plutôt que de recevoir le lendemain une missive de plaintes pour le dérangement.

Jean de l'Eau se fit annoncer. D'un signe du menton, j'ordonnai aux serviteurs de l'accueillir et de le conduire aussitôt jusqu'à moi ; ma joie était sincère, nos retrouvailles chaleureuses. Je ne vous cache pas mon étonnement d'aujourd'hui, voire ma déception : j'espérais son témoignage pour ma défense, mais force est de reconnaître que nul n'est assez fou pour s'y risquer.

Judith s'approcha de nous, tenant la main de Marion ; la cape de Jean de l'Eau trembla, ses yeux s'embrasèrent ;

j'étais assuré que ces deux cœurs ne se quitteraient plus.

Les dames pensionnaires du couvent s'étaient entendues pour reconsidérer Judith, désormais plus riche que certaines d'entre elles. Cette enfilade de vieilles toupies acariâtres espérait secrètement mettre un terme à un pénible veuvage. Bah… payer son loyer en écartant les genoux pouvait sembler moins rasoir qu'un chapelet à réciter sur le carreau. Naturellement, Franz et son nouvel associé répondirent à l'invitation de Judith, assez bien vêtus pour que personne ne soupçonnât la nature de leur commerce de poissonnades. La présence de Jacques-Romain Panier m'enchanta également, bien que j'ignorasse que mon épouse l'avait invité.

– Pas du tout ! rectifia-t-il, posant sa main sur mon épaule. Mais je te rappelle que j'ai suffisamment de connaissances alentour pour connaître les bonnes adresses. La tienne a nourri bien des conversations ces derniers jours, et je n'ai pu m'empêcher de croire, cher Victor, que tu ne serais pas fâché que je décorasse ton coûteux sofa de casimir.

– Chers amis ! clama Judith en frappant une cuillère contre une coupe de cristal. Chers amis…

Je supposai qu'elle souhaitait annoncer précocement son état, bien que cela ne fût guère l'usage. La pensée qu'Angélique geignait entre nos draps me dévora subitement l'âme. Oh, j'entends la rumeur réprobatrice monter dans vos rangs… Naturellement, un coquin de mon espèce ne peut aimer deux femmes à la fois, ni en respecter aucune. Et pourtant si, messieurs les érudits et mesdames les moralistes, mais de façon dissemblable, j'en conviens. On ne quitte pas une femme obligée de vivre un rang au-dessous de celui de son esprit, quand bien même elle a distribué ses faveurs ; sa prostitution fut une nécessité et non son vice. Droiture et sentiments sont compatibles, pour peu que l'on dresse un paravent entre les deux !

Le sort s'était chargé d'ériger une muraille entre mes deux vies : mon Amour souffrant le martyre, sans perdre son irrésistible vocable, ma douce épouse se métamorphosant en poupée froide et calculatrice.

Une heure avant de me rendre à la réception organisée par ma femme, je frictionnais le dos et les bras d'Angélique de pommade au mercure, dont les premiers effets semblaient palpables.

– Je commence à croire que tu avais raison, murmura-t-elle. Les plaques rouges de mes bras ont disparu.

– Il nous faut continuer, jusqu'à ce qu'il n'en reste plus une.

– J'ai mauvaise conscience d'avoir abandonné Louison chez la maquerelle : elle aura certainement pris la vérole à son tour.

– Qu'y pouvais-tu ? demandai-je sur un ton qui ne laissait aucune place à la culpabilité.

– Je ne sais, en vérité. Peut-être aurions-nous pu la prendre comme domestique…

– Mon Ange, ripostai-je en redressant ses oreillers, ma fortune m'autorise désormais bien des dépenses inutiles, mais une bonne à tout faire aveugle serait une bonne à rien faire. Oublie cela et cesse de te tourmenter avec ces idées charitables et ridicules.

– Elle branlait bien, ajouta-t-elle en gloussant à travers ses cheveux collés de sueur. Beaucoup de clients réclamaient Palmyre sans même la connaître. Crois-tu que les aveugles branlent mieux que les autres femmes ?

Je ris à m'en étouffer.

– Oh, certainement ! conclut Angélique. On m'a rapporté que les sourdes suçaient bien, alors je suppose qu'une aveugle, à force de tout palper comme si le bout de ses doigts portait un œil, caresse mieux qu'une autre.

J'embrassai ses longues mains dès l'arrivée de sa gardienne de nuit, lui assénant mille recommandations pour sa santé.

– Va ! s'empressa-t-elle de lancer. Et tâche de te divertir, toi qui travailles jour et nuit au bien-être des morts. Festoie avec les vivants, au lieu de rester près de moi qui ai déjà un pied dans le tombeau.

Je jetai brusquement mon chapeau sur la banquette, résolu à la veiller moi-même.

– Ne vois-tu pas que je ris ? riposta-t-elle d'un ton joyeux. Mes bras sont comme ceux d'une jeune fille. N'est-ce pas la preuve que je guéris ? Va, te dis-je ! Et reviens-moi demain, avec mille jactances à colporter.

Mes invités savouraient donc mon vin de Champagne et s'emplissaient le gosier de bouchées fines en admirant les peintures clouées aux murs. Judith avait disposé de petits cartons sous mes objets de curiosité afin d'en révéler le nom aux néophytes ; elle ignorait que de tous, c'était probablement elle la plus ignare. Le tintement de sa cuillère avait saisi leur attention ; ils attendaient son discours.

Moi, je le redoutais.

C'est alors que la Pâqueline entra…

Vêtue d'un domino rose qui la dissimulait entièrement, une capuche juchée au sommet de son crâne, elle tourna la tête à droite, puis à gauche, guettant dans le regard des invités un intérêt qu'on ne lui portait plus guère, faute de mérite et de public. Bouche bée et les mains dégoulinantes de sueur, je m'avançai vers elle.

– Que faites-vous ici ?

– Victordu, je suis invitée par ma bru. Pousse-toi, sinon je sabote ton pince-fesses.

– Je ne veux pas de vous chez moi. Je vais vous faire raccompagner.

Je l'empoignai par le coude, lui faisant opérer un tour sur elle-même ; elle se débattit d'un geste brusque.

Son domino chuta à mes pieds.

Messieurs, j'exige qu'on me porte à boire. La simple évocation de cette terrible soirée m'assèche la langue. Je ne dirai plus un mot sans un pichet de vin.

Comment aurais-je pu oublier cette abominable scène ?

Me tournant le dos et offrant sa face à mes convives, la Pâqueline trônait au mitan de mon salon, habillée d'une robe qu'elle s'était visiblement cousue elle-même, comme j'en jugeai d'un rapide coup d'œil vers ses impeccables finitions. Un savant drapé gauche mourait sur ses épaules fripées.

Pourtant, la foule avinée s'exclama en la découvrant.

– Quelle splendeur !

– Magnifique ! Qui est votre modiste ?

Ses vieilles mains calleuses ouvertes comme pour recevoir une offrande céleste, la Pâqueline tourna sur elle-même, un sourire béat sur les lèvres ; et elle me fit front.

Quel spectacle atroce !

Un à un, ma mère avait épinglé mes papillons vivants sur sa robe !

Combien étaient-ils ? Mes yeux effrayés parcoururent l'étoffe… Cinquante, peut-être soixante. Mes pauvres petites créatures innocentes au supplice, fixées par leur abdomen duveteux dont s'échappait une goutte de liquide jaune pâle et transparent. Le mouvement las de leurs ailes m'arracha un sanglot.

Et la mégère prit à partie Judith, elle aussi horrifiée.

– J'ai respecté notre pacte, ma fille : tu m'as demandé de faire la paix, je t'ai accordé mon pardon. Puis, tu m'as raconté la construction d'une espèce de cabinet noir où Victorve exposerait ses larves dégueulasses. Tu prévoyais de les installer dès ce soir, afin d'amuser ta galerie de curieux, n'est-ce pas ? Je te les ai donc apportées.

– Oh, comme j'ai honte ! gémit Judith, le visage caché dans ses mains. Comment peut-on être aussi cruelle !

– Tu as bien raison d'avoir honte, répondit la Pâqueline en dégrafant sa robe. Moi aussi, à votre place, je serais mortifiée de chier dans la soie en laissant ma mère sans un morceau de lard dans sa marmite ! D'ailleurs, ajouta-t-elle, laissant glisser sa robe le long de ses épaules, il n'y a même plus de braises sous la marmite depuis que j'ai dû brûler mes chaises pour réchauffer mes mains déformées par le travail.

Elle demeura ainsi, immobile et à demi nue, pendant que l'assistance, pétrifiée, dévisageait tour à tour les acteurs de cette douloureuse comédie. Certains souriaient, les femmes portaient leurs mains gantées devant leur bouche, comme pour étouffer un cri d'effroi. Moi, j'étais simplement paralysé.

– Mon ami, m'assura Judith en chuchotant entre deux hoquets, ma surprise est bien gâchée, mais nous pouvons encore sauver quelques papillons.

– Erreur ! clama la Pâqueline, désignant sa coiffure d'un geste de tragédienne qui implore les forces du ciel, et elle déchira les fines bretelles de sa robe.

Enfin, dans une pose triomphante, elle assura sa voix pour déclamer :

Ce ne sont pas des perles
Que j'ai piquées dans mon chignon,
À s'y méprendre, non ?
Toi, qui jadis étouffas ton frère,
Le tuas devant sa propre mère
Ne seras jamais qu'un assassin.
Par ta bave et ton cou de travers,
Foucade des larves et des vers,
Mon dégoût succède au chagrin.
J'espérais la gloire et non Victor,
Pauvre rejeton sans aucun remords.
Tu regardes ces ailes qui de sang se ponctuent ?
Imagine la joie de l'épingle qui les tue !
Ce ne sont pas des perles,
Encore moins des œufs de merle
Que j'ai piqués dans mon chignon,
Mais tes putains de cocons !

Devant cette mise en scène, mes invités applaudirent et acclamèrent la Pâqueline.

– Bravo ! *Bravissimo !*

Je les observai un à un : ils ne simulaient nullement l'enthousiasme : ils étaient comme envoûtés. Enchantés ! Ils adoraient cet entracte qui me crucifiait !

Drölling s'empara d'un châle évanoui sur le sofa et le lui drapa autour de la nuque. La Pâqueline changea de pose et distribua d'une main souple des baisers vers l'assemblée.

– Sublime ! s'exclama l'artiste. Poseriez-vous pour moi ?

Elle se coula sans répondre dans le corridor, abandonnant sur le parquet l'étoffe chiffonnée de sa robe où finissaient de mourir mes papillons de nuit. Elle descendit les marches de mon escalier de pierre, sans tenir les volutes de fer forgé de la rampe, ni trébucher. La mauvaiseté lui avait rendu sa souplesse d'antan, la joie perfide la rajeunissait sans que je ne pusse espérer y puiser le plus infime témoignage d'humanité.

Je ne puis vous préciser combien de temps dura cette soirée, ni l'heure à laquelle nos amis disparurent. On mentionna l'accablant passage de ma mère avec d'impensables éloges et moult remerciements pour cette invention « si cocasse ». Le vin de Champagne acheva son office : mon salon devint instantanément une adresse que l'on s'échangea entre gens distingués. Plus tard, on ne fit guère l'éloge de mes soirées pour la compagnie intelligente ou les fins esprits. Non, on traversait Paris dans l'espoir de récolter un commérage ou d'assister aux folles représentations de ma mère qui ne revint pourtant jamais.

Pardonnez-moi, je fouille mes poches à la recherche de quoi me tamponner le front… La fatigue a raison de mes nerfs. Je ne dors plus la nuit. Vos gens ont calfeutré la lucarne qui m'assurait un étroit filet de lumière entre midi et quinze heures. À présent, l'obscurité totale tranquillise les rats ; ils m'attaquent, me mordent les pieds et la culotte. Je ne peux plus m'allonger. Je sommeille assis, ou appuyé sur les coudes, au milieu des cris de bêtes. Je leur distribue des coups à l'aveuglette, mais ils reviennent sans cesse. La privation de ma liberté n'est rien à côté de cet enfer.

Je crains de perdre la raison, autant que ma mémoire.

Je reprends mon récit, puisque vous êtes sans pitié…

Toussaint montra immédiatement de merveilleuses dispositions à l'ouvrage. J'aimais sa façon de prendre les morts comme un héros porte une femme évanouie dans ses bras ; il les reposait délicatement sur mes tables à manetons, replaçait leurs cheveux, réajustait leurs vêtements du bout des doigts. Oh, non ! il n'était pas dégoûté, mais il craignait de « souiller » les fines étoffes de ses mains noires.

– Arrête avec cela, lui répétais-je. Tu n'as pas à prendre ces précautions.

Oui, je le tutoyais. Non par manque de considération, mais plutôt à l'image de mon maître Joulia, qui m'avait promptement manifesté cette marque d'amitié. Toussaint, lui, ne m'a jamais parlé autrement qu'en me voussoyant.

Quelques familles manifestèrent une franche désapprobation à sa rencontre.

– Est-ce que c'est votre nègre qui va s'occuper du corps de ma grand-mère ?

– Toussaint est d'une habileté et d'une délicatesse que votre défunte louera auprès de Notre Seigneur, répondais-je invariablement. Ne sommes-nous pas tous des créatures de Dieu ?

– Si, bien sûr, murmuraient ces saloperies enrubannées, la bigoterie prise en défaut.

Comme je le lui appris, mon assistant ne montra jamais la moindre émotion à l'écoute de ces opinions d'un autre âge. Mais sa blessure invisible était profonde.

– Je suis affublé d'un torticolis congénital, lui rappelais-je pour adoucir son humiliation. Et crois-moi, j'en ai entendu de bien méchantes à ce propos. Les gens s'habitueront à toi comme ils se sont habitués à moi. Sois plus intelligent qu'eux : pardonne.

– Oui, Victor.

– N'es-tu jamais en colère ?

– Non, Victor. Je suis triste, mais pas en colère.

– Comment fais-tu ? Moi, il m'arrive d'avoir envie de tout fracasser contre un mur.

Il rit.

– Vaincre sa colère, dit-il, c'est triompher de son plus grand ennemi.

– Tu es un philosophe, Toussaint.

– Non, Victor. Je suis le petit-fils d'un vieil esclave qui, lui, était un sage. Après sa journée de corvée, et parfois après avoir récolté quelques coups de fouet, mon grand-père s'asseyait devant le feu et nous racontait des histoires. Des histoires d'anges et de démons, des histoires de méchants punis par la Providence, des histoires de sorciers et des légendes ancestrales. Ma mère découpait en fines tranches le pain qu'on nous donnait pour la semaine ; elle le faisait griller au-dessus des flammes, nous ordonnant de garder le silence, un doigt posé sur ses lèvres. De ces veillées, j'ai gardé l'espoir d'un monde meilleur, peuplé d'hommes et de femmes bienveillants, et le goût du pain croustillant.

Le soir, je pris l'habitude de quitter mon cabinet de bonne heure afin de retrouver Angélique le plus tôt possible, grâce à Toussaint qui se chargeait de nettoyer mes instruments, comme je l'avais fait jadis, et qui poussait même la reconnaissance jusqu'à bouchonner mon cheval ou à lui porter à boire les jours de chaleur.

Quant à Judith, elle se fit confectionner une garde-robe de femme grosse qu'elle s'empressa de porter avant d'en avoir réellement l'usage. Son goût immodéré pour les fanfreluches me causait quelque amusement, mais je me gardais bien de la railler, trop conscient que j'étais de son humeur changeante, et honteux de l'humiliation que ma mère avait voulu lui imposer. Sans doute se reprochait-elle de l'avoir conviée car elle ne m'en fit jamais de chicane.

Nous organisâmes de nouvelles soirées, parfois déguisées, souvent dansantes. Toujours réussies.

Ce qu'est, selon moi, une réception réussie ? Disons... un rassemblement de personnes, sélectionnées pour l'agrément qu'offre leur compagnie ou pour leur intérêt professionnel, beaucoup de bonne humeur, du vin de Champagne. Une multitude de plats découpés en portions minuscules, que de jeunes domestiques – vêtus d'une livrée – disposent savamment sur un plateau ; ils circulent, souriants, et veillent à remplir les coupes vides.

Ils annoncent la composition des mets, insistent sur la rareté des nourritures exotiques afin que mes invités se sentent honorés par mes dépenses excessives.

Il est préférable de fixer un thème, car les convives aiment à réfléchir sur leur tenue et préparer à l'avance leur costume, qui éblouira l'assistance.

Naturellement, je participais aux préparatifs de ces soirées. Pour être précis, je dirais que je coopérais grâce à Toussaint, dont le sérieux me libérait des corvées domestiques du cabinet. Judith apprécia ce temps passé ensemble ; non pour ma compagnie, dont elle se plaignait parfois comme on soupire d'être encombré d'un enfant trop turbulent, mais pour le paiement immédiat de ses caprices que j'effectuais sans sourciller. Ses petites phrases vexantes et ses réclamations s'accentuèrent, sans que jamais, je dis bien jamais, elle ne réalisât que cette attitude me disculpait de mener une double vie. Ainsi, insensiblement, Judith me poussait dans les bras d'Angélique.

Mon Amour poursuivait son traitement de longue haleine, alternant les périodes d'euphorie et les moments de désespoir dès l'apparition de nouvelles pustules sur sa peau. Comme je lui confiai chaque jour mes tracas, elle apprit l'existence de Toussaint avec infiniment de peine. Je résolus, un soir, de le lui présenter.

– Je vais te conduire à la femme que j'aime, Toussaint.

– Je connais déjà votre épouse.

– Justement, rectifiai-je, tu ne connais pas la femme que j'aime. Ensuite, nous irons chez mon épouse, où tu me déposeras. Et tu repartiras avec mon cheval, qui connaît le chemin par cœur.

– Bien, Victor.

– Débrouille-toi pour venir me prendre demain matin, le plus tôt possible. Tu me rendrais service en me libérant, dès l'aube, des criailleries de Judith.

– Oui, Victor. J'ai tout compris.

– Qu'as-tu compris ?

Son regard trahit une certaine compassion.

– Que l'homme libre est parfois enchaîné.

Toussaint dévora des yeux le décor de l'appartement d'Angélique. Il ne semblait jamais envieux ni choqué par la richesse de mes appartements. Angélique, dont l'amélioration de santé m'avait permis d'organiser ce petit rendez-vous, s'était vêtue d'une robe simple. Ses cheveux, relevés en un chignon qu'un fin cordon retenait, diffusaient autour de son visage amaigri un halo mousseux et doré.

– Bonsoir, monsieur, dit-elle à Toussaint en lui donnant une main pâle à baiser.

Toussaint s'inclina, faisant montre d'une délicatesse qui ne me surprenait plus.

– Monsieur, avança Angélique, je sais ce que je vous dois.

Le dos toujours courbé au-dessus de la main de mon Amour, il me considéra, interrogateur.

– Toutes ces heures, reprit-elle, que Victor passe auprès de moi depuis que vous le libérez des tâches ingrates... Pour cela, je suis votre obligée.

Nous passâmes une bonne soirée, installés sur la terrasse surplombant la rue. Au moment de nous séparer, comme Angélique frissonnait d'un air mélancolique sur la rambarde, Toussaint s'approcha.

– Il faut bien dormir, Mamiselle, dit-il, entourant ses épaules nues d'un châle de laine. Et demain, Monsieur Victor reviendra.

Elle se redressa.

– Comment m'avez-vous appelée ?

– C'était gentil, s'empressa de répondre Toussaint. C'était gentil et convenable.

Affolé, son regard, allant de droite à gauche, trahissait une frayeur infinie. Angélique et moi comprîmes qu'il craignait de prendre des coups. Oui, j'exagère peut-être… S'il ne les craignait pas, au moins croyait-il les avoir mérités. J'en fus immédiatement touché.

– J'ai peur de mourir, dit-elle en resserrant l'étole de lainage entre ses poings. J'ai peur de mourir sans jamais avoir été « madame », excepté pour ma domestique. Partout, on m'a appelée « mademoiselle », alors que dans mes rêves les plus fous, je me voyais mariée, le jupon froissé par une ribambelle d'enfants. Je vous confie cela, parce que ce soir, pour la première fois de ma vie qui s'achève, je n'ai pas détesté l'entendre. Dites-le encore…

– Je connais un piment qui guérit, Mamiselle.

– Je souffrirai moins sous terre, murmura-t-elle d'un ton las. Ce qui me consume, c'est de penser que je ne verrai plus mon amour.

Elle me tendit sa main. Je la pris entre les miennes. Sous nos pieds, la rue grouillait de promeneurs bruyants et de cris d'enfants.

– *Mango mi ka rété an pié, mango vet ka tombé*, prononça Toussaint.

Angélique rit de bon cœur.

– Comment dites-vous ?

– *Mango*, justifia-t-il, est un fruit de chez moi. On dit que la mangue mûre peut tenir longtemps sur sa branche, mais que la verte peut tomber quand même.

– Et alors ? demanda-t-elle, perplexe.

– Alors, Mamiselle malade peut vivre encore longtemps. Tandis que des nourrissons meurent comme ça : paf! d'un coup.

Elle quitta le balcon et se dirigea vers son secrétaire ; elle en ouvrit le tiroir et s'empara d'une feuille de gazette pliée en quatre.

– Tenez, dit-elle en brandissant l'article qu'elle avait découpé. Les médecins publient la liste des malades que leurs soins ont guéris. Voyez vous-même : ils sont peu nombreux, comparés à ceux que Victor embaume !

– Je ne sais pas lire, Mamiselle.

Elle froissa le papier entre ses doigts et le jeta.

– Peu importe, murmura-t-elle. Ce ne sont que des noms.

Audition du sieur Victor Renard

Jour XI, partie II

Impérieusement retenu par mon métier et l'aubaine de nombreuses familles touchées par la petite vérole, je n'avais guère de loisir pour pleurnicher sur mon sort.

Je taillais des carotides, arrachais des dents pour les classer dans les casiers où l'apothicaire et le bourreau fourgonnaient deux fois le mois ; je crêpais des perruques, j'explorais les intestins dans la vaine recherche d'un bézoard et toujours, sans jamais faillir, momifiais les cœurs en soixante-dix jours. J'avais cessé d'effectuer le tri des organes des bien portants : tout cadavre me rapportait quelques pièces, que ce fût par sa chevelure, ses dents, ses organes mous ou parfois un membre pour l'Académie de médecine.

À cela s'ajoutaient les revenus que je tirais de quelques résolutions d'énigmes : on m'apportait parfois un cadavre dont la mort suspecte exigeait un examen savant et précis. J'effectuais donc de plus en plus d'autopsies.

Désormais rompu aux comparaisons des plaies, cicatrices et autres marbrures sournoises, je sais mieux que quiconque donner un âge à la mort. Mon œil examine la trace, tandis que mon cerveau tamise les mensonges des familles ou décortique l'argument de celui qui transporte le cadavre.

Voyez-vous, j'émis rarement un avis sur la mort d'autrui. Et je ne m'attardai en détail qu'à propos de celles qui approchaient mon affaire. Pourtant, bien des fois il m'arriva de comprendre les circonstances d'un décès, et surtout, d'en soupçonner la cause. Les organes parlent, messieurs, pour peu que l'on sache observer leur relâchement, leur changement d'apparence ou de texture. On me confia toutes sortes de corps, escortés de récits fabuleux ou mensongers. À force de les ouvrir, ces pauvres carcasses, et d'en contempler les creux, les plis et les bosses, j'appris à ravaler ma langue pour ne jamais révéler les détails qui en auraient conduit quelques-uns au cachot.

Muet comme une tombe !

Un matin, mon boulonnais d'attelage montra quelques signes de fatigue ; je m'étais fait duper par le marchand qui m'avait vendu une vieille carne. Mon aisance me permit de lui rendre le cheval et d'obtenir contre quelques sous supplémentaires un robuste normand de toute beauté. On ne pouvait manquer mon passage, charrié par cette bête puissante dont le trot souple et lent frappait sèchement le pavé comme un bataillon de tambours. Il n'était pas rare qu'un billet griffonné en hâte fut glissé sous la sangle de son licol, car on reconnaissait mon cheval entre mille autres. Sa crinière fort longue habillait son encolure d'une masse luisante et lisse, semblable aux algues brunes qui bordent les serpentines de la Pissotte.

Judith côtoyait ses anciennes maîtresses, devenues plus

fauchées les unes que les autres, toujours avides de commérages et d'un chocolat gratuit. Angélique reprenait assez de forces pour s'ennuyer dans notre appartement. J'étais fort conscient qu'il lui manquait une occupation. Quelque chose qui pût détourner son angoisse et lui fournir chaque matin un projet revigorant.

– Nous ne sortons plus jamais, regrettait-elle. Et quand passeras-tu une nuit entière avec moi ?

– Je te jure qu'un jour je…

– Chut ! Ne promets rien que tu ne puisses tenir. J'en mourrais de chagrin.

Pépette, devenue sourde, refusait les sorties. Son ventre pendait comme du linge à sécher, son poil avait blanchi et son caractère empiré la rendait insupportable. Mme Martineau, défavorisée par les ulcères variqueux aux jambes, n'effectuait plus aucune livraison de chapelets et crucifix sculptés. Elle dépêcha sa fille à cette tâche, lui recommandant de particulièrement dorloter les sœurs hospitalières ; par l'occupation des livraisons de sa mère, Angélique trouva une sorte de remède à la solitude que sa condition de femme entretenue lui avait imposée. Son état de santé oscillait entre un « mieux » de quelques semaines, et la « pire des crises » de courte durée.

Marion vendait ses bouquets de roses aux dames du couvent, toujours en proie à d'affreux regrets d'une époque révolue. Les dames s'évanouissaient en inspirant ces fleurs, où le parfum de la reine nourrissait leurs souvenirs éplorés.

C'est ainsi qu'un jour, narrant devant Angélique la réception qui lui avait permis de retrouver Jean de l'Eau, Marion évoqua les fréquentations de mon salon. On parla sans gêne de mon épouse, de ses origines modestes et de l'excès d'amitié qu'elle manifestait à l'égard de ces dames dont la source noble permettait tous les mépris envers la populace.

Mon ouvrage quotidien, le souci permanent d'entretenir ma condition de nouveau riche m'empêchait de craindre ces réunions où, dans un même cloître, pouvaient tour à tour jacasser mon épouse, ma discrète maîtresse, Marion ma jeune protégée et ces harpies de haute condition flétrie.

Naturellement, cette négligence m'aura cassé le cou, car on a beaucoup à redouter dans l'association de jeunes femmes désœuvrées à de vieilles aigries.

J'avais, à cette époque, nourri le plan de rapporter le cœur de Louis IX, dit « Saint Louis », afin de le marchander à un très haut prix aux artistes dont le talent s'arrachait.

– Je vais m'absenter quelque temps, annonçai-je successivement à Judith et Angélique.

– Quoi faire ? demanda ma femme. Qu'as-tu encore inventé pour aller rôder ?

– Emmène-moi avec toi, supplia Angélique.

Pas une seconde il n'en fut question. On me pressa cependant de toutes parts, afin que je racontasse les motifs de mon voyage. Je le leur expliquai avec plaisir dans le détail…

Saint Louis, comme nul ne l'ignore, est mort à l'entrée de la ville de Tunis [1]. Aussitôt, on décida de rapatrier son corps. Mais comment effectuer un si long voyage

1. Le 25 août 1270, à 15 h 30, sous une tente qui l'abritait de la chaleur accablante.

avec un mort dont la chaleur accélérerait la décomposition ? Que resterait-il une fois parvenu en France ? Un cadavre pourri, une escorte décimée par la contagion de maladies.

On résolut de faire bouillir la royale dépouille dans une marmite géante remplie de vin. On sécha soigneusement puis on emmaillota ses ossements nettoyés des chairs, afin de les déposer dans un coffre scellé. Un tombeau d'or et d'argent fut érigé en son honneur à Saint-Denis, où l'on plaça les précieuses reliques. Après bien des tractations les moines de Saint-Denis acceptèrent de laisser le crâne de Saint Louis déménager pour Paris, entre les murs de la Sainte-Chapelle, à condition de garder les dents, un morceau de mâchoire et le menton…

Plus tard, Anne d'Autriche, mère de Louis XIV, reçut un petit morceau de côte qu'elle trouva ridiculement mesquin. Elle piqua une colère qui fit trembler les murs du palais ; on décida, en 1617, de lui en offrir une entière.

– Je ne puis croire que tu projettes de reconstituer le squelette du roi, s'étonna Judith.

– Comme tu es sotte ! lançai-je un peu brusquement. Personne n'a jamais rapporté son cœur de Tunis, et lors du saccage des tombeaux royaux, son cercueil était vide. Moi, je vais le trouver et ma fortune sera faite.

– Tu es *déjà* riche, opposa Angélique lorsque je lui fis part de mon plan.

– On ne l'est jamais trop. Et puis, j'aime l'idée de pouvoir te gâter encore davantage.

– Notre commerce s'effondrera durant ton absence, craignit Judith. Une autre maison d'embaumement ratissera la clientèle et c'en sera fini de toi. Qui paiera nos quittances ?

– Toussaint peut assurer la surveillance des corps durant quelques semaines, assurai-je.

– Magnifique ! s'exclama-t-elle dans un rire mauvais. Ma condition va maintenant dépendre d'un nègre !

– Je ne veux plus t'entendre prononcer ce mot, prévins-je sans me retourner. Toussaint est affranchi, bien plus savant que tu ne peux l'imaginer. Et j'ai de l'amitié pour lui.

Je dressai la liste de mes effets à emporter, d'une plume moins assurée que la veille.

– Si tu me demandes un jour de vendre mes bijoux pour rembourser tes lubies, m'avertit-elle, je refuserai.

Je posai ma feuille de papier et la toisai de la tête aux pieds.

– Tu garderas tes embellissements de pacotille, n'aie crainte.

– Je suis enceinte, lâcha Judith. Je suis enceinte et tu m'annonces que tu veux partir. Et si je crève en couches ?

– Ma chère… je serai de retour avant la naissance.

– Donne-moi ton nè… Hum… Demande à Toussaint de venir travailler ici, susurra-t-elle. Il veillera sur ma santé et je le traiterai parfaitement bien.

– Hors de question ! Tu serais capable de le déguiser et de lui coller un candélabre dans la main pour éblouir tes amies.

Elle tapa du pied.

– Reste ! Je te l'ordonne !

– Tu n'as rien à m'ordonner.

– Mais tu ne connais personne là-bas ! insista-t-elle.

Les Barbaresques capturent les étrangers pour les vendre aux marchands d'esclaves. Tu crois pouvoir filer d'un trait à Tunis et qu'on te servira le cœur de Saint Louis sur un plateau ?

– Pas d'un trait, non. Je ferai une halte de quelques jours à Marseille, chez oncle Élie et tante Philiberte.

– Si tu pars, je retourne chez mon frère ! menaça Judith.

– Puisque tu pars, murmura Angélique, laisse-moi te humer, te lécher puis te sucer encore… Je recueillerai ton élixir, ma crème de jouvence, dans un petit pot pour attendre ton retour. Je te promets de bien me soigner, mais en attendant, c'est toi que je veux gâter…

Je mourus deux fois entre les lèvres d'Angélique, douce et libertine. Insatiable.

Profitant de ma fatigue, mon cheval me conduisit non chez ma femme, mais au cabinet. Comme je tenais les rênes, somnolent, je ne m'en rendis pas compte. Je rentrai comme un automate. Toussaint, que l'annonce de mon voyage avait inquiété, ne dormait pas.

– Tu gaspilles mes chandelles, dis-je, faussement contrarié.

– Je regarde votre carnet de notes, répondit-il. Je cherche des croquis pour apprendre à mieux vous servir.

Je le lui pris gentiment des mains.

– Toussaint, les dessins de ce livret sont de mon père. Il consignait de nombreux commérages sur son entourage et quelques saloperies à mon sujet. Il ne te servirait à rien.

– Il vous est utile, à vous ? demanda-t-il comme un enfant curieux.

Je m'appuyai sur le dossier de mon fauteuil. Le visage de Toussaint portait l'amitié des nuits blanches.

– Je sais que toi, tu peux comprendre : ce carnet d'immondices me tient debout. Je m'applique à le faire mentir. Tu vois, je choisis une page au hasard, et parfois, j'en lis un passage.

– Eh bien, faites-le…

J'ouvris le recueil et suivis du doigt l'écriture oblique de mon père.

De nouveaux principes recommandent de frapper les enfants pour les éduquer. Pâqueline suggère de corriger Victor à coups de branches de saule. Moi, je préférerais la ceinture. Nous nous sommes disputés à ce sujet, puis finalement tombés d'accord : il prendra des baffes. Mais à quoi bon ? Il restera laid et propre à rien.

Toussaint hocha la tête en silence.

– J'ai besoin du cœur de Saint Louis, murmurai-je. Je veux faire quelque chose dont on parlera longtemps. Dans les journaux, dans les salons. Partout !

– Pourquoi vouloir toujours plus ? demanda-t-il d'une voix douce.

– Pour la respectabilité, Toussaint. Longtemps, je n'ai été que tordu, bon à rien, moche et pauvre. À présent, je suis riche du deuil des autres, mais je voudrais qu'on se retourne sur mon passage et qu'on me salue comme une personne de qualité.

Mon assistant me considéra en plissant les paupières, à la façon d'un vieux sorcier.

– *Dèyè chyen*, prononça-t-il comme un avertissement, *sé chyen, douvan chyen sé misyé chyen.*

– Tu m'aides beaucoup ! lançai-je, exaspéré.

– Devant le chien, on dit « Monsieur le chien », mais dans son dos, on dit « chien » tout court. On vous saluera peut-être comme une personne de qualité, mais dans votre dos, on dira ce qu'on voudra. Faut pas partir pour ça, Victor… Madame Judith est grosse et Mamiselle est fragile. Et puis moi, je ne peux pas tenir seul le commerce : les gens ne me laisseront pas toucher leur mort. Faut pas partir, Victor… Il ne faut pas faire ça.

Rentré dans mon appartement conjugal, je passai une nuit blanche, allongé près de Judith dont la respiration saccadée m'indiquait qu'elle ne dormait pas non plus.

Je crois même qu'elle sanglotait. Alors je me suis tourné sur le côté, je l'ai entourée d'un bras pour la rassurer en guettant le lever du jour.

Dès l'aube, ma décision avait basculé : partir eût été stupide. Je risquais de tout perdre, la mère de mon enfant, mon Amour et ma clientèle, pour traquer une chimère qui me rendrait peut-être plus riche et célèbre, mais seul. Quel eût été le bénéfice d'une aisance pécuniaire que je ne pourrais partager avec personne qui m'aimât sincèrement ? À quoi bon rouler en carrosse, entretenir des chevaux et un cocher ivrogne si je n'avais pas d'épouse aimante à satisfaire, nulle compagne élégante à exposer ? Était-il censé d'aller quérir une fortune incertaine pour accroître celle que je possédais déjà ?

Je me souvenais que mon père, inquiet de mes quelques pensées fantasques de jeunesse, m'infligeait le passage « au tamis » afin de m'aider à prendre de bonnes décisions :

– À la question « est-ce utile ? », peux-tu répondre par oui ?

– Non.

Une bonne claque suivait ma réponse.

– À la question « est-ce intelligent ? », peux-tu répondre par oui ?

– Je ne sais pas.

Une deuxième claque résonnait dans la salle de musique, partant du principe qu'un « je ne sais pas » valait un « non ».

– À la question « est-ce pour sauver ton honneur ? », peux-tu répondre par oui ?

– Non.

Paf!

L'affaire était close : idée saugrenue.

Dans la pénombre de notre chambre, Judith serrée contre mon sein, je voyais défiler les images devant mes yeux. Est-ce intelligent de partir ? Paf! Est-ce utile ? Paf! Est-ce une question d'honneur ? Non, d'orgueil et d'appât du gain. Alors, paf!

– Je reste ! déclarai-je à Judith lors de notre lever. Es-tu contente ?

– Ah, tu retrouves la raison ! On n'abandonne pas une femme qui porte un enfant…

Avant de me rendre au cabinet où rancissaient quatre vérolés, desquels Toussaint était chargé de rénover les habits mangés par les mites, je fis un détour par mon second appartement. Angélique sanglotait.

– Je reste, es-tu contente ?

– Je t'aime ! répondit-elle en se jetant à mon cou. Voilà bien la seule chose qui me rende heureuse !

Triturant mes macchabées, je me rendis compte qu'un changement important s'était effectué dans mes deux vies : de sage et obéissante, Judith était devenue exigeante, tandis que, autrefois dérangeante par son audace, Angélique se montrait à présent généreuse et patiente.

J'ignorais alors que mon épouse me soupçonnait de lui être infidèle. Angélique n'aurait jamais risqué de commettre une imprudence ni de prononcer une parole de trop, ce qui l'aurait aussitôt conduite à retourner travailler chez sa maquerelle ou à vendre des ferrailles au carreau du Pou-Volant. À l'inverse, elle dépensait son temps en bonnes actions, visitait les familles pauvres qui lui étaient indiquées, me réclamait parfois un supplément d'argent pour soulager un malade ou faire dire une messe.

Je reconnais ici devant vous que mes largesses n'ont pas été équitables ; je gâtais ma maîtresse, dont la grâce et la beauté naturelles encourageaient mes folies. Elle portait peu de bijoux – à l'exception de la bague d'améthyste que je lui avais offerte jadis –, leur préférant les châles de prix dont les ourlets agrémentaient nos ébats lorsqu'elle parcourait mon épine de leurs franges caressantes.

Judith, elle, avait pris goût aux toilettes onéreuses et prétendait déchoir en portant deux fois la même robe si nous sortions à la Comédie (événement qui se raréfiait). Je ne gâtais pas mon épouse, mais je la laissais dépenser mon argent sans qu'elle n'ait jamais à m'en réclamer ; le tiroir de mon chiffonnier où s'entassaient mes ressources n'étant jamais fermé ni compté depuis ses vilaines réclamations, je fermais les yeux sur ses excès qui, naturellement, constituaient dans son esprit une réparation des pénuries de son enfance.

Sa grossesse devint une sorte d'état maladif et sacré dont il était à la fois mal venu de se soucier et grossier de ne jamais parler.

– J'ai ordonné à la domestique d'installer un bon petit matelas dans ton cabinet de curiosités, déclara-t-elle en rajustant les plis de sa chemise de nuit sur un ventre encore assez plat.

– Très bien, dis-je. Je pourrai ainsi m'allonger pour admirer mes trouvailles.

– Tu pourras surtout y dormir ! ajouta-t-elle. Mes amies du couvent, Mesdames de Tageur et la Treille, me l'ont conseillé : la présence d'un mari près d'une femme grosse compromet la santé de l'enfant.

– Je l'ignorais.

– Hum… moi aussi, jusqu'à ce qu'elles m'en convainquent. Et n'espère pas davantage avant les quarante jours qui suivront la naissance.

Il me fallut feindre la déception.

– Quarante jours ? La nature impose aux maris une cruelle disette !

Ma réplique ne lui parut nullement amusante ; je supposai que la maternité régissait l'humeur.

– Pourquoi as-tu annoncé ton état si tôt ? La bienséance exige un délai de trois mois.

– Eh bien, c'est une convention que je n'ai pas envie de respecter. Et d'ailleurs, j'aimerais que nous allions chez le notaire afin d'assurer mon avenir : je n'ai rien, tu as tout.

– Encore une de ces vieilles corneilles qui t'aura mis cela en tête.

– Non, c'est ta mère.

Judith me tendit une lettre, reconnaissable à l'écriture dont les *i* et les *j* étaient surmontés de ronds absurdes à la place des points.

Ma chère bru,

Je suis bien aise par l'annonce que te voilà grosse et que la Providence te fera connaître un état qui n'attire que des tourments.

Passe donc un déshabillé et fixe-toi sur le ventre un gros sac de lentilles ; promène-toi ainsi quelques heures. À la « délivrance » de ces neuf mois, n'oublie pas d'avertir l'accoucheuse que le père de l'enfant, ton mari, a commis un meurtre le jour de sa naissance et qu'un « à ta visse » est toujours à craindre. Je ne sais comment l'écrire ; on m'indique « à ta vice » ainsi que « atavisme ». Bref, disons un réflexe de répétition. Puis, file vider ta bourse chez l'apothicaire, ou invite-le à se servir franchement dedans. Ensuite, tu iras à la foire et tu demanderas que vos richesses soient versées sur le compte du commerçant. Un enfant, c'est un trou dans le bas de laine. Pour te représenter à l'avance vos prochaines veillées, parcours ton cabinet de curiosités de cinq heures à dix heures du soir en portant un sac humide de six kilos. À l'heure de la prière (si toutefois tu pries encore), pose ton sac puis va te recueillir sur la pointe des pieds. Essaie de dormir un peu. À minuit, relève-toi et marche à nouveau avec le sac dans les bras. Retourne te coucher en réglant ton cerveau sur cinq heures du matin pour préparer sa bouillie, pendant que les cris de votre larve te rappelleront qu'il faut encore débarrasser ses fesses de la merde qui s'y sera collée, et préparer le déjeuner de ton époux perclus de rhumatismes par une journée de travail, penché sur ses charognes.

As-tu déjà fait manger un nourrisson ? Rien n'est plus écœurant. Je t'invite à choisir une petite citrouille bien ronde, que tu évideras pour former un trou de la taille d'une bouche. Avec une cordelette, suspends cette citrouille aux solives de ton appartement de riche et fais-la balancer de droite à gauche. Ce sera moins remarquable que vos lustres à pampilles de cristal, mais cependant très instructif.

Prends maintenant ton plat de bouillie et essaie de « nourrir » la citrouille toujours en mouvement, en jouant à l'oiseau avec ta petite cuillère. Et ainsi jusqu'à ce que le plat soit à moitié vide. Essuie ton corsage de toutes les bouchées qu'il t'aura recrachées au visage, parce que c'est trop chaud, trop froid, trop épais, trop liquide, trop salé, trop sucré, trop pas bon.

Pour imaginer les merveilleux moments que vous vivrez lorsque votre fils trottera (parce que tu désires un fils, je suppose, tandis que Victor prie simplement pour qu'il ne soit pas tordu), enfonce un os de poulet et des fourmis écrasées dans ton encrier et barbouille tes chaises neuves de confiture et autres sucres dont il faut les gaver. Pour l'habillage, tu devrais dès à présent t'entraîner à faire entrer un chat dans ton filet à chignon sans qu'aucune patte ne dépasse.

Pour les réceptions et les invitations du dimanche, tu peux déjà emmener ce qui se rapproche le plus d'un enfant : une chèvre adulte. Vous rembourserez tout ce qu'elle aura cassé ou grignoté. Une dernière recommandation de ta marâtre : avant la naissance, allez souper chez vos amis qui ont déjà des enfants. Permettez-vous de critiquer leurs méthodes d'éducation, leur manque d'autorité. N'oubliez pas de donner votre avis sur l'heure du coucher, les bonnes façons de se tenir en société… Profitez-en ! Ce sera la dernière fois que vous détiendrez des principes et alors, peut-être alors, Victor saura-t-il regarder sa propre mère avec moins d'hostilité. Je m'arrête ici car je n'ai plus de papier, ni de fils assez reconnaissant pour m'en payer la moitié[1].

– Quel rapport cette lettre a-t-elle avec un notaire ?

– Cela me paraît pourtant clair ! s'agaça-t-elle. Pour une fois, je pense que ta mère a raison : *un enfant est un trou dans le bas de laine*. Sous-entendu : il te fait dépenser ton argent, et même celui que tu n'as pas.

J'écarquillai les yeux.

– Je te connais, continua-t-elle. Une fois qu'il sera né, ce petit te mènera par le bout du nez et tu feras ses quatre volontés. Un jour, je manquerai peut-être du simple nécessaire parce que tu auras tout dépensé pour lui. Voilà pourquoi je veux être protégée par un acte notarié.

Contre toute attente, les mois passèrent à la vitesse d'un galop de cheval et ma panse continuait d'enfler, (comme celle de Judith), nourrie par les deux soupers que j'avalais chaque soir à deux adresses différentes.

Ah, toutes ces bonnes femmes de l'auditoire qui se gaussent derrière moi… Il est bien temps de ricaner ! Votre divertissement touche bientôt à sa fin ; comment reprendrez-vous le cours de vos petites vies ? Il ne sera pas aisé de retourner à vos marmites en pensant à l'horrible Victor Renard, ce monstre dont vous vous servirez pour dresser vos enfants à bien se tenir.

Victor Renard remplacera Lucifer. Vous me décrirez

1. Libre adaptation d'un texte de Géraldine Debauve.

comme suppôt de Satan, ou mieux encore, le nouveau croque-mitaine. Vos morveux guetteront le fantôme de mon cheval et s'enfuiront devant mon fouet de branches de buis vert. Ah ! vous les menacerez de ma part, moi qui n'ai jamais arraché la patte d'une mouche ni claqué la lucarne aux oiseaux nettoyeurs, d'une correction à leur faire saigner les mollets... Vous pouvez rire dans mon dos, pauvres vieilles édentées ! Je promets de vous visiter la nuit, le jour, lorsque votre cœur sec et malveillant évoquera mon récit.

Prudence, les moches ! Je prends note de vos ricanements et nous nous retrouverons.

Où en étais-je ?

Je disais que ma panse bouffissait et cela vous amusait. À la bonne heure ! J'enflais de pâtés, de poissons en gelée, de cygnes rôtis, de crèmes au chocolat, de boissons pétillantes... Judith cuisinait gras tandis qu'Angélique variait les plats pour sans cesse renouveler mon plaisir de rentrer.

Oui, je soupais deux fois, mais rarement des mêmes mets. Lorsque cela se produisit, je m'interdis de comparer. Je m'autorisai cependant le rabâchage des conversations, et la rengaine des soins ordinaires apportés aux cadavres. Avant son accouchement, Judith profita des dernières octaves pour redoubler ses visites aux pensionnaires du couvent. « Là au moins », disait-elle, on la choyait comme une enfant sage, on lui offrait mille douceurs sucrées ainsi que des habits miniatures. Les présents s'accumulaient dans notre appartement, formant un tas coloré et mou dans lequel j'étais prié de ne point fouiller.

Angélique commençait à me questionner sur l'enfant à venir alors que nous n'évoquions que très rarement mon foyer.

– Crois-tu qu'il te ressemblera ?

– Comment le saurais-je dès maintenant ? Toutefois, je ne lui souhaite pas d'être comme moi, né de travers.

– Je ne connais pas de cœur plus noble ni plus droit que le tien ! As-tu choisi un prénom ? s'inquiétait-elle. Des parrains ?

Rien de tout cela ne m'avait effleuré.

Je connais la raison de cette indifférence : j'eusse préféré bâtir une famille avec Angélique. Mais le sort en décidait autrement, et je ne pouvais que me soumettre au désir de l'Être Suprême.

Judith refusa d'enfanter dans notre appartement et ne voulut pas entendre parler de Mme Fabre, l'accoucheuse.

– Je connais ses méthodes, et son carnet de naissances contient peu de mort-nés, lui assurai-je. Tu te doutes bien que si la mère Fabre ratait ses accouchies, j'en serais l'un des premiers avertis pour lui racheter les cœurs !

– Inutile d'en discourir, trancha Judith. J'accoucherai chez les sœurs hospitalières ou nulle part.

– Alors, soit. Je m'incline.

Tout semblait réglé sans mon concours ; selon Judith, les dames du couvent se comportaient en véritables amies, se chicanaient le privilège d'être marraine et s'épuisaient les yeux en broderies de lapins bleus sur des bavoirs de batiste. J'avais le sentiment que rien d'aussi parfait n'eût été prévu pour la naissance d'un dauphin de France.

– Je reviendrai dans quelques jours, m'avertit-elle un soir. Nous ferons baptiser l'enfant à mon retour.

Je me sentis exclu, mais n'en souffris nullement.

Angélique reçut la nouvelle de ma solitude avec une joie qu'elle ne parvint pas à dissimuler.

– Je t'ai pour moi seule, répétait-elle en se frottant contre ma barbe, pareille à une petite chatte.

– Profitons-en ! lui répondis-je en la renversant sur sa courtepointe.

Elle me prodiguait les plus douces caresses tôt le matin, puis je partais faire mon office ; à mon retour, Angélique coulait ses bras sous ma redingote et m'entraînait à nouveau dans l'alcôve en déboutonnant mes culottes. Nous mangions dans les draps, riant des miettes de pain qui nous piquaient le dos, puis je fumais une bonne pipe dont elle aimait respirer les effluves exotiques.

– As-tu enfin des nouvelles ? demanda-t-elle le huitième soir en caressant le duvet de mon torse.

– Aucune.

– Cela ne t'inquiète donc pas ?

– Un peu, avouai-je. Mais certainement moins que cela ne le devrait…

Elle redressa mes oreillers.

– Demain, j'irai à la place de ma mère livrer des chapelets au couvent. On me dira bien quelque chose…

– Je ne veux pas que tu prennes le moindre risque pour ta santé si fragile, répondis-je, un peu embarrassé que ma maîtresse s'enquière de la santé de mon épouse. Judith finira bien par accoucher !

– Et ce sera la fin de mon bonheur, murmura Angélique.

Ferme les yeux maintenant, que je contemple le sommeil de mon amour.

Je lui obéis.

– Dors, dit-elle doucement. Dors, et demain, je te sucerai encore…

J'ignorais alors que la clarté laiteuse de cette aube embrasserait notre dernier réveil.

Je ne revis plus jamais Angélique.

Me voici parvenu à ce mercredi qui vous intéresse tant puisque je me trouve devant vous pour évoquer cette journée.

Onze jours d'audience, pour atteindre ce moment qui m'étouffe. Onze petits jours à tenter de gagner du temps, à ressasser mes souvenirs.

À vous regarder bâiller d'ennui.

À vous entendre pouffer.

Quelques heures encore, si je parviens à étirer mon récit…

Mais le souhaitez-vous ?

Ce jour funeste, cherchant un lieu paisible où poser des collets et piéger quelques lièvres, le garde-feu trébucha sur le corps d'une jeune femme. Il le hissa sur son épaule et le déposa sur sa charrette en cachant son visage sous sa gibecière. Quand il fut arrivé sur le Pont-Vieux, au milieu des échoppes, les commerçants, les voisines et même des prostituées formèrent un attroupement curieux autour de lui. Les commères chuchotèrent, ne sachant plus si elles étaient ici pour se repaître du divertissement macabre. Mais tous reconnurent le cadavre dont la pâleur les épouvanta.

– Bordel de Dieu, pauvre petite ! répéta le garde-feu. Diantre bleu !

Quelqu'un proposa de guetter la mère de la malheureuse, partie consulter un chirurgien ; elle devait rentrer vers huit heures au relais des chevaux de poste, habituée, à ce qu'on colportait, à ne pas se chagriner des flâneries de sa fille. Le garde-feu préféra attendre lui-même la mère, il redoutait les bavardages médisants. Il s'opposa à ce que le corps fût rendu à la pauvre femme dans cet état, avec son visage défoncé et sa robe déchirée ; entre les lambeaux d'étoffe, on pouvait apercevoir quelques traces bleutées sur sa peau.

C'est alors que Jean de l'Eau, se rendant à confesse, croisa le cortège sur le pont. De grosses femmes effrayantes et sales se mouchaient dans leurs manches, des hommes élégants, appuyés plus paresseusement les uns que les autres, sur leurs pommeaux de canne, attendaient un épilogue comme on attend en grelottant le dernier acte d'une comédie, des enfants caparaçonnés de boue se poussaient du coude. Au milieu de cette foule reniflant, Jean de l'Eau proposa son aide pour charrier jusqu'à mon cabinet le corps dont, assura-t-il, le faiseur prendrait le meilleur soin.

Il monta sur la charrette que le brave cheval traîna lentement jusqu'à mon perron. Le garde-feu et Jean de l'Eau soulevèrent le corps, l'un par les bras, l'autre par les chevilles, et ils le déposèrent sur ma table d'acier.

Puis, me tapant doucement l'épaule pour me remercier, le garde-feu murmura :

– Vous la rendrez demain toute belle, pour sa mère.

La cloche d'incendie résonna par-dessus les toits. Il leva les yeux au ciel.

– Par saint Couillebeau ! Tout le monde sait qu'il est interdit de faire son pain chez soi ! Avec toutes ces maisons en bois collées les unes aux autres…

Il disparut dans un claquement de porte ; un coup de fouet réveilla son cheval et l'on entendit son trot sur les pavés.

Parcourant mon cabinet des yeux comme un écolier enfermé dans une crypte, Jean de l'Eau demeurait silencieux. Il observait les petits oiseaux gris dont les becs voraces frappaient la vitre de la lucarne fermée.

Il s'excusa ; je ne saisis pas à quel propos.

– Le garde-feu a oublié sa gibecière, dis-je en remarquant le sac qui recouvrait le visage de la défunte.

– Je vais la lui rapporter, répondit Jean en soulevant délicatement la sacoche.

Ce visage… Oh, ce visage ! Pardonnez-moi, messieurs… Je me suis attardé à vous raconter trop de choses. Vous pensiez que je cherchais à retarder la guillotine ? Las ! Mon unique dessein était de repousser cet horrible souvenir…

Mon aimée ! Mon adorée ! Angélique était là, gisant dans sa robe neuve déchirée. Je suffoquais, ma poitrine brûlait, le sol se déroba sous mes pieds…

Comprenez-vous ?

Après cela, j'ai comme une absence. S'il manque à ma mémoire quelques détails, me soupçonnerez-vous d'avoir menti ?

Après que j'eus rassuré mon ami sur mes capacités à tenir debout, sans qu'il ne se doutât un instant des raisons de mon désarroi, il me laissa prendre soin de « la petite ».

Je fermai la porte derrière lui, désireux de me consacrer tout entier au recueillement de mon Amour défigurée. Je m'agenouillai devant la table mécanique, le front posé contre le métal glacé, la poitrine secouée par les sanglots.

Mais on frappa à la porte du cabinet. Cela ne pouvait être Toussaint, car je le savais chez un bourgeois, pressé de se débarrasser d'un cadavre encombrant, dont il nous avait commandé le transport bien avant son trépas.

– Qui est-ce ? demandai-je sans ouvrir.

– C'est moi ! Jacques… Écoute ça : tûûût ! Pas mal, hein ?

– Formidable, répondis-je d'une voix éteinte. Pardonne-moi, je ne peux t'ouvrir.

– Je sais, tu as un jambon dans le saloir…

– Ne parle pas comme ça.

– D'accord, dit-il. C'est qui ? Une me'veilleuse ou une gueuse ?

– Une jeune fille, l'informai-je en reniflant. Je ne peux pas te laisser entrer, c'est trop affreux.

– J'en ai vu d'autres ! insista-t-il.

– Pas moi. Je la connaissais. Nous nous verrons demain, si tu veux bien.

Je l'entendis s'éloigner, faisant résonner – pfouiiin ! Tûûût ! – le serpent de Papa qu'il commençait à dominer après quelques semaines de pratique.

Je perçois bien que ce qui vous intéresse et vous a tenus sur ces bancs n'est pas là. Vos yeux trahissent votre appétit des morceaux immondes. J'y viens… j'y viens, bonnes gens.

Très apprêtée, sans doute pour rejoindre les dames du couvent, Angélique portait une longue tunique selon la mode, retenue par une large ceinture pourpre, nouée sous sa poitrine extrêmement dégagée. Charmante, mon adorable avait abandonné depuis quelques mois ses jupes à paniers et ses drapés bouffants « à la polonaise » au bénéfice de mousselines, parfois indécentes, qui donnaient l'impression d'une étoffe mouillée collée sur ses longues cuisses. Je ne l'avais jamais vue ainsi vêtue, pourtant j'ai le souvenir très précis de chacune de ses tenues. J'étais ébloui par le charme de ses robes, oublieux qu'elles provenaient de ma bourse ; je me sentais simplement flatté par le regard que les autres hommes lui lançaient.

J'étais l'élu de son cœur, sans inquiétude ni jalousie aucune.

Je m'appliquai à caresser, puis à brosser ses cheveux poudrés pour en faire tomber la poussière et les feuillages qui s'y trouvaient mêlés : sous les saletés et la teinture délavée, je découvris que ses cheveux naturels étaient un peu roux. Quelle curiosité d'être roussâtre si jeune ; je croyais que seules les marquises racornies et les vieux comtes portaient les cheveux orange, brûlés par l'abus des perruques.

Après ma naissance, ma mère avait cherché longtemps une nourrice rousse à qui me confier. Elle commentait souvent cette couleur de cheveux, et j'ai longtemps supposé que ces femmes avaient bonne réputation.

– Tu parles ! avait-elle corrigé un soir, les enfants ne

doivent jamais boire le lait d'une rouquine au risque d'être brûlés vifs. Manque de pot, la seule potable habitait à deux jours de patache. Sinon, tu y avais droit, à la place du tiroir !

– C'est une méchanceté envers ces femmes, avais-je répliqué.

– De leur refiler un chapon de ton espèce, oui !

– Non, Mère. Je voulais parler de ces médisances.

– Elles puent ! avait riposté La Pâqueline. Je connais deux races alléchées par le dessous de ces jupes-là : les célibataires et les mouches à viande. Ces bestioles reniflent la pourriture à quatre lieues[1], surtout par temps doux.

Moi, je la trouvais d'une splendeur incomparable, ma rouquine. Terrassée dans sa robe de princesse, Angélique s'était peut-être apprêtée à me rejoindre, le cœur lourd d'évoquer la naissance de mon enfant dont les sœurs hospitalières lui avaient donné quelques nouvelles. Mon amante avait peut-être vacillé, les prunelles aveuglées par le chagrin de me voir quitter notre bref ordinaire.

L'église sonna cinq, peut-être six coups. Je ne sais plus. Le jour ne baissait pas encore, mais le temps pressait. Je ne pouvais me permettre de l'embaumer durant la nuit ; le faible éclairage jaune des chandelles me dupait la vue et la chaleur des flammes accélérait l'altération de ses traits figés. Malgré cette effroyable urgence, j'étais résolu à connaître les circonstances de sa mort. J'allais devoir surmonter mon chagrin pour observer en détail

1. À peu près vingt-quatre kilomètres. Les mouches à viande sentent de très loin les odeurs qui les intéressent.

son corps et y traquer le moindre indice. Que lui était-il arrivé ?

Les mains tremblantes, je dénouai le ruban qui fronçait délicatement son corsage ; la poitrine d'Angélique était presque sèche, mais transpercée de petits trous roses et suintants. Quelques griffures aussi, comme des traces de pattes de chat, mais l'espacement irrégulier de ces fines plaies longilignes écartait cette hypothèse. Ma conclusion, qui peut vous sembler hâtive, était la suivante : Angélique s'était probablement débattue dans un lit de ronces, ou dans un taillis de genêts.

Ses chevilles n'étaient pas enflées, ses genoux ne portaient aucune trace d'entorse ni d'éraflures ; il m'apparut clairement qu'elle n'avait pas chuté lors d'une promenade.

J'interrompais souvent l'examen du corps d'Angélique afin de sécher mes yeux et de me moucher.

L'annulaire de sa main droite était écorché, il y manquait un peu de peau sur son doigt et son ongle était bordé de sang desséché. Je m'inclinai pour embrasser sa paume ; c'est alors que je remarquai de profondes traces de morsures. Ces plaies pouvaient provenir de la mâchoire d'une bête errante qui aurait tenté de tirer le cadavre dans son terrier. Ou alors ma bien-aimée s'était battue avec son agresseur avant de succomber. Mais j'étais certain qu'elle portait ma bague violette, comme tous les jours, et qu'on la lui avait ôtée avec férocité, en la faisant saigner.

Mon savoir-faire m'avait abandonné ; je ne savais plus dans quel ordre continuer mon exploration, ni par où commencer les soins d'embaumement.

Je soulevai la fine étoffe de sa jupe. Son petit pantalon blanc ne portait aucune marque suspecte, pas de déchirure ni de sang. Son intimité n'avait pas été fouillée, et cela me soulagea un bref instant.

Soudain, je réalisai que j'avais différé d'inspecter son visage ; les yeux d'Angélique étaient figés dans une expression d'horreur, ses narines dilatées et sa bouche ouverte comme pour crier.

Non, je n'avais pas oublié de la regarder, j'avais simplement peur. Peur de découvrir son crâne défoncé, ainsi que les traces de terre logées dans sa plaie, sans aucun autre indice qui puisse me mettre sur une piste.

Mais son cou... Son cou fin et blanc portait l'empreinte rose et violacée de la poigne d'un titan ; une main, une seule, avait suffi pour éteindre la vie d'Angélique et lui couper le souffle.

Ma petite branleuse n'était pas morte d'épuisement, blessée dans la campagne ; elle avait été sauvagement étranglée !

Oui, c'est exact, j'ai scié les côtes d'Angélique pour lui ôter le cœur. Pourquoi n'aurais-je pas gardé auprès de moi cette relique sacrée ?

Comme je vous l'ai dit tout à l'heure, je savais qu'elle était morte par strangulation. Mais, pour une raison que je serais bien incapable de justifier, je décidai d'ouvrir son estomac : il était plein. Ainsi Angélique avait-elle mangé avant de rencontrer son bourreau. À moins que cela ne fût *avec* son bourreau.

Que contenaient ses entrailles ?

Des grains de riz.

Non, je ne vois rien d'étrange à cela ; rappelez-vous que depuis le début de sa maladie, Angélique ne consommait que des aliments blancs. La présence du riz n'avait donc rien pour me surprendre. Excepté de petites miettes cramoisies, curieusement disséminées parmi les grains blancs.

Je m'emparai de ma loupe afin d'observer de plus près ces petites particules éparpillées au milieu du riz : un rouge profond, légèrement oxydé. Il n'y avait aucune odeur pestilentielle. Uniquement un parfum aigre, comparable à celui des légumes entreposés trop longtemps au soleil. J'approchai ma lentille grossissante afin d'étudier les morceaux grenat, recouverts d'une peau lisse qui se détachait en copeaux frisottés.

J'aime vos faces dégoulinantes de déception ! Quoi ? Ce connard va-t-il nous faire languir encore longtemps avec le précis du menu de son cadavre ? Le rusé, il cherche à gagner du temps !

Que non point…

Du piment… Qui pouvait lui en avoir fait avaler, alors que, selon mes consignes, Angélique n'acceptait aucun aliment de couleur ?

Il fait une chaleur ici ! Vous ne trouvez pas ?

Commandez-moi à boire, vous autres, au lieu d'attendre la fin de mon récit comme des charognards autour d'une carcasse.

Et puis un tabouret, aussi.

Ah, voilà qui est mieux… Laissez-moi contempler la foule qui crache et qui ricane dernière moi…

Combien sont-ils, à votre avis ? Mon affaire semble cocasse, puisque j'entends souvent, entre deux murmures du soulèvement des spectateurs, quelques rires bien gras et déplacés.

Allez ! Puisque tout est perdu.

J'en arrive au terme de mon récit. Pardonnez mon audace, mais puissiez-vous en avoir autant : levez-vous, ceux dont les visages me seraient familiers ! Vos gueules m'apporteront au moins un soutien que ces messieurs me refusent…

Personne ?

Vous m'en voyez étonné.

Déçu, plutôt.

J'espérais au moins Jacques Panier. Pas un mauvais garçon, celui-là. Plus snob que méchant, comme aiment à dire les Anglais. Je le pensais friand de ragots, voilà pourquoi son absence me surprend.

Ah, mais si ! Qui vois-je là-bas, adossé contre un pilier de cette auguste salle ? Mon Toussaint !

Approche, Toussaint. N'aie crainte : c'est moi que l'on zigouillera demain.

Comment, messieurs ? Pourquoi m'interdiriez-vous de l'embrasser alors que les condamnés ont droit à une dernière requête ? D'aucuns réclament une bonne pipe avant l'échafaud, et personne n'oserait leur refuser cette ultime bouffarde ! Quoique… Il faut s'entendre sur la nature de la pipe, hein ? Ma pipe à moi, ce serait la bonne, la robuste et sincère poignée de main de mon Toussaint.

Mesdames, messieurs, voyez cet homme discret, au dernier rang : la couleur de sa peau est inverse à celle de son âme. Pareil à vous tous, ici : vous êtes blancs, mais vos esprits sont noirs.

Je vous observe, là, avec vos petits cabas de mégères. Certaines d'entre vous apportent leur tricot et comptent :

« Une maille à l'endroit, si je finis mon ouvrage par une maille à l'envers, Victor Renard sera décapité. » Tout au long de ma vie, j'ai chié mou devant ma mère et son infâme travail d'aiguilles. Alors, qu'une fois pour toutes mon sort se décide sur votre ouvrage ne m'impressionne guère !

Faites donc silence un moment…

J'ai dit : silence !

Vous entendez ? Non, justement… On n'entend rien. La Pâqueline n'est pas assise dans le public, sinon son tacatac retentirait ; elle est incapable de le contrôler.

Ah, on s'agite dans le public ? Que se passe-t-il ? Une chaîne humaine en action… On jurerait l'affolement des poules lorsque la Pâqueline poussait le portillon pour venir les nourrir. Tout comme moi, elles n'ont jamais rien compris au calendrier : on les cajolait six jours par semaine, en caressant leur plumage soyeux, puis, un jour qu'elles n'ont jamais réussi à prédire, on les pourchassait ; le dimanche, ma douce maman capturait la plus dodue. La pauvre bête haletait d'épuisement, le bec ouvert et les yeux déformés par la peur. Crac ! la rupture de ses frêles vertèbres indiquait aux copines le terme de la bousculade. Jusqu'au dimanche suivant.

Enfin, et jusqu'à preuve du contraire, c'est à moi que l'on tordra le cou. Et je n'aimerais pas que ce fût un dimanche !

Me permettez-vous d'ouvrir une parenthèse ?

Savez-vous combien de grandes familles pissant dans un baquet de vermeil me doivent une partie de leur richesse ? Vous seriez bien surpris d'apprendre quel bon républicain a étouffé son père pour s'emparer de sa fortune… Et cette rombière, à laquelle on tapotait les oreillers sous la tête, qui s'est vu offrir une tisane au laurier-rose afin d'accélérer discrètement le trépas. Mais il fallait sauver le commerce dont elle dégoûtait la clientèle par d'intempestives flatulences. Zou ! Du balai, la vieille péteuse !

Une mort est une perte. Ou un bénéfice, c'est selon. La mienne privera la société d'un expert en cadavres suspects ; après ma décapitation, vous devrez vous contenter de croque-morts sinistres, incapables de distinguer l'asthmatique qu'on aura poussé dans les orties du fiévreux rongé par les furoncles.

On vous enterrera peut-être vivant si personne ne prend soin de surveiller votre sommeil. Mais les notaires dormiront tranquilles, puisque demain, peu d'hommes seront capables de contester les héritages dont ils empochent un pourcentage.

Y avez-vous réfléchi ?

Me supprimant, vous supprimez aussi mes années de savoirs, que la Providence ne me laissera jamais le temps de transmettre à quiconque.

Nul ne sera entraîné, pas même le plus rusé des policiers, à détecter aussi bien que moi le fétu de paille dans un picotin d'avoine. J'étais passionné par mon métier ; la mort était ma gloire, et le destin m'en prive ! J'emporterai donc mes connaissances au tombeau, la tête placée entre mes genoux comme tout bon guillotiné, mais vous, vous crèverez comme des chiens, sans que personne jamais ne s'en soucie.

À moi seul, je réunissais l'habileté du parachiste, spécialiste de l'ablation des organes, la culture du taricheute, sans oublier le flair du chien errant. On ne me regrettera pas, et pourtant, ma science vous manquera !

Personne n'est autorisé à venir m'embrasser une dernière fois, mais on fait circuler un billet. Pour moi ? Oh !

Puis-je le lire immédiatement ?

Je ne savais pas, pour la nourriture blanche. C'est moi qui ai donné les piments à Mamiselle. Pour sa guérison.

Signé : *Toussaint*

C'est impossible ! De qui se moque-t-on ? Je vous l'ai dit, et vous l'aurez probablement noté : Toussaint est analphabète.

Que je veuille bien retourner le petit papier ? Soit.

Mamiselle m'a appris à lire et à écrire le soir, pendant que vous étiez chez Madame.

Cette révélation me bouleverse. Permettez que je prenne appui sur votre pupitre… N'y voyez aucune familiarité. Simplement… j'ai trop maigri. Mes jambes ne me portent plus et ce qui m'accable pèse comme un âne mort.

Vous qui parlez des putains comme d'un crottin…

Angélique avait bon cœur, une belle âme. Nous traversons une époque de crétins qui acclame des imbéciles et vilipende des êtres purs. Les putains ne sont pas celles qui arpentent les rues à la recherche d'un client bon payeur ! Non, les putains sont celles qui, sous couvert d'un mariage honorable et d'une condition enviée, se laissent mignoter par leur époux contre un hôtel à Paris ou un manoir en Normandie.

Oui, pardonnez-moi.

Reprenons. Et finissons-en…

Il ne me restait plus qu'une paire d'heures avant la nuit. Je devais me hâter d'embaumer mon Amour.

Je vidai son estomac et je le lavai à l'esprit-de-vin pendant que la marmite de cire bouillonnait sur le feu ; je resserrai ses chairs dans son corsage en tirant les cordons de cuir afin de rendre à son buste son galbe naturel, non encore effondré.

À l'exemple des Égyptiens, et comme mon maître me l'avait enseigné, je dissimulais le *Livre des morts* sur la poitrine des défunts, sous un bras ou entre leurs jambes. Vous le savez depuis quelque temps déjà : le ventre d'Angélique me fut toujours inconnu.

Je choisis l'extrait du *Livre* qui pouvait glorifier notre amour secret, ainsi que la beauté de son âme :

Je n'ai pas commis de péchés.
Je n'ai pas fait pleurer.
Je n'ai pas accompli ce qui est l'abomination des dieux.
Je n'ai pas éteint un feu qui brûlait.
Je suis pure ! Je suis pure ! Je suis pure !

Cessez vos soupirs moqueurs. Ne vous en déplaise, Angélique était pure.

Ah, taisez-vous donc ! Vous pouvez rire de tout, ou presque, avec moi : la mort ridicule de mon père, la méchanceté de la Pâqueline, ma lâcheté de vivre avec deux femmes, mon cou de travers. Mais si l'on gausse sur un cheveu d'Angélique, je peux devenir féroce.

J'y reviens, oui.

Pour la seconde fois, et dans un élan que mon devoir disculpe, je soulevai délicatement sa jupe. Je déposai ces vers sacrés du *Livre* sur son ventre de biche que mes larmes avaient mouillé ; j'espérais sottement la protéger. De quoi, je ne le sais pas. Et d'ailleurs, qu'est-ce que cela peut bien vous foutre ?

Je palpai sa peau à la recherche d'un indice, d'une trace de larves fourmillantes. Mais aucun signe ne dénonçait une présence d'insecte à détruire au plus vite. Un liquide glougloutait sous sa peau marbrée, faible signe d'une putréfaction débutante.

Non, pas rebutante.

Elle était *encore* mon Amour.

Le hoquet succédant au chagrin, je déchirai la fente d'aisance de son fin pantalon pour dégager sa toison.

– Un écureuil ! lâchai-je dans l'aveuglement de mon geste irréfléchi.

Vous riez encore ? Coulez-vous quelques minutes dans ma situation… Je sais parfaitement que les écureuils vivent dans nos arbres et n'hibernent jamais ! Oui, c'étaient ses poils… les poils roux de son… enfin, vous savez bien : l'un des trois os innominés. Aujourd'hui, me trouvant assis face à vous et devant la charge de vous livrer chacun de mes actes, j'ai bien saisi que le choix de mes mots n'adoucira pas votre jugement, qui est déjà établi. Non, mes précautions orales ne vous sont pas destinées ; elles sont ma façon de continuer à l'honorer.

Patience, crevards !

Il est un sort que je refusai pour Angélique : la putréfaction précoce des mois d'été.

Où en étais-je ?

La cire brûlante rampa comme une coulée de lave sur la peau d'Angélique et se figea dans la fibre de ses chiffons.

Les fluides que je pose sur les peaux uniformisent le teint, dissimulent les balafres et les défauts, et cela était parfaitement recommandé dans le cas d'Angélique. Une poudre légère et blanche compléta son fardage ; hélas, ma morte avait l'air trop morte, il lui manquait ses taches rousses que la poudre ne pouvait nullement imiter. Et sans rouge à lèvres, ma morte était encore plus que morte. Je refusai d'utiliser la trousse dans laquelle je conservais tous les plumets, houppettes et pinceaux que les familles affligées avaient oublié de me réclamer. Oui, les familles apportaient parfois le fardage du défunt, mais elles ne les remportaient jamais, car l'usage que j'en faisais les rebutait.

Un restant de confiture de mûres collé sur les pourtours d'un bol que j'avais dégusté la veille empourpra les lèvres blêmes d'Angélique et redessina sa petite moue hautaine. Je me reculai, assez béat du résultat. Je reculai encore, afin de mieux l'admirer ; mon Ange avait regagné sa beauté.

Je me pressai de ranger mes instruments pour finir de racler toutes les dégoulinades de cire ; je ne gâche rien. Une fois tamisée de ses impuretés, elle se réchauffe et se refaçonne à volonté sur un autre cadavre.

Les mains protégées de l'anse brûlante de la marmite par une loque, je repassai près d'Elle et… distraitement, je heurtai la table mécanique. Le vérin se décramponna d'un coup. La table descendit d'une maille en couinant très fort et le corps d'Angélique sursauta ; aussitôt, son bras pendit de la table et sa main au doigt écorché se plaça brutalement là… sur mon… M'avez-vous compris ? De la cire avait aussi jailli sur moi.

L'auréole grasse laissée sur mes culottes y est encore. Faites quérir mon linge par vos gens et vous constaterez vous-mêmes la trace qui s'y trouve : on ne lave pas mes effets à la prison.

Elle était si galante, tout apprêtée avec ses rubans roses, ses cheveux remis en ordre et son rouge brillant aux lèvres.

Je posai la marmite sur le carreau – cela revient à dire que je me suis simplement courbé pour la lâcher très lentement – tout en veillant à ne point déranger la main d'Angélique. Elle conserva son étreinte… Qu'auriez-vous décidé à ma place ? Il est si commode d'avoir un arbitrage longtemps après ! J'ai l'esprit au bout des bras, mais pas assez pour agir dans l'impératif.

Alors je ne fis rien.

Je la laissai étreindre ce qu'elle avait tant aimé sucer. Je sais fort bien qu'elle était morte, cependant… si vous aviez perçu comme elle me serrait, presque jalousement, je ne crois pas que vous eussiez agi différemment de moi.

Oh ! Cessez de me blâmer par vos soupirs d'écœurement ! Je me fous de votre sentiment.

Les heures passèrent ; Angélique commençait à se métamorphoser. Il me sembla voir son visage luire de sueur… Oui, je vous le jure ! De fines gouttelettes emperlaient son front et ses pommettes, pareilles à des perce-neige écloses dans la ouate du petit matin. Vous connaissez cette résonance étouffée, si curieuse et inquiétante, que l'on remarque dans les jardins enneigés ? Un silence d'une telle épaisseur ne se coudoie guère dans notre métier : il y a toujours une étoffe qui bruit derrière nous, une porte gémissante dans un courant d'air, le râle d'un vieillard qui s'endort, un gosse qui renifle en passant dans la rue, le retentissement de nos instruments ou le cri d'un enfant que la mère oublie d'allaiter. Le silence de ce jour-là était inaccoutumé, c'est aussi pourquoi je m'en souviens si distinctement.

Puis soudain, un ronflement sourd me fit sursauter. On peut en sourire aujourd'hui, mais dans la paix de mon cabinet, tout paraissait anormal et luciférien. Les joues d'Angélique remuaient par petites secousses molles… Ses lèvres bougeaient ! Elle cherchait à me parler, comme un enfant dont les mots retenus déforment la bouche.

Elle poussa un gémissement… Angélique revivait et cherchait à entrer en contact avec moi. Je luttais, oh ! Vous ne saurez jamais comme j'ai lutté…

J'ai tout tenté, je le jure : rabattre ses jupes par-dessus ses jambes jaspées de lignes verdâtres et de rosaces de syphilis… j'ai même prié !

« Sans cérémonie, nous ne serions que des bêtes », m'avait appris mon maître.

J'étais une bête. Un chien. Je me suis dégagé brusquement de sa main pour me diriger vers le cercueil qui me faisait office de petite garde-robe. Je l'ai fouillé, puis je suis retourné dans ma salle de soin. J'ai relevé les trois jupes d'Angélique, puis j'ai écarté délicatement ses cuisses. Elle était devenue pâteuse par endroits, les marques de mes doigts restaient imprimées sur sa chair. À la place de sa matrice de femelle, où n'était plus qu'un gros trou, luisant, caché sous les poils… j'ai introduit le vagin de Papa.

Le vagin de mon père : comme ces mots sont insolites et mal mariés…

Il s'est glissé facilement, ajusté sans aucun effort. J'ai songé alors qu'ils étaient faits l'un pour l'autre. Et là, messieurs, là, mesdames… j'ai… j'ai déboutonné mes culottes et je… je me suis coulé dedans. Cramponné à ses hanches comme on agrippe la crinière d'un cheval au galop, nous avons coulissé lentement l'un contre l'autre.

Cela n'a pas duré bien longtemps. Pareil au vieux puceau mené au bordel par ses aînés, j'ai terminé mon affaire plus vite qu'un bouc.

Je vous écœure ?

Vous avez tort… Angélique pleurait souvent de n'avoir jamais fait l'amour avec moi. Rien de tout ce que je pus lui offrir et de toutes les caresses qu'elle me prodigua n'éteignit jamais ce chagrin.

Je n'ai pas profané son corps. Je l'ai chéri, je l'ai honoré *puisque* la mort, avant de nous séparer, nous offrait cet ultime et premier cajoli qui nous avait été jadis interdit ; la première fois par ma faute, lorsque les manchettes de dentelle de mon père cousues sur sa culotte fendue m'avaient ramolli, et par la suite à cause de sa maladie.

Messieurs, je n'ai pas abusé d'un corps inerte et sans défense. Non, je l'ai tant aimée que, même froide et roide, j'ai saisi dans cette étreinte plus de chaleur qu'avec mon épouse au soir de mes noces. J'en appelle à toutes les femmes présentes ce soir… Laquelle ne rêve point d'être encore aimée au-delà de la mort ?

Ah, je suis bien navré de vous entendre éructer. Vous ne pouvez comprendre une passion comme la nôtre que si vous l'avez éprouvée ; sans quoi, tout discours reste vain. Et pour mon malheur, les jours passés à m'entendre n'ont fait qu'aviver votre répugnance. Poussez donc vos petits enfants jusqu'au premier rang des bancs ; qu'ils m'observent et craignent mon fantôme dont vous ne manquerez pas de les menacer.

Mais après ma mort, s'il m'est permis de vous hanter, je reviendrai faire le bien. Je distribuerai des bons points : aux femmes respectables la jouissance des putains, à ceux qui les chevauchent l'endurance des ânes.

Apercevant mon reflet dans un battant de la porte vitrée, je me suis retiré du vagin de mon père pour décamper dans la cour, cette petite cour où j'aimais m'asseoir, où j'épiais les lamentations des familles accablées. Mon petit banc moussu était recouvert d'une colonie de cloportes roulés en boule ; je les ai écrasés en m'asseyant. Je l'ai compris par le craquement de leurs carapaces sous mes fesses et leur jus a taché mon fond de culotte. Les pluies nocturnes avaient bossué le carnet de mon père, oublié la veille sur le banc. Je l'ai empoigné comme on s'empare d'un médicament, d'un contrepoison violent, et je me jetai dans sa lecture avec un désespoir que rien ne pouvait distraire. Mes yeux ont avalé ces dernières lignes du calepin de Papa :

La mère Martineau me tourmente.
Ô Ciel ! Serai-je maudit toute ma vie pour cet égarement d'un soir ? Nous étions jeunes, j'étais soûl du vin de messe qu'elle me faisait goûter. J'étais en proie à la curiosité plus qu'au désir.
Même grosse, elle venait débiter ses foutus péchés dans le confessionnal ; à présent, elle soutient que je suis le père de son écureuil.

Est-ce parce que je m'appelle Renard qu'il me faudrait reconnaître tous les bâtards poils de carotte ?
Quelle descendance de merde ai-je produit ! Une rouquine et des jumeaux : l'un mort-né et l'autre imbécile. Seigneur ! Je ne suis pas digne de te recevoir, mais dis seulement une parole et je serai aguerri.

Ainsi donc, tout en haïssant sa lignée, mon père confessait qu'Angélique était ma demi-sœur... J'ai écrasé ma bouche sur mon épaule pour ne point vomir.

Ô Seigneur ! J'avais tant besoin d'aide... Ma mère avait peut-être raison, j'étais sans doute méphistophélique ; le feu de Satan crachinait dans mes veines.

Alors, j'entendis claquer la porte.

Le vieux garde-feu apparut dans le cabinet : il apportait des vêtements propres pour habiller la défunte.

– Et aussi une poupée, murmura-t-il. Il faut l'enterrer avec, pour qu'elle ne soit pas jalouse. Sinon elle tuera les enfants des autres.

– C'est bien que vous y pensiez, moi j'aurais oublié.

J'ai tendu les mains, comme avec ma mère, lorsqu'elle me faisait trier les habits de Papa.

Le vieux a lorgné la table automate. J'ai tenté de dissimuler ma conduite et les cuisses écartées d'Angélique en rabattant ses jupes. Mais il était trop tard : il avait tout vu. Ses yeux ont cherché les miens, qui le fuyaient. Il a enfoncé son mouchoir dans sa bouche, balançant sa tête de droite à gauche, dans un mouvement de désaccord accablé. Comment m'innocenter à ses yeux ?

Comment justifier auprès de ce vieillard indigné la

présence du vagin de mon père, enfoncé dans le cadavre d'Angélique, et la poire de gonflage qui pendait lamentablement entre ses genoux ouverts ? Il est sorti en courant. Je n'ai pas eu le courage de le rattraper, encore moins de le tuer. Je ne suis pas un criminel et de toute façon, malgré son âge avancé, le vieux m'aurait assommé d'une simple gifle.

Je savais que cette fois, il était inutile de m'enfuir.

Puis, vous êtes arrivés, messieurs. Avec vos gens. Ils ont chassé les oiseaux gris à grands coups de pèlerine.

– Victor Renard ? a demandé l'un d'eux.

J'ai répondu « oui ». Vous m'avez ligoté les mains avec des poucettes. Je me suis un peu débattu ; j'ai pensé que vous seriez moins déçu ainsi ; qu'en est-il du plaisir de votre emploi, si les scélérats ne se donnent même plus la peine de vous résister ? Le chat n'estime jamais autant la musaraigne que lorsqu'elle se dérobe à lui.

Vos gens d'armes m'ont assis de force sur le perron en attendant le chariot de police. L'un d'eux m'a donné une chiquenaude derrière le crâne, simplement par plaisir. Les badauds se sont amassés. Scandalisés, ils me lançaient des crachats et des insultes.

Une rumeur sourde enveloppait lentement le seuil du cabinet. J'ai reconnu des figures dans la foule qui s'était déplacée : Jacques-Romain, qui gardait assez de distance pour garantir sa sécurité, des commerçants de la rue auxquels je n'avais jamais prêté attention, des gosses sans famille et sans chaussures, qui mendiaient du tabac à priser, quelques vieilles corneilles de la paroisse au bras desquelles ma mère s'appuyait. De toutes ces bouches, laquelle prierait pour mon salut ?

La Pâqueline a traversé la foule, le visage baigné de larmes et de répugnance. Pour une fois, son chagrin était sincère, autant que sa nausée. Elle s'est lamentée :

– Ce fichu lundi, j'aurais dû refermer le tiroir…

Sous une averse de morve et d'apostrophes injurieuses, mon esprit s'est évadé dans le souvenir apaisant d'oncle Élie, notre labeur sur la pierre plate du Castor, ses encouragements sobres, les joyeux commérages de tante Philiberte. La bonne figure de Monsieur Joulia, son sourire grisé par une canine abîmée et ses grandes mains noueuses me revinrent cruellement.

Judith apparut, flanquée de son frère, Franz. Il avait enroulé son bras autour de sa taille, manière d'étaler qu'il la protégerait de moi. Que craignait-elle ? Au bout de son autre bras, Franz tenait un chien en laisse ; Pépette, le museau frémissant en ma direction, tirait sur la ficelle pour me rejoindre.

Comment ce chien, mon chien, était-il désormais rattaché à Franz ?

Alerté par le cortège hurlant qui suivait mon convoi, Jean de l'Eau s'approcha.

– Marion m'a tout raconté !

Je me suis penché par-dessus la barrière ; vos gens d'armes m'ont brutalement rassis.

– Je te défendrai ! a-t-il ajouté. Je témoignerai en ta faveur !

– Hélas, lui répondis-je, la fille était ma maîtresse. Je suis indéfendable.

Il demeura silencieux un court instant.

– J'ai des relations, affirma-t-il.

– Jean, puis-je te demander une faveur ? Sois le tuteur de mon enfant. Judith aura besoin d'une protection ; une femme seule ne peut élever un mâle sans risquer d'en faire un inverti.

– Mais… Victor, ce n'est pas…

– Promets-le-moi, insistai-je.

Il examina le pavé sans broncher. Puis, soudain, relevant la tête :

– Puisqu'il faut que quelqu'un te l'apprenne : Judith n'a jamais été grosse ! lâcha-t-il.

La colère m'aveugla.

– Je croyais que tu étais mon ami ! Comment peux-tu prétendre une telle ignominie ?

– Marion pourrait te le confirmer. Ta femme n'a jamais été enceinte.

– Enfin… c'est… Pourquoi aurait-elle manigancé un tel plan ?

Jean fit une pauvre grimace.

– Ta fortune, Victor.

– Je ne puis croire une imbécillité pareille !

J'ai supplié vos gens de me laisser approcher ma femme ; mieux dressés que Pépette, ils me l'ont interdit, conformément aux instructions de la police. Mon épouse s'est avancée de quelques pas, ouvrant à mon regard le lange qu'elle tenait fort serré : un enfant rose et joufflu dormait contre son sein. J'ai tendu la main pour frôler ce petit visage innocent, mais elle s'est reculée pour m'en empêcher.

– Comment s'appelle-t-il, ai-je demandé tout bas.

Un sourire féroce a illuminé son menton.

– J'hésite entre Ange et Isidore… Lequel des deux morts préférerais-tu : ton frère ou ta putain ?

Horrifié, j'ai vacillé.

Ma femme a refermé le lange de coton sur le nez de l'enfant, et c'est alors que j'ai remarqué la bague violette à son doigt.

Comment s'était-elle emparée de l'améthyste que j'avais offerte à mon Amour, si ce n'était par l'entremise de son frère ? Franz, qui se prétendait mon ami…

Pourriez-vous me dire si, au moins, vous l'avez aperçu dans le public durant mon audition ? Ce genre de spectacle allèche les esprits malfaisants ! Franz et moi avons le même âge : à vingt-quatre ans, tout est divertissant.

Vous le reconnaîtrez aisément : le nez court, retroussé si haut qu'il semble séparer son front en deux parties égales. Sa barbe brune, grossièrement coupée en oreilles de chien, lui adjoint un peu de malpropreté qu'il croit être de l'allure. De haute stature et fort musclé, Franz est un colosse aux yeux fourbes. Et aujourd'hui, je me permets d'ajouter ce détail qui pourrait éclairer votre affaire : ses gros bras finissent par des mains d'assassin.

Quelqu'un a crié un signal aux gens d'armes ; la foule m'a regardé monter dans votre carriole.

Je voulais demander pardon, mais je ne savais pas à qui ni pourquoi.

J'ai baissé la tête, parce que j'avais honte.

Voilà, messieurs, c'est tout.

À propos…

Ce roman n'aurait jamais quitté mes tiroirs sans l'attention, puis le soutien de Françoise Samson ; la confiance réciproque qui nous lie m'est infiniment précieuse.

Il n'aurait pas connu le jour sans l'enthousiasme de Marie Leroy, éditrice sensible et audacieuse.

★

Les recettes d'embaumement et les rituels mortuaires m'ont été inspirés par de passionnantes lectures, dont le contenu s'est parfois révélé insoutenable. Je ne souhaite pas en donner la liste, mais je recommande les 725 pages des *Textes des sarcophages égyptiens du Moyen Empire*, de l'égyptologue Paul Barguet (éditions du Cerf, 1986).

★

On a longtemps cru que l'embaumement était réservé, depuis l'Antiquité, aux grands de ce monde et aux familles riches.

En réalité, il existe depuis le Moyen Âge plusieurs catégories d'embaumement ; une sorte de « standing » différent selon les demandes des familles et leurs moyens financiers. La momification d'un seigneur décédé loin de son château, qu'il fallait transporter jusqu'à la sépulture de ses ancêtres, coûtait naturellement plus cher que les soins de lavage et de conservation du bourgeois terrifié à l'idée d'être enterré vivant par mégarde.

Au XVIIIe siècle, l'embaumement était donc accessible à toute dépouille, quelle que fût la condition du défunt, dès lors que ses parents voulaient bien en faire la dépense.

★

Quelques lieux où sont actuellement exposées ou conservées des peintures réalisées avec les mumies de cœurs de la couronne de France

- Musée du Louvre, Paris
- Musée de Pontoise (œuvres non exposées au public)
- Musée d'Orléans
- Église Saint-Sulpice, Paris

Certaines peintures ne sont pas exposées au public ; lorsqu'elles le sont, aucune mention n'informe le visiteur de l'origine des pigments bruns figurant sur l'œuvre.

Dans les salles de vente, le public peut encore acquérir des peintures de Martin Drölling, vendues environ… cinq mille euros.

★

Calendrier des profanations de sépultures royales[1]

Août 1793

- Philippe le Hardi
- Isabelle d'Aragon
- Pépin le Bref
- Constance de Castille, femme de Louis VII
- Louis VI

Octobre 1793

• **12 octobre**

- Turenne
- Henri IV, son cercueil en chêne est brisé à coups de marteau, puis son cercueil de plomb est ouvert avec un ciseau. Selon les témoins : « Son corps s'est trouvé bien conservé, et les traits du visage parfaitement reconnaissables. » Il resta dans le passage des chapelles basses, enveloppé de son suaire également bien conservé. Exposé au public jusqu'au lundi matin 14 octobre. Plusieurs personnes y prélèveront de petites « reliques » (ongle, mèche de barbe).La rumeur selon laquelle un délégué de la Commune aurait pris une empreinte au plâtre de son visage, matrice des futurs masques mortuaires du roi, est sans doute une légende. Pareillement, aucun document, aucune archive ne permet d'affirmer que la tête du roi aurait été alors tranchée

1. Sources diverses : saintdenis-tombeaux.net. France-Pittoresque.com. Wikipedia. Jean-Michel Leniaud, *Saint-Denis de 1760 à nos jours*, Paris, Gallimard-Julliard, 1996.

et dérobée. Au contraire, tous les témoins évoquent le corps d'Henri IV jeté entier au fond de la fosse commune, puis recouvert par ceux de ses descendants.

- **13 octobre**

  Les exhumations par les ouvriers étant rendues difficiles par la foule qui y assiste, le conseil municipal décide en ce dimanche de fermer la basilique à « toutes personnes étrangères aux travaux », mais cette décision n'est pas respectée.

- **14 octobre**

  - Louis XIII, cercueil ouvert vers 15 heures, corps dégradé mais reconnaissable à sa moustache noire. Son corps est, comme celui d'Henri IV, jeté face contre terre dans la fosse commune, sur un lit de chaux vive pour accélérer sa décomposition.
  - Louis XIV, corps bien conservé, reconnaissable bien que « noir comme de l'encre ».
  - Marie de Médicis, les ouvriers ouvrant son cercueil l'auraient injuriée, ils l'accusent du meurtre d'Henri IV et lui arrachent les cheveux.
  - Anne d'Autriche
  - Marie-Thérèse d'Espagne
  - Gaston de France, fils d'Henri IV

- **16 octobre, quelques minutes après l'exécution de Marie-Antoinette**

  - Henriette de France, épouse de Charles Ier d'Angleterre
  - Philippe d'Orléans, régent de France
  - Louis XV, dont le corps en putréfaction dégage une odeur effroyable.
  - Charles V
  - Jeanne de Bourbon

- **17 octobre**
  - Charles VI
  - Isabeau de Bavière
  - Charles VII
  - Marie d'Anjou
  - Marguerite de France, femme d'Henri IV
  - François II
  - Charles VIII
- **18 octobre**
  - Henri II
  - Catherine de Médicis
  - Charles IX
  - Henri III
  - Louis XII
  - Anne de Bretagne
  - Jeanne II de Navarre, fille de Louis X
  - Louis X
  - Jean Ier
  - Hugues le Grand, père d'Hugues Capet
  - Charles le Chauve
- **19 octobre**
  - Philippe IV le Bel
  - Dagobert
  - Nantilde, femme de Dagobert Ier
- **20 octobre**
  - Bertrand Du Guesclin
  - Bureau de La Rivière
  - François Ier
  - Louise de Savoie
  - Claude de France
  - Pierre de Beaucaire, chambellan de Louis IX

– Mathieu de Vendôme, abbé de Saint-Denis

• **21 octobre**
  – Philippe V
  – Philippe VI de Valois

• **22 octobre**
  – Barbazan, chambellan de Charles VII
  – Louis II de Sancerre, connétable de Charles VI
  – l'abbé Suger de Saint-Denis
  – l'abbé Troon

• **24 octobre**
  – Charles IV le Bel

• **25 octobre**
  – Jean II le Bon
  – Louise de France, fille de Louis XV, rapportée depuis le couvent des Carmélites.

Et d'autres encore, effectuées en janvier 1794.

Du même auteur
Romans

Les Confessions de Constanze Mozart
tome I, Plon, 2003
et « Points Grands Romans », n° P2762

Les Confessions de Constanze Mozart
Tome II, Plon, 2005

Constance, fiancée de Mozart
Gallimard Jeunesse, 2009
(Prix Ados 2012, Deauville)

Li Mei : suivante dans la Cité interdite
Gallimard Jeunesse, 2011

Anne, Fiancée de Louis XIII
Gallimard Jeunesse, 2012

Apprentie geisha, Journal d'Ayami
Gallimard Jeunesse, 2014

RÉALISATION : PAO ÉDITIONS DU SEUIL
IMPRESSION : NORMANDIE ROTO IMPRESSION S.A.S. À LONRAI (ORNE)
DÉPÔT LÉGAL : AOÛT 2017. N° 136360 (1701082)
IMPRIMÉ EN FRANCE